Karen Sander

SCHWESTERLEIN, KOMM STIRB MIT MIR

THRILLER

Rowohlt Taschenbuch Verlag

Gefördert vom Kulturamt
der Landeshauptstadt Düsseldorf

Landeshauptstadt
Düsseldorf

4. Auflage August 2013
Originalausgabe
Veröffentlicht im Rowohlt Taschenbuch Verlag,
Reinbek bei Hamburg, August 2013

Umschlaggestaltung yellowfarm gmbh, Stefanie Freischem
(Foto: plainpicture / beyond)
Satz aus der DTL Documenta (InDesign CS5)
Gesamtherstellung CPI books GmbH, Leck
Printed in Germany
ISBN 978 3 499 24217 5

20. März 1996

EIN TOTER BEI FEUER IN JUGENDHAFTANSTALT

«Mädchenwürger» legte Feuer,
bevor er Selbstmord beging

Siegburg. Gestern mussten wegen eines Brandes sämtliche Insassen der Justizvollzugsanstalt Siegburg evakuiert werden. Nach Angaben der Polizei gab es ein Todesopfer, drei weitere Personen wurden im Krankenhaus behandelt. Das Feuer, das gegen 17 Uhr im Zellentrakt ausbrach, verbreitete sich ungewöhnlich schnell im gesamten Gebäude und konnte erst nach Stunden gelöscht werden.
Ersten Erkenntnissen zufolge handelt es sich um Brandstiftung. Einer der Insassen legte offenbar in seiner Zelle Feuer, bevor er Selbstmord beging. Nach unbestätigten Angaben handelt es sich bei dem Brandstifter um den sogenannten «Mädchenwürger von Duisburg», dessen Fall im November letzten Jahres für Aufsehen sorgte. Der siebzehnjährige Hendrik Vermeeren wurde wegen dreifachen Mordes verurteilt, es galt als erwiesen, dass er drei Mädchen im Alter zwischen zwölf und vierzehn vergewaltigte und anschließend erwürgte. Vermeeren zeigte während der Gerichtsverhandlung keinerlei Reue, dennoch wurde er aufgrund seines Alters lediglich zu einer Jugendstrafe verurteilt. Möglicherweise empfand Vermeeren inzwischen doch Schuldgefühle, denn der junge Mann soll einen Abschieds-

brief an seine Familie geschrieben haben, bevor er sich das Leben nahm.

Der Sachschaden, der durch das Feuer entstand, wird auf über zwei Millionen Mark geschätzt. Voraussichtlich wird es Monate dauern, bis die JVA Siegburg wieder bezogen werden kann. Die evakuierten jugendlichen Straftäter wurden derweil auf verschiedene andere Anstalten verteilt, wo sie vorerst bleiben sollen. Wie genau es Vermeeren gelingen konnte, das Feuer zu legen, muss noch untersucht werden.

Sechzehn Jahre später

Dienstag, 8. Oktober, 11:00 Uhr

Die Wohngegend galt als exklusiv, die Häuser waren schick, die Limousinen, die in den Einfahrten parkten, schwarz und teuer. Doch der Tod war hier genauso hässlich wie überall. Vielleicht sogar ein bisschen hässlicher. Georg Stadler parkte den Dienstwagen in zweiter Reihe und ging auf den Eingang von Nummer vierzehn zu. Schon im Treppenhaus schlug ihm der bestialische Gestank entgegen. Es war nicht der typische, süßlich-metallische Geruch nach Blut, sondern etwas anderes, etwas absolut Widerwärtiges. Die Ausdünstungen der Hölle. Stadler wappnete sich innerlich für den Anblick, der ihn erwartete, bevor er über die Schwelle in die Wohnung trat.

Linda Franke von der Kriminaltechnik bemerkte ihn als Erste.

«Ich hoffe, dein Magen ist stabil», sagte sie statt einer Begrüßung. Sie war blasser als sonst, ihre Wangen hatten fast die gleiche Farbe wie ihr weißblonder Pferdeschwanz. «Das da drinnen ist echt übel.»

«Wenn du das sagst.» Stadler fischte einen der Schutzanzüge aus einem Karton und stieg hinein.

«Kannste mir glauben», bestätigte Linda. «Olli hat gekotzt, und eins von den Streifenhörnchen musste sogar vom Notarzt behandelt werden.»

«So schlimm?»

Linda versuchte zu lächeln, was gründlich misslang. Gewöhnlich flirtete sie schamlos mit ihm, und er hatte schon mehrfach mit dem Gedanken gespielt, ihr Angebot anzunehmen. Aber er hatte seine eiserne Regel, nichts mit Kolleginnen anzufangen, einmal gebrochen, und das Ergebnis war katastrophal gewesen. Auf einen zweiten Versuch verzichtete er lieber. Auch wenn die süße Linda ihm noch so schöne Augen machte. Außerdem war sie weitaus jünger als die Frauen, die er sonst abschleppte.

Er seufzte. «Was haben wir?»

Linda, die sein Seufzen offenbar fehldeutete, sah ihn mitfühlend an. «Weibliche Leiche. Vermutlich die Wohnungseigentümerin. Sie liegt im Wohnzimmer. Ziemlich übel zugerichtet.» Sie zuckte mit den Schultern. «Man könnte meinen, Jack the Ripper sei von den Toten auferstanden.»

Stadler hob die Augenbrauen. «Jack the Ripper?»

«Schau's dir selbst an.»

Er schob sich an ihr vorbei durch die Wohnzimmertür. Der Gestank war hier so intensiv, dass es ihm fast den Atem raubte. Er zwang sich, nicht darauf zu achten und den Tatort in sich aufzunehmen. Zuerst sah er nur die gegenüberliegende Wand. Sie war weiß gestrichen, ein weiß lackiertes Klavier stand davor. Beides war mit braunroten Flecken übersät, die sich wie Fontänen über den hellen Untergrund ergossen. Auch die Decke war braunrot gesprenkelt, ebenso das Bücherregal an der angrenzenden Wand.

Einer der Kollegen, der auf dem Boden kniete, erhob sich und gab den Blick auf die Leiche frei.

Stadler rang nach Luft. «Ach, du Scheiße», murmelte er.

Behutsam trat er näher. Die Frau lag auf dem Rücken, die Beine gespreizt. Sie trug einen offenen Morgenmantel und einen einzelnen Hausschuh, sonst nichts. Der Täter hatte ihr die Halsschlagader durchtrennt. Das erklärte das viele Blut an den Wänden. Doch sein Opfer einfach nur verbluten zu lassen, hatte ihm offensichtlich nicht genügt. Unzählige Male hatte er auf die Frau eingestochen. Stichwunden bedeckten den Brustbereich und die Schultern. Ob er auf den Unterleib ebenfalls eingestochen hatte, war nicht zu erkennen, denn hier klaffte eine riesige offene Wunde. Der Mörder hatte den Bauch seines Opfers mit einem einzigen langen Schnitt aufgeschlitzt. Die Organe lagen bloß, eine Darmschlinge wand sich aus dem Bauchraum und bedeckte die Scham der Frau.

Linda trat neben Stadler. «Was für ein Scheißkerl tut so etwas?», fragte sie leise.

Stadler antwortete nicht. Er kniff die Augen zusammen. Der Anblick der Toten hatte eine Erinnerung in ihm geweckt. Nicht die an Bilder von Jack the Rippers Opfern, die er irgendwann mal bei einer Fortbildung zu Gesicht bekommen hatte. Nein, die Bilder, die er meinte, waren neueren Datums. Und sie sahen denen hier verdammt ähnlich. Doch er konnte sich nicht erinnern, in welchem Zusammenhang das gewesen war.

«Was wissen wir?», fragte er Linda.

«Ihr Name ist Leonore Talmeier. Sie war Rechtsanwältin. Verheiratet. Keine Kinder. Ihr Mann ist im Ausland. Wir haben ihn noch nicht erreicht.»

Stadler wandte sich ab. Er hatte genug gesehen. Im Flur fragte er weiter, während er aus dem Anzug schlüpfte. «Habt ihr mit den Nachbarn gesprochen? Hat jemand was bemerkt?»

Linda zog die Handschuhe aus. «Bisher hat die Befragung nichts ergeben. Die Hausbewohner sind schockiert. Alle mochten Frau Talmeier. Viele meinen, es muss etwas mit ihrem Beruf zu tun haben. Weil sie Kriminelle verteidigt hat.»

«Aha.» Stadler lehnte sich gegen die Wand. Der Gestank machte ihm mehr zu schaffen, als er gedacht hätte. Vielleicht wurde er alt. Dünnhäutig. «Ich fahr dann mal ins Präsidium. Ruf mich an, wenn's was Neues gibt.»

«Mach ich.» Sie lächelte ihn an. Bestimmt würde sie etwas finden, schon allein, damit sie einen Vorwand hatte, mit ihm zu reden.

Stadler nickte ihr zu und verließ die Wohnung. Auf dem Weg zu seinem Wagen machte es plötzlich klick! in seinem Kopf. Jetzt wusste er, weshalb ihm der Anblick der verstümmelten Leiche so bekannt vorgekommen war.

Donnerstag, 17. Oktober, 15:50 Uhr

«Vergessen Sie *CSI*, vergessen Sie *Das Schweigen der Lämmer*, vergessen Sie, was Sie im Fernsehen gesehen oder in einem der zahllosen Bücher zu diesem Thema gelesen haben. Vergessen Sie alles, was Sie glauben, über Serienkiller zu wissen. Denn in Wahrheit wissen Sie nichts. Absolut nichts.»

Liz Montario lehnte sich gegen das Pult und ließ ihren Blick langsam durch den Seminarraum gleiten. Alle Augen waren auf sie gerichtet, niemand sprach, niemand rührte sich auch nur. «Gut», schloss sie ihren Vortrag. «Das war's für heute. Bis nächste Woche lesen Sie bitte die beiden ersten Texte im Reader und überlegen sich, zu welchem Thema Sie ein Referat halten möchten. Danke für Ihre Aufmerksamkeit.»

Als Liz um das Pult herum ging, erwachte der Raum wieder zum Leben. Fingerknöchel trommelten Beifall auf die Tische, Stimmengemurmel setzte ein, Stühle wurden quietschend nach hinten geschoben, ein Handy piepste.

Liz stopfte ihre Unterlagen in die Tasche, wandte sich ab und schritt hinaus auf den Korridor. Schnell weg, bevor einer der zahlreichen übereifrigen Studenten sie in ein Fachgespräch verwickelte. Irgendeiner versuchte es immer, egal, wie unnahbar sie sich gab. Und nicht selten steigerte er sich dabei mit einer Leidenschaft in das Thema, die weit über reines Fachinteresse hinausging. Liz packte die Tasche fester und lief auf den Fahrstuhl zu. Wenn man auf Soziopathen spezialisiert war, zog man allerhand merkwürdige Gestalten an. Auch solche, auf die

die Täterprofile, die sie mit den Studenten durcharbeitete, erschreckend genau zutrafen.

Im zweiten Stock stieg Liz aus. Hier lagen die Büros der Mitarbeiter der Psychologischen Fakultät. Der Gang war dunkel, eine der Türen nur angelehnt, dahinter war leises Gemurmel zu hören, ansonsten herrschte Stille. Es war Donnerstagnachmittag, die meisten Kollegen waren bereits auf dem Heimweg. Liz teilte sich einen Raum mit zwei weiteren Lehrbeauftragten und einer studentischen Hilfskraft. Sie hatte nicht einmal einen eigenen Schreibtisch, doch das störte sie nicht, da sie lediglich einen Tag in der Woche an der Universität verbrachte. Zudem nutzte sie das Büro nur, um ihre Sachen abzustellen, und für die Sprechstunde, die sie am Vormittag abhielt. Wenn sie gewollt hätte, wäre sie längst mit einem eigenen Lehrstuhl an einer renommierten Hochschule vertreten. Schließlich war sie so etwas wie ein Star auf ihrem Gebiet. In ihrer Doktorarbeit über Serienmorde hatte sie einen Täter entlarvt, von dessen Existenz die Polizei bis dahin noch nicht einmal etwas geahnt hatte. Erst nach der Veröffentlichung ihrer Dissertation war eine Mordkommission ihrer Theorie nachgegangen und hatte eine Serie von Verbrechen aufgeklärt, die inzwischen als sogenannte Kanalmorde bekanntgeworden waren. Obwohl manche Kollegen wegen des Rummels, der um sie gemacht wurde, die Nase rümpften und ihre Methode als unwissenschaftlich verunglimpften, hatten ihr mehrere Universitäten in ganz Europa hochdotierte Stellen angeboten. Doch sie hatte abgelehnt. Sie wollte unabhängig bleiben, sich nicht festlegen, und das Geld brauchte sie auch nicht. *Verborgene Muster*, eine Version ihrer Doktorarbeit, aus der sie sämtliche Fußnoten und Dutzende Fachbegriffe gestrichen hatte, damit sie den normalen Leser nicht überforderte, war ein Bestseller und verkaufte sich auch ein Jahr nach Erscheinen noch immer unglaublich gut. Sie erhielt ständig Anfragen für Vorträge, Lesungen oder Interviews, die sie jedoch alle ablehnte. Das Letzte, was sie wollte, war ihr Bild in der Zeitung. Eigentlich wollte sie auch nicht unterrichten. Den Lehrauftrag hatte sie nur angenommen, damit ihr Ruf als Wissenschaftlerin nicht völlig den Bach hinunterging.

Liz stieß die Bürotür auf und grüßte Ruben, der nur kurz von seinem Bildschirm aufblickte.

«Hallo, Frau Doktor Montario. Sie haben zwei Briefe und eine Telefonnachricht. Liegt alles da drüben.» Er deutete auf den Schreibtisch, den Liz und ihre Kollegen im Wechsel nutzten.

Ruben Keller war Hilfskraft im Institut, ein großer, schlaksiger Junge mit schwarz gerahmter Brille und Strubbelfrisur. Einer, der immer ein wenig übereifrig wirkte, von dem Liz jedoch annahm, dass ihm alles, was an der Uni geschah, letztlich gleichgültig war. Sein wahres Leben verbrachte er in diversen Foren im Netz, seine Freunde waren über die ganze Welt verteilt, auch wenn er sie nur virtuell kannte. Vielleicht mochte sie ihn gerade deswegen, denn er war einer der wenigen Menschen, der sie genauso desinteressiert wie jeden anderen behandelte und nicht mit dieser Mischung aus Ehrfurcht und Argwohn, die ihr sonst so häufig entgegengebracht wurde.

«Danke, Ruben.» Sie trat an den Schreibtisch, griff nach den zwei Umschlägen. An dem oberen klebte ein gelber Haftzettel. *Kriminalhauptkommissar Georg Stadler bittet um Rückruf*, stand darauf, gefolgt von einer Telefonnummer.

«Was will dieser Kommissar?», fragte Liz betont beiläufig. Das Wort *Kriminalhauptkommissar* flimmerte vor ihren Augen. Die Polizei hatte in den letzten Monaten ihretwegen eine Menge Spott und Schelte über sich ergehen lassen müssen, viele Beamte reagierten allergisch auf ihren Namen. Einige hatten sie sogar am Telefon beschimpft. Doch das war nicht der Grund, weshalb ihr Magen sich zusammenkrampfte.

«Hat er nicht gesagt», antwortete Ruben, ohne sie anzusehen.

Liz betrachtete die Umschläge. Der erste war von der Universitätsverwaltung, der zweite ließ ihren Herzschlag kurz aussetzen. *Dr. Elisabeth Montario*, war mit Schreibmaschine darauf getippt. Schreibmaschine, keine Computerschrift im Schreibmaschinenlook. Vor etwa einer Woche hatte sie genau so einen Umschlag bekommen, und der Inhalt hatte ihr für einen Augenblick den Atem geraubt. Dennoch hatte sie ihn schon fast wieder vergessen. Der Absender schien das geahnt zu haben und deshalb ihr Gedächtnis auffrischen zu wollen. Sie riss den Umschlag auf und entnahm das einzelne Blatt. Die Nachricht war kurz und ebenfalls mit der Schreibmaschine getippt: *Finde mich, bevor ich dich finde.*

Liz ließ die Worte sacken. Fraglos eine Eskalation. Die erste Nachricht hatte schlicht gelautet: *Finde mich.*

«Etwas nicht in Ordnung?» Ruben sah sie neugierig an.

«Alles bestens.» Sie schnappte sich ihre Lammfelljacke und verließ das Büro. Auf dem Weg zum Wagen blies ihr der Wind gelbes Herbstlaub vor die Füße, Wolken stoben über den schmutzig grauen Himmel. Sie versuchte, an nichts zu denken, doch der anonyme Briefschreiber ging ihr nicht aus dem Sinn. Er war bei weitem nicht der erste Verrückte, der auf diese Weise Kontakt zu ihr aufnahm. Sie war eine Berühmtheit, eine Art Pop-Profilerin, und es gab eine Menge Spinner, die versuchten, sie zu merkwürdigen Spielchen herauszufordern oder schlicht zu testen, auf was sie so alles hereinfiel. Doch bei diesem Briefschreiber war es anders. Das spürte sie. Diese Worte konnten kein Zufall sein. Auch wenn sie keine Erklärung dafür hatte und nicht die geringste Ahnung, was der Unbekannte von ihr wollte. Sie wusste nur, dass sie ihn ernst nehmen sollte. Und das war mehr als reines Bauchgefühl.

Liz sperrte den Wagen auf, setzte sich hinter das Steuer und schloss für einen Augenblick die Augen. Dann zog sie das Handy aus der Tasche und tippte die Nummer des Kommissars ein.

Donnerstag, 17. Oktober, 16:26 Uhr

Georg Stadler steckte sein Handy zurück in die Tasche und trat wieder zu seiner Kollegin Birgit Clarenberg.

«Irgendetwas Neues?», fragte sie und sah ihn an.

«Nein. War privat.» Er hasste es, sie zu belügen, doch er wollte sie da nicht mit hineinziehen. «Ist die Maschine inzwischen gelandet?»

«Vor ein paar Minuten. Hoffentlich dauert es nicht mehr lange. Ich hasse diese Warterei.»

Sie standen im Ankunftsbereich des Flughafens und warteten auf Oswald Krämer, den Ehemann des Opfers. Leonore Talmeier war seit zehn Tagen tot, doch erst jetzt kehrte der Archäologe aus Peru zurück, wo er eine Ausgrabung leitete.

«Das muss er sein.» Birgit zeigte auf einen hochgewachsenen blonden Mann mit braungebrannter Haut, der eine Umhängetasche über der Schulter trug. «Hat wohl nur Handgepäck.»

«Na, dann mal los.» Stadler marschierte auf den Mann zu, Birgit folgte ihm, so schnell sie konnte. Sie trug einen engen Rock, was ihre Schrittlänge beeinträchtigte. Vermutlich hatte sie nicht damit gerechnet, heute das Büro verlassen zu müssen. Sie erreichten den Mann, und Stadler sprach ihn an.

«Herr Krämer? Oswald Krämer?»

«Wer will das wissen?» Der Mann bedachte ihn mit einem abschätzenden Blick. Er war mindestens einen Meter fünfundneunzig groß, sodass selbst Stadler zu ihm aufblicken musste, was ihm nur selten passierte.

Er zückte seinen Dienstausweis. «Kripo. Georg Stadler. Das ist meine Kollegin Birgit Clarenberg.» Er stopfte den Ausweis zurück in die Tasche und sagte etwas sanfter: «Das mit Ihrer Frau tut mir leid.»

Krämer verzog das Gesicht. «Was wollen Sie?»

«Wir müssen mit Ihnen reden, Herr Krämer», schaltete Birgit sich ein. «Wir haben einige Fragen.»

Als Krämer sich irritiert umblickte, fügte sie rasch hinzu: «Natürlich nicht hier auf dem Flughafen. Vielleicht möchten Sie uns aufs Präsidium begleiten?»

«Habe ich eine Wahl?», blaffte er.

Birgit wollte offenbar etwas erwidern, doch Stadler kam ihr zuvor. «Kommen Sie. Der Dienstwagen steht direkt da vorn.» Er lotste den Mann zwischen den Menschen hindurch zum Ausgang. Als sie losfuhren, sagte er: «Es war schwer, Sie ausfindig zu machen.»

«Das bringt mein Beruf so mit sich. Im Dschungel gibt es kein Handynetz. Nur ein Satellitentelefon. Aber das ist im Basiscamp, und da bin ich nicht immer.»

«Sie sind Archäologe?»

«Das wissen Sie doch sicherlich schon.»

Stadler beobachtete Krämer im Rückspiegel. «Dann suchen wir sozusagen beide nach verborgenen Wahrheiten.»

Krämer schnaubte. Es war offensichtlich, dass er keine Gemeinsamkeiten zwischen sich und der Kriminalpolizei sah, doch er erwiderte nichts. Den Rest der Fahrt schwiegen sie. Krämer machte erst wieder den Mund auf, als sie in einem der Vernehmungszimmer saßen. Birgit hatte Kaffee organisiert. Stadler bediente den Recorder, der die Befragung aufzeichnete.

«Wann genau haben Sie vom Tod Ihrer Frau erfahren?», begann Stadler, nachdem er die einführenden Informationen auf das Band gesprochen hatte. Nicht der einfühlsamste Einstieg, doch er hatte nicht den Eindruck, Oswald Krämer Mitgefühl schuldig zu sein. Er schien vom Tod seiner Frau nicht besonders betroffen.

«Vor fünf Tagen», antwortete Krämer. «Am vergangenen Samstag. Wir waren gerade damit fertig, ein paar Höhlen zu untersuchen.»

«Und da sind Sie erst heute hergekommen?»

Krämer nahm einen Schluck Kaffee. «Ich leite eine größere Ausgrabung. Ich kann nicht einfach so verschwinden, ich muss sicherstellen, dass in meiner Abwesenheit alles glattläuft. Und nach der Beerdigung muss ich sofort wieder zurück.» Er sah auf die Uhr, als wäre es eine Frage von Stunden.

«Entschuldigen Sie», sagte Stadler, «aber ich habe den Eindruck, dass Ihnen der Tod Ihrer Frau nicht sehr nahe geht.»

«Was ich empfinde, geht Sie nichts an.»

«Es geht um Mord, da ist leider nichts privat», konterte Stadler.

«Bin ich etwa verdächtig? Ich habe ja wohl ein Alibi: Ich war am anderen Ende der Welt. Himmel noch mal, ich dachte, das ist Ihr Job! Stellen Sie sich immer so dilettantisch an?»

Stadler warf Birgit einen raschen Blick zu. Sie hob die Brauen, dann beugte sie sich vor. «Herr Krämer, vielleicht möchten Sie uns erzählen, wann Sie das letzte Mal mit Ihrer Frau gesprochen haben?»

Er sah sie an, wirkte mit einem Mal etwas versöhnlicher. «Ich weiß nicht. Vor drei Wochen etwa. Wir haben telefoniert.»

«Hat sie da irgendetwas gesagt, das uns von Nutzen sein könnte? Hatte sie mit jemandem Streit? Wurde sie bedroht? Ihre Frau war Anwältin, vielleicht gab es Ärger mit einem Klienten oder mit einem Prozessgegner.»

Krämer zuckte mit den Schultern. «Nichts, wovon ich wüsste. Aber sie hat mir auch selten von ihren Fällen erzählt. Sie hat sich nicht für meine Mumien interessiert und ich mich nicht für ihre Kleinkriminellen. Wir haben uns gegenseitig so wenig wie möglich mit beruflichen Details behelligt.»

Stadler sah, wie Birgit schluckte, ehe sie fortfuhr. «Hätte Ihre Frau einen Fremden in die Wohnung gelassen?»

«Keine Ahnung. Vermutlich schon. Wenn er sich als potenzieller Klient ausgegeben hätte zum Beispiel. Sie hatte eine Schwäche für die Kerle, die sie verteidigte.»

«Sie waren davon nicht so angetan?», fragte Stadler.

«Na, Sie sehen doch, wohin das geführt hat», gab Krämer zurück.

Stadler verlor allmählich die Geduld. Es hatte den Anschein, als sei der gewaltsame Tod seiner Frau für Krämer lediglich ein lästiger Zwischenfall, so wie ein verspäteter Flug oder eine Reifenpanne. Entweder war er mit der Situation emotional überfordert, oder er empfand tatsächlich nichts. «Es gibt im Augenblick keinen Hinweis darauf, dass es einer ihrer Klienten war.»

«Da kann ich Ihnen auch nicht helfen.» Krämer verschränkte die Arme.

Stadler tat, als schaue er etwas in der Akte nach, bevor er die nächste Frage stellte. «Ich nehme an, Sie wussten von der Operation, der sich Ihre Frau vor acht Jahren unterzogen hat?»

«Operation? Was meinen Sie?» Krämer wirkte ehrlich ahnungslos. «Sie hatte eine Unterleibsoperation, bevor wir zusammengekommen sind. Kann sein, dass das acht Jahre her ist. Wir sind erst seit fünf Jahren verheiratet.»

«Wie haben Sie sich kennengelernt?»

Oswald Krämer schlug mit der Hand auf den Tisch. «Jetzt reicht es aber! Was hat das denn mit dem Tod meiner Frau zu tun?»

«Das wissen wir nicht», gab Stadler ehrlich zu. «Aber wir müssen uns ein so genaues Bild wie möglich von ihr und ihrem

Umfeld machen.» Er zog ein Blatt aus der Akte. «Das hier haben wir in den Unterlagen Ihrer Frau gefunden. Sie haben sich über eine Agentur im Internet kennengelernt, ist das richtig? Eine Firma, die speziell Kunden mit gehobenen Ansprüchen bedient.»

«Und? Geht Sie das was an?»

«Sie haben eine kultivierte, finanziell unabhängige Frau gesucht, die Sie nicht zu sehr vereinnahmt. Stimmt das?»

«Worauf wollen Sie hinaus? Halten Sie mich für einen Heiratsschwindler? Ich bin selbst vermögend. Ich wollte lediglich eine Partnerin, die mich bei gesellschaftlichen Anlässen begleitet, die mit mir ins Theater geht, die da ist, wenn ich von einer mehrmonatigen Reise aus Südamerika zurückkehre. Das ist ja wohl nicht verboten, oder?»

«Dann komme ich noch einmal auf meine Frage zurück: Wussten Sie von der Operation?»

«Was für eine Operation, verdammt?»

Stadler ließ den Archäologen nicht aus den Augen, während er antwortete. «Ihre Frau wurde am 25. März 1971 geboren, als Franz Talmeier.»

Oswald Krämer starrte ihn fassungslos an, doch er sagte nichts.

Stadler fuhr fort. «Vor acht Jahren unterzog sich Franz Talmeier einer Geschlechtsumwandlung. Seither lebte er offiziell als Leonore Talmeier.»

«Blödsinn!», brüllte Krämer. «Das ist totaler Blödsinn, Sie wollen mich verarschen! Was soll der Scheiß?»

«Sie wussten also nichts davon?»

«Natürlich nicht, weil es nicht stimmt.» Krämers braungebranntes Gesicht war rot angelaufen. «Wer hat Ihnen denn diesen Mist erzählt?»

Stadler räusperte sich. «Wir haben die entsprechenden Papiere ebenfalls bei den Unterlagen Ihrer Frau gefunden. Und der Rechtsmediziner hat es bestätigt.» Er sah Krämer scharf an. «Der Mörder muss es ebenfalls gewusst haben.»

Krämer kniff die Augen zusammen. «Wie kommen Sie darauf?»

Stadler warf Birgit einen Blick zu. Normalerweise verschonten sie Angehörige mit grausigen Details, doch sie nickte kaum merklich.

«Sie können es ruhig sagen», beharrte Krämer. «Ich musste mir in den letzten Minuten so viele Ungeheuerlichkeiten anhören, Sie können mich nicht mehr schocken.»

Stadler holte Luft. «Der Täter hat Ihrer Frau den Unterleib aufgeschlitzt und darin herumgewühlt, so als hätte er etwas gesucht. Doch anstatt etwas zu entnehmen, tat er etwas hinein: eine winzige nackte Puppe. Sie steckte dort, wo sich bei anderen Frauen die Gebärmutter befindet. Es war fast so, als hätte er aus Leonore Talmeier eine richtige Frau machen wollen.»

Freitag, 18. Oktober, 9:30 Uhr

Es regnete in Strömen, als Liz aus dem Haus trat. Sie überlegte einen Moment, ob sie wieder hineingehen sollte. Ihr Vorhaben war ohnehin unsinnig, doch dann rannte sie kurzentschlossen über die Straße zu ihrem Auto. Immerhin lag irgendwo im Kofferraum ein Schirm, sodass sie nicht tropfnass im Büro eintreffen würde. Zwanzig Minuten später fuhr sie in die Parkhauseinfahrt, die unter dem Gebäude der Wirtschaftswissenschaftlichen Fakultät lag. Sie fand eine Lücke, fischte ihren Schirm aus dem Kofferraum und ging auf das nächstgelegene Treppenhaus zu. Das Parkhaus war menschenleer. Sie war kein ängstlicher Typ, doch ihre Beschäftigung mit Serienkillern hatte ihr bewusstgemacht, dass es Orte gab, die für Frauen besonders gefährlich waren. Einsame Parkhäuser befanden sich definitiv unter den Top Ten. Hier konnte ein Täter unauffällig seinem Opfer auflauern und es in Sekundenschnelle überwältigen, ohne dass irgendwer etwas mitbekam – zumindest wenn es keine Kameraüberwachung gab.

Liz erreichte den Treppenabsatz, trat hinaus in den Regen und atmete erleichtert auf. Normalerweise hatte sie sich besser unter Kontrolle, doch dieser Briefschreiber hatte ihren Schutzwall durchbrochen. So sehr, dass sie gestern Abend lieber auf der Straße geparkt hatte, als in die Tiefgarage zu fahren, die zu ihrem Wohnkomplex gehörte. Liz schob den Gedanken beiseite, spannte den Schirm auf und lief auf das Gebäude der Philosophischen Fakultät zu.

Als sie die Tür zum Büro aufstieß, registrierte sie, dass außer Ruben niemand da war. Gut so.

«Morgen», sagte sie.

Ruben blickte erschrocken auf, offenbar hatte er die Tür nicht gehört. «O, Morgen. Ist heute Donnerstag?» Er blinzelte verunsichert.

«Ich habe gestern was vergessen», erklärte Liz und trat an den Schreibtisch. Sie griff nach einem Buch, das sie absichtlich dort gelassen hatte, weil sie es zu Hause nicht brauchte. Jetzt diente es als Vorwand. Langsam ging sie zurück zur Tür. Als sie die Klinke schon in der Hand hatte, fragte sie, als wäre es ihr gerade eingefallen: «Dieser Brief gestern, woher kam der eigentlich?»

Ruben sah sie an. «Welcher Brief?»

«Der Umschlag, auf dem die Anschrift mit Schreibmaschine getippt war.»

«Ach der. Hab mich auch gewundert, dass jemand noch so ein antiquiertes Gerät benutzt. Ich dachte, der sei vielleicht von irgendeinem alten Professor, der keinen Computer besitzt.»

Liz nickte ungeduldig. «Und?»

«Ich weiß nicht. Er war in der Poststelle, wie die anderen Briefe auch. Gab es denn keinen Absender?»

«Nein. Und keinen Poststempel.»

«Dann muss ihn jemand persönlich in Ihr Fach gelegt haben.»

«Wird wohl so sein. Danke.» Sie öffnete die Tür. Ein Gedanke kam ihr, und sie schloss sie wieder. «Ruben?»

«Ja, Frau Montario?»

«Sie kennen sich doch ganz gut damit aus, wie man im Internet an Informationen kommt. Auch solche, die nicht so leicht zugänglich sind.»

Jetzt schien sein Interesse geweckt. «Um was geht es denn?»

Sie zögerte. «Es geht um eine Person. Ich müsste wissen, wo sie wohnt und was sie macht.»

«Dürfte nicht so schwer sein. Falls Sie einen Namen haben. Und am besten auch das Geburtsdatum, zumindest so ungefähr.»

«Jan Schneider», sagte sie. «Ein genaues Geburtsdatum habe ich leider nicht, aber er müsste so Mitte dreißig sein.»

«Hm. Schneider ist nicht gerade ein seltener Name. Irgendetwas, das mir die Suche erleichtern könnte?»

«Soviel ich weiß, hat er bis vor wenigen Monaten im Gefängnis gesessen. Wo, kann ich nicht sagen, aber als Jugendlicher war er einige Monate in der JVA Siegburg.»

Freitag, 18. Oktober, 19:03 Uhr

Georg Stadler warf seine Lederjacke auf das Sofa und ging ins Bad. Eine halbe Stunde blieb ihm bis zu seiner Verabredung mit der Psychologin, gerade genug Zeit für eine Dusche und ein kaltes Bier. Er ließ erst heißes, dann eiskaltes Wasser über seinen Körper laufen und summte dabei vor sich hin. Er hätte nicht gedacht, dass diese Elisabeth Montario sich so rasch zu einem Treffen bereit erklären würde. Jetzt hing es von seiner Überredungskunst ab, ob er es schaffte, sie für sein Problem zu erwärmen. Und von seinem Charme. Er trat aus der Dusche, trocknete sich kurz ab und betrachtete sich im Spiegel. Nicht schlecht für einen Mann Ende vierzig, dachte er zufrieden. Zahlte sich doch aus, regelmäßig Sport zu treiben. Er trat ins Schlafzimmer und registrierte, dass die Putzfrau ganze Arbeit geleistet hatte. Das Bett war frisch bezogen, keine Spuren mehr übrig von der letzten Nacht. Diese Regine, Regula oder wie sie hieß war allerdings eine ziemliche Pleite gewesen. Erst hatte sie ihn angebaggert und sich dann im Bett plötzlich steif gemacht wie ein Brett. Er gehörte nicht zu den Männern, die so taten, als würden sie es nicht merken. Also hatten sie stattdessen geredet. Nicht gerade seine Vorstellung von einem befriedigenden Feierabend, zumal Regine oder Regula zwar gut aussah, aber nur über ein sehr eingeschränktes Repertoire an Gesprächsthemen verfügte. Na ja, meistens hatte er mehr Glück. Er nahm ein frisches Hemd aus dem Schrank und zog sich an. Vielleicht war diese Psychotante einen Versuch wert. Nein, eher nicht.

Schließlich wollte er beruflich etwas von ihr. Also fiel sie in die Kategorie Kollegin. Regel war Regel.

Stadler ging in die Küche, fischte eine Flasche Alt aus dem Kühlschrank, öffnete sie und nahm einen großen Schluck. Er stellte sich ans Fenster und überlegte, welche Strategie er bei Frau Dr. Montario anwenden sollte. Die Bewunderungsmasche, die Unter-Kollegen-hilft-man-sich-Tour? Oder sollte er an ihr Mitgefühl appellieren? Er trank das Bier leer und stellte die Flasche weg. Er würde spontan entscheiden, wenn er die Frau vor sich hatte.

Zehn Minuten später suchte er einen Parkplatz in den vollgestopften Wohnstraßen von Oberkassel. Er fragte sich, warum sie sich ausgerechnet hier mit ihm hatte treffen wollen. Sie wohnte nicht in der Nähe, sondern im Süden der Stadt. Sollte das eine kleine Demonstration ihrer Fähigkeiten sein? Wollte sie zeigen, dass sie wusste, weshalb er mit ihr sprechen wollte? Gerade als er aufgeben und vor einer Einfahrt parken wollte, löste sich vor ihm ein Geländewagen vom Straßenrand. Er lenkte den Mustang in die Lücke und stellte den Motor ab. Mit langen Schritten lief er auf die Gaststätte zu, in der er mit Dr. Elisabeth Montario verabredet war.

Er sah sie sofort. In natura wirkte sie viel jünger als auf dem schlecht belichteten Schwarzweißfoto, das er auf der Verlagshomepage gesehen hatte. Fast wie ein junges Mädchen. Dabei musste sie über dreißig sein. Lange rote Locken, von einem Gummi nur notdürftige zusammengehalten, leuchtend grüne Augen, ein enges schwarzes Kleid, das mehr zeigte, als es verhüllte. Stadler hielt für einen Augenblick den Atem an, dann trat er auf sie zu.

«Frau Dr. Montario?»

Sie wandte den Blick vom Fenster ab und sah ihn an. «Herr Stadler?»

«Ja.» Er streckte die Hand aus. «Es freut mich, dass Sie sich die Zeit nehmen, mit mir zu sprechen.»

Sie antwortete nicht, erwiderte stumm seinen Händedruck. Etwas an ihrem Blick beunruhigte ihn. Das intensive Grün ihrer Augen, die fast schon unhöfliche Eindringlichkeit, mit der sie ihn musterte, vielleicht auch einfach das Wissen, dass sie Psychologin war und vermutlich alles Mögliche an seiner äußeren Erscheinung ablas.

Sie hatte ein Glas Weißwein vor sich stehen. Nach kurzem Zögern bestellte er ein Bier. Als das Glas vor ihm stand, brach er das Schweigen. «Ich weiß nicht, ob Sie ahnen, worum es geht ...»

Ein kaum wahrnehmbares Lächeln umspielte ihre Lippen. «Sagen Sie es mir doch einfach.»

«Also gut.» Er stützte die Ellbogen auf den Tisch, fest entschlossen, sich nicht weiter von ihrer irritierenden Gelassenheit aus dem Konzept bringen zu lassen. Sollte sie doch die Unnahbare spielen, er hatte schon ganz andere Frauen geknackt. Abgesehen davon war sein Interesse rein beruflich. Es gab also keinen Grund, nervös zu sein. «Sie haben vielleicht in der Zeitung davon gelesen: Vor zehn Tagen wurde eine Frau ermordet, übrigens hier ganz in der Nähe, in der Dominikanerstraße. Der Täter ist in ihre Wohnung eingedrungen und hat ihr die Kehle aufgeschlitzt. Während sie verblutete, stach er zweiunddreißigmal auf ihren Oberkörper ein. Zum Schluss schlitzte er ihr den Unterleib auf und manipulierte ihre Bauchhöhle.» Er hielt inne, sah sie an.

«Ich habe davon in der Zeitung gelesen», sagte Elisabeth Montario. «Allerdings fehlten die Details. Soweit ich mich erinnere, hieß es einfach, die Frau sei erstochen worden.»

«Das ist richtig. Aus ermittlungstechnischen Gründen haben wir die Einzelheiten vor der Presse zurückgehalten.»

«Aha. Und was genau wollen Sie von mir?»

Stadler holte tief Luft. «Es gibt einen zweiten Mord.»

Dr. Montarios Augen weiteten sich. «Der Täter hat ein zweites Mal getötet? Nach zehn Tagen?»

Er schüttelte den Kopf. «Nein. Zwischen den beiden Taten liegt etwa ein halbes Jahr.»

Sie runzelte die Stirn, sagte jedoch nichts.

Er fuhr fort. «Am 8. April wurde in der Nähe des Hauptbahnhofs eine Leiche gefunden. Ein Transvestit, der in der Gegend auf den Strich ging. Als er gefunden wurde, in einem Gebüsch in der Nähe einer Unterführung, war er nackt. Der Täter hatte ihm die Halsschlagader durchtrennt und mehrfach auf ihn eingestochen. Danach hat er seinem Opfer den Bauch aufgeschlitzt und ihn verstümmelt.»

«Verstümmelt?»

«Er entfernte die Geschlechtsteile. Sie sind bis heute verschwunden.»

Montario wirkte nicht schockiert, eher konzentriert. «Und Sie gehen davon aus, dass es derselbe Täter war?»

«Es gibt eine weitere Gemeinsamkeit zwischen beiden Fällen. Eine, die über die Art der Tötung hinausgeht: Auch das zweite Opfer war keine Frau. Oder vielleicht sollte ich besser sagen, sie ist nicht immer eine Frau gewesen. Sie hatte vor acht Jahren eine Geschlechtsumwandlung.»

Montario nickte. «Interessant.»

«Finde ich auch. Ich bin überzeugt, dass das kein Zufall ist. Erst ein Transvestit, dann ein Transsexueller. Beide auf ähnliche Weise getötet. Da draußen läuft irgendwer herum, der etwas gegen falsche Frauen hat.»

Montario nippte an ihrem Wein. «Okay, das ist sehr bemerkenswert, aber ich weiß immer noch nicht, was genau Sie von mir wollen.»

Stadler unterdrückte ein Seufzen. Jetzt kam der schwierige Teil. «Ich hätte gern Ihre fachliche Einschätzung.»

Sie kniff die Augen zusammen. «Haben Sie für so was nicht eine Abteilung beim LKA?»

Stadler verschränkte die Arme. Er musste mit der ganzen Wahrheit herausrücken, es half alles nichts.

«Die Sache ist leider etwas kompliziert», begann er. «Um ehrlich zu sein: Ich bin im Augenblick der Einzige, der davon überzeugt ist, dass die beiden Morde zusammenhängen.» Jetzt hatte er ihre volle Aufmerksamkeit, also fuhr er rasch fort. «Vor zwei Monaten wurde ein junger Mann festgenommen, der unter dem dringenden Tatverdacht steht, den Transvestiten umgebracht zu haben. Er sitzt in Untersuchungshaft, der Prozess beginnt voraussichtlich nächsten Monat. Aber er hat nicht gestanden, es gibt lediglich eine Reihe Indizien, die ihn mit der Tat in Verbindung bringen, keine Beweise. Den Fall haben Kollegen bearbeitet, und sie sind sicher, den richtigen erwischt zu haben. Von einem Serienkiller wollen sie nichts hören. Mein Chef übrigens auch nicht. Ich habe ihm die Ähnlichkeiten zwischen beiden Fällen dargelegt, ihn gebeten, einen Experten für operative Fallanalyse einzuschalten, doch er will nichts davon hören. Deshalb stehe ich allein da. Und deshalb sitzen wir beide heute privat hier und plaudern ein bisschen. Denn offiziell ist es mir nicht gestattet, mit Ihnen über den Fall zu sprechen, geschweige denn, Sie als Beraterin hinzuzuziehen.»

«Sie riskieren also Ihren Job für diese Sache?»

«Na ja, eher meine Beförderung.»

«Ich kann Ihnen anhand von dem, was Sie mir erzählt haben, kein psychologisches Gutachten anfertigen. Dazu kenne ich viel zu wenige Details.»

Er atmete auf. Das war fast schon ein Ja. «Das weiß ich», sagte er schnell. «Ich habe Kopien von beiden Akten angefertigt.

Da ist alles drin, was Sie brauchen. Das Gutachten der Rechtsmedizin, die Fotos vom Tatort, die Erkenntnisse der Spurensicherung und alle sonstigen Berichte und Analysen. Würden Sie sich die Sachen ansehen?»

«Ich nehme an, Sie dürfen diese Dokumente eigentlich nicht kopieren, und Sie dürfen sie erst recht niemandem geben, der nicht offiziell an den Ermittlungen beteiligt ist?»

Er nahm einen Schluck Bier. «Richtig.»

Sie nickte. «Das heißt, dass Sie meine Einschätzung auch nicht offiziell für die weiteren Ermittlungen verwenden dürfen?»

«Sollten Sie mich auf die richtige Spur bringen, kriege ich ganz schnell eine nachträgliche Genehmigung.» Er verzog das Gesicht. «Sie wissen doch, wie das läuft.»

Sie sah hinaus auf die Straße. Es hatte wieder angefangen zu nieseln. Der Tag schien zu enden, wie er begonnen hatte. Einen Moment lang sagte keiner von ihnen ein Wort. Stadler bemerkte die feinen Linien um Montarios Augen, die verrieten, dass sie nicht mehr ganz so jung war, wie sie auf den ersten Blick wirkte. Sie sah zerbrechlich aus, schutzbedürftig. Nicht wie eine Frau, die sich berufsmäßig mit perversen Killern abgab. Er hätte sie gern gefragt, wie sie dazu gekommen war, sich ausgerechnet mit dieser Sorte menschlichem Abschaum zu beschäftigen, doch er hielt sich zurück. Sie hatte bisher nicht das kleinste bisschen Persönliches preisgegeben, und er wollte nicht mit einer unsensiblen Frage riskieren, dass sie ihm im letzten Moment eine Abfuhr erteilte.

Sie wandte sich vom Fenster ab und sah ihm in die Augen. «Ich kann nichts versprechen», sagte sie.

«Das ist wunderbar.»

Plötzlich lächelte sie. «Wenn Sie meinen.»

Er zog seine Aktentasche hervor. «Ich habe die Kopien dabei. Sie können sie gleich mitnehmen.» Nacheinander legte er zwei Ordner auf den Tisch.

«Sie waren sich offenbar sicher, dass ich anbeißen würde.»

«Ich hatte es gehofft.»

Sie zog die beiden Akten zu sich herüber. «Ich rufe Sie an.» Mit diesen Worten erhob sie sich, streifte eine braune Lammfelljacke über und verließ ohne ein weiteres Wort die Gaststätte. Verdutzt beobachtete Stadler, wie sie in die Dunkelheit trat, einen Schirm aufspannte und nach ein paar Schritten um die Straßenecke verschwand.

Samstag, 19. Oktober, 17:00 Uhr

Liz rieb sich ihren schmerzenden Nacken. Seit Stunden saß sie an ihrem Schreibtisch und las in den Akten, die Stadler ihr gegeben hatte. Von ihrem Arbeitsplatz aus hatte sie einen Blick auf den Rhein und die Auen, die sich am gegenüberliegenden westlichen Ufer erstreckten, doch sie hatte ihre Lektüre kaum unterbrochen, um hinauszusehen, und jetzt dämmerte es bereits. *Ein verlorener Tag*, dachte sie bitter, *zumal ich für diese Schinderei noch nicht einmal bezahlt werde.*

Sie erhob sich. Vielleicht würde ein Spaziergang helfen, das Durcheinander in ihrem Kopf zu ordnen, die Zweifel zu beseitigen. Doch sie befürchtete, dass es nicht so einfach sein würde. Frustriert trat sie vor die große Pinnwand, wo sie die Fotos der Tatorte aufgehängt hatte, links der Mord an dem Transvestiten, rechts der an der Anwältin. Die äußeren Umstände hätten nicht unterschiedlicher sein können. Der nackte Körper des Mannes lag in einem Brombeergestrüpp, hinter dem eine schmutzige Mauer aufragte. Sie war Teil des Bahndamms, so viel ging aus den Akten hervor. Manuel Geismann, so hieß der Tote, lag halb auf der Seite, sodass nicht alle Einstiche zu sehen waren. Auch der aufgeschlitzte Bauch war in dieser Position kaum zu erkennen. Eine Hand war unter dem Körper eingeklemmt, die andere lag wie schützend vor der Brust. Die Nägel des Mannes waren knallrot lackiert, in dem starren Gesicht waren Reste von Make-up zu erkennen. Der Anblick hatte etwas Groteskes, so als hätte jemand versucht, mit dem geschminkten Gesicht von dem geschundenen Leib abzulenken. Der Mann war nicht in dem Gebüsch getötet worden, in dem man ihn gefunden hatte, weshalb kaum Blut zu sehen war. Seltsamerweise hatte Liz das Gefühl, dass der Anblick der Leiche aus diesem Grund noch trostloser war.

Ganz anders bei der Anwältin. Im Gegensatz zu den tristen Bildern vom Bahndamm sprang einem hier das Rot des Blutes sofort ins Auge. Ebenso wie der Kontrast zwischen der sauberen, aufgeräumten Wohnung mit den weißen Wänden und dem Höllenloch, in das der Täter diesen Ort verwandelt hatte. Die Unmengen Blut an der Tapete, der Decke, dem Klavier, dem Bücherregal und dem weißen Teppich ließen Liz schaudern, obwohl sie die Fotos nun schon unzählige Male studiert hatte. Wäre nicht der entstellte Leichnam gewesen, hätte man den Raum beinahe für eine geschmacklose moderne Kunstinstallation halten können.

Anders als Manuel Geismann war Leonore Talmeier nicht völlig nackt. Sie trug einen Bademantel und am linken Fuß einen Hausschuh. Und im Verhältnis dazu, dass der Täter fünfmal so häufig auf ihren Körper eingestochen hatte und die Öffnung der Bauchhöhle acht Zentimeter größer war als die des ersten Opfers, sah die Leiche fast ordentlich aus.

Liz biss sich auf die Lippe. Ja, es gab Parallelen, die Messerstiche, die Öffnung der Bauchhöhle und vor allem die Identität der Opfer. Zwei falsche Frauen, wenn man so wollte. Aber der erste Mord schien eine spontane Tat zu sein, nichts deutete auf Vorbereitung hin. Der zweite Mord hingegen war penibel geplant worden, da war sich Liz sicher. Das bedeutete, dass der Täter zwischen den Taten einen enormen Entwicklungssprung gemacht hatte. Oder dass er in den Monaten, die zwischen beiden Verbrechen lagen, einen weiteren Mord begangen hatte, von dem bisher niemand wusste.

Der Computer signalisierte mit einem Piepsen den Eingang einer neuen Mail. Dankbar für die Ablenkung, ging Liz zurück zum Schreibtisch. Die Mail war von Ruben, und sie war kurz und kryptisch: «Interessante Infos in Sachen Jan Schneider. Bin auf etwas gestoßen. Gehe der Sache nach. Melde mich, wenn ich mehr weiß. Ruben.»

Liz kaute auf ihrer Unterlippe, während sie die Nachricht las. Verdammt. Sie wollte nicht, dass Ruben in der Vergangenheit herumstocherte. Er sollte nur herausfinden, ob Jan Schneider inzwischen aus der Haft entlassen worden war und wo er heute lebte. Nichts weiter. Was für eine Schnapsidee, den Jungen damit zu beauftragen! Jetzt wollte er unbedingt Detektiv spielen, na klar. Der berühmten Profilerin bei der Mördersuche helfen. Dabei hatte sie immer gedacht, Ruben sei der Einzige in ihrem Umfeld, der sich nicht für ihre Psychopathen interessierte. Wie dumm von ihr! Sie musste ihn davon abhalten, weiter herumzuschnüffeln. Rasch tippte sie eine Antwort, doch sie löschte sie wieder, weil sie zu nachdrücklich klang. Damit würde sie seine Neugier nur schüren. Nein, sie musste es beiläufiger klingen lassen. Bloß keine schlafenden Hunde wecken. Bloß nicht das Gefühl vermitteln, es gäbe etwas zu finden. Nicht auszudenken, was Ruben zutage fördern könnte!

Sonntag, 20. Oktober, 11:06 Uhr

Georg Stadler breitete die Unterlagen vor sich aus, Birgit Clarenberg verteilte Kaffeebecher, Oswald Krämer blickte missmutig vor sich hin.

«Sie hätten die Leiche wenigstens schon mal freigeben können», nörgelte er. «Ich muss eine Beerdigung vorbereiten.»

«Sie können es wohl kaum abwarten, wieder nach Südamerika zurückzufliegen», sagte Birgit spitz.

«Das Leben geht weiter.»

«Und Sie haben eine Ausgrabung zu leiten, ich weiß.» Birgit setzte sich und nahm ihren Kaffeebecher in die Hand.

«Verurteilen Sie mich nur. Das lässt mich kalt.» Er verschränkte die Arme. «Die Zeiten, in denen ich etwas darum gegeben habe, was die Leute von mir denken, sind längst vorbei.»

«Das ist das Stichwort», fiel Stadler ihm ins Wort. Bereits beim ersten Zusammentreffen am Donnerstag war der Archäologe ihm auf Anhieb unsympathisch gewesen, und es sah nicht so aus, als würde die zweite Begegnung daran etwas ändern. Deshalb fiel es Stadler schwer, professionelle Höflichkeit zu wahren. «Wäre es Ihnen auch egal gewesen, wenn die Leute erfahren hätten, dass Sie mit einem Mann verheiratet sind? Dass Sie auf einen Betrüger hereingefallen sind, der Sie im Internet geködert hat? Und zwar nicht auf irgendeinen Betrüger – das kann ja jedem passieren –, sondern auf einen, der es sich in Ihrem Ehebett bequem gemacht hat. Sie hatten Sex mit diesem Kerl, haben Sie denn nichts bemerkt?»

«Das ist eine Frechheit!», stieß Krämer hervor. Sein Gesicht war bei Stadlers Worten dunkelrot angelaufen. «Leonore war kein Mann. Und sie hat mich auch nicht hereingelegt.»

Stadler lehnte sich zurück. «Sie hat Ihnen nichts von ihrer OP erzählt.»

«Das war ihr gutes Recht.» Krämer sah ihn verächtlich an. «Sofern überhaupt stimmt, was Sie behaupten.»

«Ich habe den Bericht des Rechtsmediziners hier», sagte Stadler. «Ich kann Ihnen die entsprechende Passage vorlesen, wenn Sie möchten.» Er tat so, als würde er ein bestimmtes Dokument suchen.

«Nein danke.»

Zum ersten Mal glaubte Stadler, etwas anderes als Wut, Empörung oder Arroganz in den Augen des Mannes aufflackern zu sehen. Krämer war also doch imstande, Schmerz zu empfinden. Stadler nutzte den Augenblick, um den Mann weiter in die Enge zu treiben und auf das zu sprechen zu kommen, was Birgit vor zwei Stunden herausgefunden hatte. «Sie hören es also nicht gern? Natürlich nicht. Es ärgert Sie. Es macht Sie wütend. Sie haben einem Mann das Jawort gegeben. Sie haben mit einem Mann das Bett geteilt. Sie haben –»

«Schluss!» Krämer sprang auf.

Sofort erhoben Stadler und Birgit sich ebenfalls. Birgit legte behutsam die Hand auf seinen Arm. «Bitte, nehmen Sie wieder Platz.»

Er schlug ihre Hand weg. «Nicht um mich weiter beleidigen zu lassen.»

«Dann gehen wir es anders an», meinte Stadler kühl. Er setzte sich wieder und zog ein Blatt hervor. «Drei Tage vor Ihrer Abreise nach Lima im August haben Sie 50 000 Euro in bar von Ihrem Konto abgehoben. Was haben Sie mit dem Geld gemacht?»

«Das geht Sie einen Scheiß an.» Krämer sank zurück auf seinen Stuhl.

«Haben Sie damit einen Killer bezahlt? Jemanden, der in Ihrer Abwesenheit Ihre Frau umbringen sollte? War es Ihre Idee, das Ganze so aussehen zu lassen, als sei Jack the Ripper von den Toten auferstanden? Oder haben Sie dem Killer freie Hand gelassen?»

«Das ist doch blanker Unsinn. Das muss ich mir nicht anhören!» Schweißperlen schimmerten auf Krämers Stirn.

«Erzählen Sie uns doch einfach, wofür Sie das Geld gebraucht haben», sagte Birgit. «So können wir die Angelegenheit schnell aus dem Weg räumen.»

«Ich denke gar nicht daran!»

«Dann müssen wir Sie wohl hierbehalten.» Stadler betrachtete seine Fingernägel. «Immerhin besteht die Gefahr, dass Sie nach Peru zurückkehren, ohne uns Bescheid zu geben. Und Sie haben ja selbst gesagt, dass Sie dort sehr schwer zu finden sind. Das dürfte auch den Haftrichter überzeugen.»

Krämer kniff die Augen zusammen. «Sie haben nichts gegen mich in der Hand.» Er fuhr sich mit einem Taschentuch über die Stirn.

Der Mann hatte recht, aber das musste man ihm ja nicht auf die Nase binden. Stadler zählte an den Fingern ab. «Sie haben erstens ein Motiv, denn Ihre Frau hat Sie über ihre wahre Identität im Dunkeln gelassen, als sie Sie heiratete. Darüber waren Sie verständlicherweise geschockt. Zweitens haben Sie 50 000 Euro abgehoben, über deren Verbleib Sie uns nichts sagen möchten, und drittens berührt Sie der Tod Ihrer Frau nicht im geringsten, Sie möchten nur so schnell wie möglich wieder zurück zu Ihrer Ausgrabung.»

«Ja und? Damit bekommen Sie niemals einen Haftbefehl.»

«Wollen Sie es darauf ankommen lassen?» Stadler fixierte

sein Gegenüber herausfordernd. Er hatte hoch gepokert. Doch er setzte darauf, dass Krämer die schwächeren Nerven hatte, weil für ihn mehr auf dem Spiel stand.

«Sie können mir keine Angst einjagen. Ich kenne meine Rechte.» Krämer stand auf.

Birgit wollte sich ebenfalls erheben, doch Stadler bedeutete ihr, sitzen zu bleiben.

Krämer ging zur Tür, griff nach der Klinke, stockte.

Stadler hielt die Luft an.

Langsam drehte Krämer sich um. «Die 50 000 waren für ein Mädchen», gestand er kleinlaut.

Stadler nickte, als hätte er das bereits gewusst. «Setzen Sie sich doch wieder.»

Krämer kehrte an seinen Platz zurück.

«Erzählen Sie», forderte Stadler ihn auf.

«Bei den Ausgrabungen sind immer jede Menge junge Studentinnen dabei», erklärte Krämer mit gesenktem Blick. «Eine von denen hat sich an mich herangemacht. Im Frühjahr, als wir zum ersten Mal in Peru waren, um alles vorzubereiten. Ich – ich hatte einen schwachen Moment. Und dann hat sie behauptet, ich hätte sie vergewaltigt. Dieses Miststück. Sie hat es darauf angelegt. Ist halbnackt in meinem Wohnwagen aufgekreuzt, weil sie angeblich dringend etwas wissen musste. Mitten in der Nacht.» Er lachte bitter. «Jedenfalls hat sie nachher ein furchtbares Theater gemacht, und ihr Freund tauchte eines Tages bei mir auf und verlangte Schmerzensgeld. Ja, so hat er es genannt. Schmerzensgeld. Dieser scheinheilige Bastard. Ich habe ihn davongejagt, aber er hat gedroht, mich anzuzeigen. Es hätte keine Beweise gegeben, wäre niemals zu einer Verurteilung gekommen, aber mein Ruf wäre ruiniert gewesen. Also habe ich dem Scheißkerl das Geld gegeben und ihn und seine Schlampe aufgefordert, für immer aus meinem Leben zu verschwinden. Das war drei Tage bevor ich wieder nach Peru aufgebrochen bin. Am 16. August, um genau zu sein. Zufrieden?»

«Wir brauchen den Namen der Studentin und auch den ihres Freundes», sagte Stadler. Er schob Krämer Block und Stift hinüber. Es war zum Kotzen. Irgendetwas tauchte immer auf, wenn man im Dreck wühlte, auch wenn es nicht das war, wonach man gesucht hatte.

Als Krämer gegangen war, ließ Birgit sich auf dem Schreibtisch nieder und trank ihren letzten Schluck Kaffee. «Glaubst du ihm?», fragte sie.

«So eine Geschichte denkt man sich nicht aus, um sich aus einem Mord herauszureden», antwortete Stadler. «Ja, ich schätze, er hat die Wahrheit gesagt. Außerdem kennst du ja meine Meinung: Er war total schockiert, als wir ihm das mit der Geschlechtsumwandlung erzählt haben. Er wusste es nicht.»

«Er könnte auch einfach ein guter Schauspieler sein.» Birgit stellte den Kaffeebecher ab.

«Den unschuldig Verführten hat er aber nicht besonders überzeugend gespielt.»

«Glaubst du, er hat das Mädchen vergewaltigt?»

Stadler zuckte die Schultern. «Das werden wir wohl nicht mehr feststellen können. Ist auch nicht unser Job.»

«Zu dumm, er war unser einziger Verdächtiger.» Birgit hüpfte vom Tisch. «Gleich ist Teambesprechung. Mal sehen, wie die anderen vorangekommen sind. Vielleicht hatte ja einer von denen mehr Glück.»

«Das wage ich zu bezweifeln.»

«Du glaubst immer noch an den Serienkiller?»

«Es gibt einfach zu viele Parallelen zwischen den beiden Fällen.» Stadler schob die Unterlagen zusammen.

«Aber die Kollegen haben den Transvestitenmörder verhaftet, sie sind sich sicher, dass sie den Richtigen haben. Und der saß hinter Gittern, als Leonore Talmeier starb.» Birgit sammelte die Becher ein.

«Dann ist er nicht der Richtige.» Stadler stand auf.

«Sturkopf.»

«Immer gern.» Er lächelte.

Die Teambesprechung brachte nichts Neues, und gegen vier Uhr schickte Stadler alle nach Hause. Immerhin war Wochenende, und einige Kollegen hatten Familie. Ihn hingegen erwartete niemand.

Als er in die kühle, leere Wohnung trat, fühlte er sich plötzlich einsam. Ein Gefühl, das ihm eigentlich unbekannt war. Er liebte seine Unabhängigkeit, und seine kurze Ehe hatte ihn nur eingeengt. Er marschierte in die Küche, öffnete ein Bier, lief mit der Flasche in der Hand weiter ins Wohnzimmer, wo sein Blick auf den Bücherstapel auf dem Couchtisch fiel. Er hatte sich in der Bibliothek Literatur zum Thema Serienmord ausgeliehen und gestern Abend wahllos darin herumgeblättert. Er wusste selbst nicht, was er sich davon versprochen hatte. Schließlich hatte er eine Expertin um Rat gebeten, die ihm bestimmt besser weiterhelfen konnte als ein Haufen Papier. Zumal die meisten Bücher eher reißerisch waren und kaum nützliche Fakten bereithielten.

Zweifelte er an Elisabeth Montarios Fähigkeit, den Fall korrekt einzuschätzen? Traute er ihr nicht? Er nahm einen Schluck Bier und lehnte sich an den Türrahmen. Nein, das war es nicht. Wenn er ganz ehrlich zu sich selbst war, hatte sein plötzliches Interesse an Fachliteratur nichts mit dem Fall zu tun – sondern etwas mit Elisabeth Montario. Sie gefiel ihm, sie war attraktiv, intelligent und selbstbewusst. Und nicht leicht zu beeindrucken. Er wollte ihr imponieren, er wollte nicht dumm dastehen, mit blöden Fragen seine Unwissenheit preisgeben, wenn sie ihm ihre Theorie zu den Mordfällen präsentierte. Wie idiotisch!

Er setzte sich auf das Sofa, nahm das erste Buch hoch, betrachtete abschätzend das Cover und ließ es wieder auf den Stapel fallen. Morgen würde er den Kram zurück in die Bücherei bringen und sich wieder um den Teil der Arbeit kümmern, von dem er etwas verstand. Er war fast fünfzig. In dem Alter machte man sich nicht mehr für eine Frau zum Affen, egal, wie attraktiv sie war. Entweder hatte sie Interesse oder nicht. So einfach war das. Abrupt stand er wieder auf. Dabei stieß er an den Tisch, der Stapel geriet ins Wanken, und das oberste Buch landete mit einem lauten Krachen auf dem Boden.

«Verflucht», murmelte er und bückte sich, um es wieder aufzuheben.

Das Buch lag aufgeschlagen vor ihm. Auf Seite zweihundertsechzehn. «Spektakuläre Fälle aus den letzten zwanzig Jahren», lautete die Überschrift. Zwei Fotos schmückten den Text. Beide hatte er früher schon gesehen, vermutlich in der Presse. An eins erinnerte er sich besonders gut.

Plötzlich stockte er. *Ach du Scheiße! Das gibt es doch gar nicht!*

Er nahm das Buch hoch, ließ sich auf das Sofa sinken und begann zu lesen. Als er das Kapitel durchhatte, zog er aus dem Stapel *Verborgene Muster* heraus, Elisabeth Montarios Buch über Serienmorde, und schlug es auf. Er überflog das Inhaltsverzeichnis. Nichts. Genau wie er erwartet hatte. Schnell blätterte er zur letzten Seite vor, wo ein kurzer Text über die Autorin informierte. Wieder nichts. Natürlich nicht. Nachdenklich griff er die Bierflasche und trank den Rest in einem Zug. Letztlich war es doch keine so schlechte Idee gewesen, die Bücher auszuleihen.

Sonntag, 20. Oktober, 19:55 Uhr

Ruben zog die Wohnungstür hinter sich zu. «Verdammt heiße Story», dachte er zum wiederholten Mal. «Verdammt heiß.» Er rannte die Treppe hinunter in den Keller, um sein Fahrrad zu holen. Nachdem er gemerkt hatte, wie heiß die Story war, hatte er beschlossen, nicht weiter von seinem eigenen Rechner aus zu recherchieren. Immerhin war er einem Killer auf der Spur. Einem *Killer*. Verdammt, diese Montario hatte es echt drauf. Die musste so was wie einen siebten Sinn haben, wenn es um diese Bestien ging. Wieso sonst hatte sie ihn ausgerechnet auf Jan Schneider angesetzt? Sie würde der Polizei wieder eins auswischen. Und diesmal würde er, Ruben Keller, mit von der Partie sein. Echt cool.

Er schleppte das Rad hoch und zog den Reißverschluss seiner Jacke zu. So viel älter als er war die Montario eigentlich gar nicht. Anfang dreißig vielleicht. Und echt scharf. Anders als Carolina. Die war dagegen ein albernes Mädchen. Ständig tauschte sie mit ihren Freundinnen Telefonnachrichten aus, kicherte herum und knibbelte an ihren Fingern, bis der Nagellack brüchig wurde. Offiziell studierte sie Romanistik, doch Ruben wusste ziemlich sicher, dass sie sich mehr für irgendwelche alberne Promis interessierte als für Cervantes oder Baudelaire. Na ja, die hatten ja auch keine Seiten auf Facebook. Immerhin schien sie ziemlich verknallt in ihn zu sein und gab offenbar bei ihren Freundinnen damit an, was für tolle, geheimnisvolle Sachen er mit seinem Computer anstellen konnte.

Ruben stieg auf und fuhr los. Vielleicht würde die Montario ja mehr in ihm sehen als die dumme Hilfskraft, wenn er ihr seine Rechercheergebnisse präsentierte. Er war sich sogar ziemlich sicher, dass sie das tun würde. Denn dieser Jan Schneider war echt eine krasse Nummer. Und brandgefährlich, das stand fest. Besser, wenn der so schnell wie möglich wieder hinter Gittern landete.

Ein Geländewagen raste vorbei und streifte ihn fast. Scheiße, er hatte vergessen, das Licht einzuschalten. Das war auf der dunklen Landstraße zwischen Himmelgeist und der Universität total leichtsinnig. Rasch knipste er den Schalter an. Sein Handy piepste, und er kippte beinahe um, als er es aus der Hosentasche fischte, ohne die Fahrt zu verlangsamen. «Ja?»

«Ruben?» Carolina schrie, als müsse sie eine lärmende Menschenmenge übertönen.

«Was gibt's?»

«Bist du unterwegs? Es hört sich an, als wärst du draußen.»

Typisch Carolina, solche unwichtigen Sachen zu fragen anstatt zu sagen, was sie wollte. «Ich muss noch mal in die Uni. Was ist denn los?»

«Ach, ich dachte, wir könnten vielleicht ins Kino gehen. Petra und Carmen kommen auch mit.»

Petra und Carmen. Ruben stöhnte innerlich. «Du, es geht echt nicht. Ich hab zu tun.»

«Es ist Sonntag», maulte Carolina. «Ich hab den beiden schon gesagt, dass du mitkommst. Sie sind neugierig, sie wollen wissen, wie die Montario so ist. Ich hab ihnen erzählt, dass du für sie arbeitest.»

Auch das noch. «Nicht heute.»

«Spielverderber.»

«Ich ruf dich später an, okay?»

«Meinetwegen. Kann aber sein, dass es spät wird. Wir wollen nach dem Kino noch ein bisschen rumziehen.» Sie unterbrach die Verbindung.

Ruben steckte das Handy in die Tasche, wieder schlingerte das Fahrrad gefährlich. Vielleicht sollte er doch Schluss machen. Carolina brachte es irgendwie nicht. Eine wie die Montario, das wäre cool. Es konnte ja nichts schaden, mal in Erfahrung zu bringen, ob die einen Kerl hatte. Und wenn nicht …

Wieder näherte sich von hinten ein Auto. Ruben hielt sich dicht am Straßenrand, damit der Wagen problemlos vorbeikam. Doch der Fahrer schien nicht überholen zu wollen. Ruben steuerte noch weiter nach rechts, er fuhr jetzt auf dem unbefestigten Seitenstreifen, das Rad holperte über die Grasnarbe. Das gleißende Licht und die Motorgeräusche irritierten ihn. Außerdem fühlte er sich merkwürdig ausgeliefert. Er hörte, wie der Fahrer Gas gab. Na endlich. Plötzlich ruckte das Fahrrad, und er wurde nach vorn geschleudert. Ruben versuchte, weiter geradeaus zu fahren, doch die Wucht des Aufpralls riss ihm den Lenker aus der Hand. Er wankte und fiel auf den harten Asphalt. Ein blitzartiger Schmerz zuckte durch sein linkes Bein. Instinktiv rollte er sich zusammen.

Der Wagen glitt vorbei. Ruben fluchte. «Idiot! Rammt mich und fährt einfach weiter.» Er versuchte aufzustehen, doch sein Bein war ganz taub. Weiter vorn hielt der Wagen. Immerhin. Der Kerl schien doch so etwas wie ein Gewissen zu haben. Wieder versuchte Ruben, vom Boden hochzukommen, doch es klappte nicht. Erschöpft sank er in sich zusammen. Vielleicht war das Bein gebrochen. Auch das noch!

Aus den Augenwinkeln sah er, wie der Wagen wendete. Komisch. Er war doch nur wenige Meter vor ihm zum Stehen gekommen. Warum stieg der Fahrer nicht einfach aus? Der Motor heulte auf. Ruben erstarrte. Verzweifelt versuchte er ein weiteres Mal aufzustehen. Als es ihm nicht gelang, robbte er auf den

Straßengraben zu. Die Scheinwerfer blendeten, wurden größer und heller, glühten auf wie zwei riesige Sonnen, dann knallte etwas mit voller Wucht gegen seinen Schädel. Alles wurde dunkel.

Sonntag, 20. Oktober, 21:15 Uhr

Liz lenkte den Golf auf den kleinen Parkplatz vor dem Bahnhof, glitt in eine Lücke und stellte den Motor ab. Erschöpft ließ sie den Kopf auf das Lenkrad sinken. Am liebsten wäre sie schon vor einer Stunde ins Bett gekrochen, mit einer Tasse Tee und einem kitschigen Liebesroman, der irgendwo zwischen rauer Felsküste und malerischen Cottages in Cornwall spielte und sie die hässliche Realität vergessen ließ. Doch ausgerechnet für heute hatte Deborah sich angekündigt. Deborah war wie eine Dampfwalze, laut, schrill und selbstbewusst. Wenn sie Liz besuchte, dauerte es erst einmal gute zwei Stunden, bis sie alles losgeworden war, was ihr unter den Nägeln brannte. Dazu benötigte sie als Verstärkung mindestens eine Flasche Wodka und etwa zwei Packungen Zigaretten. Deborahs Gesellschaft war ziemlich anstrengend, trotzdem konnte Liz sie gut leiden, denn sie war aufrichtig und geradeheraus. Und ihre einzige echte Freundin.

Deborah hatte Philosophie und Germanistik studiert, allerdings eher aus Verlegenheit als aus Berufung. Schon während des Studiums hatte sie aus ihrer eigenen Not eine Tugend gemacht und angefangen, Selbstfindungsworkshops anzubieten. Inzwischen lebte sie davon, Menschen, die sich beruflich oder privat verändern wollten, zu beraten. Sie nannte sich Life Coach und konnte sich vor Aufträgen kaum retten.

Manchmal kam es Liz so vor, als sei Deborah schon immer Teil ihres Lebens gewesen, dabei war es noch keine zehn Jahre her, dass es eines Abends an ihre Zimmertür im Studentenwohnheim geklopft hatte. Draußen hatte eine tropfnasse junge Frau gestanden, die etwas von einer defekten Wasserleitung stammelte und nach einer Zange fragte. Gemeinsam hatten sie den Schaden behoben, sich danach in Wolldecken gehüllt und es sich auf dem noch feuchten Boden bequem gemacht. Sie hatten zusammen eine Flasche Rioja geleert und sich angefreundet – obwohl sie gegensätzlicher nicht hätten sein können. Auch nachdem Deborah nach München gezogen war, riss der Kontakt nicht ab.

Mitunter spielte Liz mit dem Gedanken, Deborah alles zu erzählen, auch das, worüber sie nie wieder hatte sprechen wollen. Doch jedes Mal, wenn ihr der Gedanke kam, schob sie ihn rasch wieder fort. Deborah mochte ihre beste Freundin sein, doch nicht einmal ihr vertraute sie vollends. Sie traute ja nicht einmal sich selbst.

Liz hob ermattet den Kopf. Gerade wollte sie den Zündschlüssel abziehen, als es an das Seitenfenster klopfte. Deborah. Rasch öffnete Liz die Tür, stieg aus und umarmte ihre Freundin.

«Habe ich dich geweckt?», fragte Deborah lachend. Sie sah wie immer umwerfend aus, trug das halblange blonde Haar modisch zerzaust, einen kurzen schwarzen Mantel, Minirock und schwarze Stiefel.

«Ich hatte eine anstrengende Woche», antwortete Liz.

«Wem sagst du das», stieß Deborah mit einem Seufzer hervor und öffnete die Kofferraumklappe, um ihren Koffer zu verstauen. «Ich habe die Hölle hinter mir. Stress mit einem Klienten, der mich dafür verantwortlich macht, dass seine Ehe gescheitert ist, und komplizierte Gespräche mit einem anderen Kunden, einem Automechaniker, der unbedingt als Tänzer Karriere machen will und sich für Nurejew hält.»

«Nurejew? Der will zum Ballett?»

«Na ja, er hält sich wohl eher für Michael Flatley. Jedenfalls begreift er nicht, dass der Zug für ihn längst abgefahren ist. Und dann ist da auch noch Nadine. Ich sage dir, Nadine ist die Hölle.» Deborah warf ihr Gepäck in den Kofferraum, fischte ein Päckchen Zigaretten aus der Manteltasche und steckte sich eine an. «Nadine macht mich fertig. Sie ist der Deckel zu meinem Sarg.» Sie blies Rauch in die Luft.

«Und diese Dinger sind die passenden Nägel», bemerkte Liz trocken und deutete auf die Zigarette in Deborahs Hand.

Deborah grinste. «Stimmt. Andererseits wäre ich ohne die Kippen längst tot. An einem Herzinfarkt krepiert. Glaub's mir.» Sie rauchte schnell und gierig, während sie weitererzählte. «Nadine ist der Hammer, ehrlich. Was diese Frau alles erlebt hat. Missbrauch. Prostitution. Drogensucht. Mehrere Suizidversuche. Einmal hat ein Freier sogar versucht, sie umzubringen. Aber sie gibt nicht auf. Leider weiß sie nicht, was sie mit ihrem Leben anfangen soll. Vor einem Monat erzählte sie mir freudestrahlend, dass sie mit Tieren arbeiten möchte. Und vorgestern rief sie an, völlig aufgelöst, weil sie die Verantwortung für ein anderes Lebewesen nicht aushält. Dabei hatte sie schon eine Lehrstelle in einem Zoo in Aussicht. Jetzt will sie auf einmal töpfern, was Kreatives machen.»

«Kreativ klingt doch gut.»

«Mag sein, aber Nadine findet garantiert wieder einen Grund, alles hinzuschmeißen. Wahrscheinlich steht sie nächste Woche tränenüberströmt auf meiner Matte und gesteht mir, dass sie Angst hat, das Tonzeug zu zerdeppern, wenn sie gerade mies drauf ist.» Deborah warf die halbgerauchte Zigarette auf den Boden. «Wir können.»

Sie stiegen ein. Während Liz den Wagen in Richtung Benrath steuerte, erzählte Deborah weiter. «Das Problem ist, dass Nadine echt gestört ist. Klar bei dem Leben. Sie ist unberechenbar, unzuverlässig. Ich verabrede mich mit ihr, sie taucht nicht auf. Ich vereinbare etwas mit ihr, sie hält sich nicht dran. Das nervt total! Am schlimmsten ist, dass sie dauernd anruft, wenn es ihr gerade in den Kram passt. Selbst mitten in der Nacht. Ich gehe inzwischen so auf dem Zahnfleisch, dass ich nachts hochschrecke und meine, es klingeln zu hören, obwohl ausnahmsweise mal alles still ist.»

«Du hast ihr hoffentlich nicht meine Nummer gegeben?»

Deborah lachte. «Ganz sicher nicht.» Sie versorgte Liz mit weiteren Einzelheiten aus Nadines Leben, bis sie in die Tiefgarage rollten und Liz den Motor abstellte. Deborah verstummte und sah sie an. «Jetzt habe ich dich die ganze Zeit vollgelabert und noch nicht einmal gefragt, wie es dir geht.»

Liz lächelte. «Schon okay. Der Abend hat ja gerade erst angefangen.»

«Hast du Wodka da?»

«Klar.»

«Dann mal los.»

Zehn Minuten später standen sie in Liz' Küche und stießen an. Deborah hatte ihren Koffer ins Gästezimmer verfrachtet, den Minirock und die Stiefel gegen Jogginghose und dicke Wollsocken getauscht.

Sie nahmen die Gläser und gingen in das Wohnzimmer mit der großen Fensterfront zum Rhein, das Liz auch als Arbeitszimmer nutzte.

«Ich weiß, ich sage das jedes Mal», sagte Deborah. «Aber ich muss es trotzdem wieder tun: Die Aussicht ist echt sensationell, selbst im Dunklen.»

Liz folgte ihrem Blick auf den hinter einer Reihe fast kahler Bäume nur schemenhaft erkennbaren Strom. «Finde ich auch. Deshalb habe ich die Wohnung schließlich genommen, obwohl ich sie mir zu dem Zeitpunkt, als ich sie gekauft habe, eigentlich gar nicht leisten konnte. Ich habe hier rausgeguckt und gedacht: Ja, das ist es.»

«Ich beneide dich, Liz, ehrlich. Ich wohne zwar in München sehr schick und zentral, aber nach vorne heraus blicke ich auf eine eintönige Straßenfront und hinten auf einen hässlichen Hof.»

«Man liegt so, wie man sich bettet.» Liz grinste.

«Ach?» Deborah zog ihre Zigaretten aus der Hosentasche und ging zum Balkon. Sie rauchte in der offenen Tür, Liz stellte sich neben sie.

«Und was gibt es Neues bei dir?», fragte Deborah.

«Eigentlich nichts.» Liz dachte an die anonymen Briefe, doch das war etwas, das sie Deborah verschweigen musste. Darüber konnte sie mit niemandem sprechen.

«Eigentlich?» Deborah zog an ihrer Zigarette.

«Nun ja. Die Polizei hat mich um Mithilfe gebeten.»

«Echt? Ganz offiziell? Das ist ja spannend. Ist der Fall interessant?»

«Nicht offiziell. Im Gegenteil. Der Kommissar hätte mir gar nichts darüber erzählen dürfen. Ich bin mir noch nicht mal sicher, ob der Fall überhaupt in mein Fachgebiet fällt. Bisher geht es nur um zwei Morde. Wenn überhaupt. Das ist streng betrachtet noch keine Serie.»

«Aber es könnte eine werden?»

«Vielleicht.»

Deborahs Augen blitzten auf. «Das wäre es doch!»

«Was?»

«Das zweite Buch. Ich habe dir gesagt, dass du unbedingt wieder eins schreiben musst. Wenn der Fall es hergibt, könntest du ihn als Grundlage nehmen. Du hast einen Bestseller geschrieben, die Leute warten auf einen zweiten Band. Du musst einfach nur loslegen. Ich weiß, dass du das kannst.»

Liz wandte sich ab und blickte wieder auf den Rhein, der sich wie eine gigantische, dunkel glitzernde Schlange unter ihrem Balkon dahinwand. «Ich weiß nicht. Ich bräuchte bestimmt eine Genehmigung, um darüber schreiben zu dürfen. Außerdem käme dann heraus, dass dieser Kommissar mich inoffiziell zu Rate gezogen hat, was ihm bestimmt eine Menge Ärger einbringen würde. Vor allem weiß ich nicht, ob ich überhaupt noch ein Buch schreiben will.»

«Klar willst du.» Deborah drückte ihre Zigarette aus und schnippte sie über das Balkongeländer.

«Bin ich jetzt deine Klientin? Sagst du mir, was ich aus meinem Leben machen soll?»

«Natürlich nicht.» Deborah lachte auf. «Obwohl du hin und wieder jemanden bräuchtest, der dich ein bisschen antreibt. Du könntest so viel erreichen, wenn du es richtig angehst.»

«Vielleicht möchte ich das gar nicht.»

«Schon verstanden.» Deborah fuhr sich über die Oberarme. «Mir ist kalt, lass uns wieder reingehen.» Zurück im Wohnzimmer, fiel ihr Blick auf die Pinnwand. «Ach du Scheiße. Sind das die beiden Fälle?»

«Diese Bilder dürftest du gar nicht sehen», sagte Liz und kaute nervös an ihrer Lippe.

«Ich sehe doch gar nichts.» Deborah trat näher. «Mein Gott, das ist ja entsetzlich.» Sie schauderte. «Wer so was macht, ist völlig gestört.» Sie wandte sich ab und ließ sich auf dem Sofa nieder. «Machst du uns noch zwei?» Sie reichte Liz ihr Glas.

Liz mixte in der Küche zwei weitere Wodka Tonic und hoffte, dass der Kater am nächsten Morgen nicht allzu heftig ausfallen würde.

Eine Weile saßen sie schweigend auf dem Sofa und nippten an ihren Gläsern.

«Dagegen ist Nadine echt ein Waisenkind», sagte Deborah

plötzlich. Offenbar war sie noch immer mit den Bildern an der Pinnwand beschäftigt.

«Hm», erwiderte Liz nur. Sie hatte keine Lust, über den Fall zu reden.

«Immerhin hat sie alles versucht, um wieder auf die Reihe zu kommen», fuhr Deborah fort. «Jede nur mögliche Form der Therapie. Hypnose, Rückführung, Psychoanalyse. Echt alles, was du dir denken kannst.»

«Manche von diesen Sachen machen es eher schlimmer als besser.» Liz nahm einen Schluck, genoss das Gefühl der Leichtigkeit, das sich mit dem Alkohol in ihr ausbreitete.

«Ach ehrlich?» Deborah sah sie überrascht an. «So habe ich das noch nie gesehen. Aber Psychoanalyse ist doch seriös, oder?»

«Seriös?» Liz lachte bitter auf. «Erfunden von alten, verklemmten Männern, um Frauen zu therapieren, die sie selbst erst krank gemacht haben, indem sie sie in viel zu enge Kleider und noch engere moralische Korsette stopften. Hast du eine Vorstellung davon, wie Frauen im 19. Jahrhundert gelebt haben? Sie sind förmlich erstickt in dieser miefigen, spießbürgerlichen Beengtheit, und sie hatten keine Chance, da rauszukommen. Viele sind daran kaputtgegangen, manche sind durchgedreht. Das nannte man dann Hysterie. Und man hat auch gleich eine Ursache ausgemacht: Irgendwelche widernatürliche sexuelle Phantasien, die die Frauen angeblich krank machten und von denen natürlich nur die Männer sie heilen konnten. Dabei waren es die Männer selbst, die an kranken Phantasien litten.» Liz hielt inne, als sie Deborahs große Augen sah. «Sorry. Ich habe mich in Rage geredet. Wie du vermutlich bemerkt hast, bin ich kein Anhänger von Freud und seiner Psychoanalyse. Tut mir leid, ich wollte dich nicht verschrecken.»

«Hast du nicht.» Deborah grinste. «Ich fand diesen ganzen

Mist mit dem Penisneid auch immer blöd. Wenn es eins gibt, um das ich die Männer definitiv nicht beneide, dann ist es dieses hässliche, schrumpelige Ding zwischen ihren Beinen. Aber ich dachte, dass ich vielleicht etwas falsch verstanden hätte, weil ich doch keine Ahnung von der Materie habe. Umso mehr freut's mich, dass eine Expertin wie du meine Abneigung teilt.» Sie hob ihr Glas. «Auf die Frauen.»

«Auf die Frauen.» Liz stieß an, doch in Gedanken war sie weit weg. Etwas, das Deborah gesagt hatte, hatte eine Erinnerung in ihr freigesetzt.

22. März 1996

ZWEI WEITERE MENSCHEN BEI BRAND IN JVA GESTORBEN

Innenminister kündigt lückenlose Aufklärung an

Siegburg. Der Brand am vergangenen Dienstag in der Jugendstrafanstalt Siegburg forderte offenbar zwei weitere Opfer. Wie die Polizei mitteilt, erlag ein Insasse gestern im Krankenhaus seinen Verletzungen. Ein weiterer Leichnam wurde ebenfalls gestern aus den Trümmern des zum Teil eingestürzten Kellers geborgen. Angeblich handelt es sich um einen Monteur, der Reparaturen an der Heizungsanlage vornahm. Nach bisherigen Erkenntnissen wurde das Feuer vom sogenannten «Mädchenwürger» Hendrik Vermeeren gelegt, der sich danach selbst tötete.
Der Innenminister hat derweil eine rasche Aufklärung angekündigt, wie es zu dem Brand kommen konnte. Auf die Frage, ob der Jugendstrafvollzug zu lasch gehandhabt werde, antwortete er, dass er vollstes Vertrauen in das System habe. Es solle allerdings überprüft werden, ob mit Sonderfällen wie Hendrik Vermeeren nicht anders umgegangen werden könne.

Montag, 21. Oktober, 8:52 Uhr

Georg Stadler trat in den Paternoster und lehnte sich gegen die Wand. Montagmorgen, der Beginn einer weiteren Woche, in der er sich mit den Schattenseiten seines Berufs herumschlagen durfte. Normalerweise machte er seine Arbeit gern, aber wenn er, wie bei dem aktuellen Fall, nicht so ermitteln durfte, wie er es für richtig hielt, kotzte sie ihn einfach nur an. Im zweiten Stock trat er auf den Flur und hielt auf den Gang mit den Büros des KK 11 zu. Birgit war schon da, saß über eine Akte gebeugt am Schreibtisch.

«Ich möchte, dass du heute als Erstes die Studentin und ihren Freund befragst», sagte er ohne Einleitung.

Birgit blickte hoch. «Hab schon angerufen. Ich treffe mich um elf mit den beiden. Willst du mitkommen?»

«Nein.» Stadler ließ sich auf seinen Stuhl fallen. «Nimm Miguel mit.»

«Für dich ist Krämer raus aus der Sache, oder? Er interessiert dich nicht mehr.» Birgit klopfte mit einem Stift auf den Schreibtisch.

«Stimmt.» Stadler sah sie an. Sie war das Gegenteil von allem, was er attraktiv fand. Zu eng stehende Augen, zu rundes Gesicht und Haare von undefinierbarer Farbe, die schlaff an beiden Seiten ihres Kopfs herunterhingen. Die ideale Partnerin für den Job. Wenn er sich mit Linda ein Büro teilen würde, wäre er ständig durch ihren wippenden blonden Pferdeschwanz oder die kleinen festen Brüste unter ihrem engen T-Shirt abgelenkt.

«Was?» Birgit sah ihn mit hochgezogenen Brauen an.

Hatte er sie angestarrt? Oder schlimmer noch: seine Gedanken laut ausgesprochen?

«Ich – ich habe noch jede Menge anderen Kram, um den ich mich kümmern muss», stotterte er.

«Ja», sagte sie mit unergründlicher Miene. «Vor allem das da.» Sie deutete auf eine Mappe, die gestern noch nicht auf seinem Schreibtisch gelegen hatte.

«Was ist das?»

«Verkehrsunfall. Gestern Abend. Ein Radfahrer wurde überfahren. Die Umstände sind unklar.»

«Verkehrsunfall? Wir haben einen Mord aufzuklären, der vermutlich zu einer Serie gehört. Den Unfall soll jemand anders bearbeiten.» Wütend schob er die Akte von sich weg. Seit wann musste er sich um ungeklärte Verkehrsunfälle kümmern? Er war Leiter einer Mordkommission, kein Verkehrspolizist. Was war das? Eine Verschwörung?

«Alle sind überlastet.» Birgit spielte immer noch mit dem Stift herum. «Wegen der Schießerei am vergangenen Samstag.»

«Da gab es doch nur leicht Verletzte.»

Birgit verzog das Gesicht. «Ja, aber es waren über zwanzig Personen involviert, und nicht einmal die Hälfte davon spricht Deutsch. Puh, auf den Fall wäre ich echt nicht scharf.»

Missmutig zog Stadler die Akte wieder zu sich und schlug sie auf. Wenn er nur endlich einen Beweis finden würde, dass er es mit einem Serienmörder zu tun hatte! Dann hätte er auf einen Schlag eine fette Moko und alle Ressourcen, die er brauchte. Ein weiterer Mord würde seinen Chef am schnellsten überzeugen, aber den wünschte Stadler sich natürlich nicht. Hoffentlich meldete diese Montario sich bald, und zwar mit einer guten Nachricht.

Er überflog den Unfallbericht. Das Opfer war ein junger Mann, Student der Psychologie mit Job an der Uni. Laut Aussage eines Bekannten, den die Kollegen über die Kontaktdaten auf dem Handy ausfindig gemacht und offenbar noch am gestrigen Abend befragt hatten, war er zudem ein Freizeithacker, wenn auch ein kleines Licht. Die Eltern wohnten irgendwo bei Münster und waren bereits benachrichtigt worden. Nichts Auffälliges. Der Fahrer des Unfallwagens war abgehauen. Das kam häufiger vor. Mit ein bisschen Glück meldete er sich im Laufe des Tages, wenn der erste Schock überstanden war und ihm klarwurde, was er getan hatte.

«Weißt du, ob wir noch irgendwas haben, das nicht in der Akte festgehalten ist?», fragte er Birgit.

Sie hob die Hände. «Ich weiß auch nicht mehr als das, was dadrin steht. Ach ja, sie haben seinen Computer aus der Wohnung geholt. Der Laptop war Schrott, den hatte er im Rucksack, aber er hatte noch einen zweiten Rechner. Auf den ersten Blick war nichts Interessantes auf der Festplatte. Auf die genaue Analyse müssen wir allerdings noch ein Weilchen warten, erst sind die ganzen Smartphones und Tablets der schießwütigen Jungs dran.»

«Wieso holen die Kollegen den PC des Opfers aus der Wohnung, wenn es sich um einen Verkehrsunfall mit Fahrerflucht handelt?»

«Weiß ich auch nicht.» Birgit hob die Schultern. «Vielleicht weil er ein Hacker war.»

«Das ergibt doch keinen Sinn.» Stadler blätterte in der dünnen Akte herum. «Weißt du, wo genau der Junge gearbeitet hat?»

«Irgendwo an der Uni. Steht doch in der Akte.»

«Irgendwo? Das ist alles?»

«Dieser Kumpel wusste es vermutlich nicht. Ach ja, der

Junge hatte eine Freundin. Die weiß vielleicht mehr. Darüber müsste auch was drin sein. Das habe ich gelesen.»

Stadler fand die Seite. Carolina Westlake. «Hat schon jemand mit ihr gesprochen?»

«Keine Ahnung. Vermutlich nicht.»

«Und was ist mit den Spuren am Unfallort? Irgendein Hinweis darauf, dass es etwas anderes als ein gewöhnlicher Unfall war?»

«Nicht dass ich wüsste.»

«Okay. Dann fahre ich rüber in die Rechtsmedizin. Mal sehen, ob der Junge schon unterm Messer war. Teambesprechung im Fall Talmeier ist um zwölf.»

«Ja, sehr zum Ärger von Paul Heinrichs.» Birgit feixte. «Das ist seine Essenszeit.»

Stadler erhob sich. «Ach Gott, kommt jetzt sein Stoffwechsel durcheinander?»

«Könnte sein. Dann ist er vermutlich noch übellauniger als sonst.» Birgit griff zum Telefon. «Ich guck mal, ob ich einen der Kollegen auftreibe, die gestern Abend am Unfallort waren. Vielleicht können wir den Fall schnell zu den Akten legen.»

Montag, 21. Oktober, 9:22 Uhr

Tanja Matzurka trat aus der Dusche und betrachtete ihren nassen Körper im Spiegel. Das tat sie jeden Morgen, es war ein Ritual, das sie liebte. Sie bekam nie genug davon. Nie genug von diesem wohlgeformten, anmutigen Frauenkörper. Er war nicht perfekt, nein. Die Hüften waren ein bisschen zu schmal, die Brüste ziemlich klein und der Bauch nicht mehr ganz flach. Dennoch konnte sie sich nicht sattsehen an ihrem Körper, für den sie so lange hatte leiden müssen. Sorgsam tupfte sie sich ab, zum Schluss rubbelte sie ihre schulterlangen kastanienbraunen Haare trocken.

Sie zog sich an. Unterwäsche, Strumpfhose, ein enger grauer Rock und die Bluse mit den Rüschen, die eigentlich ein wenig zu verspielt war für ihr Alter, schließlich ging sie auf die vierzig zu. Zum Schluss trug sie Make-up auf. Ihre Gesichtshaut war etwas zu großporig und unrein, um wirklich schön zu sein, daran würde sich wohl nichts mehr ändern lassen. Doch dieses Problem hatten viele Frauen. Nichts, was sich nicht mit ein wenig Make-up kaschieren ließ. Selbst wenn ihre Haut makellos, ihr Teint rosig gewesen wäre wie der eines jungen Mädchens, hätte sie sich geschminkt, einfach weil sie es konnte. Und weil ein wenig Farbe an den richtigen Stellen aus einer schönen Frau eine wahre Göttin machen konnte. Eine Göttin, der die Männer hinterhersahen. Die die Ehemänner, die mit ihrer Frau im Restaurant saßen, heimlich anstarrten. Tanja liebte diese Blicke, weil sie ihr bewiesen, dass sie tatsächlich eine richtige Frau war.

Sie schraubte die Wimperntusche auf und beugte sich vor, um besser zu sehen. Sie hatte heute einen wichtigen Termin mit einem Kunden, und sie wollte einen perfekten Eindruck machen. Als sie fertig war, trat sie einen Schritt zurück und betrachtete sich noch einmal im Spiegel. Ja. Das war sie, Tanja Matzurka. All die Qualen und Strapazen hatten sich gelohnt, endlich war sie eins mit ihrem Körper, war an dem Ort, an den sie gehörte.

Seit sie sich erinnern konnte, hatte sie sich nicht wohl gefühlt in ihrer Haut. Sie hatte Jahre gebraucht, um herauszufinden, was mit ihr nicht stimmte. Bis ihr eines Tages ein Arzt gesagt hatte: «Ihr Körper ist kein Schicksal, Herr Matzurka. Nichts ist Schicksal. Alles lässt sich ändern.»

Es war wie eine Offenbarung gewesen. Seither hatte sie dafür gekämpft, die Frau sein zu dürfen, als die sie sich fühlte. Vor sieben Monaten war es endlich so weit gewesen. Am 10. März, ihrem zweiten Geburtstag, dem Tag, an dem sie endlich angefangen hatte, sie selbst zu sein.

Natürlich hatte sie eine Reihe von Menschen vor den Kopf gestoßen. Ihr Vater redete seit Jahren nicht mehr mit ihr, seit dem Augenblick, als sie ihren Eltern erzählt hatte, dass sie im falschen Körper steckte, dass sie eine Frau war, gefangen in einem Männerkörper.

«Blödsinn», hatte ihr Vater gesagt. «Es gibt keinen falschen Körper, es gibt nur eine falsche Einstellung! Reiß dich zusammen, Junge, und sei endlich ein Mann!» Als er sie dann in ein Bordell hatte mitnehmen wollen, war sie entsetzt davongelaufen.

Ihre Mutter sprach immerhin noch mit ihr. Sie telefonierten gelegentlich, manchmal trafen sie sich auf einen Kaffee. Sie gab sich aufrichtig Mühe, das Unbegreifliche zu begreifen. Allerdings war Tanja trotz allem immer noch ihr Sohn. «Mein Junge», sagte sie am Telefon zu ihr. Und dann: «Ach, entschuldige. Du weißt ja, ich meine es nicht böse. Es rutscht mir einfach so heraus.» Tanja spürte, wie sehr ihre Mutter um ihren verlorenen Sohn trauerte, fast so, als wäre Thomas Matzurka gestorben. Sie hatte an seiner Stelle eine Tochter geschenkt bekommen, aber sie schien nicht wirklich erfreut zu sein über den Tausch.

Glücklicherweise war es an ihrem Arbeitsplatz reibungsloser verlaufen. Als sie sich für den Job in der Maklerfirma vorstellte, trug sie bereits Frauenkleider. Sie hatte das Thema direkt angesprochen. «Ich bin transsexuell», hatte sie gesagt. «Und ich werde mich operieren lassen, sobald es geht.»

«Das freut mich für Sie, Frau Matzurka», hatte ihr zukünftiger Chef geantwortet. «Aber mich interessiert allein Ihre berufliche Kompetenz.» Da hatte sie gewusst, dass sie den Job nehmen würde.

Tanja verließ das Bad und löschte das Licht. Ein Blick aus dem Fenster zeigte ihr, dass es sonnig, aber windig war. Zerfetzte Wolken stoben über den Himmel. Sie seufzte. Vielleicht sollte sie die Haare doch besser hochstecken, sonst flogen sie ihr ständig im Gesicht herum. Bei dem Kundentermin ging es um eine exklusive Penthouse-Wohnung. Sechster Stock mit riesiger Dachterrasse. Kurz entschlossen fischte sie ein Haargummi aus der Schale, die auf der Kommode neben der Wohnungstür stand, und steckte es in ihre Handtasche. So konnte sie kurzfristig entscheiden. Sie schlüpfte in die schwarzen Lackstiefel, in denen ihre Beine schmaler und länger wirkten, und streifte ihren Mantel über.

«Auf in den Kampf», murmelte sie und griff nach der Türklinke.

Montag, 21. Oktober, 19:35 Uhr

Er war schon da. Liz sah ihn durch die Fensterscheibe der Gaststätte. Er saß vor einem Bier, starrte gedankenverloren in sein Glas. Ein seltsamer Mann. Definitiv nicht aus dem Rheinland, das hörte man, sobald er den Mund aufmachte, aber gut akklimatisiert, wie es schien. Er trank Altbier und nahm es auf rheinische Art mit den Vorschriften nicht so genau. Er sah gut aus, wenn man bedachte, dass er mindestens fünfzehn Jahre älter war als sie. Allerdings war er sich seiner Attraktivität leider allzu bewusst, was auf sie ein wenig arrogant wirkte. Sie holte einmal tief Luft, bevor sie die Tür aufstieß. Am besten brachte sie das Gespräch so schnell wie möglich hinter sich. Danach würde sie Georg Stadler sowieso nie wiedertreffen.

Als er sie erblickte, erschien ein erwartungsvolles Leuchten auf seinem Gesicht und noch etwas, das Liz nicht deuten konnte, etwas Warmes, beinahe Mitfühlendes. Ihre Kehle wurde eng.

«Guten Abend», sagte sie steif und ließ sich ihm gegenüber auf einem Stuhl nieder.

«Hallo, Frau Montario. Darf ich Ihnen etwas zu trinken bestellen?»

Sie zögerte. «Milchkaffee», antwortete sie schließlich.

Er bestellte und wandte sich dann Liz zu. «Und? Haben Sie etwas für mich?»

Sie senkte kurz den Blick. Als sie ihn wieder hob, sah er sie betroffen an. «Entschuldigen Sie, dass ich so mit der Tür ins

Haus falle. Aber die Ermittlungen stecken in einer absoluten Sackgasse. Wir brauchen eine neue Spur. Bevor der Täter wieder zuschlägt.»

Sie nickte müde. «Verstehe.»

Die Kellnerin brachte den Kaffee und verschaffte ihr damit eine weitere Minute Bedenkzeit. Als sie fort war, räusperte sich Liz.

«Also, die Sache ist leider nicht ganz einfach. Ich gebe Ihnen recht mit Ihrer Einschätzung, dass die beiden Morde zusammenhängen könnten.»

«Na also.» Er beugte sich vor, ein triumphierendes Blitzen in den Augen. «Ich wusste es.»

Liz lehnte sich zurück. «Ich sagte, dass sie zusammenhängen *könnten* – es bedeutet nicht, dass sie es wirklich tun. Allerdings ist es sehr wahrscheinlich. Die Tötungsmethoden sind extrem ähnlich. Erst das Aufschlitzen der Kehle, dann die Messerstiche, schließlich das Öffnen der Bauchhöhle. Es wäre schon ein großer Zufall, wenn wir es hier mit zwei völlig unabhängigen Tätern zu tun hätten.»

«Aber?», fragte Stadler.

«Der Modus operandi, also das ganze Drumherum, könnte kaum verschiedener sein. Beim ersten Mord haben wir es mit einem Täter zu tun, der gemeinhin als unorganisiert bezeichnet wird. Ich bin zwar mit der Einteilung in organisierte und unorganisierte Täter überhaupt nicht glücklich. Aber sie ist auch nicht ganz von der Hand zu weisen. Und hier trifft sie voll zu. Der Mord an dem Transvestiten war in keiner Weise vorbereitet, er geschah im Affekt.»

«Doch das gilt nicht für die zweite Tat», ergänzte Stadler düster.

«Genau. Und ausgerechnet die auffälligste Gemeinsamkeit beider Taten unterscheidet sie zugleich voneinander: die Wahl der Opfer. Es war nicht schwer zu erkennen, dass Manuel Geismann keine Frau war. Aber dass Leonore Talmeier ebenfalls als Junge zur Welt kam, wusste nicht einmal ihr Ehemann. Der Täter muss es irgendwie herausgefunden haben, und das deutet darauf hin, dass er äußerst sorgsam vorbereitet war.»

«Er hat sogar daran gedacht, dieses Püppchen mitzubringen, das er ihr in die Bauchhöhle gesteckt hat», ergänzte Stadler.

Liz griff nach ihrer Kaffeetasse. «Das allerdings spricht eher dafür, dass wir es in beiden Fällen mit dem gleichen Täter zu tun haben.»

«Wirklich?» Er sah sie überrascht an.

Liz nahm einen Schluck Kaffee und setzte die Tasse wieder ab. «Ich halte es für sehr wahrscheinlich, dass es dem Mörder in beiden Fällen um das in seinen Augen vorgetäuschte Frausein seiner Opfer ging. Der Mord an Manuel Geismann erfolgte spontan. Vielleicht sprach der Täter ihn an, in dem Glauben, eine gewöhnliche Prostituierte mitzunehmen. Als er seinen Irrtum bemerkte, löste das etwas in ihm aus. Wut, Hass, vielleicht die Erinnerung an ein traumatisches Erlebnis. Er schlitzt Geismann die Kehle auf, und um sicherzugehen, dass er wirklich tot ist, sticht er zudem sechsmal auf den Mann ein. Doch sein Zorn ist noch nicht verraucht, sein Affektstau nicht abgebaut. Also stürzt er sich auf das äußere Merkmal seines fatalen Irrtums, auf Geismanns Geschlechtsteil. Er macht ihn zu der Frau, die er vorgab zu sein. Zumindest fühlt es sich für ihn so an. Damit die Geschlechtsumwandlung unumkehrbar ist, vernichtet er das Geschlechtsteil. Erst dann wird ihm bewusst, was er getan hat. Er schleift die Leiche ins nächste Gebüsch, damit sie nicht zu schnell gefunden wird, und verschwindet. Der Mord hat ihn berauscht und befriedigt, doch nur für kurze Zeit. Etwas ist in ihm aufgebrochen, und es braucht neue Nahrung, ein neues Opfer muss her. Diesmal geht er systematisch vor. Er wählt sein Opfer mit viel Geduld, bereitet die Tat vor. Wieder tötet er auf die gleiche Weise, nur ist durch die lange Wartezeit nach der ersten Tat so viel in ihm angestaut, dass er nicht sechsmal, sondern zweiunddreißigmal zusticht. Dann kommt das Wichtigste: Er muss aus der falschen Frau eine echte machen. Äußerlich ist die Umwandlung perfekt, da gibt es nichts zu verbessern. Und doch fehlt ihr etwas, um eine echte Frau zu sein.»

«Sie kann keine Kinder bekommen.» Stadler sah sie an. «Und deshalb pflanzt er ihr den falschen Fötus ein.»

«Genau.» Liz nickte. «So könnte es gewesen sein.»

«Sie scheinen nicht wirklich daran zu glauben. Warum nicht? Ich finde Ihre Theorie sehr überzeugend. Sie ist schlüssig und erklärt auch, warum der Täter beim zweiten Mal völlig anders vorging.»

«Auf den ersten Blick, ja», gab Liz zu.

«Was stört Sie?», hakte Stadler nach.

«Ich weiß nicht genau. Vielleicht einfach die Tatsache, dass es zu gut passt. Es wirkt fast wie inszeniert.»

«Inszeniert? Wie kommen Sie darauf?»

«Ich kann es nicht genau erklären. Es ist eher ein Gefühl. Das Gefühl, dass ich etwas übersehe.»

Stadler schwieg eine Weile. «Haben Sie trotzdem ein Profil für mich? Was für eine Art Mensch suche ich?»

Liz sah ihn eindringlich an. «Bitte bedenken Sie, dass alles, was ich nun sage, lediglich Vermutungen sind. Erfahrungswerte bestenfalls. Keine wissenschaftlichen Erkenntnisse.»

«Verstanden.» Er nickte ihr aufmunternd zu. «Ich erwarte kein Wunder, auch wenn ich mir eins wünsche.»

Sie lächelte unwillkürlich, dann wurde sie wieder ernst. «Der Mann, der Leonore Talmeier ermordet hat, ist Ende zwanzig, Anfang, höchstens Mitte dreißig. Er führt ein unauffälliges

Leben. Er ist sehr kontrolliert, alles, was er tut, hat er vorher genau durchdacht. Er empfindet nicht so wie andere Menschen, doch er ist geübt darin, Normalität vorzutäuschen. Er weiß, was von ihm erwartet wird, und er kann sich gut anpassen.»

«Warum sucht er gerade diese Opfer aus? Hat er etwas gegen Transsexuelle?»

«Das ist schwer zu sagen.» Liz überlegte, wie sie es am besten erklären sollte. «Den sogenannten missionarischen Täter, der eine bestimmte Ideologie im Kopf hat und deshalb Menschen tötet, die ihm verhasst sind, den gibt es meiner Meinung nach nicht. Nicht so zumindest, wie manche sich das vorstellen. Aber natürlich geben uns die Opfer Hinweise auf die Persönlichkeit des Täters. Ich gehe davon aus, dass er eher konservative Vorstellungen von Männern und Frauen und ihrem jeweiligen Platz in der Gesellschaft hat. Vermutlich ist er latent homophob, doch das schließt nicht aus, dass er selbst homosexuelle Neigungen hat. Im Gegenteil, seine eigenen unterdrückten Bedürfnisse könnten sogar der Grund für seine Ablehnung sein. Vielleicht zieht er heimlich Frauenkleider an oder träumt zumindest davon. Vielleicht hat er es als Junge getan und ist dabei erwischt und bestraft worden.»

«Ist er früher schon gewalttätig geworden? Könnte er vorbestraft sein?»

«Erste Frage: Ja. Zweite Frage: Nicht unbedingt.» Liz zeichnete mit dem Finger die Maserung des Tisches nach. «Der Mord an Leonore Talmeier war mit Sicherheit nicht sein erster Gewaltakt. So etwas passiert nicht aus heiterem Himmel. Ich schätze, er hat die klassischen Einstiegstaten verübt, Mitschüler oder Tiere gequält, Feuer gelegt. Kurz gesagt, Dinge getan, die ihm das Gefühl von Macht über seine Mitmenschen vermittelt haben. Aber er ist nicht unbedingt dabei erwischt worden.»

Stadler sah enttäuscht aus, kein Wunder, das alles war viel zu vage und allgemein. «Sonst noch etwas, das uns helfen könnte?», fragte er.

«Er ist mobil und finanziell unabhängig. Außerdem hat er vermutlich eine Arbeit, die ihm genug Freiräume lässt, also Zeit, um seine Taten vorzubereiten und auszuführen.»

Stadler nickte. «Aber das alles gilt nur für den Mörder von Leonore Talmeier, richtig?»

Liz zuckte mit den Schultern. «Vieles davon trifft auch auf den ersten Täter zu. Aber er ist nicht so kontrolliert, nicht so organisiert. Wenn es wirklich der gleiche Mann war, hat er sich verdammt schnell entwickelt. Oder es wurden noch nicht alle seine Opfer gefunden.»

Stadler zog die Brauen hoch. «Das halten Sie für möglich?»

«Möglich ja, aber nicht für sehr wahrscheinlich», antwortete sie rasch. «Offenbar versucht er nicht, seine Opfer zu verstecken. Sowohl Geismann als auch Talmeier wurden innerhalb weniger Stunden nach ihrem Tod gefunden.»

«Verstehe.» Er starrte nachdenklich in sein Glas. «Wir haben übrigens noch etwas am Tatort entdeckt. Die Kollegen von der Spurensicherung haben die Blutflecke mit Luminol eingesprüht und erneut untersucht. Auf diese Weise lässt sich das Spritzmuster besser erkennen. Dabei haben sie ein paar auffällig symmetrische Linien auf dem Teppichboden bemerkt.»

«Linien? So als hätte jemand etwas aufgemalt?»

«Genau. Jedoch eher geschrieben als gemalt. Manche der Linien scheinen Buchstaben zu bilden. Leider haben wir keine Wörter rekonstruieren können.»

Liz stellte sich die Situation vor: Der Mörder, der wieder und wieder auf die Frau einsticht, die längst wehrlos auf dem Boden liegt. «Könnte es ein Hilferuf des Opfers sein?», fragte sie. «Hat Leonore Talmeier vielleicht versucht, einen Hinweis auf den Täter zu hinterlassen?»

Stadler hob die Hände. «Kann schon sein. Sie hatte Blut an den Fingern, das würde diese Hypothese stützen. Der Rechtsmediziner meint jedoch, dass sie tot gewesen sein muss, als der Mörder den Tatort verließ.»

«Also hat *er* eine Nachricht hinterlassen», sagte Liz nachdenklich. «Und sie danach wieder unkenntlich gemacht. Merkwürdig.»

«Es könnte sein, dass er den Blutverlust des Opfers unterschätzt hat. Möglich, dass die Schrift noch lesbar war, als er ging.» Stadler sah Liz an. «Bringt Sie diese Information irgendwie weiter?»

Liz schüttelte den Kopf. «Nicht, solange ich den Inhalt der Botschaft nicht kenne. «Bei Manuel Geismann wurde nichts dergleichen gefunden?»

«Nein.» Stadler sah aus dem Fenster. «Ich glaube trotzdem, dass die beiden Taten zusammenhängen.» Er wandte sich wieder Liz zu. «Gibt es noch eine weitere Möglichkeit? Irgendeine andere Hypothese?»

Sie zögerte. Es gab noch eine, doch die war sehr gewagt.

Er schien ihr Zögern zu bemerken. «Nun spucken Sie's schon aus!»

«Theoretisch, aber wirklich nur theoretisch, könnte es sich auch um ein Team handeln.»

«Ein Team?»

«Nehmen wir an, unser chaotischer Täter bringt den Transvestiten um. Das ruft einen Mann auf den Plan, der durch diese Tat seine eigenen Phantasien auf wundersame Weise in die Wirklichkeit umgesetzt sieht. Nur leider viel zu dilettantisch. Also nimmt er den Mörder unter seine Fittiche und führt beim nächsten Mal Regie.»

«So etwas gibt es?» Stadler kratzte sich am Kopf.

«Ja», erwiderte sie. «So etwas in der Art hat es schon mehrfach gegeben. Aber es kommt extrem selten vor. Grundsätzlich sind Serienkiller Einzeltäter. Schon allein deshalb, weil sie ganz individuelle Phantasien haben, Drehbücher, nach denen ihre Taten ablaufen müssen. Doch gelegentlich haben wir es mit einem Pärchen zu tun, oft mit einem Mann und einer Frau. Aber auch mit zwei Männern. Dabei ist jedoch einer der eindeutig dominante Part, er bestimmt, was geschieht. Der andere ist Befehlsempfänger, dem Haupttäter hörig und meist nicht besonders intelligent.»

Stadler leerte sein Glas. «Okay. Ich danke Ihnen für Ihre Mühe. Wie Sie wissen, kann ich Sie für Ihre Arbeit nicht bezahlen, aber ich möchte Sie gern zum Essen einladen, Sie bestimmen wo und wann.»

«Gut», sagte sie gedehnt. Sie war irritiert über den abrupten Themenwechsel. Bestimmt war er enttäuscht, weil sie ihm nicht mehr hatte sagen können, auch wenn er versuchte, es sich nicht anmerken zu lassen.

«Ich nehme noch ein Bier», sagte er. «Möchten Sie auch noch etwas trinken?»

Sie zögerte. Der offizielle Teil ihres Treffens war vorbei, eigentlich sollte sie jetzt gehen. Andererseits hatte sie keine Lust, jetzt schon in ihre Wohnung zurückzukehren. Deborah war in Köln, sie traf sich mit dem Klienten, der sich für Michael Flatley hielt, um ihm, wie sie es nannte, die Welt zu erklären und ihm auseinanderzusetzen, dass er für eine Karriere als Profitänzer ungefähr zwanzig Jahre zu spät dran war. «Also gut. Einen Weißwein.»

Stadler hob den Arm und bestellte.

«Sie verbringen Ihren Feierabend mit Gesprächen über Ihre Arbeit. Sie sind offenbar immer im Dienst», sagte Liz und versuchte, ihr Unbehagen zu unterdrücken. Es war nichts Besonderes daran, mit einem Mann, mit dem man beruflich zu tun hatte, etwas zu trinken, auch wenn der offizielle Teil des Treffens beendet war. Theoretisch wusste sie das, doch in der Praxis machte es sie nervös. Vielleicht sollte sie anfangen, Erfahrungen zu sammeln, selbst wenn sie beschissen waren, um endlich ihre Angst in den Griff zu bekommen.

Er grinste. «Es gibt niemanden, der zu Hause auf mich wartet, falls Sie das meinen.»

Das hatte sie nicht gemeint, doch sie ließ ihn in dem Glauben. «Ich habe gehört, dass die Arbeit bei der Polizei schlecht fürs Privatleben ist.»

«Stimmt.» Er seufzte übertrieben theatralisch. «Die Scheidungsquote ist exorbitant hoch. Ich habe auch schon meinen Teil dazu beigetragen.»

«Tut mir leid», sagte sie.

«War ein Fehler. Eine Kollegin. Inzwischen verstehen wir uns ganz gut.» Der Zynismus war kaum zu überhören.

«Kinder?»

Er schüttelte den Kopf.

Die Getränke kamen. Sie stießen an und nahmen einen Schluck.

«Und? Ist die Quote bei den Psychologen besser?», fragte er.

«Keine Ahnung. Ich habe mich nie sonderlich für Statistik interessiert, obwohl es einen großen Teil meines Fachgebiets ausmacht.»

Es war ganz offensichtlich nicht das, was er hatte wissen wollen, doch sie verspürte keine Lust, ihm etwas über ihr desolates Privatleben zu erzählen. Er war der Typ Mann, der das als Einladung missverstehen würde.

Eine Weile schwiegen sie. Schließlich nahm Stadler einen

weiteren Schluck Bier und sah sie an. Es stand ihm ins Gesicht geschrieben, dass er etwas loswerden wollte, sich damit aber nicht heraustraute.

Liz wollte ein unverfängliches Thema anschneiden, aber sie war nicht schnell genug.

«Ich weiß jetzt», sagte er leise, den Blick starr auf einen Punkt hinter ihr gerichtet. «Ich weiß jetzt, warum Sie sich ausgerechnet für Serienmörder interessieren.»

Liz holte keuchend Luft. Der Boden unter ihr wankte, der Schankraum, der Tisch, der Mann, der ihr gegenübersaß, alles schien sich mit einem Mal zu drehen. Scheiße!

Er bewegte die Lippen, sagte etwas, doch sie hörte es nicht. Hörte nur ein lautes Rauschen, so als hätte eine Explosion ihr das Trommelfell zerfetzt.

Wieder öffnete er den Mund. Inzwischen funktionierten ihre Ohren wieder. «Es tut mir leid, ich wollte Sie damit nicht überfallen.» Er streckte seine Hand aus, doch sie zog ihre rasch weg. «Ich bin rein zufällig darauf gestoßen. Ein Foto in einem Buch.»

Plötzlich verwandelte sich der Schock in Wut. «Sie sind zufällig darauf gestoßen, ja? Sie verdammter Scheißkerl! Das soll ich Ihnen glauben? Für wie blöd halten Sie mich denn?» Sie stand auf, packte ihre Jacke und ihre Handtasche.

«Elisabeth, warten Sie! Bitte setzen Sie sich wieder! Ich wollte Sie nicht verletzen, ich wusste ja nicht –»

«Für Sie immer noch Frau Doktor Montario, wenn ich bitten darf», stieß sie zwischen den Zähnen hervor.

Er stand ebenfalls auf. «Bitte, entschuldigen Sie.»

An den Nachbartischen drehten sich die Leute zu ihnen um, es wurde still.

«Scheißkerl», sagte sie noch einmal, dann rannte sie hinaus.

Draußen regnete es. Es war ihr egal. Sie rannte blind drauflos, Wut, Schmerz und Enttäuschung brannten in ihrer Brust. *Scheißkerl.*

Tropfnass erreichte sie ihr Auto. Als sie mit zitternden Fingern in ihrer Handtasche nach dem Schlüssel suchte, wurde ihr bewusst, warum sie so verletzt war. Nicht, weil er die Wahrheit über sie herausgefunden hatte, nicht, weil er sie benutzt hatte, sondern weil sie gerade angefangen hatte, ihn zu mögen.

Dienstag, 22. Oktober, 4:16 Uhr

Irgendwo rauschte es. Eine Straße? Der Rhein? Tanja Matzurka lauschte angestrengt, doch das Geräusch war zu leise. Womöglich bildete sie es sich nur ein. Oder es war das Rauschen ihres eigenen Blutes, das von den stillen schwarzen Wänden widerhallte. Sie hatte ihr Gefängnis erkundet, soweit es ihre gefesselten Hände zuließen. Es war ein winziger Raum ohne Fenster. Betonwände, Betonboden, keinerlei Einrichtung. Die Tür musste irgendwo in der gegenüberliegenden Wand sein, doch die erreichte sie nicht. Ihre Handgelenke waren mit Handschellen gefesselt, die durch einen Ring in der Wand gezogen waren. Der Ring schien das Einzige zu sein, was nicht aus Beton war. Nicht einmal einen Eimer gab es, in den sie ihre Notdurft verrichten konnte. Vorhin, als sie sich gar nicht mehr zu helfen wusste, hatte sie sich einfach auf den Boden gehockt. Die Dunkelheit hatte es ihr leichtgemacht. Allerdings saß sie nun zwangsläufig genau neben der Pfütze, die nicht zu trocknen schien. Sie fror. Ihr Körper war ganz steif und taub. Tränen der Verzweiflung brannten in ihren Augen, doch sie wollten nicht fließen.

Dabei hatte der Tag so perfekt begonnen. Sie hätte den Kunden treffen sollen, der das Penthouse kaufen wollte. Ihr bislang lukrativster Auftrag. Sie war sich ganz sicher gewesen, dass sie den Deal abschließen würde. Doch sie war nur bis in die Tiefgarage ihres Wohnblocks gekommen. Als sie ihren Wagen aufschloss, einen nagelneuen Mini, den sie sich zur Feier ihrer Neugeburt geleistet hatte, hatte jemand ganz plötzlich von hinten den Arm um ihren Hals gelegt und ihr etwas auf den Mund gepresst. Etwas Stinkendes, das ihr den Atem raubte. Noch bevor sie einen klaren Gedanken fassen konnte, war ihr schwarz vor Augen geworden. Als sie wieder aufwachte, lag sie nackt auf dem Betonboden. Grelles Licht blendete sie, ein Mann stand über ihr, ganz in Schwarz gekleidet, mit einer Maske vor dem Gesicht. Sie hatte ihn gefragt, was er von ihr wolle. Sie hatte ihn angefleht, ihm Geld versprochen. Sie hatte ihm sogar ihren Körper angeboten.

«Nimm mich», hatte sie gefleht. «Nimm dir, was du willst, nur lass mich leben, bitte!»

Sie hatte sich vor sich selbst geekelt. Wie erbärmlich, sich diesem Schwein so darzubieten! Es war ohnehin vergeblich gewesen. Er hatte kein Wort gesagt, sie nur schweigend angesehen. Schließlich hatte er ihr die Handschellen angelegt und sie an dem Ring an der Wand befestigt. Noch bevor sie Zeit gehabt hatte, sich in ihrem Gefängnis umzusehen, hatte er das Licht ausgemacht und war verschwunden.

Wie lange das wohl her war? Stunden? Oder schon Tage? In der Dunkelheit hatte sie jedes Zeitgefühl verloren.

Ein bitterer Gedanke war vor einer Weile in ihr aufgestiegen, einer, der schlimmer war als alle anderen Gedanken, die sie in ihrem Gefängnis heimsuchten. Schlimmer als die Vorstellung, was der Kerl mit ihr anstellen würde. Es war ein Gedanke, der schmerzte wie tausend Rasierklingen. *Das hast du nun von deinem Frauenkörper, den du dir so sehr gewünscht hast. Eine Frau sein, von Männern bewundert und begehrt werden, das wolltest du doch. Vielleicht hättest du früher daran denken sollen, dass begehrt werden auch bedeutet, verwundbar zu sein.* Verzweifelt versuchte sie, die Stimme in ihrem Inneren zum Schweigen zu bringen. Doch sie gab keine Ruhe. *Als Mann wäre dir das nicht passiert. Als Mann wärst du jetzt frei. Das kommt davon, wenn man der Natur ins Handwerk pfuscht.* Sie begann zu schreien, um die Stimme zu übertönen.

«Nein! Lass mich in Frieden! Sei still!»

Plötzlich kehrte Ruhe ein, und plötzlich flossen die Tränen. Tanja rollte sich auf dem eisigen Boden zusammen und schluchzte hemmungslos.

Dienstag, 22. Oktober, 9:33 Uhr

Verschlafen tappte Liz in die Küche. Sonnenlicht blendete sie, schien sie zu verhöhnen. Sie stellte die Kaffeemaschine an und versuchte, nicht an das Desaster vom Vorabend zu denken. Vergeblich. Sie hatte überreagiert, so viel stand fest. Aber dieser Scheißbulle war auch nicht gerade einfühlsam gewesen. Stadler war jedoch nicht das Problem. Er war nur ein Symptom. Wenn er tatsächlich rein zufällig über ihr Foto gestolpert war und sie sofort erkannt hatte, dann konnte das jederzeit auch anderen Menschen passieren. Verdammt. Sie hatte sich sicher gefühlt. Sie war davon überzeugt gewesen, dass genug Jahre vergangen waren.

Als ihr Buch erschien und für Furore sorgte, war ihr Foto mehrfach durch die Presse gegeistert. Zwar hatte sie alle Einladungen zu Talkshows ausgeschlagen und dafür gesorgt, dass kein Bild von ihr den Einband des Buchs zierte, trotzdem waren vereinzelt Artikel erschienen, die sie zeigten, wie sie ihre Promotionsurkunde entgegennahm oder wie sie auf einem Kongress einen Vortrag hielt. Niemand hatte sie erkannt. Niemand hatte einen Zusammenhang hergestellt. Bis gestern Abend.

Sie schenkte sich eine Tasse Kaffee ein und trat ins Wohnzimmer. Ihr Blick fiel auf die Pinnwand, an der die Fotos hingen. Auch das noch! Sie hatte vergessen, sie zu den anderen Unterlagen in die Akten zurückzutun. Sie würde sie Stadler mit der Post schicken, dann brauchte sie ihm nicht mehr gegenüberzutreten. Oder sie warf sie weg, schließlich waren es nur Abzüge.

Sie setzte sich, nahm einen Schluck Kaffee und verbrannte sich die Zunge. Fluchend stellte sie die Tasse ab. Ihr Blick fiel auf ihre Handtasche, die sie gestern Abend, als sie nach Hause gekommen war, wütend auf den Tisch geknallt hatte. Sie hatte den Rest Wodka geleert und sich in den Liebesroman vertieft, es jedoch nicht geschafft, nicht mehr an Stadler zu denken.

Sie nahm das Handy aus der Tasche. Dreizehn neue Nachrichten. Die ersten drei waren von Stadler, sie löschte sie, ohne sie zu lesen. Die vierte war von Deborah:

Bleibe heute Nacht in Köln. Michael Flatley ist zwar kein begnadeter Tänzer, aber er hat einen göttlichen Körper. Viel Spaß mit deinem Bullen. Deb

Liz musste lächeln. So pragmatisch wie ihre Freundin wäre sie auch gern. Die nächste Nachricht war aus dem Sekretariat der Fakultät. Abgeschickt heute Morgen um halb neun. Eine Bitte um Rückruf. Alle weiteren Nachrichten waren wieder von Stadler. Sie löschte sie, bis auf die letzte, die sie las. *Ich weiß, ich wiederhole mich. Aber es tut mir wirklich leid. Wie kann ich es wiedergutmachen? G.S.* Liz seufzte und rief im Sekretariat an. Frau Gunther, die Sekretärin, meldete sich nach dem ersten Klingelton. Sie klang gehetzt. Als Liz ihren Namen nannte, unterbrach sie sie sofort. «Ach, Frau Dr. Montario, es ist ja so furchtbar», jammerte sie. «Der arme Junge. War immer so still. Und so höflich. Finden Sie nicht auch?»

«Ich weiß nicht, was Sie meinen, Frau Gunther.»

«Ach, wie unüberlegt von mir. Ich habe heute Morgen schon mit so vielen Leuten darüber gesprochen, dass ich völlig vergessen habe, wer Bescheid weiß und wer nicht. Ruben ist verunglückt. Mit dem Fahrrad. Ist das nicht furchtbar?»

Liz schloss die Augen. «Verunglückt?», fragte sie. Eine böse Ahnung stieg in ihr auf. Die Sekretärin hätte sie wohl kaum benachrichtigt, wenn er nur leicht verletzt war.

«Er wurde überfahren.» Sie machte eine Pause. «Am Sonntagabend. Er ist tot.»

«O, mein Gott!» Liz sah den schlaksigen Jungen mit der Brille vor sich und versuchte zu begreifen, dass er nicht mehr lebte, dass er nie wieder von seinem Platz hinter dem Rechner sein gelangweiltes «Guten Morgen, Frau Dr. Montario» brummeln würde. «Wie ist es denn passiert?»

«Das weiß niemand so genau. Es war wohl schon dunkel, vielleicht hatte er kein Licht am Rad. Die jungen Leute sind ja oft sehr leichtsinnig.» Irgendwo im Hintergrund klingelte ein Telefon. «Ich muss Schluss machen, Frau Dr. Montario. Ich wollte nur, dass Sie es wissen.»

«Danke, sehr aufmerksam von Ihnen.» Liz legte auf. Sie fühlte sich taub. Sie hatte Ruben kaum gekannt, ihm nicht besonders nahegestanden, doch sein Tod berührte sie, einfach, weil er so ungerecht und sinnlos war.

Sie stand auf und ging ins Bad. Nachdem sie geduscht und sich angezogen hatte, nahm sie die Fotos von der Wand und steckte sie in einen Umschlag. Sie räumte die Küche auf und stellte die Spülmaschine an, brachte den Müll hinunter und leerte auf dem Rückweg den Briefkasten. Im Aufzug ging sie die Post durch. Ein Umschlag stach ihr sofort ins Auge. Nur ihr Name stand darauf: Dr. Elisabeth Montario. Mit Schreibmaschine getippt. Keine Anschrift, kein Absender, keine Briefmarke. Wer auch immer das Schreiben verfasst hatte, hatte es bis zu ihrer Haustür gebracht. Der Gedanke jagte ihr einen Schauder über den Rücken. Sie öffnete den Brief erst, als sie wieder in der Wohnung war und die Tür von innen verschlossen hatte. Die Worte waren wie ein Fausthieb in den Magen. Sie stöhnte, ließ das Blatt fallen. Einen Moment stand sie wie betäubt da. Dann bückte sie sich und las den kurzen Text noch einmal, in der aberwitzigen Hoffnung, sie könne sich beim ersten Lesen getäuscht haben. Doch sie hatte sich nicht getäuscht.

Du allein sollst mich finden. Niemand sonst. Also komm nicht wieder auf die Idee, dir Hilfe zu holen.

Dienstag, 22. Oktober, 17:38 Uhr

«Und dann bin ich weggelaufen. Ich hab das nicht ausgehalten, ich konnte es einfach nicht. Ich wollte nur weg.» Die letzten Worte flüsterte sie, zog ein zerknülltes Taschentuch aus der Hosentasche und presste es sich vor die Augen.

Liz beobachtete beklommen, wie die junge Frau weinte, wie ihre Schultern bebten, wie das Schluchzen immer heftiger wurde.

«Das ist in Ordnung so, Feuerhexe, lass es raus», sagte Monika, die Therapeutin, sanft.

Liz hörte neben sich jemanden stöhnen. Sie war sich nicht sicher, ob aus Mitgefühl oder unterdrückter Wut. Feuerhexe heulte sich jede Woche die Seele aus dem Leib, und es grenzte an ein Wunder, dass ihr noch nie jemand an die Gurgel gesprungen war. Doch die eiserne Regel der Gruppe lautete, jeden so zu akzeptieren, wie er war.

Liz spürte, dass jemand sie beobachtete. Sie wandte sich von Feuerhexe ab und schaute auf. Es war der Mann, der sich Boy nannte. Als ihre Blicke sich trafen, sah er rasch weg.

Monika redete noch immer beruhigend auf Feuerhexe ein, die jetzt langsam zur Ruhe kam. «Ich denke, wir können weitermachen», sagte sie schließlich. «Schattenkind? Möchtest du uns erzählen, wie es dir in der letzten Woche ergangen ist?»

Die Angesprochene nickte stumm. Sie war bleich und mager wie immer und kaute nervös an ihren Fingernägeln. «War eigentlich ganz okay», begann sie.

Liz' Gedanken schweiften ab, als Schattenkind weitersprach. Sie kannte ihre Geschichte in- und auswendig, so wie die Geschichten aller anderen hier. Sie kannte zwar nicht die wahren Namen, doch sie wusste mehr über die Menschen in dieser Runde als über die, mit denen sie täglich zu tun hatte. Sie alle hatten etwas Schreckliches erlebt, das sie aus dem Leben katapultiert hatte. Manche kamen ganz gut damit zurecht. Andere waren nicht mehr in der Lage, den Alltag zu bewältigen. Feuerhexe, die in Wirklichkeit Vera hieß, wie sie Liz einmal im Vertrauen zugeraunt hatte, war in ihrer eigenen Wohnung überfallen und vergewaltigt worden. Der Täter hatte zwei Tage bei ihr gewohnt, sie ans Bett gefesselt und wieder und wieder gequält, bis er schließlich verschwunden war – vermutlich in dem Glauben, sie sei tot. Seither fühlte sie sich verfolgt. Sie verließ fast nie das Haus, kontrollierte alle zehn Minuten, ob auch alle Fenster verschlossen und die Tür verriegelt waren. An guten Tagen schaffte sie es, alleine einkaufen zu gehen, an schlechten nicht einmal, die Rollläden hochzuziehen. Arbeiten konnte sie nicht. Sie lebte von einer winzigen Frührente und von dem, was ihre Eltern für sie abzweigten. Für Feuerhexe war es schon eine enorme Leistung, jede Woche zur Traumagruppe zu kommen. Am meisten quälte sie die Angst, dass der Mann, der ihr das angetan hatte, eines Tages zurückkehren könnte. Man hatte ihn nie gefasst.

Feuerhexe war schon seit über einem Jahr dabei, genau wie Liz. Boy hingegen war das neueste Mitglied. Er kam erst seit ein paar Wochen zu den Treffen. Liz schätzte ihn auf Ende dreißig. Er hatte ein anziehendes Äußeres, ein kantiges Gesicht mit einer hohen Stirn, dunkles, fast schwarzes, leicht gewelltes Haar, ausdrucksvolle braune Augen. Eigentlich ein Siegertyp, aber auch ihm hatte das Schicksal die Arschkarte gezeigt. Als kleiner Junge hatte er mit ansehen müssen, wie seine ganze Familie starb, bei einem Autounfall, den nur er überlebte. Bis auf gelegentliche Angstanfälle mit Herzrasen und Schweißausbrüchen schien er ein normales Leben zu führen. So wie Liz.

«Amy?»

Liz fuhr zusammen. Sie blickte hoch, alle starrten sie an. Offenbar hatte Monika sie schon einmal angesprochen. «Ja?»

«Ist alles in Ordnung, Amy?»

Liz nickte. In der Gruppe nannte sie sich Amy, weil sie den Film *Amy und die Wildgänse* schon mehr als ein Dutzend Mal gesehen hatte. Für sie besaß die Geschichte eine unglaublich intensive tröstliche Kraft. Er beschwor die Macht von bedingungsloser Freundschaft, von Nähe und Vertrauen, lauter Dingen, die es in ihrem Leben nicht gab.

«Möchtest du uns heute etwas erzählen, Amy?»

«Nein», sagte Liz rasch. «Heute lieber nicht.» Sie lächelte verlegen. «Es geht mir nicht so gut.»

Eine kleine Falte erschien auf Monikas Stirn, verschwand aber sofort wieder. «Wie du möchtest, Amy.»

Jemand anderes begann zu sprechen, und als Liz aufsah, fing sie erneut den Blick des Mannes auf, der sich Boy nannte. Diesmal wandte er sich nicht ab, sondern taxierte sie ungeniert. Mit einem Mal fragte sie sich, ob es wohl Männer gab, die sich solchen Gruppen anschlossen, um Frauen kennenzulernen. Frauen, die leichte Beute waren, weil sie schon einmal verletzt worden waren.

26. März 1996

NEUER VERDÄCHTIGER IM FALL DES JVA-BRANDS
Feuer wurde nicht von «Mädchenwürger» gelegt

Bonn. Gestern gab die Kripo erste Ermittlungsergebnisse zum Brand in der JVA Siegburg bekannt. Demnach legte nicht, wie bisher angenommen, der sogenannte «Mädchenwürger» Hendrik Vermeeren das Feuer, sondern sein Mithäftling Jan S.

Der Verdächtige saß eine Jugendstrafe wegen Trickbetrügerei und Raubes ab und sollte kommenden Monat entlassen werden. Warum er das Feuer legte, ist noch nicht geklärt. Ebenfalls unklar ist, ob Jan S. möglicherweise auch für den Tod von Hendrik Vermeeren verantwortlich ist.

Dienstag, 22. Oktober, 20:10 Uhr

Deborah Arendt steckte sich einen Bissen Lasagne in den Mund und kaute genüsslich. «Die ist echt grandios», schwärmte sie. «Ein Gedicht.» Ihr Blick fiel auf Liz' Teller. «Hey, was ist denn mit dir? Du hast ja kaum was angerührt. Schmeckt es dir nicht? Komm, iss! Du bist sowieso viel zu dünn.»

Liz verzog das Gesicht. «Ich hab keinen Appetit. Aber lass dich davon nicht abhalten.»

«Keinen Appetit!», meinte Deborah kauend. «So ein Unsinn! Was ist los? Hat es etwas mit deinem Kommissar zu tun?»

Liz zuckte unwillig mit den Schultern. «Ja und nein. Wir haben uns gestern Abend – gestritten.»

«Gestritten? Ihr kennt euch doch kaum!» Deborah schluckte und stopfte gleich den nächsten Bissen in den Mund.

«Eben!», sagte Liz. «Er – er ist mir zu nahe getreten. Zu privat geworden.»

«Aha.» Es war Deborah anzusehen, dass sie keine Ahnung hatte, wovon Liz sprach. Wie sollte sie auch? «Wie darf ich das verstehen? Hat er dich blöd angemacht? Den Macho raushängen lassen?»

«Nein, er hat mich nicht angebaggert. Zumindest glaube ich das nicht.»

«Du *glaubst* es nicht?» Deborah schien so geschockt, dass sie sogar vergaß zu essen. «Eine Frau merkt doch wohl, wenn ein Mann was von ihr will, oder?»

«Ich denke schon. Jedenfalls ging es nicht darum. Er meinte, er könne mich zu meinem Privatleben ausfragen. Und das mag ich nicht.» Liz merkte, wie fadenscheinig ihre Erklärung klang, doch sie konnte Deborah nicht sagen, um was es tatsächlich ging. «Ich will nicht darüber reden, okay?»

«Gut.» Deborah füllte ihre Gabel mit Lasagne und schob sie in den Mund. Eine Weile kaute sie schweigend. Als sie den Bissen hinuntergeschluckt hatte, fragte sie: «Wann hattest du zum letzten Mal richtig guten Sex?»

«Deb!»

«Eine legitime Frage, oder?» Sie wischte sich mit der Serviette den Mund ab. «Ich übrigens gestern Nacht.» Sie überlegte. «Na ja, er war okay, wenn ich ehrlich bin.»

«Mit Michael Flatley?»

«Yep.»

«Du lässt echt nichts aus, oder?»

«Warum sollte ich? Man muss die Feste feiern, wie sie fallen. Sonst ist es eines Tages zu spät. Das Leben ist verdammt kurz, manchmal kürzer, als wir denken. Das solltest du am allerbesten wissen.»

Liz starrte sie entsetzt an. «Wie meinst du das?»

«Na, du beschäftigst dich doch mit diesen irren Killern. Du weißt, wie leicht es einen erwischen kann.» Sie schauderte. «Da habe ich lieber meinen Spaß, solange es noch geht.»

Liz sah sie mit einer Mischung aus Befremden und Bewunderung an. «Ich bin nicht so wie du.»

Deborah grinste. «Ist mir klar. Aber ein bisschen Spaß brauchst sogar du. Also lass dich anbaggern von diesem Bullen und genieß es.»

Liz schüttelte sprachlos den Kopf.

Deborah winkte dem Kellner und bestellte eine zweite Flasche Wein, dann sah sie Liz ernst an. «Da ist noch etwas anderes, nicht wahr?»

Liz schaute auf ihren halbvollen Teller. Der Fisch war inzwischen vermutlich kalt, bei dem Gedanken, einen Bissen davon zu nehmen, musste sie beinahe würgen. «Jemand, den ich kenne, hatte vorgestern einen Unfall.»

«Ach herrje, so schlimm?»

«Er ist tot.»

«Tot?»

Der Kellner brachte gerade den Wein und war sichtlich irritiert, als er Deborahs Ausruf mitbekam. Er schenkte ein und verdrückte sich wortlos.

«Warum hast du mir nicht früher davon erzählt?» Deborah flüsterte jetzt. «Ich hatte ja keine Ahnung.»

«Ich doch auch nicht», erwiderte Liz. «Ich habe es heute Vormittag erfahren. Es war niemand, den ich näher kannte. Ruben, der Student, der als Hilfskraft in meinem Büro in der Fakultät arbeitete.»

«Wie furchtbar.» Deborah trank einen großen Schluck Wein. «Weißt du, wie es passiert ist?»

«Nicht genau. Er war mit dem Fahrrad unterwegs und wurde angefahren.» Wieder blickte Liz auf den Teller, dann schob sie ihn hastig von sich weg.

«Schade um den schönen Fisch», sagte Deborah.

«Du kannst ihn gern haben.»

«Bin pappsatt. Leider.» Deborah nahm ihre Hand. «Ich verstehe, dass du geschockt bist. Das wäre ich an deiner Stelle auch. Aber es bestätigt nur, was ich gesagt habe: Das Leben kann jederzeit vorbei sein, deshalb sollten wir jede Sekunde auskosten.»

«Du hast gut reden.»

«Ja.» Deborah drückte ihre Hand. «Und ich lasse meinen Reden Taten folgen. Reden allein genügt nämlich nicht.»

Liz kämpfte mit sich. Dann sagte sie: «Ruben – er hat etwas für mich recherchiert.»

«Und?»

Liz zog ihre Hand weg und lehnte sich zurück. «Er sollte herausfinden, wo jemand, der vermutlich vor einigen Monaten aus dem Gefängnis entlassen wurde, jetzt wohnt.»

«Einer deiner Killer.»

«So in der Art.»

«Ich glaube, ich verstehe trotzdem nicht, was du meinst.»

«Ruben hat mir am Samstag eine sehr rätselhafte E-Mail geschickt. Er sei auf etwas Interessantes gestoßen und wolle weiter nachforschen.»

Deborah riss die Augen auf. «Du glaubst, sein Tod war kein Unfall?»

Liz zuckte mit den Schultern.

«Was sagt denn die Polizei dazu?», fragte Deborah.

«Keine Ahnung.»

«Ich glaube, du siehst Gespenster, Liz. Mach dich nicht verrückt. Du fühlst dich schuldig, weil dieser Ruben tot ist und du noch lebst. Aber das liegt nicht in deiner Verantwortung.»

«Du kennst noch nicht die ganze Geschichte.» Liz fuhr mit dem Finger über den Rand ihres Weinglases. «Ich bekomme seit einiger Zeit anonyme Briefe. Eigentlich nichts Besonderes, du weißt ja, dass ich ständig Nachrichten von irgendwelchen Spaßvögeln kriege. Aber diese sind anders. Und heute Morgen habe ich eine bekommen, die richtig unheimlich war. Der Schreiber fordert mich auf, mir von niemandem helfen zu lassen bei der Suche nach ihm. Fast so, als hätte er davon gewusst, dass Ruben für mich recherchiert hat, und als hätte er ihn umgebracht.»

«Du musst mit der Polizei reden, Liz.»

«Ich habe nichts in der Hand. Nur diese Briefe, und die sind sehr vage. Ich meine, da steht nicht drin: Ich habe Ruben Keller umgebracht, weil er für dich herumgeschnüffelt hat. Es ist alles nur angedeutet.»

«Trotzdem.» Deborah trank ihren Wein leer und schenkte nach. «Das ist kein Spaß. Vielleicht ist da wirklich einer auf dich fixiert. Du weißt doch, wie diese Kerle sind. Einer von denen hat im Knast dein Buch gelesen und spielt jetzt Katz und Maus mit dir. Verdammt, Liz, geh zur Polizei. Geh zu deinem Superkommissar, der hält doch große Stücke auf dich. Er nimmt dich bestimmt ernst.»

«Ich bin mir nicht sicher, ob der noch was auf mich hält, ich konnte ihm mit seinem Fall nicht besonders weiterhelfen.»

«Egal. Rede mit ihm.»

Liz seufzte. «Okay, morgen.»

Deborah verschränkte zufrieden die Arme. «Und bei der Gelegenheit könnt ihr gleich die andere Sache aus der Welt schaffen.» Sie zwinkerte ihr zu. «Warum nicht das Nützliche mit dem Schönen verbinden?»

Liz konnte sich ein Lächeln nicht verkneifen. «Du bist unverbesserlich, Deb.»

Deborah fischte ihre Zigarettenpackung aus der Handtasche. «Wo wir gerade von Lastern reden: Leistest du mir hierbei Gesellschaft?»

Mittwoch, 23. Oktober, 10:50 Uhr

Regen prasselte gegen die Scheiben, es schien gar nicht hell zu werden. Am kommenden Wochenende würden die Uhren auf Winterzeit gestellt – ein untrügliches Zeichen dafür, dass der Herbst gekommen war. Und mit ihm die Dunkelheit.

Stadler wollte gerade aufstehen, um sich einen Kaffee zu holen, als es klopfte und ein Kollege eintrat, den er nicht kannte.

«KHK Stadler?», fragte er.

«Immer zu Diensten.»

Der Mann war noch jung, höchstens dreißig, hellblondes kurzgeschorenes Haar und ein entschlossenes Gesicht. «KK Schenk», stellte er sich vor und streckte die Hand zu einem kurzen, festen Händedruck aus. «Von der Vermisstenabteilung. Ich habe vielleicht was für Sie.»

«Dann lassen Sie mal hören.» Stadler deutete auf einen Stuhl und lehnte sich zurück, froh über die Abwechslung, jedoch ohne Hoffnung auf bedeutsame Informationen.

«Heute Morgen ist eine Vermisstensache reingekommen. Eigentlich nichts Aufregendes. Eine Frau, sechsunddreißig, Maklerin, alleinstehend. Ihr Name ist Tanja Matzurka. Sie wurde von ihrem Chef vermisst gemeldet, weil sie heute den dritten Tag nicht zur Arbeit gekommen ist. Sie hatte am Montag einen wichtigen Termin, und er schwört, dass sie ihn niemals freiwillig hätte platzen lassen.»

Stadler zog die Brauen hoch.

«Warten Sie, ich bin noch nicht fertig», fuhr der junge

Kommissar rasch fort. «Diese Matzurka sollte sich am Montagmorgen mit einem Kunden treffen, um zehn Uhr. Um zwanzig nach rief der Kunde verärgert bei der Maklerfirma an, weil die Frau nicht aufgetaucht war. Ihr Chef versuchte sofort, sie zu erreichen. Doch sie ging weder zu Hause ans Telefon noch an ihr Handy. Er ist dann zu dem Termin gefahren, hat die Besichtigung mit dem Kunden durchgeführt und ist von dort sofort zu ihrer Wohnung. Sie hat nicht aufgemacht, aber eine Nachbarin hatte einen Schlüssel. Sie sind zusammen in die Wohnung gegangen. Alles sah normal aus, von Tanja Matzurka keine Spur.»

Stadler legte gelangweilt die Fingerspitzen zusammen. «Vielleicht ist sie spontan verreist? Oder hat bei einem Liebhaber übernachtet? Ich verstehe noch nicht ganz, was uns daran interessieren sollte.»

«Abwarten», sagte Schenk mit bedeutungsvoller Miene. «Ich würde Sie wohl kaum behelligen, wenn ich nicht der Ansicht wäre, dass es wichtig sein könnte. Also, Matzurkas Chef ist jedenfalls sicher, dass sie am Montagmorgen ganz normal aufgestanden ist, um zur Arbeit zu gehen. Er sagt, die Dusche sei noch nass gewesen. Ihre Handtasche konnte er nicht finden, deshalb geht er davon aus, dass sie die Wohnung wie immer verlassen hat. Und dann muss etwas geschehen sein.»

Stadler verkniff es sich, erneut zu unterbrechen. Schenk brauchte dieses Drumherum offenbar. Warum sollte er nicht seinen Spaß haben? Den Kopf waschen konnte er ihm auch später noch.

«Matzurkas Wagen stand in der Tiefgarage, weshalb ihr Chef annimmt, dass sie dort oder auf dem Weg dorthin überfallen und entführt wurde.»

Stadler beugte sich vor. «Entführt? Und das glauben Sie?»

«Der Mann hat sehr glaubwürdig versichert, dass es völlig

untypisch für Frau Matzurka sei, einfach zu verschwinden. Es muss etwas geschehen sein.»

Das glauben alle Angehörigen, dachte Stadler, *dabei gibt es fast immer Anzeichen.* «Dann gehen Sie der Sache nach.»

Schenk beugte sich vor. «Ich dachte eher, dass Sie der Sache nachgehen sollten, weil es ein Fall für Sie sein könnte.» Er flüsterte jetzt fast. «Der Serienkiller, Sie verstehen?»

Stadler wäre beinahe laut herausgeplatzt, doch er beherrschte sich. «Wie bitte?»

«Tanja Matzurkas Chef hat mir etwas erzählt, das Sie interessieren dürfte, Stadler. Als er sie vor drei Jahren einstellte, stand in ihrem Ausweis Thomas Matzurka. Sie hat sich im Frühjahr einer Geschlechtsumwandlung unterzogen.»

Verflucht. Stadler richtete sich auf, ließ sich von Schenk nochmals alle Einzelheiten genau berichten. Dann schickte er ihn los, die Akte holen. Nachdem er den kurzen Bericht gelesen hatte, stürmte er ins Büro seines Vorgesetzten. Er brauchte zehn Minuten, um Siegfried Sobotta, den Leiter des KK 11, zu überzeugen, dass sie es mit einem Serienkiller zu tun haben könnten, und noch einmal eine Viertelstunde für die Erlaubnis, Dr. Elisabeth Montario als externe Expertin hinzuzuziehen.

Als er wieder in seinem Büro war, rief er sie an. Doch sie ging nicht ans Telefon. Vermutlich war sie noch immer sauer. Verfluchter Mist! Er knallte das Handy auf den Tisch.

Wieder klopfte es. Linda. Die blonde Versuchung. Sie setzte sich auf seinen Schreibtisch, sodass ihm nichts anderes übrigblieb, als ihr auf die Brüste zu starren.

«Ich hab was für dich, Stadler», flötete sie. «Wir haben die Reifenspuren ausgewertet. Der Student, du weißt schon.»

«Und?» Er zwang sich, den Kopf zu heben und ihr in die Augen zu sehen.

«Es ist irgendein ziemlich exotisches Fabrikat, wird nur für wenige Modelle benutzt. Ich habe dir eine Liste mitgebracht.» Sie legte ein Blatt neben sich auf den Schreibtisch, machte aber keine Anstalten, wieder zu verschwinden.

«Danke.»

Sie betrachtete ihre Nägel. «Wann machst du Feierabend?»

Er zuckte mit den Schultern. «So in zehn, fünfzehn Jahren.»

Sie grinste. «Das trifft sich gut. Da hab ich auch Schluss. Lust, einen trinken zu gehen?»

Er schluckte. Wieder wanderte sein Blick tiefer, es war deutlich zu sehen, dass sie keinen BH trug. «Ich weiß nicht. Ich bin heute ziemlich kaputt.»

«Macht nichts. Ich krieg dich schon wach.»

Daran hatte er keinen Zweifel. Er ignorierte die blinkende rote Warnlampe und nickte. «Also gut.»

Sie rutschte von seinem Schreibtisch und ging mit wippenden Schritten zur Tür. «Dann bis nachher, Cowboy.»

Mittwoch, 23. Oktober, 11:44 Uhr

Liz nahm die Kaffeetasse und setzte sich an ihren Schreibtisch. Sie hatte zwei Tabletten genommen, und langsam ließ das Pochen in ihrem Schädel nach. Ihr Blick fiel auf das Handy. Drei Anrufe in Abwesenheit. Stadler war offenbar in die nächste Phase übergegangen, keine SMS mehr, sondern Anrufe. Aber sie hatte nicht vor, sich weichklopfen zu lassen. Was wollte er überhaupt? Sie hatte getan, worum er sie gebeten hatte, ihr Job war beendet. Oder ging es um das Abendessen, das er ihr versprochen hatte? Darauf verzichtete sie gern.

Sie betrachtete die Telefonnummer, die sie im Internet herausgesucht hatte und die auffordernd auf dem Bildschirm flimmerte. Bevor sie die Ziffern in die Tastatur ihres Handys eintippte, lauschte sie. Doch Deborah schlief offenbar noch tief und fest. Die Glückliche! Vielleicht sollte Liz sich doch etwas von der Lebensphilosophie ihrer Freundin abgucken.

Sie hob das Telefon ans Ohr und lauschte dem Freizeichen. Schließlich meldete sich eine Frau. « Ja? Burgmüller.»

«Mein Name ist Elisabeth Montario, ich würde gern mit Herrn Friedrich Burgmüller sprechen.»

«Der ist nicht da.»

«Und wann ist er wieder zu Hause?»

«Was wollen Sie denn von ihm?» Die Frau klang argwöhnisch, fast verängstigt.

Liz überlegte. «Es geht um seine Arbeit.»

«Mein Mann ist in Rente.»

«Ich meine seine frühere Arbeit.»

«Sie haben immer noch nicht gesagt, was Sie wollen, Frau ...?» Sie klang abweisend, Liz spürte, dass sie kurz davor war, aufzulegen.

«Montario, Dr. Montario.» Sie räusperte sich. «Es geht um einen ehemaligen Schüler Ihres Mannes.»

«Dazu hat mein Mann nichts zu sagen.»

«Ich würde ihn trotzdem gern selbst fragen.»

«Ich sage ihm Bescheid, dass Sie angerufen haben.» Die Frau legte auf, ohne Liz nach einer Telefonnummer zu fragen.

Liz lehnte sich zurück. «Blöde Kuh.»

«Ärger?» Deborah stand in der Tür, ihr Haar war zerzaust, in ihrem Gesicht zeichneten sich die Falten der Bettdecke ab.

Liz winkte ab. «Nichts Wichtiges. Möchtest du Kaffee?»

«Au ja. Und danach telefonierst du mit diesem Kommissar und hörst dir an, was er zu sagen hat. Ich wünschte, mir würde einer elf Nachrichten schicken, um sich zu entschuldigen.»

Liz starrte sie ungläubig an.

«Ich meine es ernst.» Deborah verschränkte die Arme.

«Woher weißt du ...?»

«Du warst noch sehr gesprächig gestern Nacht, nachdem wir die Flasche Wodka bei der Tanke geholt hatten.»

Mittwoch, 23. Oktober, 20:43 Uhr

Sie saßen über ihrem dritten Alt, und Linda plauderte unermüdlich. Nachdem ihr klargeworden war, dass sie Stadler nicht aus seiner Schweigsamkeit zerren konnte, hatte sie offenbar beschlossen, für sie beide zu reden. Ihm war das nur recht. Sie schien nicht einmal zu erwarten, dass er zuhörte.

«Das ist doch echt unverschämt, oder?», sagte sie gerade, und er nickte geflissentlich.

«Ich rede zu viel, stimmt's?» Sie legte ihm die Hand auf den Oberschenkel, zu hoch, um als kameradschaftliche Geste durchzugehen.

Er spürte einen Kloß im Hals. *Scheiße.*

«Das liegt daran, dass ich nervös bin», erklärte Linda.

«Nervös?», fragte er, die Stimme seltsam belegt.

Ihre Hand rutschte noch ein Stück höher, ihm brach der Schweiß aus. Wenn er sie jetzt nicht wegschob, war das ein Ja.

«Ich will es, du willst es, aber es ist trotzdem verdammt schwierig, den Einstieg zu finden. Ich meine, wenn man sich schon so lange kennt und jeden Tag zusammenarbeitet.»

«Was?»

«Sex», sagte sie. «Ich rede von Sex. Und hier sitzt mindestens ein anderer am Tisch, der ebenfalls daran denkt.» Ihre Hand war inzwischen angekommen, Stadler stöhnte, als sie sanft zudrückte.

«Lass uns hier verschwinden», flüsterte sie.

Er stolperte hinter ihr her auf die Straße. Es regnete noch immer, Tropfen platschten ihm ins Gesicht.

Linda zerrte ihn am Arm. «Ich wohne gleich da drüben.»

Doch er hatte plötzlich keine Lust mehr. Er blieb stehen, vergrub die Hände in den Hosentaschen. «Du, sei mir nicht böse, aber ich fahre lieber nach Hause.»

Sie starrte ihn an.

«Es hat nichts mit dir zu tun, Linda.»

«Womit dann?» Sie betonte jede Silbe, ihre Augen waren zusammengekniffen, Regentropfen liefen ihr über die blassen Wangen.

«Mit mir. Ich bin einfach nicht in der Stimmung.»

«Komisch», sagte sie. «Ich habe gehört, dass du eigentlich immer in Stimmung bist.»

Er versteifte sich. «Dann hat dich jemand falsch informiert.»

«Auch gut.» Sie drehte sich abrupt um und marschierte davon.

Er wandte sich ebenfalls ab und begann, in die andere Richtung zu laufen. Was war nur in ihn gefahren? Mit einer Kollegin zu vögeln wäre schlimm genug gewesen, aber eine Kollegin aufzureißen und ihr dann einen Korb zu geben, war idiotisch. Linda würde ihm von nun an die Arbeit zur Hölle machen. Sie und all ihre Freundinnen bei der Kriminaltechnik. Genau aus diesem Grund waren Kolleginnen tabu. War er von allen guten Geistern verlassen?

Sein Handy vibrierte. Er wollte es schon ausschalten, als er sah, wer der Anrufer war.

«Sie haben genau eine Minute», sagte Montario. «Also nutzen Sie sie gut.»

Donnerstag, 24. Oktober, 7:31 Uhr

Liz schlüpfte gerade in ihren Mantel, als das Telefon auf der Dielenkommode klingelte. Rasch hob sie ab. Deborah schlief noch, und Liz wollte nicht, dass sie wach wurde.

«Lizzie, Kind, bist du das?»

Liz schloss kurz die Augen. «Morgen, Mama. Jetzt gerade ist es ganz schlecht, ich bin auf dem Weg zu einem wichtigen Termin.»

«Ich halte dich nicht lange auf. Es ist doch nur, weil ich mir Sorgen mache.»

«Sorgen? Ist etwas mit Papa? Sein Herz?»

«Es geht ihm gut. Ich habe ihm auch nichts von dem Mann erzählt. Um ihn nicht aufzuregen.»

«Von welchem Mann? Mama, ich bin wirklich in Eile, kann ich dich zurückrufen?»

«Natürlich, Kind.» Sie klang enttäuscht.

Liz kämpfte gegen ihre Schuldgefühle an. «Ich melde mich, sobald ich kann. Dann erzählst du mir in Ruhe, was los ist, ja? Versprochen.»

Als Liz aufgelegt hatte, stand Deborah im Türrahmen. Genau wie am Tag zuvor, als Liz mit Marianne Burgmüller telefoniert hatte. Deborahs Schlaf war anscheinend doch nicht so tief, wie es den Anschein hatte. «Stress mit der Familie?»

Liz rieb sich die Stirn. «Tut mir leid, ich wollte dich nicht wecken.»

Deborah winkte ab. «Ich bin topfit.» Sie gähnte. «Ich wollte dir viel Glück wünschen. Soll ich dir dreimal über die Schulter spucken?»

Liz grinste. «Ich gehe nicht auf die Bühne, sondern zur Polizei, und das voraussichtlich auch nur für ein paar Tage. Bis ich die Akten durchgearbeitet und ein Täterprofil erstellt habe.»

«Na ja, eine Art Auftritt ist das aber schon», beharrte Deborah. «Eine Premiere sogar, und zwar vor einem sehr kritischen Publikum. Vor allem wenn man bedenkt, dass dich längst nicht jeder Polizist dieses Landes ins Herz geschlossen hat. Die werden dich sicher mit Argusaugen beobachten.»

Liz stöhnte. «Danke, Deb, das steigert mein Selbstvertrauen ins Unermessliche.»

«Du lässt dich doch von so ein paar Uniformfuzzis nicht ins Bockshorn jagen, oder?» Sie stemmte die Hände in die Hüften. «Weißt du was? Heute Abend koche ich uns was, und dann machen wir es uns gemütlich und du berichtest mir, wie es war. Dann können wir gemeinsam über die Kerle ablästern.» Sie wurde ernst. «Vielleicht möchtest du mir dann ja auch erzählen, was wirklich los ist.»

«Was wirklich los ist?»

«Du und dieser Bulle. Ich möchte schon gern wissen, warum du ein so großes Geheimnis daraus machst, womit er dir zu nahe getreten ist.» Sie sah Liz eindringlich an. «Ich dachte, wir sind Freundinnen.»

Liz griff nach dem Schlüssel und fuhr mit dem Finger über das blanke Metall. Warum eigentlich nicht? Wenn dieser Stadler die Wahrheit kannte, sollte Deborah auch Bescheid wissen. Vielleicht war es an der Zeit, sich der Vergangenheit zu stellen.

«Abgemacht», sagte sie. «Heute Abend erzähle ich dir etwas über mich, das sogar die dramatische Lebensgeschichte deiner durchgeknallten Nadine in den Schatten stellt. Also sieh zu, dass genug Wodka im Haus ist.»

Noch bevor die verdutzte Deborah etwas erwidern konnte, zog Liz die Tür hinter sich zu und eilte die Treppe hinunter. Es goss mal wieder in Strömen, auf den Straßen war die Hölle los, und Liz kam zehn Minuten zu spät im Präsidium an. Stadler erwartete sie im Foyer, die Hände in den Taschen seiner Designerjeans vergraben, das Gesicht unergründlich.

«Frau Montario, es freut mich, dass Sie bereit sind, uns zu helfen», sagte er förmlich, so als wären sie sich nie zuvor begegnet. «Ich habe Ihnen einen Arbeitsplatz besorgt, wo Sie die Akten durchgehen können.» Er führte sie hinauf in den zweiten Stock, blieb vor einer Tür stehen. Er klopfte und öffnete, ohne eine Antwort abzuwarten.

Der Raum war winzig und hatte zwei Fenster zu einem Innenhof. Zwei Schreibtische standen einander zugewandt vor den Fenstern. Auf dem einen häuften sich neben Bildschirm und Tastatur unzählige Papiere, Hefter, Stifte, Kaffeebecher und anderer Kram. Der zweite war bis auf einen ordentlichen Stapel Aktenordner leer. An dem überfüllten Schreibtisch saß ein schlanker, südländisch aussehender Mann, der sie freundlich anlächelte.

«Hallo, Sie müssen Frau Montario sein. Ich bin Miguel. Miguel Rodríguez.» Er stand auf und reichte ihr die Hand. «Ich versuche, hier im KK 11 ein bisschen die spanische Sonne scheinen zu lassen, aber es gelingt mir selten.» Er verdrehte in gespieltem Leid die Augen. «Ihr Name klingt, als hätten Sie ebenfalls sonnige Wurzeln.»

«Meine Mutter, ähm …», stammelte Liz überrumpelt. «Italien. Piemont, um genau zu sein. Aber schon in der dritten Generation hier. Nicht mehr viel Sonne übrig.»

«Ich sehe, ihr versteht euch prächtig», stellte Stadler fest. «Frau Montario, Sie können bis auf weiteres an diesem Schreibtisch arbeiten.» Er deutete auf den aufgeräumten Arbeitsplatz.

«Der Kollege, der hier sonst sitzt, ist für längere Zeit krankgeschrieben. Ich habe Ihnen alle relevanten Akten bereitlegen lassen. Sagen Sie mir Bescheid, wenn Sie noch etwas brauchen. Ich sitze im Büro gegenüber.» Er nickte ihr zu.

Sie wusste nicht, ob er so förmlich war, weil Rodríguez nicht wissen durfte, dass sie sich bereits kannten, oder ob er wegen ihres Streits verunsichert war. Oder sogar eingeschnappt.

«Danke», sagte sie und zog ihre Lammfelljacke aus.

«Ich hole Sie gleich zur Teambesprechung ab. Ein paar Minuten dauert es aber noch. Vielleicht möchten Sie sich bis dahin ein wenig mit Ihrem Arbeitsplatz vertraut machen.» Er verließ das Büro und schloss die Tür hinter sich.

Rodríguez trat an einen Aktenschrank und holte eine Tasse heraus. «Kaffee?»

Sie rang sich ein Lächeln ab. «Gern.»

Liz hatte kaum Zeit, die ersten Seiten der Akte Tanja Matzurka zu lesen, als Stadler wiederauftauchte. «Bereit?», fragte er.

Sie erhob sich. Rodríguez stand ebenfalls auf, schnappte sich ein paar Unterlagen und ging voran. Auf dem Flur hielt Liz Stadler am Arm fest. «Ich denke, es gibt ein paar Dinge, die wir klären müssen.»

Er blieb stehen. «Nicht hier und nicht jetzt.»

«Das meine ich nicht.»

Er runzelte die Stirn.

«Wissen die anderen, dass ich die Akten schon gesehen habe? Seit wann weiß ich offiziell von dem Fall? Weiß ich auch über den Mord an dem Transvestiten Bescheid?»

Er blickte zu beiden Seiten, doch der Gang war leer, Rodríguez war schon um die Ecke verschwunden. «Sie waren gestern schon mal hier, haben bei mir im Büro Akten gewälzt. Bei der Gelegenheit habe ich Ihnen auch von dem Transvestiten erzählt. Die anderen wissen, dass ich glaube, dass beide Fälle zusammenhängen. Birgit weiß Bescheid. Okay?»

«Birgit?»

«Meine Partnerin. Birgit Clarenberg. Teilt sich mit mir ein Büro. Absolut vertrauenswürdig.»

Sie betraten einen großen Raum, in dem Tische zu einem Hufeisen zusammengestellt waren. Alle Plätze waren belegt, einige Ermittler standen sogar oder hatten es sich auf der Fensterbank bequem gemacht. Am Kopfende der Sitzrunde hing ein großes Whiteboard, an verschiedenen Pinnwänden hefteten Fotos und Notizen.

Liz nahm neben Rodríguez Platz, der ihr einen Stuhl freigehalten hatte. Sie spürte die neugierigen Blicke der Ermittler, nicht alle waren freundlich. Auf was hatte sie sich da eingelassen? Warum tat sie sich das an?

Entschlossen legte sie den Block mit den wenigen Notizen, die sie gemacht hatte, vor sich auf den Tisch und straffte die Schultern. Sie machte das, weil sie gut darin war. Weil sie es konnte, und zwar besser als die meisten anderen. Denn sie erkannte Zusammenhänge, die andere nicht sahen. Wenn jemand sie deshalb nicht leiden konnte oder sich dadurch in seiner Kompetenz in Frage gestellt sah, war das sein Problem, nicht ihres.

Stadler trat vor das Whiteboard und hob die Hand. «Können wir?»

Augenblicklich sank der Geräuschpegel.

«Morgen, Kollegen. Ich hoffe, ihr seid alle ausgeschlafen, wir haben einen langen Tag vor uns.»

«Hört, hört», rief ein kräftig gebauter Kahlkopf mit kantigen Gesichtszügen und schnitt eine Grimasse. «Das ist ja mal was ganz Neues.»

Stadler ging nicht darauf ein, sondern deutete auf Liz. «Zuerst möchte ich euch Dr. Elisabeth Montario vorstellen. Sie ist uns ab sofort als psychologische Beraterin zugeteilt. Einige von euch haben sicherlich von ihr gehört. Die Kanalmorde, ihr wisst schon. Frau Montario, willkommen im Team.»

Einige applaudierten, andere klopften auf die Tischplatte, Gemurmel setzte ein, Liz schnappte die Wörter «Psychobraut» und «Killerschnalle» auf.

Stadler sorgte erneut für Ruhe und begann mit einer kurzen Zusammenfassung des bisherigen Ermittlungsstandes. Alle Verdächtigen im Fall Talmeier waren entlastet, der Ehemann hatte seine Frau gestern beerdigt und war nach Südamerika zurückgekehrt. Ein Klient der Anwältin, der sie bedroht hatte, weil sie keinen Freispruch für ihn erwirken konnte, hatte ein wasserdichtes Alibi: Er war zwar wieder auf freiem Fuß, hatte aber zur Tatzeit in einer Ausnüchterungszelle seinen Rausch ausgeschlafen.

Im Internet suchte man in Foren, auf denen sich Transsexuelle austauschten, nach verdächtigen Usern, weil man annahm, dass der Täter dort seine Opfer ausspionierte. Doch das gestaltete sich schwierig: Viele Chats waren nicht öffentlich einsehbar, und für einen richterlichen Beschluss gab es zu wenige konkrete Verdachtsmomente. Im Fall Matzurka hatte sich bestätigt, was der Arbeitgeber vermutet hatte: Die Frau war wohl auf dem Weg von der Wohnungstür in die Tiefgarage verschwunden. Anhaltspunkte für eine Entführung gab es jedoch keine.

Stadler hielt kurz inne, dann bat er Liz um eine erste Einschätzung des Täters.

Liz wiederholte, was sie ihm bereits am Montag erzählt hatte. Zudem versuchte sie, das wenige, was sie inzwischen über Tanja Matzurka wusste, in ihr vorläufiges Täterprofil aufzunehmen.

«Ich halte es deshalb für keinen Zufall, dass schon wieder ein Übergriff auf eine transsexuelle Frau stattgefunden hat», fasste sie schließlich zusammen. «Auch wenn zum jetzigen Zeitpunkt noch nicht klar ist, was genau mit Tanja Matzurka geschehen ist. Oder geschehen wird.» Sie blickte in die Runde, inzwischen war das Getuschel verstummt, und alle hörten aufmerksam zu. «Ich fürchte allerdings, dass wir mit einer weiteren Eskalation rechnen müssen: Manuel Geismann wurde spontan getötet, er war, wenn man so will, zur falschen Zeit am falschen Ort. Leonore Talmeier wurde in ihrem Wohnzimmer ermordet. Und wir dürfen davon ausgehen, dass der Täter sie sorgsam ausgewählt hat. Es gibt allerdings keinen Hinweis darauf, dass der Täter sie erst verschleppte oder gefangen hielt. Er drang in ihre Wohnung ein, brachte sie um, verstümmelte sie und verschwand wieder. Bei Tanja Matzurka liegt der Fall wieder anders. Sie wurde wahrscheinlich entführt. Dafür kann es verschiedene Gründe geben. Entweder konnte der Täter die Tat nicht in Matzurkas Wohnung ausführen, vielleicht weil er gestört wurde oder eine Störung befürchten musste. Ich glaube jedoch eher, dass die Entführung Teil seines Plans ist, dass er sein Opfer entweder zu einem bestimmten Zeitpunkt oder an einem bestimmten Ort töten möchte. Sein Modus operandi ist also noch ausgeklügelter als bei Leonore Talmeier.»

«Lebt sie noch?», unterbrach ein älterer Beamter, der die ganze Zeit mit seinem Kuli herumspielte.

Liz überlegte kurz. «Ich denke, ja. Solange Tanja Matzurka noch nicht gefunden wurde, lebt sie. Der Mörder will, dass wir sie möglichst bald nach der Tat zu Gesicht bekommen. Leonore Talmeier hat er eine Stunde, bevor die Putzfrau kam, ermordet, und ich bin sicher, dass das Absicht war. Er will, dass wir seine Inszenierung sehen, solange sie noch frisch ist.»

«Dann verraten Sie uns doch, wo er sie versteckt hält.» Der

Kahlköpfige, der Liz bereits aufgefallen war, lehnte sich zurück und starrte sie provozierend an.

«Das kann ich leider nicht», gab sie zu. «Aber wenn ich eine Vermutung äußern soll, würde ich sagen, dass er das kleinstmögliche Risiko eingegangen ist. Er hat sie nicht stundenlang herumkutschiert, sich nicht der Gefahr ausgesetzt, mit ihr gesehen zu werden. Er wollte sie nur festsetzen, damit sie ihm im richtigen Moment zur Verfügung steht. Vielleicht hat sie das Haus nie verlassen.»

Donnerstag, 24. Oktober, 10:20 Uhr

Ratlos schob Deborah den Einkaufswagen durch die langen Gänge des Supermarktes. Nicht nur jede Kette, jeder einzelne Markt schien sein ganz eigenes System zu haben, die Waren zu sortieren, was bedeutete, dass man endlose Wege zurücklegen musste, wenn man sich nicht auskannte.

Hilfesuchend sah sie sich um. Ihr Blick fiel auf einen Mann, der ähnlich orientierungslos wirkte wie sie. Kurz entschlossen sprach sie ihn an. «Finden Sie sich auch nicht zurecht?»

Der Mann drehte sich zu ihr um. «Sieht man mir das so deutlich an?»

Fasziniert blickte Deborah in ein Paar braune Augen, die sie schelmisch anblitzten. «Wir könnten uns gegenseitig helfen, was meinen Sie? Ich suche Gewürze, genauer gesagt, Koriander und Thymian.»

«Hm, das klingt so, als müsste ich jemanden um sein Essen beneiden.»

Deborah lachte auf. Der Typ gefiel ihr. Er hatte nicht nur diese sagenhaft verführerischen südländischen Augen, sondern war auch ansonsten sehr ansehnlich. Und Charme und Humor schien er ebenfalls zu besitzen. «Würde es sich nicht um einen Frauenabend handeln, dürften Sie gern mein Gast sein.» Sie blickte sich um. «Zumindest, falls ich heute noch fündig werde. Sie wissen nicht zufällig, wo die Gewürze stehen?»

«Leider nein. Aber ich weiß, wie dem Abhilfe zu schaffen ist.» Er reckte den Hals, entdeckte eine Frau in einem weißen

Arbeitskittel und winkte sie mit einer Geste heran, die vermuten ließ, dass er gewohnt war, Anweisungen zu geben. «Die bezaubernde junge Dame hier sucht Gewürze. Würden Sie ihr bitte behilflich sein?»

Die Verkäuferin nickte. «Kommen Sie mit», sagte sie und setzte sich in Bewegung.

Deborah machte zwei Schritte, bevor ihr einfiel, sich bei ihrem Retter zu bedanken. Rasch drehte sie sich um, doch er war bereits fort. Schade.

Als sie wenig später ihre Einkäufe in der Tasche verstaute, stand er plötzlich wieder neben ihr. «Ich hoffe, Sie haben alles gefunden?»

«O, ja. Danke, nochmals.» Deborah spürte zu ihrem Entsetzen, dass sie rot wurde. Das war ihr seit Ewigkeiten nicht mehr passiert. «Sie hoffentlich auch?»

«Ich bin bestens versorgt.» Er zwinkerte. «Dann wünsche ich Ihnen einen gelungenen Frauenabend. Vielleicht sieht man sich ja bei Gelegenheit wieder.»

Deborahs Verstand erholte sich gerade noch rechtzeitig von dem Durchhänger. So eine Chance durfte sie sich nicht entgehen lassen. «Warum sollten wir es dem Zufall überlassen? Ich bin nicht mehr lange in der Stadt, und es wäre doch zu schade, wenn ich in den nächsten Tagen nicht zum Einkaufen käme.»

Er lächelte. «Wenn das so ist, sollten wir dem Schicksal ein bisschen auf die Sprünge helfen.» Er deutete eine Verbeugung an. «Bis bald also.»

«Aber», murmelte Deborah verwirrt, «Sie wissen doch gar nicht, wie Sie …»

Er drehte sich noch einmal um. «Keine Sorge. Ich finde Sie.» Er zwinkerte ihr zu, dann marschierte er mit langen Schritten über den Parkplatz davon, die Hände lässig in den Taschen seines Mantels vergraben. Er schien gar nichts gekauft zu haben.

Donnerstag, 24. Oktober, 13:43 Uhr

«Ich dachte, ich könnte was über Jack the Ripper machen. Wer er war, ist schließlich bis heute nicht ermittelt.»

Liz musterte Thorsten Kramold amüsiert, den Studenten, der breitbeinig vor ihr auf dem Stuhl saß. «Und Sie glauben, dass Sie schaffen können, was Generationen von Hobbyermittlern nicht gelungen ist? Einen der rätselhaftesten Fälle der Kriminalgeschichte endgültig aufklären?»

«Wer weiß.» Er reckte trotzig das Kinn, auf dem ein hautfarbenes Pflaster prangte. Entweder hatte er sich beim Rasieren oder beim Pickelausdrücken ungeschickt angestellt.

Liz klopfte mit ihrem Kuli auf den Tisch. «Wie Sie meinen. Sie dürfen sehr gern eine Arbeit über Jack the Ripper schreiben, aber seien Sie gewarnt. Das Material über diese Mordserie ist schier endlos. Hunderte von Artikeln mit mehr oder weniger bahnbrechenden Erkenntnissen, Dutzende von Büchern mit Biographien einzelner Verdächtiger und so weiter. Ich erwarte, dass Sie sich auf den neuesten Stand der Forschung bringen und diese kritisch würdigen, bevor Sie mir Ihre eigene, zweifellos brillante Theorie präsentieren.»

Der junge Mann war blass geworden. «So viel? Aber …» Er kratzte sich am Kopf. «Ich könnte natürlich auch einen neueren Fall aufgreifen», schlug er schließlich vor. «Wenn Ihnen das lieber ist.»

Liz setzte sich gerade auf. «Wissen Sie was, Herr Kramold, Sie verschwenden meine und Ihre Zeit. Überlegen Sie sich in

Ruhe, worüber Sie schreiben wollen, und bereiten Sie für die nächste Sprechstunde ein Thesenpapier vor, auf dem Sie kurz den Stand der Forschung zu Ihrem Thema skizzieren und Ihre eigenen Ideen darlegen. Dann schauen wir gemeinsam, ob sich auf dieser Grundlage eine vernünftige Hausarbeit schreiben lässt. Einverstanden?»

Thorsten Kramold nickte verlegen.

«Abgemacht also. Wir sehen uns dann gleich im Seminar. Schicken Sie bitte den Nächsten herein.» Liz lehnte sich seufzend zurück. Sie war nicht die geborene Dozentin, so viel stand fest. Andererseits war sie auch nicht die geborene Ermittlerin, das hatte sie heute Vormittag bemerkt. Bei der Polizei wurde mit harten Bandagen gekämpft. Der Ton war rau, es gab keine falsche Rücksichtnahme. Aber sie hatte auch angenehme Erfahrungen gemacht. Miguel Rodríguez bezog sie ganz unvoreingenommen in die Arbeit ein, und mit Stadlers Kollegin Birgit Clarenberg hatte Liz ein halb scherzhaftes, halb ernstes Gespräch darüber geführt, wie man als Frau unter Polizisten überlebte. Dennoch war Liz froh gewesen, als sie das Polizeipräsidium verlassen konnte, um rechtzeitig zu ihrer Sprechstunde an der Uni zu sein.

Es klopfte, die Tür ging auf, und Liz ließ überrascht ihren Kuli fallen, als Georg Stadler das Büro betrat.

«Ich habe gerade Sprechstunde», erklärte sie.

«Ich weiß. Deswegen bin ich hier.» Er ließ sich ungefragt auf dem Stuhl vor ihrem Schreibtisch nieder.

«Sie wollen eine Hausarbeit zum Thema Serienmord schreiben? Sind Sie überhaupt für mein Seminar angemeldet?» Liz verschränkte die Arme.

Stadler grinste. «Leider bin ich das nicht. Aber sprechen muss ich Sie trotzdem.»

Liz blickte zur Tür.

«Keine Sorge. Da ist niemand mehr. Ich bin der Letzte.»

«Aha. Dann schießen Sie los. Geht es um das Täterprofil?»

Stadler schüttelte den Kopf. «Nein, ich bin in einer anderen Angelegenheit hier. Der Mord an Leonore Talmeier und das Verschwinden von Tanja Matzurka sind nicht die einzigen Fälle, die wir derzeit bearbeiten. Und da viele Kräfte des KK 11 in die Untersuchung einer Schießerei eingebunden sind, kann ich die Arbeit auch nicht delegieren. Wir haben bereits jetzt jede Menge Kollegen aus anderen Abteilungen in der Moko Ripper sitzen. Die haben zwar alle schon mal bei einer Mordermittlung mitgearbeitet, aber sie verfügen natürlich nicht über die gleiche Erfahrung wie die Kollegen aus dem KK 11.» Er fuhr sich durch das kurze Haar.

«Moko Ripper? Habe ich richtig gehört?»

Stadler grinste verlegen. «Die Kollegen sind bei der Wahl der Namen nicht unbedingt zimperlich.»

«Ein bisschen Spaß muss sein, ja?»

«Nehmen Sie es uns nicht übel. Es ist ein verdammt harter Job, und auch wir sind keine Übermenschen.»

«Das habe ich schon bemerkt.» Sie lächelte. «Also, wie kann ich Ihnen helfen?»

«Ich untersuche den Tod von Ruben Keller. Sie kannten ihn doch, oder?»

Liz wurde plötzlich kalt. Wegen der vielen anderen Ereignisse der letzten Tage hatte sie kaum noch an Ruben gedacht. Natürlich hatte sie sein Fehlen bemerkt, als sie vorhin das Büro betreten hatte, sich dann aber mit Arbeit abgelenkt. «Ja, ich kannte ihn. Aber nur flüchtig.» Sie zögerte. «Ich dachte, es sei ein Unfall gewesen. Warum ermittelt die Mordkommission?»

Stadler hob die Hände. «Es sieht so aus, als hätte ihn jemand absichtlich überfahren. Den Reifenspuren nach zu urteilen, hat das Fahrzeug gewendet und ist ein zweites Mal über den am Boden liegenden Ruben Keller gerollt.»

Liz schluckte. «Und der Täter?»

«Bisher tappen wir völlig im Dunkeln. Wir haben mit seiner Freundin gesprochen, mit seiner Familie, mit seinen Bekannten. Er hatte keine Feinde, es gab keine offenen Rechnungen. Auch keine Kontakte ins kriminelle Milieu. Den einzigen Hinweis hat einer seiner Freunde geliefert. Ruben Keller war Hacker, allerdings ein kleiner Fisch. Jedenfalls hat Keller diesem Freund gegenüber angedeutet, dass er hinter einer größeren Sache her sei.»

«Dann müssten doch Hinweise auf seinem Rechner zu finden sein.»

«Nicht auf dem, der bei ihm zu Hause stand. Und das Notebook in seinem Rucksack war völlig zerstört. Bisher haben wir keine Daten rekonstruieren können. Aber die Kollegen haben noch nicht aufgegeben.» Stadler seufzte. «Hat Keller Ihnen gegenüber vielleicht mal etwas angedeutet? Er arbeitete doch hier in diesem Büro, oder?»

Ein riesiger Kloß saß Liz im Hals fest. Sie wollte, dass Rubens Mörder gefasst wurde. Aber nicht um jeden Preis. Nicht, wenn sie dafür ihre Deckung aufgeben musste. «Nein», sagte sie zögernd. «Er hat nichts Derartiges angedeutet. Wir haben eigentlich kaum über Dinge gesprochen, die nicht direkt etwas mit der Arbeit zu tun hatten.»

«Aber?» Stadler beugte sich vor.

«Aber es gibt da etwas, das Sie wissen sollten.» Liz' Gedanken rasten. Wie viel durfte sie Stadler sagen? Wie viel *musste* sie ihm sagen?

«Und was?»

Ihr kam die rettende Idee. «Ich hatte Ruben um einen Gefallen gebeten.» Sie stockte. «O, Gott, wenn er deshalb getötet wurde!» Sie musste ihr Entsetzen nicht vortäuschen, erst in diesem Augenblick wurde ihr bewusst, dass sie womöglich für Rubens Tod verantwortlich war.

Georg Stadler beugte sich noch weiter vor und griff nach ihrer Hand. Die Geste hatte nichts Aufdringliches, deshalb ließ sie es geschehen. «Worum haben Sie ihn gebeten?»

«Ich plane ein neues Buch. Dafür brauche ich Informationen über einen Mann, der vermutlich vor kurzem aus der Haft entlassen wurde. Jan Schneider.»

«Jan Schneider? Ich glaube, da klingelt etwas bei mir, aber ich erinnere mich nicht.»

«Jan Schneider ist der Mann, der vor ungefähr sechzehn Jahren das Feuer in der Jugendstrafanstalt Siegburg legte, bei dem drei Menschen zu Tode kamen.»

«Verdammt, ja!» Stadler ließ ihre Hand los und schlug sich gegen die Stirn. «Und der ist wieder auf freiem Fuß?»

Liz nahm ihren Kugelschreiber, drehte ihn in den Fingern und legte ihn dann ruhig beiseite. «Genau das hatte ich herausfinden wollen. Mich interessiert, ob er schon wieder draußen ist und ob bekannt ist, wo er sich aufhält.»

Stadler kratzte sich am Kinn und musterte sie aufmerksam. «Und deshalb ist Ruben Keller ermordet worden? Weil er sich nach Schneiders Entlassungstermin erkundigt hat?» Er schüttelte ungläubig den Kopf. «Das ergibt keinen Sinn. Es sei denn, Sie verschweigen mir etwas.»

Liz senkte den Blick. «Ruben hat mir eine Mail geschickt. Am vergangenen Wochenende. Samstag, glaube ich. Er sei auf etwas gestoßen und würde sich wieder melden.»

«Sie glauben also, dass Ruben Keller bei seiner Recherche etwas über Jan Schneider herausgefunden hat.» Stadler nickte nachdenklich. «Wie sind Sie überhaupt auf Jan Schneider gekommen? Was wissen Sie über ihn?»

«Eigentlich nichts», gab Liz zu. «Ich glaube, er hat eine Haftstrafe wegen Raubes abgesessen, bevor er damals das Feuer legte.»

Wieder sah Stadler sie argwöhnisch an. «Sie wissen also so gut wie nichts über diesen Jan Schneider. Warum interessiert Sie der Fall dann? Er ist kein Serienmörder, er fällt nicht in Ihr Fachgebiet.»

Liz reckte das Kinn. «Was in mein Fachgebiet fällt, kann ich vermutlich besser beurteilen als Sie. Ich interessiere mich für die Brandstiftung, sie passt nämlich gar nicht in sein Profil. Warum legt jemand wenige Wochen vor seiner Entlassung Feuer? Das ist doch völlig unsinnig. Ich dachte, dass Schneider vielleicht bereit wäre, mit mir darüber zu reden.»

Stadler erwiderte nichts.

«Sie glauben mir nicht?»

Er deutete ein Achselzucken an.

Liz holte tief Luft. «Sagen Sie, was Sie denken! Sprechen Sie es ruhig aus. Ich gebe Ihnen mein Wort, dass ich nicht noch einmal ausrasten werde.»

«Ich denke», antwortete Stadler, «dass Sie sich für Jan Schneider interessieren, weil Hendrik Vermeeren einer der drei Menschen war, die bei dem Feuer umkamen.»

Donnerstag, 24. Oktober, 17:41 Uhr

«Ich will, dass jede Ecke unter die Lupe genommen wird», befahl Stadler. «Jeder Winkel, jeder Schrank, jeder Karton, einfach alles. Verstanden?»

Die uniformierten Kollegen, die Stadler für die Durchsuchung der Kellerräume zur Verfügung gestellt worden waren, nickten und schwärmten aus. Der Hausmeister, ein hagerer Mann im grauen Kittel, öffnete die Türen von Fahrradkeller, Waschküche und privaten Abstellräumen. Stadler presste die Lippen zusammen, während er den langen, spärlich beleuchteten Gang entlangschaute. Wenn die Beamten nichts fanden, durfte er sich auf ein paar dämliche Witze auf seine Kosten gefasst machen. Aber das würde er aushalten. Viel schlimmer wäre es, eine Hypothese nicht zu überprüfen, die sich am Ende, wenn es zu spät war, als korrekt erwies. Aus diesem Grund hatte er angeordnet, das Kellergeschoss des Hauses zu durchsuchen, in dem Tanja Matzurka lebte. Wenn Liz Montario es für möglich hielt, dass der Täter die Frau vielleicht gar nicht aus dem Gebäude geschafft hatte, dann wollte er dieser Möglichkeit nachgehen – egal, wie unwahrscheinlich sie ihm erschien.

Birgit trat neben ihn. «Du hängst dich weit aus dem Fenster für diese Montario.»

«Nicht für *diese Montario*», verbesserte er sie. «Für Tanja Matzurka. Eine Frau ist verschwunden, höchstwahrscheinlich befindet sie sich in der Gewalt eines brutalen Mörders. Wir müssen alles tun, was in unserer Macht steht, um sie zu finden.»

«Ja, natürlich.» Birgit lächelte.

«Du hältst Montarios Theorie für absurd?»

«Nein. Sie deckt sich nur nicht mit meinen bisherigen Erfahrungen mit Entführungsfällen.»

«Das ist auch kein normaler Entführungsfall.»

Bevor Birgit etwas erwidern konnte, kamen die ersten Kollegen zurückgetrottet.

«Nichts», erklärte einer.

Der nächste schüttelte nur stumm den Kopf.

Der Hausmeister schnaufte heran. «Ein Schlüssel fehlt. Er führt zu einer kleinen Kammer neben dem Heizungskeller. Wollen Sie die auch noch sehen?»

«Allerdings», antwortete Stadler.

«Dann muss ich den Schlüsseldienst rufen.»

«Beeilen Sie sich.»

Birgit sah Stadler an. «Ist das wirklich nötig?»

«Du kannst die Leute schon mal abziehen. Ich werfe einen Blick in den Raum, sobald jemand die Tür geöffnet hat. Dann komme ich nach und stelle mich dem gesammelten Spott.» Stadler grinste zynisch, dann marschierte er auf den Heizungskeller zu. Tatsächlich, in der hinteren Ecke des nach Öl stinkenden Raums war eine schmale Stahltür. Er rüttelte an der Klinke. Nichts.

Der Hausmeister trat neben ihn. «Ich habe jemanden erreicht, der noch einen Schlüssel haben müsste. Er ist gleich da.» Er sah Stadler neugierig an. «Wonach suchen Sie eigentlich?»

«Was liegt hinter dieser Tür?», fragte Stadler zurück.

«Ein winziger Raum. Sagte ich doch schon. Völlig leer. Ich glaube, hier sollte mal eine Art Werkzeugkammer untergebracht werden, für die Wartung der Heizungsanlage oder so. Ist aber nie passiert. Da ist nix drin. Nur nackte Betonwände.»

Stadler hörte Schritte und fuhr herum. Ein älterer Mann in Karohemd und Cordhose tauchte auf und schwenkte ein Schlüsselbund.

«Danke, Rudi.» Der Hausmeister nahm es entgegen und machte sich am Türschloss zu schaffen. Der dritte Schlüssel passte. Quietschend glitt die Tür auf.

Als Erstes schlug ihnen Gestank entgegen. Nach Fäulnis und Exkrementen.

«Scheiße, was ist das denn?», stieß der Hausmeister hervor und trat einen Schritt zurück. «Ist da drin ein Tier krepiert? Mein Gott, das hält ja kein Mensch aus!»

«Gibt es hier Licht?» Stadler schob die Tür mit dem Handrücken ganz auf und spähte ins Innere.

«Nee, ich glaube, in der Kammer gibt's nicht mal Strom.» Der Hausmeister machte einen Schritt nach vorn. «Ich kann ja mal ...»

«Stopp!» Stadler hielt ihn zurück. «Nicht reingehen, Sie könnten Spuren vernichten.» Er warf einen weiteren Blick ins Halbdunkel. Die Beleuchtung des Heizungskellers reichte nicht aus, um die Kammer ausreichend zu erhellen, doch Stadler hatte genug gesehen. Er drehte sich zu dem verdatterten Hausmeister um. «Besorgen Sie eine Taschenlampe. Und sehen Sie draußen nach, ob meine Kollegin noch da ist. Sagen Sie ihr, wir brauchen hier unten die Kriminaltechnik.»

Donnerstag, 24. Oktober, 18:10 Uhr

Liz trommelte ungeduldig auf das Lenkrad. Heute Morgen hatte sie stadteinwärts im Stau gestanden, nun stand sie schon wieder, nur in der entgegengesetzten Richtung. Wenn sie das gewusst hätte, wäre sie nicht losgefahren. Es war ohnehin eine Schnapsidee. Nein, das stimmte nicht ganz. Sie musste mit Friedrich Burgmüller sprechen, daran führte kein Weg vorbei. Nicht mehr, seit sie wusste, dass Rubens Tod kein Unfall gewesen war. Und selbst wenn Stadler jetzt nach Jan Schneider fahndete, konnte sie nicht einfach die Hände in den Schoß legen. Denn es gab Dinge, die Stadler nicht wusste.

Ihr Handy klingelte. Liz griff mit einer Hand in die Tasche, die neben ihr auf dem Beifahrersitz lag. Es hatte auch Vorteile, im Stau zu stehen.

«Ja?»

«Stadler, hier.»

«Gibt's was Neues? Haben Sie Jan Schneider gefunden?»

«Schneider? Nein. Wir haben ihn noch nicht ausfindig gemacht. Er wurde im April entlassen, das wissen wir bereits. Mehr nicht. Miguel kümmert sich darum. Aber deshalb rufe ich nicht an.»

Liz ballte die linke Hand zur Faust und öffnete sie wieder. «Tanja Matzurka?»

«Wir haben das Versteck gefunden. Sie hatten recht, er hat sie in den Keller ihres eigenen Hauses gesperrt. In einen Nebenraum des Heizungskellers.»

«Ist sie …»

«Sie war nicht mehr dort. Der Raum war leer bis auf einen nagelneuen Metallring an der Wand. Wir haben Haare gefunden, außerdem Hautschuppen und etwas Blut an dem Ring. Der Boden war mit Fäkalien und Urin beschmutzt.»

«Kein Hinweis darauf, wohin er sie gebracht hat?»

«Nada.»

«Er wird sie umbringen. Noch heute. Vielleicht hat er es schon getan.»

«Ja, ich weiß. Sie haben nicht zufällig eine Vermutung, wo der nächste Mord stattfinden könnte?»

Jemand hupte. Der Verkehr hatte sich wieder in Bewegung gesetzt, wenn auch nur für ein paar Meter.

«Sind Sie im Auto?», fragte Stadler.

«Im Stau.» Liz wechselte das Handy in die linke Hand, legte den Gang ein und fuhr ein paar Meter, bis sie das Stauende wieder erreicht hatte.

«Wie sieht's aus?», hakte Stadler nach. «Irgendeine Idee? Auch wenn Sie Ihnen noch so abwegig erscheint – ich bin für alles offen.»

Liz biss sich auf die Unterlippe. «Ich habe keine Ahnung. Leider. Es gibt einfach zu viele Möglichkeiten. Etwas, das mit Frauen oder Frausein zu tun hat. Aber das könnte vielerlei sein. Ein Kosmetiksalon, eine Boutique, eine Frauenarztpraxis, was weiß ich. Vielleicht sogar ein Bordell. Ich kann es nicht sagen.»

«Verstehe.» Er klang frustriert.

«Es tut mir leid, aber ich fürchte, wir haben sie verloren.»

Er schwieg.

«Ich muss jetzt Schluss machen. Es geht weiter.»

«Okay. Eins noch: Es ist vermutlich nicht der richtige Augenblick. Trotzdem möchte ich Sie daran erinnern, dass ich

Ihnen noch ein Essen schulde. Falls wir – ich meine, falls nichts dazwischenkommt, hätten Sie heute Abend Zeit?»

«Heute nicht», antwortete Liz.

«Verstehe.» Seine Standardantwort, wie es schien.

«Ich kann wirklich nicht. Meine Freundin kocht für mich.»

«Okay. Wir sehen uns morgen im Präsidium.» Er beendete die Verbindung.

Zwanzig Minuten später fuhr Liz in Wuppertal von der Autobahn. Das Ehepaar Burgmüller wohnte in Elberfeld, ganz in der Nähe des Zoos. Glücklicherweise war es mit vollständiger Adresse im Telefonbuch verzeichnet, was heutzutage keine Selbstverständlichkeit mehr war. Schicke Gründerzeitvillen säumten die Straße, die malerisch an einem Hang lag. Offenbar eine erstklassige Wohnlage.

Liz parkte vor einem ganz in Weiß gehaltenen Haus und stieg aus. Es gab drei Klingelschilder, das der Burgmüllers befand sich in der Mitte. Erster Stock, vermutete Liz. Auf ihr Klingeln rührte sich lange nichts, dann ging der Summer.

Im ersten Stock war die Tür nur angelehnt. Liz klopfte.

«Kommen Sie herein, ich bin in der Küche.»

Liz schloss behutsam die Tür und folgte der Stimme. Unter ihr knarzte das Parkett, eine antike Kommode war das einzige Möbelstück in der geräumigen Diele. «Frau Burgmüller?»

«Ja, hier!»

Eine Frau, etwa Ende sechzig oder Anfang siebzig, saß am Küchentisch, vor ihr stand eine Kaffeetasse, eine Zeitschrift lag auf ihrem Schoß. Das knapp kinnlange Haar war feucht, ein Handtuch lag auf ihren Schultern. «Frau Burgmüller?», fragte Liz erneut. «Darf ich hereinkommen?»

«Nun machen Sie schon. Zieren Sie sich nicht so.» Die Frau winkte ungeduldig. «Bis Sie sich hertrauen, sind die Haare wieder trocken.»

Langsam dämmerte Liz, warum Marianne Burgmüller sie so arglos hereingelassen hatte. «Ich glaube, hier liegt eine Verwechslung vor», sagte sie. «Mein Name ist Elisabeth Montario. Wir haben kürzlich telefoniert.»

«Montario? Sind Sie denn nicht die Neue aus dem Frisiersalon?» Marianne Burgmüller legte die Zeitschrift auf den Tisch und erhob sich schwerfällig. «Was wollen Sie?»

«Ich würde gern mit Ihrem Mann sprechen, Frau Burgmüller. Es ist wichtig.»

Erkenntnis blitzte in den Augen der älteren Frau auf. «*Sie* sind das. Was fällt Ihnen ein? Sie können doch nicht einfach so hier eindringen.»

Liz hob die Hände. «Es tut mir leid, Frau Burgmüller. Ich wollte Sie nicht stören. Können Sie mir vielleicht sagen, wie ich Ihren Mann erreichen kann?»

«Nein!»

Ein schrecklicher Gedanke kam Liz. «Ihr Mann ist doch nicht ...»

«Raus!» Die Stimme klang energisch, doch die Hand, die sich auf der Tischplatte abstützte, zitterte.

«Frau Burgmüller, es ist wirklich wichtig. Sagen Sie mir bitte, wie ich Ihren Mann erreichen kann, und Sie sind mich auf der Stelle los.»

Marianne Burgmüllers Gesicht nahm einen gequälten Ausdruck an. Für einen Augenblick dachte Liz, die Frau würde in Tränen ausbrechen. Sie fühlte sich mies, aber sie musste zumindest diese eine Antwort haben.

«Frau Burgmüller», versuchte sie es noch einmal. «Ist Ihr Mann verstorben?»

Entsetzt starrte die Frau sie an. «Wie kommen Sie darauf?»

«Er lebt also?»

«Natürlich. Und jetzt verschwinden Sie!»

Im gleichen Augenblick gellte ein schriller Klingelton durch die Wohnung.

«Das ist bestimmt die Friseuse, auf die Sie warten», sagte Liz. Ihr war klar, dass sie in Anwesenheit einer dritten Person erst recht keine Informationen aus Marianne Burgmüller herausbekommen würde. Sie hatte es falsch angepackt, ihre Chance vertan. «Ich gehe dann jetzt. Setzen Sie sich nur wieder, ich öffne die Tür. Bitte entschuldigen Sie noch einmal die Störung.» Liz zögerte kurz, dann fischte sie eine Visitenkarte aus ihrer Handtasche. «Falls Sie es sich anders überlegen, rufen Sie mich einfach an.»

Auf der Straße atmete Liz tief durch. Etwas stimmte mit dem Ehepaar Burgmüller nicht, warum sonst sollte die Frau auf eine einfache Frage derart abweisend reagieren?

Frustriert machte Liz sich auf den Weg zu ihrem Golf. Zum zweiten Mal an diesem Tag hatte sie das Gefühl, total versagt zu haben. Da half es auch nichts, dass sie mit ihrer Vermutung bezüglich des Verstecks von Tanja Matzurka richtig gelegen hatte. Offenbar war sie nur als Bücherwurm nützlich, für den Außeneinsatz taugte sie überhaupt nicht.

Nach wenigen Schritten erreichte Liz den Wagen und stockte. Unter dem Scheibenwischer steckte ein weißer Umschlag.

Donnerstag, 24. Oktober, 18:32 Uhr

«Gotcha!» Linda Franke ballte die Hand zur Faust. «Das kommt davon, wenn man zu eitel ist. Das hat schon so manch einem das Genick gebrochen.»

Ein Kollege blickte von seinem Mikroskop auf. «Was gefunden, Linda?»

«Sieht so aus», erwiderte sie vage. «Ich muss es aber noch verifizieren.»

«Viel Erfolg.»

Linda scrollte durch die Tabelle und verglich die Angaben mit ihrem Untersuchungsergebnis. Sie hatte gerade die chemische Zusammensetzung eines Lacksplitters untersucht, den sie an Ruben Kellers Fahrrad gefunden hatten. Der Position nach musste er vom Unfallauto stammen. Der Lack enthielt Silikat-Partikel, was bedeutete, dass der Wagen eine matte Lackierung besaß. Und die war nicht nur selten, sondern auch viel schwerer auszubessern als Hochglanzlack. Das zusammen mit den Reifen, die ebenfalls bei nur wenigen Modellen Verwendung fanden, schränkte die Menge der für den Unfall in Frage kommenden Fahrzeuge erheblich ein. Pech für den Täter, Glück für die Kripo.

Linda lehnte sich zurück. Eigentlich sollte sie damit sofort zu Stadler gehen, dann könnte er vielleicht schon morgen den Unfallfahrer dingfest machen. Wieder ein Sternchen auf der langen Liste der Erfolge von Kriminalhauptkommissar Georg Stadler. Linda verzog das Gesicht. Gönnte sie ihm das? Hatte er das verdient? Definitiv nicht. Bisher hatte sie Stadler für einen coolen Typen gehalten. Attraktiv, charmant, kollegial. Ein echt netter Kerl. Wenn sie ehrlich war, war sie sogar ein bisschen verknallt gewesen. Aber das war vorbei, seit er sie letzte Nacht einfach auf der Straße hatte stehen lassen wie ein billiges Flittchen. So ein arrogantes Arschloch. Was bildete der sich eigentlich ein? Dass er mit ihr herumspielen konnte? Dass er sie ungestraft erst anbaggern und dann eiskalt abblitzen lassen konnte? Wer war sie denn? Womöglich glaubte er, dass sie das noch heißer machte. Aber da täuschte er sich gewaltig. Sie hatte auch ihren Stolz. Und sie hatte es weiß Gott nicht nötig, einem Typen hinterherzurennen, egal, wie attraktiv er war.

Seit dem schiefgelaufenen Date war sie Stadler aus dem Weg gegangen. Auch als eben ein kleines Team angefordert worden war, um einen Keller zu untersuchen, hatte sie Kollegen den Vortritt gelassen. Normalerweise fuhr sie gern mit zum Tatort, das war immer eine willkommene Abwechslung zum Laboralltag. Aber als sie erfahren hatte, dass es Georg Stadler war, der die KTU brauchte, hatte sie verzichtet.

Linda überlegte. Der Todesfahrer würde ihnen so oder so nicht entkommen. Im Grunde konnte sie auch selbst die Liste mit den in Frage kommenden Fahrzeugen zusammenstellen. Und überprüfen. Dass sie bei der Kriminaltechnik arbeitete, hieß ja nicht, dass sie keine fähige Ermittlerin war. Sie könnte die Halter unter einem Vorwand abtelefonieren und die Verdächtigen herausfiltern. Danach würde sie sich die übriggebliebenen Fahrzeuge auf Schäden hin ansehen. Und der Mordkommission dann den Täter auf dem Silbertablett servieren. Fall gelöst. Ohne den genialen Stadler.

Der Gedanke gefiel ihr. Stadler den Fall wegschnappen und selbst die Lorbeeren ernten. Dieser eitle Vollidiot würde sie nie wieder unterschätzen.

Donnerstag, 24. Oktober, 19:04 Uhr

Liz schlug die Wagentür zu. Das Knallen hallte dumpf von den Wänden der Tiefgarage wider und mischte sich mit einem gellenden Schrei. Liz fuhr zusammen, stieß aber im gleichen Augenblick erleichtert die Luft aus. Ihr Handy. Deborah hatte neulich daran herumgespielt und ihr diesen geschmacklosen Klingelton eingerichtet. Liz hatte bereits mehrfach versucht, ihn zu ändern, war jedoch jedes Mal gescheitert. Technik war einfach nicht ihre Stärke.

Wieder gellte der Schrei durch die Tiefgarage. Warum hatte sie das Handy nicht ausgestellt? Sie hatte genug frustrierende Gespräche geführt für einen einzigen Tag. Jetzt wollte sie nur noch die Beine hochlegen und den Abend mit Deborah genießen. Und den verdammten Umschlag vergessen, der unter ihrem Scheibenwischer geklemmt hatte. Sie hatte ihn noch nicht geöffnet. Den Brief nicht zu lesen unterminierte die Taktik des anonymen Schreibers. Wenn sie seine Botschaften ignorierte, konnte er ihr nichts anhaben. Seine Macht über sie lag allein in seinen Worten. Zumindest solange er nichts anderes tat, als Briefe zu schreiben.

Kein weiterer Schrei folgte, vermutlich war die Mailbox angesprungen, sie würde die Nachricht später abhören. Gerade als sie den Wagen abschließen wollte, schrie das Handy erneut. Verdammt! Sie schaute auf das Display. Stadler. Ihr Magen krampfte sich zusammen.

«Was gibt's?», fragte sie knapp.

«Wir haben sie», kam es genauso knapp zurück.

Liz schloss kurz die Augen. «Wo?»

«Wie Sie sagten: An einem Ort, der mit Frauen zu tun hat.»

Liz ließ sich von Stadler die Details durchgeben und stieg wieder in den Wagen. Bevor sie losfuhr, schickte sie Deborah eine Nachricht, dass es spät werden könnte, sie sich aber trotzdem auf das Essen freue.

Es war inzwischen dunkel und auf den Straßen leerer geworden. Liz brauchte keine Viertelstunde, bis sie vor dem Haupteingang des Evangelischen Krankenhauses hielt. Journalisten drängten sich vor der Glastür, sogar das Team eines lokalen Fernsehsenders war dort. Es hatte sich also schon herumgesprochen. Kein Wunder bei einem so öffentlichen Tatort. Blieb nur die Frage, wie viele Details durchgesickert waren.

Ein Streifenpolizist kam zielstrebig auf den Golf zu, als Liz ausstieg. «Sie können hier nicht stehenbleiben.»

«Kriminalhauptkommissar Stadler erwartet mich.»

«Frau Dr. Montario?»

Sie nickte, und er winkte sie durch. Stadler hatte sie also angekündigt. Sie gehörte jetzt offiziell zum Team, eine Vorstellung, die sie mit einer Mischung aus Unbehagen und Stolz erfüllte.

Als Liz auf das Gebäude zuging, liefen ihr einige der Pressevertreter entgegen und bestürmten sie mit Fragen. Kameras klickten, Blitzlicht blendete sie. Liz schüttelte nur stumm den Kopf, den Blick starr auf den Boden gerichtet. Mit etwas Glück würde ihr Gesicht auf den Fotos nicht zu erkennen sein.

Im Foyer herrschte Tumult wie auf einem orientalischen Basar. Patienten drängten sich vor der Rezeption, offenbar wollten sie schnellstmöglich nach Hause. Krankenschwestern und Polizeibeamte versuchten, die Menschen zu beruhigen. Ein Pfleger verteilte Kaffee und Tee. Liz kämpfte sich durch das Gedränge zu den Aufzügen. Als sie im vierten Stock ausstieg, wurde sie erneut von einem uniformierten Beamten aufgehalten. Auch diesmal wirkte ihr Name Wunder.

Der Mann deutete einen Gang hinunter. «Dort entlang. Der hintere Kreißsaal.»

Mit einem zunehmend beklommenen Gefühl in der Magengrube ging Liz den kahlen Flur entlang. Bereits kurz vor der Schiebetür zum Kreißsaal roch sie den gewaltsamen Tod in all seiner Hässlichkeit. Liz zögerte. Sie hatte sich während ihres Studiums schon früh auf Rechtspsychologie spezialisiert und unzählige Fotos von Tatorten sowie Detailaufnahmen von Opfern und ihren Verletzungen angesehen. Nicht zuletzt für ihre Doktorarbeit. Es war nicht leicht gewesen, aber sie war damit gut zurechtgekommen. Doch noch nie war sie an einem frischen Tatort samt seiner Geräusche und Gerüche gewesen. Echtes Blut an einer echten Leiche – das war etwas anderes als sterile Fotos.

Stadler trat aus dem Kreißsaal und nahm ihr damit die Möglichkeit, sich im letzten Moment zu verdrücken.

«Haben Sie so etwas schon mal gesehen?», fragte er leise.

«Nur auf Bildern.»

Er reichte ihr einen weißen Overall. «Ziehen Sie den über. Und bleiben Sie nur so lange, wie Sie es aushalten. Kein falscher Stolz. Das dadrinnen ist selbst für mich und meine Kollegen schwer zu ertragen. Eigentlich dachte ich, dass bei Leonore Talmeier der Gipfel der Grausamkeit erreicht sei. Aber da habe ich mich wohl getäuscht.»

Liz schlüpfte in den Overall und folgte Stadler in den Kreißsaal. Drinnen war mehr als ein halbes Dutzend weiß gekleideter Gestalten damit beschäftigt, Spuren zu sichern. Gegenstände wurden in Tüten verstaut, jemand filmte den Raum mit einer Videokamera, ein anderer verteilte kleine Schildchen mit Nummern auf dem Fußboden.

Zögernd wandte Liz ihren Blick einer Liege zu, auf der sonst wohl Babys zur Welt gebracht wurden. Auch jetzt lag dort eine Frau. Leblos. Ihre Gesichtszüge eingefroren zu einer starren Maske. Ihr Oberkörper war durch zahllose Stichwunden entstellt, der Unterleib aufgeschlitzt, sodass die inneren Organe zu sehen waren. Einige hatte der Täter entnommen und in eine Schale gelegt, die zwischen den Schenkeln der Frau stand. Sowohl die Leiche als auch alles um sie herum war blutgetränkt, die Liege, die Wand dahinter, ein kleiner Rollwagen mit medizinischen Instrumenten, der Fußboden. Es schien unmöglich, dass all das Blut nur von dieser kleinen, schmächtigen Person stammte.

Schlimmer jedoch als das Blut, schlimmer sogar als die schrecklichen Verletzungen war für Liz das, was in der Armbeuge der Toten lag. Dort hatte der Mörder eine lebensgroße Babypuppe gebettet, die genauso nackt war wie die Frau. Die Puppe war so platziert, dass sie mit dem Gesicht an der Brust ruhte, mehr noch, in einer bizarren Imitation eines Stillakts war die Brustwarze der Toten zwischen die Plastiklippen des Spielzeugbabys geklemmt.

Liz hob den Blick, richtete ihn auf die gekachelte Wand hinter der Toten. Hier prangten nicht nur die Blutspritzer, die bezeugten, auf welch grauenvolle Art die Frau ums Leben gekommen war. In großen Druckbuchstaben hatte der Täter eine Botschaft hinterlassen, mit dem Blut seines Opfers an die Wand geschmiert:

Falsche Schwester.

«Mein Gott», flüsterte Liz.

«Ich will dieses Schwein finden», stieß Stadler zwischen den Zähnen hervor.

Liz versuchte, den Brechreiz zu unterdrücken. «Ist sie identifiziert? Ist das Tanja Matzurka?»

Stadler nickte. «Aller Wahrscheinlichkeit nach, ja. Bisher haben wir nur ein Foto aus Matzurkas Wohnung zur Verfügung, die endgültige Identifizierung müssen unsere Rechtsmediziner vornehmen.»

Liz wandte sich ab. Ihr Magen fuhr Achterbahn, ihre Hände waren eiskalt.

«Kommen Sie, ich bringe Sie hinaus.» Stadler berührte sie sanft am Arm.

Sie stiegen aus den Anzügen, gingen zurück in den Vorraum, wo ein paar Stühle standen, und setzten sich.

«Ich weiß, dass es noch viel zu früh für verlässliche Schlussfolgerungen ist. Können Sie mir trotzdem schon etwas sagen?» Stadler sah sie an.

Liz senkte den Blick und starrte auf ihre Schuhspitzen. «Viel Wut. Viel Hass. Aber auch viel Disziplin. Und Mut zum Risiko.» Sie blickte auf. «In einem Krankenhaus herrscht Tag und Nacht Betrieb. Vor allem im Kreißsaal. Dort ist man vor Störungen nie gefeit. Trotzdem hat er ausgerechnet diesen Ort gewählt. Es ist eine Demonstration seiner Macht. Er führt uns an der Nase herum. Er will uns zeigen, dass er unbesiegbar ist.»

Stadler runzelte die Stirn. «Glauben Sie das?»

«Was?» Liz sah ihn verständnislos an.

«Dass er unbesiegbar ist.»

«Niemand ist unbesiegbar.»

Donnerstag, 24. Oktober, 20:40 Uhr

Georg Stadler rieb sich den Nasenrücken. Er war müde, die Last der Verantwortung drückte auf seinen Schultern ebenso schwer wie das Gefühl, versagt zu haben. Wenn sie schneller gewesen wären, wenn er sofort nach der Besprechung am Morgen angeordnet hätte, die Kellerräume zu durchsuchen, hätten sie Tanja Matzurka vermutlich retten können. Es war seine Schuld, dass sie tot war. *Er* hatte die Prioritäten festgelegt.

«Also gut, Leute», sagte er und blickte in die erschöpften Gesichter der Kollegen, die sich zur Besprechung eingefunden hatten. Nicht alle waren dabei. Einige unterstützten die Kriminaltechnik vor Ort, andere koordinierten die Befragungen im Krankenhaus. Es mussten Hunderte potenzieller Zeugen ausfindig gemacht und vernommen werden – Ärzte, Krankenschwestern, Betreuer, Verwaltungspersonal, Patienten und deren Besucher. «Wir sind alle müde, deswegen fasse ich mich kurz. Ihr wisst, dass Tanja Matzurka tot aufgefunden wurde. Im Kreißsaal 2 des EVK.» Er betätigte die Fernbedienung des Beamers, und ein kollektives Luftholen erfüllte den Raum, als die erste Aufnahme auf das Whiteboard geworfen wurde. «Multiple Stichwunden. Großräumig geöffnete Bauchhöhle, genau wie bei Talmeier. Einige Organe wurden entnommen und in eine Schale gelegt. Wieder eine Babypuppe, diesmal jedoch lebensgroß und an die Brust gelegt. Zudem ein Schriftzug an der Wand, und zwar die Worte ‹Falsche Schwester›.» Er ließ weitere Fotos durchlaufen, die das Opfer von verschiedenen Seiten und den Kreißsaal in der Totale zeigten. «Wir wissen noch nicht, wie der Täter Tanja Matzurka an den Fundort brachte. Die Zeugenbefragung läuft, doch das kann mehrere Tage in Anspruch nehmen.»

Jemand stöhnte.

«So ein Scheiß», murmelte ein anderer.

«Jedenfalls muss Tanja Matzurka noch gelebt haben, als sie ins Krankenhaus gebracht wurde», fuhr Stadler fort. «Die Blutspuren lassen keinen Zweifel zu, dass der Fundort auch der Tatort ist. Fragen? Ideen?»

«Gibt es im Krankenhaus Videoüberwachung?», meldete sich Birgit Clarenberg.

«Ja. Leider nur im Eingangsbereich. Ich habe schon Kollegen abgestellt, die das Material sichten. Aber das Gebäude hat mehr als ein halbes Dutzend Zugänge: über das Schwesternheim, die Tiefgarage, die Liegendanfahrt, die Ambulanz, und so weiter.»

«Sie sollten nach einem Mann Ausschau halten, der wie ein Pfleger oder Arzt gekleidet ist», schaltete sich Liz Montario ein. «Und der sich sehr zielstrebig bewegt. Kein Plausch mit Kollegen, nach Möglichkeit nicht einmal Augenkontakt mit den Menschen, denen er begegnet. Er hat etwas Großes bei sich, mit dem man einen Menschen transportieren kann, vielleicht schiebt er ein Bett oder einen Wäschewagen.»

«Danke für den Hinweis.» Stadler sah sie an. Liz' Gesicht wirkte noch blasser als sonst. Es musste doppelt schlimm für sie gewesen sein, den Tatort zu besichtigen, bei den Erinnerungen, die das zwangsläufig heraufbeschwören musste. Aber sie hatte sich gut gehalten. Er schaltete den Beamer aus und setzte sich. «Ach ja, ich habe jemanden zum Haupteingang geschickt, der Videoaufnahmen von den Schaulustigen macht. Ich halte es für möglich, dass der Täter sich vergewissern will, dass alles nach Plan gelaufen ist.» Wieder sah er zu Liz hinüber, die ein Nicken andeutete.

«Was will dieser Scheißkerl?», fragte ein Kollege, den Stadler nur flüchtig kannte, weil er eigentlich im KK 12 arbeitete.

«Die Frage gebe ich mal direkt weiter.» Er nickte Liz auffordernd zu.

Sie presste die Lippen zusammen, bevor sie leise sprach. «Alles, was ich jetzt sage, ist äußerst spekulativ», begann sie. «Ich kenne noch viel zu wenige Details, um auch nur eine halbwegs seriöse Analyse des Tathergangs zu erstellen, von einem Täterprofil ganz zu schweigen. Alles, was ich jetzt sage, gilt also nur unter Vorbehalt. Der Mann, der Tanja Matzurka getötet hat – und ich bin mir sehr sicher, dass es sich um einen Mann handelt – ist zugleich ein penibler Planer und ein risikofreudiger Spieler. Für den Planer spricht Folgendes: Er hat es geschafft, eine Frau zu entführen und mehrere Tage gefangen zu halten, ohne dass es auch nur die kleinste Spur gab. Und er hat es geschafft, diese Frau in ein volles Krankenhaus zu schmuggeln, ein unvorstellbares Blutbad in einem Kreißsaal anzurichten und unerkannt wieder zu verschwinden. So etwas gelingt nur, wenn es bis ins kleinste Detail durchgeplant ist. Andererseits hat dieser Mann sich für seine Tat einen Ort ausgesucht, der mit einem extrem hohen Risiko behaftet ist. Und das ohne Not. Er hätte Tanja Matzurka überall umbringen können. Idealerweise in dem Kellerraum, wo er sie gefangen hielt. Der Kreißsaal ist nicht Teil seiner Phantasie, weder bei Leonore Talmeier noch bei Manuel Geismann spielte der Tatort eine besondere Rolle. Die beiden brachte er dort um, wo er sie angetroffen hat.» Liz holte Luft. «Ich bin mir nicht sicher, was diese Änderung des Modus operandi bedeutet, doch ich glaube, dass sie wichtig ist. Der Ort ist ein Statement, eine Botschaft. An die Öffentlichkeit, an die Polizei. Eine Kampfansage, eine Aufforderung, den Wettstreit mit ihm aufzunehmen. Und genau hier wird es interessant. Denn der Tatort, den ich vorhin gesehen habe, ist inszeniert. Wie aus dem Lehrbuch – nein, nicht wie aus dem Lehrbuch – wie aus einem Hollywood-Film. Unecht. Gestellt. Die Puppe. Die mit Blut geschriebene Botschaft. Das alles hat etwas von einer Filmkulisse. Ich glaube, der Mörder spielt uns etwas vor. Vielleicht hat er wirklich ein Problem mit Transvestiten oder Transsexuellen, aber das ist nicht der Punkt. Das Katz-und-Maus-Spiel mit der Polizei ist es, was ihm den Kick verschafft.» Sie sah zu Stadler hinüber. «Gab es eigentlich irgendwelche Bekennerschreiben?»

Er schüttelte den Kopf. «Bisher nicht. Aber wir haben die Umstände des Mordes an Leonore Talmeier der Öffentlichkeit gegenüber verschwiegen. Keine aufsehenerregenden Details, keine Infos über die Anzahl der Stichwunden oder das Aufschlitzen der Bauchhöhle. Ich fürchte, dass sich das nun ändern wird. Ab morgen stehen die Spinner hier Schlange, und nicht nur die von der Presse.»

Liz nickte. «Ich könnte fast wetten, dass unser Täter unter ihnen sein wird.»

«Habe ich das richtig verstanden?», blaffte der Mann vom KK 12. «Das Ganze soll ein Spiel sein? Eine Art Wettbewerb zwischen dem Täter und der Polizei? Das ist der größte Blödsinn, den ich je gehört habe!» Er verschränkte die Arme vor der Brust. «Wer bringt denn bitte drei Menschen auf diese abartige Art und Weise um, nur um sich ein Wettrennen mit der Polizei zu liefern?»

«Ich weiß es nicht», entgegnete Liz ruhig. «Wie gesagt, das sind nur meine ersten Eindrücke.»

«Na toll …» Der Mann schüttelte den Kopf. «Nicht der Täter, sondern *Sie* haben wohl zu viele Hollywood-Filme geguckt. Ich finde, wir sollten uns an die gute alte Polizeiarbeit halten, solange Sie uns nichts Vernünftigeres liefern.»

Ein paar Kollegen murmelten zustimmend.

Stadler hob die Hand. «Natürlich tun wir das. Aber es wird uns nicht davon abhalten, auch die Anregungen von Frau Dr. Montario ernst zu nehmen. Schließlich lag sie richtig, was das Versteck anging, in dem Tanja Matzurka gefangen gehalten wurde. Und wenn ich mich richtig erinnere, haben auch das einige hier für abwegig gehalten.»

Betretenes Schweigen senkte sich über den Raum.

«Was ist mit dem Inhalt der Botschaft?» Stadler sah wieder zu Liz. «Irgendeine Theorie, was der Täter damit sagen möchte?»

Liz massierte sich mit den Fingern die Schläfen. «Es gibt verschiedene Möglichkeiten. Am wahrscheinlichsten ist, dass er darauf hinweisen will, dass es sich bei dem Opfer seiner Meinung nach um eine falsche Frau handelt. Warum er das Wort ‹Schwester› verwendet, kann ich nicht sagen. Vielleicht gibt es einen Fall von Transsexualität in seiner Familie. Oder er benutzt irgendeinen Jargon. In der Homosexuellenszene wird gelegentlich von Schwestern gesprochen. Außerdem sollten wir nicht vergessen, dass die Tote in einem Krankenhaus gefunden wurde. Dort gibt es noch eine andere Art Schwestern, Krankenschwestern nämlich.»

«Und was sagt uns das?», fragte der Beamte vom KK 12, der offenbar noch immer keinen Wert auf Liz' Meinung legte. «Tanja Matzurka war Maklerin, keine Krankenschwester. Das bringt uns doch alles nicht weiter.»

Stadler sah den Kollegen scharf an und warf dann einen kurzen Blick zu Liz hinüber. Doch die schaute zu Birgit Clarenberg, die ihr aufmunternd zulächelte.

«Wir werden mit Hochdruck alle Spuren auswerten», sagte

er. «Und wir werden sämtliche anonymen Briefe, Anrufe und Bekennerschreiben besonders gründlich überprüfen.» Wieder schaute er zu der Psychologin. Doch Liz starrte jetzt auf ihre Handtasche, als hätte diese sich in eine hässliche Kröte verwandelt.

Donnerstag, 24. Oktober, 22:14 Uhr

Liz lehnte sich zurück und schloss die Augen. «Danke, Deb, das hat unendlich gutgetan.»

«Gern. Noch Wein?»

Liz öffnete die Augen und sah in Deborahs vergnügtes Gesicht. Sie hatten als Aperitif zwei Wodka Tonic runtergekippt und die zweite Flasche Wein war bereits halbleer. Liz war schon leicht schwindelig, ihr Kopf fühlte sich an, als sei er in Watte gepackt. Trotzdem schob sie ihrer Freundin das Glas hin. Irgendwie musste sie die Bilder aus dem Kreißsaal loswerden, damit sie halbwegs schlafen konnte. Außerdem wollte sie sich Mut antrinken. Sie hatte Deborah versprochen, ihr die Wahrheit zu erzählen, und sie war fest entschlossen, ihr Versprechen zu halten.

Deborah schenkte nach und erhob sich. «Komm, wir machen es uns auf dem Sofa bequem. Um das hier kümmere ich mich morgen.» Sie deutete auf die Essensreste auf dem Tisch. «Das gilt auch für die Küche. Versuch einfach, nicht hinzusehen.»

«Ich könnte abräumen, während du auf dem Balkon eine rauchst», schlug Liz vor, der die Vorstellung zuwider war, am nächsten Morgen ihren Kaffee zwischen verkrusteten Tellern und Weinflecken zu trinken.

«Jetzt nicht. Ich habe heute sowieso schon mein Limit überschritten, weil ich so lange auf dich warten musste.» Sie grinste.

«Also gut.» Liz nahm ihr Glas und machte es sich auf dem Sofa bequem. Sie hatte heute so viel Schreckliches ausgehalten, dass ein unaufgeräumter Tisch dagegen nichtig wirkte. Außerdem konnte sie später immer noch Ordnung machen, wenn sie es nicht aushielt.

Deborah gesellte sich zu ihr.

«Und? Ich schätze, du hattest einen ziemlich harten Tag, oder?», fragte sie.

Liz nickte. Beim Essen hatten sie es vermieden, über die Serienmorde und ihre Zusammenarbeit mit der Polizei zu sprechen. Eigentlich hatte Deborah fast den gesamten Redeanteil bestritten, ihren Tagesablauf haarklein geschildert, von ihrem Einkauf, bei dem sie einen angeblich unwiderstehlich attraktiven Mann kennengelernt hatte, über einige lange und vor allem komplizierte Telefonate mit Klienten bis hin zu ihren Schwierigkeiten, sich in Liz' Küche zurechtzufinden. Liz war ihr dankbar gewesen für den Wortschwall. Stille hätte sie nicht ertragen. «Der Tag war der Hammer, ja. Mein erster echter Tatort. Und was für einer ...»

«Ich dachte, du hättest dich bei deiner Doktorarbeit schon intensiv mit solchen Dingen beschäftigt.»

Liz lachte auf. «Ja, in der Theorie. Am Schreibtisch sieht das ziemlich anders aus als in natura. Selbst wenn man einen Stapel detailfreudiger Farbfotos vor sich hat.»

Deborah nickte. «Kann ich mir lebhaft vorstellen.»

«Darüber möchte ich jetzt aber nicht reden», fuhr Liz fort. «Ich darf es auch gar nicht. Ermittlungsinterna sind absolut tabu.» Sie sah Deborah an. «Ich habe aber eine andere Horrorgeschichte für dich, wenn du sie denn hören möchtest.»

«Horrorgeschichte?» Deborah riss die Augen auf.

«Du wolltest doch wissen, womit Kriminalhauptkommissar Stadler mich so aus dem Konzept gebracht hat.»

«Und das ist eine Horrorgeschichte? Ist er etwa über dich hergefallen?»

«Um Himmels willen, nein! Er hat nur den Finger in eine Wunde gelegt, die nie ganz verheilt ist.»

«Das hast du heute Morgen schon angedeutet. Und du hast mir versprochen, Nadine wie ein Waisenkind aussehen zu lassen. Ich gebe zu, dass ich vor Neugier platze ...» Deborah nahm einen Schluck Wein und stellte das Glas auf dem Couchtisch ab. «Also, schieß los.»

Liz zögerte. «Ich habe das noch nie jemandem erzählt, und ich glaube, ich tue es auch jetzt nur, weil ich stockbesoffen bin. Und weil Stadler, dieser Mistkerl, es auf eigene Faust herausgefunden hat, und ich nicht möchte, dass er etwas über mich weiß, von dem meine beste Freundin keine Ahnung hat.» *Meine einzige Freundin*, ergänzte sie in Gedanken. *Der einzige Mensch, den ich mit meinen Launen und meiner Verschlossenheit nicht sofort wieder vertrieben habe.*

«Was auch immer es ist», sagte Deborah plötzlich sehr ernst. «Du bleibst meine beste Freundin.»

«Danke.» Liz lächelte und nippte an ihrem Wein. «Also, ich bin nicht die, für die du mich hältst: Mein wirklicher Name ist Elisabeth Vermeeren. Ich bin in Duisburg aufgewachsen, ganz im Süden, an der Stadtgrenze zu Düsseldorf, in einer unauffälligen, spießigen Doppelhaushälfte. Mein Vater war Anwalt, meine Mutter hat halbtags als Sekretärin in einer Grundschule gearbeitet. Und ich hatte einen vier Jahre älteren Bruder, Hendrik.»

Deborahs Miene verriet Überraschung, Staunen und Verwirrung, doch sie sagte kein Wort.

«Ich hatte eine ganz gewöhnliche, ziemlich glückliche Kindheit. Ich bin gern zur Schule gegangen, hatte ein eigenes Zimmer, vollgestopft mit Puppen und Teddybären, und bekam ein paar Jahre lang Klavierunterricht. Im Sommer sind meine Eltern, Hendrik und ich nach Spanien oder Italien in den Urlaub gefahren, über Weihnachten besuchten wir meine Großeltern im Schwarzwald, und oft fuhren wir auch Ostern oder im Herbst noch irgendwohin. Es ging uns gut. Ich hatte viele Freundinnen, die mich gern zu Hause besuchten, weil wir einen großen Garten hatten, wo wir uns in den Sträuchern Verstecke bauen durften. Viele der anderen Mädchen beneideten mich, nicht nur um den Garten, sondern vor allem um meinen großen Bruder, der mir Schwimmen beibrachte und mein Fahrrad reparierte, wenn ich einen Platten hatte.» Liz stockte. «Das alles endete in dem Sommer, als ich dreizehn wurde. Ein Mädchen aus meiner Schule wurde vergewaltigt und umgebracht. Sie war keine Freundin von mir, aber ich kannte sie. Ich war entsetzt, und zugleich fand ich das alles furchtbar aufregend. Ich hatte ja keine Vorstellung davon, was genau passiert war. Die Erwachsenen haben sich bemüht, uns Kindern eine bereinigte Version der Wahrheit zu erzählen. Die Ferien gingen vorbei, die Schule begann wieder, und die alltäglichen Dinge überlagerten die Erinnerung an das, was geschehen war. Allerdings nur für wenige Wochen. Dann wurde ein weiteres Mädchen ermordet. Diesmal eine Freundin von mir. Sandra. An dem Nachmittag, bevor sie starb, hat sie mich noch besucht. Es hat geregnet, und wir haben stundenlang Monopoly gespielt. Mir blieb damals überhaupt keine Zeit, mich von dem Schock zu erholen, denn kurz vor den Herbstferien starb ein drittes Mädchen, das ebenfalls in meiner Klasse war. Sie hieß Nicole und war im Sommer auf meiner Geburtstagsparty gewesen. Diesmal hatte der Täter Spuren hinterlassen, sodass die Polizei ihn ausfindig machen konnte. Es war Hendrik, mein großer Bruder.»

«O, mein Gott.» Deborah schlug die Hand vor den Mund.

«Vielleicht hast du von dem Fall gehört», fuhr Liz fort. «Er ging damals monatelang durch die Presse. Ein Siebzehnjähriger, der die Freundinnen seiner kleinen Schwester vergewaltigte und erdrosselte, das war eine ziemliche Sensation.»

Deborah schüttelte den Kopf. «Kann sein, dass ich mal was darüber gelesen habe, aber ich erinnere mich nicht.»

«Jedenfalls brach für mich die Welt zusammen. Von einem Tag auf den anderen war alles zerstört: meine Familie, mein Zuhause, meine Freundschaften. Ich ging nicht mehr zur Schule, weil ich die Blicke der Lehrer und Mitschüler nicht ertrug. Ich ging nicht aus dem Haus, wenn es nicht unbedingt sein musste. Meine Eltern ließen mich gewähren, sie hatten andere Sorgen. Anfangs hatte ich noch Kontakt zu ein paar Freundinnen, doch wir telefonierten nur. Mit meiner besten Freundin, Melanie, redete ich täglich stundenlang. Sie erzählte mir, was alles in der Schule los war, damit ich mich nicht so ausgeschlossen fühlte. Eines Tages bat ich Melanie, mich zu besuchen. Wir hatten uns seit Hendriks Verhaftung nicht mehr gesehen. Sie druckste herum und rückte schließlich damit heraus, dass sie nicht mehr mit mir spielen durfte. Da brach ich den Kontakt ab.» Liz fuhr sich mit den Händen über das Gesicht. Ihre Wangen brannten, jedoch nicht vom Alkohol. Die Erinnerung schmerzte noch immer. «Hendrik wurde zu einer Jugendstrafe verurteilt und kam ins Gefängnis. Mein Vater setzte durch, dass wir den Mädchennamen meiner Mutter annehmen durften, dann zogen wir fort. Nach Hannover. Ich wurde mit einem neuen Namen auf eine neue Schule geschickt, wo niemand wusste, dass ich einen Mörder zum Bruder hatte. Etwa ein halbes Jahr später hat Hendrik Selbstmord begangen. Am gleichen Tag brach in der Haftanstalt Feuer aus. Bei dem Brand kamen zwei weitere Menschen ums Leben. Erst hieß es, dass Hendrik seine Matratze angezündet hat, bevor er sich die Pulsadern aufschlitzte. Doch dann stellte sich heraus, dass ein anderer Häftling für den Brand verantwortlich war. Es hieß sogar, dass er Hendrik getötet und dann das Feuer gelegt hat, um den Mord zu vertuschen. Aber das habe ich nie geglaubt.»

«Wie furchtbar», murmelte Deborah. «Du Ärmste.» Sie ergriff Liz' Hand und drückte sie.

«Jetzt weißt du, warum Serienmörder mich so sehr beschäftigen. Ich will verstehen, was damals passiert ist.»

«Und verstehst du es?»

Liz schüttelte den Kopf. «Nein. Es ist mir völlig unbegreiflich. Bei anderen Mördern kann ich nachvollziehen, wie sie zu Tätern wurden, aber Hendrik ist mir noch immer ein Rätsel. Er war ein ganz normaler Junge. Er hat nichts von dem getan, was man bei Serienmördern oft beobachtet. Er hat keine Käfer aufgespießt oder Steine nach Hunden geworfen. Er hat keine Tiere oder Mitschüler gequält oder sonst etwas Auffälliges getan. Ich glaube, er hat nicht mal irgendwas in einem Laden mitgehen lassen.»

«Vielleicht hast du nicht alles mitbekommen», sagte Deborah. «Als kleine Schwester warst du womöglich zu nah dran. Und zu jung, um manche Dinge zu begreifen.»

«Das mag sein.» Liz kaute nachdenklich an ihrer Unterlippe.

«Es wäre doch auch möglich, dass du unangenehme Erinnerungen verdrängt hast, oder? Dass du dich nur an den netten Hendrik erinnerst, weil der andere so schwer zu ertragen ist.»

«Hast du heimlich meine Bücher gelesen?», fragte Liz nur halb im Scherz. «Du hörst dich an, als wärst du diejenige, die Psychologie studiert hat.»

«Ich habe dir immer gut zugehört», antwortete Deborah ohne eine Spur von Ironie. «Und ich habe dein Gesicht gesehen, als du eben von deinem Bruder erzählt hast. Du hast ihn sehr bewundert.»

«Und glühend beneidet. Manchmal zumindest.» Liz lächelte bitter. «Weißt du noch, wie wir neulich über Freud gesprochen haben? Da fiel mir plötzlich ein, wie wütend ich manchmal darüber war, dass Hendrik so viele Dinge tun durfte, die mir verboten waren. Abends im Dunkeln noch draußen spielen. Allein mit dem Fahrrad in die Stadt fahren. Meine Eltern haben immer gesagt, ich sei noch zu klein. Aber selbst wenn ich endlich so alt war wie Hendrik, als er etwas durfte, wurde es mir immer noch untersagt. Zumindest habe ich das so empfunden. Eine Zeitlang habe ich sogar abends im Bett gebetet, ein Junge zu werden, wenn ich groß bin.» Liz schüttelte den Kopf. «So was Verrücktes! Bis vor ein paar Tagen hatte ich das vollkommen vergessen. Da muss ich wirklich noch sehr klein gewesen sein.»

Deborah lächelte. «Wie gut, dass deine Gebete nicht erhört wurden.»

«Das sehe ich genauso.»

«Wie hat dein Kommissar –»

«Er ist nicht *mein* Kommissar!» Liz entzog Deborah ihre Hand und strich sich eine Haarsträhne hinters Ohr. «Ich glaube Stadler inzwischen, dass es einfach nur ein beschissener Zufall war. Damals hat sich die Presse vor allem auf die Geschichte der armen kleinen Schwester gestürzt, deren Freundinnen von ihrem bösen großen Bruder umgebracht wurden. Zwar war nur eins der Mädchen meine Freundin, doch es stimmt, dass ich alle drei kannte. Und dass sie genauso alt waren wie ich. Jedenfalls hat ein Reporter es geschafft, ein Foto von mir zu machen, wie ich mit riesigen angsterfüllten Augen am Gartentor stehe. Er hätte das Bild gar nicht veröffentlichen dürfen, doch nachdem es einmal in der Welt war, tauchte es immer wieder mal irgendwo auf. So auch in einem der unzähligen Bücher, die es zum Thema Serienmord gibt. Und in dem hat Stadler mich wiedererkannt.»

«Und?»

«Nichts weiter. Er sagte plötzlich aus heiterem Himmel: ‹Ich weiß jetzt, warum Sie sich ausgerechnet für Serienmörder interessieren›. Irgendwas in der Art. Da bin ich ausgerastet.»

Deborah nickte langsam. «Verstehe.»

«Immerhin hat er es für sich behalten und nicht seinen Kollegen erzählt.»

Eine Weile schwiegen sie. Liz nippte an ihrem Wein. Sie fühlte sich leicht und frei wie lange nicht mehr. Es tat unendlich gut, sich nicht mehr verstecken zu müssen, zumindest in Gegenwart ihrer Freundin ganz sie selbst zu sein.

«Was ist mit deinen Eltern?», fragte Deborah schließlich. «Wie sind sie damit fertig geworden?»

«Gar nicht», antwortete Liz bitter. «Wir haben nie darüber gesprochen, das Thema war tabu. Ich weiß nicht einmal, wo Hendriks Grab ist. Ob es überhaupt eins gibt.»

«Das muss schlimm sein.»

«Er war trotz allem mein Bruder. Und mir hat er nie etwas Böses getan. Nicht direkt jedenfalls. Nicht dass ich ihn entschuldigen möchte. Aber ich hätte gern die Gelegenheit gehabt, Abschied zu nehmen, und wenigstens hin und wieder über ihn zu sprechen. Aber er war einfach weg. Wie ausradiert.»

«Hast du es mal versucht?», fragte Deborah. «Über ihn zu reden, meine ich.»

«Das habe ich mich nicht getraut. Meine Mutter hat es getan, allerdings auf eine ziemlich merkwürdige Art. Sie tut es noch immer. Erinnerst du dich noch an den Anruf heute Morgen?»

Deborah nickte.

«Sie wollte mir von einem Mann erzählen. Immer sieht sie irgendwo Männer, die Hendrik ähnlich sehen. Seit er tot ist, geht das so. Dann erzählt sie, dass sie ihn gesehen hat. Sie sagt immer ‹ihn›, nie seinen Namen. Mein Vater war es irgendwann leid, er konnte es nicht mehr hören und ist völlig ausgerastet.

Seither wagt sie es in seiner Gegenwart nicht mehr, also muss ich mir das anhören. In regelmäßigen Abständen ruft sie an und berichtet mir, dass sie *ihn* gesehen hat. Mal ist es der Postbote, mal der neue Nachbar und manchmal ein Gesicht hinter einer Scheibe.» Liz senkte den Blick. «Sie tut mir leid, aber ich kann ihr diese Last nicht abnehmen. Und oft werde ich schon aggressiv, wenn ich nur ihre Stimme am Telefon höre. Selbst wenn sie aus einem ganz anderen Grund anruft.»

Deborah setzte sich unvermittelt auf. «Die anonymen Briefe, der Unfall dieses Studenten – hat das irgendwas damit zu tun? Hast du deshalb so komisch darauf reagiert?»

Liz warf einen Blick auf ihre Handtasche. Der Umschlag war noch immer ungeöffnet. «Der Mann, über den Ruben etwas herausfinden sollte, heißt Jan Schneider. Er ist derjenige, der damals das Feuer in der Haftanstalt gelegt hat. Soviel ich weiß, wurde er vor einigen Monaten entlassen.»

«Du hältst ihn für den Briefschreiber?»

«Möglicherweise.»

«Warum? Kannte er deinen Bruder?»

«Ich nehme es an.»

«Liz!» Deborah sah sie streng an. «Lass dir nicht alles aus der Nase ziehen. Was hat es mit diesem Jan Schneider auf sich? Und warum starrst du die ganze Zeit auf deine Handtasche? Ist der Kerl etwa dadrin?»

Unwillkürlich lachte Liz auf. «Er heißt Jan Schneider, nicht Pan Tau.»

«Okay. Was dann?»

«In der Tasche ist eine weitere anonyme Botschaft. Und bevor du fragst: Ich habe sie noch nicht gelesen.»

Deborah zog eine Augenbraue hoch. «Und Jan Schneider?»

«Etwa ein Jahr nach Hendriks Tod erhielt ich einen Brief. Er kam aus der Haftanstalt. Der Absender nannte sich Karim, den

Nachnamen weiß ich nicht mehr. Ich erinnere mich auch nicht, ihm jemals begegnet zu sein, aber er schien mich zu kennen. Der Brief war etwas konfus, klang nach einer abstrusen Verschwörungstheorie. Einem Kleinkriminellen wie ihm würde ja sowieso niemand glauben, hieß es da, aber er wolle mich wenigstens warnen.»

«Vor Jan Schneider?»

«Genau. Ich solle auf der Hut sein, ab dem Tag, an dem Jan Schneider aus der Haft entlassen wird.»

Freitag, 25. Oktober, 8:43 Uhr

Ein schriller Klingelton riss Deborah aus dem Schlaf. Benommen richtete sie sich auf. Ihr Schädel hämmerte. Zu viel Wein. Langsam kehrte die Erinnerung an den gestrigen Abend zurück. Die furchtbare Geschichte, die Liz ihr erzählt hatte. Ihre Freundin Liz, die sie für eine ganz normale, ein bisschen verklemmte junge Frau mit einem sehr speziellen Interessengebiet gehalten hatte. Stimmte das überhaupt? Oder hatte sie alles nur geträumt?

Das Klingeln riss nicht ab. Das Telefon. Warum ging Liz nicht ran? Deborah stand auf und taumelte ins Wohnzimmer. Auf dem Tisch drängten sich die Reste des Abendessens, eine halbvolle Weinflasche, eine heruntergebrannte Kerze, Teller, Glasschüsseln, Servietten und Besteck. Der Geruch nach kaltem Fett und Alkohol hing in der Luft. Vor dem Sofa standen zwei leere Weingläser. Es war kein Traum gewesen. Deborah stöhnte leise, rieb sich die Stirn und folgte dem Klingeln in die Diele. Liz' Schlüssel lagen nicht auf der Kommode. Sie war also schon fort.

Unschlüssig stand Deborah vor dem Telefon. Warum hatte Liz keinen Anrufbeantworter? Und warum gab die Person am anderen Ende nicht endlich auf? Ob es Liz war, die Deborah etwas mitteilen wollte? Unsinn, Liz würde ihr eine SMS schicken.

Schließlich griff Deborah nach dem Hörer. «Hallo?»

«Liz? Lizzie, Kind, bist du das?»

«Nein. Hier ist Deborah Arendt, ich bin eine Freundin von Liz. Kann ich Ihnen weiterhelfen?»

«Ah, Deborah. Von Ihnen hat Liz schon gesprochen.»

«Frau Montario?» Unwillkürlich sah Deborah das Bild einer älteren Frau vor sich, das Haar wirr, der Blick gehetzt.

«Ich muss mit Liz sprechen. Sie wollte mich zurückrufen. Es ist dringend.»

«Das hat sie bestimmt nicht vergessen, Frau Montario», sagte Deborah mit betont freundlicher Stimme. «Sie hat im Augenblick nur sehr viel um die Ohren.»

«Ist sie denn nicht zu Hause?»

«Leider nein.» Deborah überlegte kurz, der Frau zu erzählen, dass Liz der Polizei bei einer Ermittlung half, ließ es dann aber lieber. Sie wusste ja nicht einmal, wie weit Liz' Eltern über die berufliche Spezialisierung ihrer Tochter im Bilde waren. So oder so war das bestimmt ein heikles Thema. «Frau Montario? Ich kann Liz gern etwas ausrichten, wenn Sie möchten. Es geht um einen Mann, den Sie gesehen haben, nicht wahr?»

Am anderen Ende der Leitung blieb es still.

Deborah fuhr sich müde über das Gesicht. Sie war keine Therapeutin, aber sie hatte Erfahrung damit, Menschen dazu zu bringen, ihre geheimsten Wünsche und Sorgen preiszugeben. Deshalb war sie so erfolgreich in ihrem Beruf. «Ich weiß Bescheid, Frau Montario. Liz hat mir von ihm erzählt. Sie können offen mit mir sprechen.»

«Ich weiß nicht recht.»

Deborah wartete einen Augenblick, bevor sie mit sanfter Stimme fragte: «Wo haben Sie ihn denn gesehen?»

«Im Garten», kam es kaum hörbar zurück.

«In Ihrem eigenen Garten? Er hat Ihr Grundstück betreten?»

«Ja.» In der Leitung raschelte es, bevor die Frau weitersprach. «Es war anders als sonst, das müssen Sie Liz unbedingt sagen. Ich … ich begegne oft Männern, die ihm ähnlich sehen. Ich weiß ja, dass er es nicht ist. Aber er könnte es sein, verstehen Sie? Wenn er nicht … Doch diesmal – der Mann im Garten. Er sah ihm so ähnlich – seinem Vater, meine ich. Wie aus dem Gesicht geschnitten. Wie ein Doppelgänger.» Wieder raschelte es. «Er stand vor dem Fenster. Ich war drinnen, ich war gerade dabei, die Fensterbank abzuwischen. Er stand auf dem Rasen und lächelte mich an. Einfach so!»

«Was ist dann passiert?»

«Ich habe angefangen zu schreien. Ich habe meinen Mann gerufen. Und als ich wieder aus dem Fenster geschaut habe, war er fort.»

Freitag, 25. Oktober, 9:13 Uhr

Linda Franke bog in die Straße und gab behutsam Gas. Das war sie also, die Allee der Reichen und Schönen. Weniger prächtig, als sie es sich vorgestellt hatte, und vor allem weniger abgeschottet. Dennoch roch es hier penetrant nach Geld, nach viel Geld. In den Villen hinter den Hecken und Toren lebten die, die es geschafft hatten. Zumindest in Lindas Vorstellung davon, was es bedeutete, *es geschafft zu haben*. Nämlich Straftaten zu begehen, ohne dafür belangt zu werden. Niemand war so reich, ohne nicht wenigstens etwas von diesem Reichtum illegal erworben oder nicht versteuert zu haben. Hinter diesen Mauern residierten die wirklich dicken Fische. Die Haie, die einem nie ins Netz gingen. Vielleicht lebte hier sogar ein Mörder. Das wäre ein fetter Fang. Und sie wäre die Angelkönigin. Linda lächelte in sich hinein, während sie die Hausnummern studierte.

Einer der Wagen, der sowohl die richtigen Reifen als auch die passende Mattlackierung besaß, war auf einen Mann zugelassen, der in der Hindenburgstraße in Meerbusch gemeldet war. Und Linda hatte sich auf die Anschrift gestürzt wie ein Geier auf eine plattgefahrene Ziege. An diesem Ort jemanden zu verhaften, wäre eine Genugtuung der besonderen Art.

Sie bremste, als sie das richtige Haus erreichte. Es stand einige Meter von der Straße zurückgesetzt, das Grundstück war umgeben von einem niedrigen Zaun. Das Tor stand offen, der mattschwarze Cayenne parkte vor der Garage. Das war beinahe wie eine Einladung. Lindas Herz schlug höher. Wie einfach wäre es, sich unter einem Vorwand Zutritt zu verschaffen und das Fahrzeug unter die Lupe zu nehmen! Einfach, aber gegen jede Vorschrift.

Linda stellte den Motor ab und kämpfte mit sich. Es musste ja niemand etwas von ihrem Besuch erfahren. Sie würde sich vergewissern und dann verkünden, dass ihr Bauchgefühl ihr gesagt habe, dass dies der richtige Kandidat sei. Sie würde es der Clarenberg sagen, nicht Stadler. Lieber gönnte sie den Erfolg einer anderen Frau als diesem Idioten. Und die Clarenberg war keine Konkurrenz. Kein Mann interessierte sich für diese graue Maus.

Linda stieg aus. Ein knallrotes Coupé rollte vorbei, als sie die Wagentür zuknallte, und eine Sekunde lang schämte sie sich für den mickrigen blauen Ford aus dem Fuhrpark der Polizei.

Zögernd betrat sie die Auffahrt. «Hallo, jemand zu Hause?»

Keine Reaktion.

Linda blieb stehen. Was, wenn der Eigentümer die Polizei rief? Den Kollegen aus Neuss erklären zu müssen, weshalb eine Beamtin der Düsseldorfer Kriminaltechnik ausgerechnet auf der Hindenburgstraße in Meerbusch eine Autopanne hatte und einen Anwohner um Hilfe bitten musste, weil sie angeblich ihr Handy vergessen hatte, wäre kein Spaß.

Wieder rief sie. «Hallo? Ist jemand da?»

Der Cayenne war nur noch wenige Schritte entfernt. Er stand mit dem Heck zu ihr, sie würde ihn umrunden müssen, um zu sehen, ob vorn irgendwelche Schäden zu erkennen waren.

«Hallo?», sagte sie noch einmal, doch nicht mehr ganz so laut. Sie hatte es fast geschafft. Niemand schien von ihr Notiz zu nehmen.

Gerade, als sie sich hinunterbeugte, um den Lack genauer unter die Lupe zu nehmen, knirschte es hinter ihr.

Freitag, 25. Oktober, 14:27 Uhr

Liz schloss den Aktendeckel und gähnte. Sie hatte das Büro für sich, Miguel Rodríguez war mit Stadler in der Rechtsmedizin. Seit Stunden studierte sie Ermittlungsergebnisse, und die Wörter fingen allmählich an, sich in ihrem Kopf zu drehen. Je mehr Liz über die drei Mordfälle las, desto merkwürdiger kamen sie ihr vor. Die erste Tat passte nach wie vor nicht vollständig ins Bild, und doch wollte Liz nicht ausschließen, dass es einen Zusammenhang zu den beiden anderen Morden gab. Aber auch die waren voller Widersprüche. Und obwohl es verrückt schien, war Liz immer mehr davon überzeugt, dass hier jemand mit der Polizei Katz und Maus spielte. Doch zu welchem Zweck? Und welche Rolle spielten die Opfer dabei?

Liz rieb sich die Augen. Es fiel ihr schwer, sich eine klare Vorstellung von den beiden ersten Taten zu verschaffen. Der Anblick der Szenerie im Krankenhaus überstrahlte alles. Sie würde Stadler bitten, ihr die beiden anderen Tatorte zu zeigen, das hätte sie längst tun sollen. Kein Foto war so gut wie der Ort selbst. Nicht einmal der Film, den die KTU in der Wohnung von Leonore Talmeier gedreht hatte, konnte das ersetzen. Entschlossen setzte Liz sich auf. Sobald Stadler aus der Rechtsmedizin zurückkam, würde sie ihn fragen.

Das Handy schrie. Deborah. Dankbar für die Unterbrechung nahm Liz den Anruf entgegen.

«Na? Alles okay? Wie fühlst du dich?», fragte Deborah fröhlich. Sie klang ein wenig bemüht.

«Müde, aber abgesehen davon, gut.»

«Kein Kater?» Deborah klang baff.

«Du etwa?»

«Na ja, du weißt schon: Kippen, Kaffee, und der Tag war mein.»

«Klingt grauenhaft.» Liz schüttelte sich.

«Aber es funktioniert.» Deborah lachte leise. «Ich war nämlich heute auch schon fleißig. Hab meinen ganzen Bürokram vom letzten Monat erledigt. Alle Rechnungen sind raus. So früh war ich noch nie dran. Ach ja, heute Morgen hatte ich deine Mutter an der Strippe.»

«O Mist, ich hab völlig vergessen, sie zurückzurufen.» Liz verspürte einen Stich in der Magengrube, ihr schlechtes Gewissen.

«Macht nichts», antwortete Deborah unbekümmert. «Wir haben ein wenig geplaudert.»

Liz griff nach einem Kuli und malte Kringel auf ihren Notizblock. «Ihr habt geplaudert? Worüber denn?»

«Sie hat mir von dem Mann berichtet, den sie gesehen hat. Die Geschichte, die sie eigentlich dir erzählen wollte.»

«Was? Einfach so?»

«Nicht ganz, ich hab ein bisschen nachgeholfen. Sie ist hundertprozentig davon überzeugt, dass es diesmal anders war als sonst. Das klang alles ziemlich schräg. Angeblich stand der Typ in eurem Garten und hat sie angelächelt.»

«Verdammt.» Liz drückte den Kuli so fest auf, dass sie ein Loch in das Papier stanzte. «Ich fürchte, es wird schlimmer. Vielleicht sollte ich mal mit ihr zum Arzt gehen.»

«Ja, das musst du wohl. Sie ist nämlich absolut sicher, dass sie ihren Sohn auf dem Rasen hinter dem Haus gesehen hat. Verwechslung ausgeschlossen. Sie meinte, er wäre seinem Vater wie aus dem Gesicht geschnitten. Wie ein Doppelgänger.»

Deborah stockte. «Du, Liz, ist es möglich, dass deine Mutter ihren eigenen Mann im Garten gesehen und ihn in ihrer Verwirrung für den Sohn gehalten hat?»

Liz hörte schlagartig auf zu malen. «Was hast du gerade gesagt?»

«Könnte es sein, dass deine Mutter deinen Vater –»

«Nein! Das andere. Das mit dem Doppelgänger.»

«Sie sagte, er sehe aus wie ein Doppelgänger seines Vaters.»

«Ich fürchte, sie verliert wirklich langsam den Verstand», sagte Liz leise. «Hendrik sah unserem Vater nie ähnlich. Ich habe seine roten Haare und seine helle Haut geerbt, aber Hendrik hatte das schwarze Haar und die dunklen Augen meiner Mutter.»

Freitag, 25. Oktober, 15:13 Uhr

Georg Stadler sah zu, wie Liz in der Böschung herumkletterte. Es schien ihr nichts auszumachen, dass ihre Lammfelljacke am Geäst entlangschabte und ihre Stiefel in einer Kombination aus Erde, Müll und altem Laub versanken. Das gefiel ihm. Er mochte es, wenn Frauen attraktiv waren und auf ihr Äußeres achteten, aber es störte ihn, wenn sie vor lauter Angst, einen ihrer säuberlich lackierten Fingernägel abzubrechen, nicht einmal mehr einen Flaschenöffner in die Hand nahmen. Seine Exfrau hatte ihn für diese Einstellung verspottet. «Du bist schlimmer als die katholische Kirche», hatte sie immer gesagt. «Du willst, dass wir zugleich Hure und Heilige sind, mit dir durch dick und dünn gehen, aber trotzdem zu jeder Tageszeit aussehen, als wären wir soeben einem Modemagazin entsprungen. Solche Frauen gibt es nur im Film. Kauf dir ein Abo fürs Kino.»

Komischerweise schien Liz Montario dieser Spagat mühelos zu gelingen. Sie sah auch mit verdreckten Stiefeln und Laub im Haar umwerfend aus.

«War es hier?», rief sie ihm zu.

«Noch ein Stück näher an der Mulde», antwortete er.

Liz studierte das Foto in ihrer Hand und dann wieder die Stelle unterhalb des Bahndamms, wo man Manuel Geismann gefunden hatte. Schließlich erhob sie sich und ließ den Blick schweifen. «Merkwürdig», murmelte sie.

«Was ist merkwürdig?» Stadler überlegte, ob es die Höflichkeit gebot, Liz ins Gestrüpp zu folgen. Doch der Gedanke an seine sündhaft teure Lederjacke ließ ihn zögern.

«Diese Stelle ist zwar schwer zu erreichen, weil jede Menge Brombeerranken im Weg sind, aber sie ist von der Straße her gut einsehbar. Kein sinnvolles Versteck also.»

«Ich denke, es war spontan gewählt», antwortete Stadler. «Noch dazu im Dunkeln. Da konnte der Täter nicht beurteilen, wie gut oder schlecht die Stelle bei Tageslicht einsehbar ist.»

«Eben», bestätigte Liz und kämpfte sich zurück auf den Bürgersteig. «Das hier bestätigt meinen Verdacht, dass nicht nur die Tat im Affekt geschah, sondern der Täter auch danach alles andere als einen kühlen Kopf hatte. Dafür aber vermutlich jede Menge Kratzer an Armen und Händen.»

Stadler verzog nachdenklich das Gesicht. «Das ist eins der belastenden Indizien gegen den Mann, der im Augenblick in Haft sitzt. Seine Hände waren zerkratzt.»

«Aber er hat noch immer nicht gestanden?»

Stadler schüttelte den Kopf.

«Gut, dann auf nach Oberkassel.»

Sie machten sich auf den Weg zum zweiten Tatort auf der anderen Rheinseite. Stadler parkte im Halteverbot vor der Haustür. Ihm fiel ein, dass er vor einer Woche in einer Kneipe gleich um die Ecke seine erste Verabredung mit Liz gehabt hatte. Und dass er sich über die Wahl des Treffpunkts gewundert hatte.

«Haben Sie eigentlich sofort gewusst, was ich von Ihnen will, als ich Sie letzte Wochen kontaktiert habe?», fragte er, nachdem sie ausgestiegen waren.

«Wie kommen Sie darauf?» Liz sah ihn überrascht an.

«Der Treffpunkt, den Sie vorgeschlagen haben, ist ganz in der Nähe. Ich dachte, dass Sie den Fall vielleicht in der Presse verfolgt haben und den Tatort sofort sehen wollten.»

Montario lächelte. «Anscheinend glauben Sie, dass ich hellsehen kann. Aber ich bin Psychologin, keine Wahrsagerin. Ich hatte vorher einen Termin in der Luegallee, Signierstunde in einer Buchhandlung.»

«Sie rauben mir meine letzte Illusion.»

«Sie werden darüber hinwegkommen, da bin ich ganz sicher.»

Die Wohnung von Leonore Talmeier war versiegelt. Stadler öffnete die Tür und ging voran ins Wohnzimmer. Die Blutflecke waren noch nicht entfernt worden, bis auf die fehlende Leiche wirkte der Raum fast unverändert.

«Können Sie sich auf den Boden legen?», bat Montario.

«Was?» Stadler blickte entsetzt auf den blutgetränkten Teppich.

«Ziehen Sie die Jacke aus, legen Sie ein Handtuch unter, aber tun Sie mir bitte den Gefallen. So kann ich mir das besser vorstellen.»

Widerstrebend gehorchte Stadler. Im Bad fand er ein großes Handtuch, das er sich unterlegte. Dann positionierte Montario seine Arme und Beine so, dass er in etwa die Lage der toten Frau einnahm. Es war ein komisches Gefühl, in die Haut eines Mordopfers zu schlüpfen. Normalerweise zog er es vor, sich in den Täter hineinzuversetzen, die Tat mit dessen Augen zu sehen und ihm so auf die Spur zu kommen. Auf diese Weise identifizierte er sich mit dem aktiven, aggressiven Part. In der Rolle des Opfers fühlte er sich merkwürdig schutzlos.

Liz Montario betrachtete ihn von allen Seiten. Sie ging in die Hocke, ließ den Blick schweifen, richtete sich wieder auf. Schließlich erlöste sie ihn aus seiner demütigenden Position. «Sie können wieder aufstehen, danke.»

Stadler erhob sich. «Und? Irgendwelche Erkenntnisse?»

Montario zuckte mit den Schultern. «Keine. Bis auf die Tatsache, dass ich jetzt noch mehr Zweifel daran habe, dass Manuel Geismann von demselben Mann umgebracht wurde wie die anderen Opfer. Es gibt Parallelen zwischen den beiden letzten Tatorten. Das Weiß, die Ordnung, die Sterilität, die durch das viele Blut besudelt wurden. Doch der Bahndamm war nie sauber. Und das Blut, das Geismann vergossen hat, ist einfach in der Erde versickert.»

Sie kehrten ins Präsidium zurück und setzten sich in die Kantine. Der Raum war fast leer, nur in einer Ecke saßen ein paar Kollegen und unterhielten sich leise. Eine Weile hingen sie ihren Gedanken nach. Unauffällig musterte Stadler die Frau, die mit müden Augen in ihren Kaffee starrte. Was wohl in ihrem Kopf vorging? Erinnerte sie das alles an ihren Bruder? Wie wurde man mit einem solchen Schicksal fertig?

Er beugte sich vor. «Sie sehen erschöpft aus, Liz. Ich nehme an, das alles nimmt Sie ziemlich mit. Dieser Fall ist furchtbar. Und die Verantwortung, die auf uns allen lastet, macht es nicht leichter.»

Sie blickte auf. «Ich komme einfach nicht dahinter, was diesen Täter antreibt. Vielleicht bin ich doch nicht so gut, wie alle denken.»

«Quatsch. Der Fall *ist* ungewöhnlich, und natürlich können Sie ihn nicht im Alleingang lösen. Sie haben uns doch schon mehrfach wertvolle Hinweise gegeben. Zum Beispiel, wo wir das nächste Opfer finden würden. Vielleicht sind Sie ihm näher, als Sie denken.»

«Einen Sinn ergibt das für mich trotzdem nicht.» Liz nahm ihren Kaffeebecher, hob ihn an und stellte ihn wieder ab, ohne zu trinken. «Der Mörder von Manuel Geismann hat aus Wut gehandelt. Aus Hass. Er hat ihn für eine Frau gehalten, seinen Fehler bemerkt, und das hat eine Kurzschlussreaktion ausgelöst. Er hat Geismann umgebracht, um einen Drang in seinem

Inneren zu befriedigen. Das ist die Parallele zu Leonore Talmeier. Auch sie wurde getötet, weil der Mörder an ihr etwas abreagieren wollte. Irgendeine diffuse Wut auf Frauen, die in seinen Augen keine sind. Die Tat war zwar geplant und geschah nicht im Affekt, aber das Motiv scheint mir ähnlich zu sein.»

Stadler runzelte die Stirn. «Und bei Tanja Matzurka erkennen Sie das nicht? Hier sind die Parallelen zum Fall Talmeier doch nicht zu übersehen.»

Liz schien zu zögern, dann sah sie unvermittelt auf. «Oberflächlich betrachtet schon. Aber mir erscheint das alles viel eher für ein Publikum inszeniert als zur Befriedigung eines inneren Drangs. Das Drumherum ist dem Täter wichtiger als die Tat selbst.» Liz hob erneut den Becher, nahm diesmal einen Schluck und verzog sofort angewidert das Gesicht.

«Schmeckt's nicht? Möchten Sie etwas anderes trinken?»

«Eiskalt», antwortete Liz. «Ich habe zu lange gegrübelt.»

«Ich hole uns neuen.» Stadler ergriff die Becher und stand auf. «Auch was zu essen?»

«Nein danke.»

Als er sich wieder setzte, hatte sie etwas auf einem Block notiert, das er jedoch nicht auf die Schnelle entziffern konnte.

Sie nahm den Becher entgegen. «Was hat eigentlich die Autopsie ergeben? Gab es bei Tanja Matzurka signifikante Unterschiede zum Fall Talmeier, was die Verletzungen angeht?»

«In der Tat. Die Anzahl der Stiche in die Brust war erheblich geringer. Der Täter hat nur achtmal zugestochen. *Nur* klingt vielleicht zynisch, aber wenn man bedenkt, dass er bei Talmeier zweiunddreißigmal zugestochen hat, ist das schon auffällig. Außerdem wurden bei unserem letzten Opfer die Bauchspeicheldrüse, die Gallenblase und Teile des Darms entnommen. Nicht besonders fachmännisch, übrigens. Bei Leonore Talmeier hingegen hatte er die Organe nur verschoben, um Platz für die kleine Puppe zu machen.» Stadler spähte auf Liz' Notizen.

«Vielleicht wollte er die große Babypuppe auch ursprünglich in der Bauchhöhle verstauen und hatte erst später die Idee, sie ihr an die Brust zu legen. Das würde erklären, warum er die Organe entnommen hat.» Liz klappte den Block zu.

«Keine schlechte Idee.»

«Fragt sich nur, warum.» Der Block verschwand in der Tasche.

«Wegen des dramatischen Effekts vielleicht?»

Liz sah ihn an. «Sehen Sie, genau das ist mein Problem. Serienmörder denken beim Töten nicht daran, welche Wirkung der Tatort auf die Menschen hat, die das Opfer finden. Sie folgen ihrem inneren Drehbuch, denn nur so kann die Tat sie befriedigen. Sie versuchen vielleicht im Nachhinein, die Leiche oder Teile davon verschwinden zu lassen oder das Szenario zu verfälschen. Zum Beispiel, wenn sie einen Raubmord wie ein Sexualdelikt aussehen lassen, indem sie das Opfer nach dem Tod entkleiden. Aber dass ein Täter schon während der Ausführung der Tat an sein Publikum denkt, ist wirklich ungewöhnlich.»

Stadler fixierte die Handtasche. «Verstehe.»

Liz folgte seinem Blick und grinste. «Nur ein Einkaufszettel.» Sie wurde wieder ernst. «Was ist mit dem anderen Fall, mit Ruben Keller? Gibt es da neue Erkenntnisse? Haben Sie Jan Schneider inzwischen gefunden?»

Stadler seufzte. «Wir warten auf die Unterlagen. Das Ganze läuft sehr schleppend. Und wir haben leider nicht viel in der Hand, um die Sache zu beschleunigen.»

Liz' Gesicht zuckte.

Stadler presste die Lippen zusammen. Ihm war klar, dass sie ihm nicht alles erzählt hatte. Es ging nicht um ein neues Buch. So viel war sicher. Es musste eine Verbindung zwischen Elisabeth Montario, ihrem toten Bruder Hendrik Vermeeren und diesem Jan Schneider geben. Eine Verbindung, die darüber hinausging, dass Schneider das Bett angezündet hatte, in dem Vermeeren verbrannt war. Er hatte sich die alten Zeitungsberichte noch einmal vorgenommen. Auch die vom Prozess. Schneider war für den Mord an Hendrik Vermeeren und zwei weiteren Männern verurteilt worden, obwohl es anfangs geheißen hatte, dass Vermeeren sich selbst getötet hatte. Wie Vermeeren genau gestorben war, hatte sich jedoch nicht mehr feststellen lassen. Sicher war nur, dass er definitiv nicht durch das Feuer umgekommen war.

Stadler verfluchte sich, weil er das Thema beim ersten Anlauf so unsensibel angegangen war. Er hatte Liz' Vertrauen verspielt, sonst würde sie ihm vielleicht erzählen, welchen Verdacht sie hatte. Jedenfalls hatte er die Akten zu dem Fall angefordert, und er hoffte, dass die Kollegen in Bonn ihm nicht allzu viele Steine in den Weg legen würden.

«Nicht mal eine Anschrift von Schneider?», hakte Liz nach.

«Wissen Sie, wie viele Männer es mit dem Namen Jan Schneider gibt?»

Sie nickte. «Ich kann es mir denken, trotzdem muss Ruben etwas herausgefunden haben.»

Stadler nickte. «Aber nicht auf legalem Weg. Die Kollegen haben die Überreste seines Notebooks noch nicht aufgegeben. Wir bleiben dran. Leider sind die Prioritäten im Augenblick andere. Wir haben einfach nicht genug Leute.»

Schritte näherten sich. «Hey, ihr zwei, da seid ihr ja!»

Stadler drehte sich um und erblickte seine Kollegin Birgit Clarenberg, die eine Klarsichthülle schwenkte. «Neuigkeiten?»

«Wir haben vielleicht was.» Sie lächelte, was ihr Gesicht beinahe hübsch wirken ließ.

Stadler durchzuckte der Gedanke, dass eine weniger attraktive Frau vermutlich auch weniger Probleme machen würde. Rasch rief er sich zur Ordnung. «Was ist das?»

«Unsere Frau Doktor hier hat doch vorgeschlagen, dass wir die Bekennerschreiben besonders sorgfältig durchgehen sollen», begann Birgit.

«Unsere Frau Doktor heißt Liz», unterbrach Liz.

«Prima. Liz also.» Wieder lächelte Birgit, diesmal noch ein bisschen herzlicher und in Liz' Richtung. «Jedenfalls sind wir eben auf das hier gestoßen. Dieser Brief enthält mindestens zwei Details, die nicht an die Presse gegangen sind.» Sie schob Stadler und Liz die Hülle mit dem Schreiben hin.

Beide beugten sich neugierig darüber. Der Text war aus Buchstaben zusammengesetzt, die jemand aus verschiedenen Zeitungen herausgeschnitten hatte. Manchmal hatte er auch ganze Wörter benutzt, was es leichter machen würde, die entsprechenden Ausgaben zu ermitteln.

Stadler überflog den Text.

Hört auf meine Worte! Gott hat Mann und Weib erschaffen, und nur das Weib soll Kinder gebären. Wer in die Schöpfung eingreift, ist des Teufels, der wird von dem Wein des Zornes Gottes trinken, der unvermischt eingeschenkt ist in den Kelch seines Zorns, und er wird gequält werden mit Feuer und Schwefel vor den heiligen Engeln und vor dem Lamm. Ihm sollen die Organe entrissen und das Herz durchbohrt werden. Und die Lippen seiner Nachfahren sollen an den eingetrockneten Brüsten seiner falschen Weiber verdursten. Hört auf meine Worte und seid gewarnt.

«Du meine Güte, was ist das denn?», murmelte Stadler.

«Ein religiöser Eiferer», antwortete Liz.

«Er weiß von den entnommenen Organen und der Puppe», erklärte Birgit. «Auch wenn er das nur indirekt sagt.»

Stadler nickte nachdenklich. «Und er weiß, dass Matzurka transsexuell war, wenn ich das mit dem Eingreifen in die Schöpfung richtig interpretiere.» Er schlug mit der Faust auf den Tisch. «Das passt. Und Sie lagen schon wieder richtig, Liz. Er hat es für uns getan, für sein Publikum. Er will uns etwas mitteilen.»

«Sieht so aus.» Montario schien seine Begeisterung nicht zu teilen.

«Wurde der Brief bereits erkennungsdienstlich behandelt?»

Birgit stand auf. «Den Umschlag habe ich der KTU schon reingereicht, den Brief wollte ich dir vorher zeigen. Ich bringe ihn sofort hoch.»

Als sie fort war, sah Stadler Liz an. «Das könnte der Durchbruch sein. Sie haben echt was drauf. Wollen Sie nicht bei uns anfangen?»

Der Hauch eines Lächelns umspielte ihre Lippen. «Besser nicht.»

Samstag, 26. Oktober, 10:26 Uhr

Zum zweiten Mal in dieser Woche war Liz auf dem Weg nach Wuppertal. Zur Abwechslung schien die Sonne und ließ das bunte Laub entlang der Autobahn leuchten. Ein Anblick, der sie an die Familienausflüge ihrer Kindheit erinnerte: ein Spaziergang im Wald, bei dem Hendrik und sie Taschen voller Kastanien, Steine und Stöcke sammelten, Kaffee und Kuchen in einem Ausflugslokal und abends zu Hause das Aufteilen der Beute. Hendrik hatte ihr immer großzügig die besten Stücke überlassen, allerdings erinnerte Liz sich daran, dass ein besonders schöner funkelnder Stein eines Tages aus ihrer Sammlung verschwunden und in Hendriks Versteck wiederaufgetaucht war.

Sie erreichte die Ausfahrt, fuhr ab und folgte dem Weg in das Viertel mit den alten Villen. Genau vor der Tür war ein Parkplatz frei. Liz blieb einen Augenblick sitzen und betrachtete nachdenklich das Haus. Vorhin hatte Marianne Burgmüller sie angerufen und ihr gesagt, dass sie ihr etwas erzählen wolle. Allerdings kein Wort davon, wo ihr Mann war. Ob sie ihn diesmal zu Hause antreffen würde? Nein, dann hätte Frau Burgmüller sich anders ausgedrückt.

Wieder wurde Liz in der Küche erwartet, doch diesmal bot ihre Gastgeberin ihr Kaffee an. «Ich bin in der Zeitung über Ihren Namen gestolpert», sagte die alte Dame, während sie einschenkte. «Sie arbeiten mit der Polizei zusammen. Und Sie haben ein Buch geschrieben.»

Aha. Daher also der Sinneswandel. Manchmal war eine gewisse Berühmtheit auch von Nutzen.

Trotzdem wechselte Liz sofort das Thema und begann mit einer unverfänglichen Frage: «Sie haben es sehr schön hier. Wohnen Sie schon lange in diesem Haus?»

«Seit fast vierzig Jahren. Damals war ich noch gesund und die Treppe kein unüberwindliches Hindernis.» Frau Burgmüller lächelte traurig. «Ich habe mich hier immer sehr wohl gefühlt. Nachts hört man die Tiere im Zoo, mit den Jahren habe ich sogar gelernt, die einzelnen Laute auseinanderzuhalten.» Sie wurde ernst. «Was wollten Sie von meinem Mann wissen?»

Liz zögerte. Sie hätte Friedrich Burgmüller lieber selbst gefragt, doch sie wagte nicht, nach seinem Verbleib zu fragen, jetzt, wo seine Frau endlich gesprächsbereit war. «Es geht um einen ehemaligen Schüler Ihres Mannes. In der Jugendhaftanstalt Siegburg. Ihr Mann hat doch dort unterrichtet?»

Marianne Burgmüller nickte. «Ja, er war über zwanzig Jahre Lehrer in Siegburg. Als sich ihm die Möglichkeit bot, aus dem normalen Schuldienst an die Schule der Haftanstalt zu wechseln, hat er nicht lange gezögert. Es war immer sein Wunsch gewesen, denen zu helfen, die die Gesellschaft bereits aufgegeben hat.»

«Und er war die ganze Zeit in Siegburg?»

«Zwischendurch hat er ein knappes Jahr lang hier in Wuppertal-Vohwinkel gearbeitet, das war nach dem Brand in Siegburg. Und danach war er bis zu seiner Pensionierung wieder dort. Mathematik und Physik hat er unterrichtet. Er hat immer daran geglaubt, etwas bewirken zu können bei diesen jungen Leuten. Er hat sie nie aufgegeben. Aber ...»

«Aber?»

«Ach, ich weiß nicht.» Die alte Frau hob hilflos eine Hand.

«In den letzten Jahren war er sehr frustriert. Er ist nicht mehr so gern zur Arbeit gegangen wie früher.»

«Hatte er Schwierigkeiten mit den Jugendlichen?»

Die Frau schüttelte den Kopf. «Nein, das glaube ich nicht. Zumindest nicht mehr als sonst auch. Er hat sie immer respektiert, und deshalb haben sie ihm auch Respekt entgegengebracht. Ich glaube, das System hat ihn kaputtgemacht.»

«Das System? Meinen Sie den Strafvollzug?»

«Ich bin mir nicht sicher. Friedrich wollte nicht darüber reden. Er hat lediglich ein paar Andeutungen gemacht. Über Recht und Gerechtigkeit. Über Feigheit. Korruption. Vertuschung von Fehlern und Missständen. Ich habe nicht nachgefragt.»

Liz beugte sich vor. Jetzt oder nie. «Was ist mit Ihrem Mann? Wo steckt er?»

Marianne Burgmüllers Gesichtszüge ließen Trauer und Resignation erkennen. «Ich weiß es nicht. Er ist einfach nicht wiedergekommen.»

«Er ist nicht wiedergekommen? Von wo? Und wie lange ist er schon fort?»

Die Frau senkte den Blick. «Sie verstehen das nicht.»

«Vielleicht können Sie es mir erklären?»

Marianne Burgmüller sah sie an. «Wir waren erst wenige Jahre verheiratet, als bei mir die Krankheit diagnostiziert wurde.» Sie klopfte auf ihre Beine. «Ich hatte Glück, sie nahm einen langsamen, harmlosen Verlauf, nur das Gehen fiel mir schon bald recht schwer. Deshalb musste ich meine Arbeit aufgeben. Und Kinder bekamen wir auch nicht.» Sie verstummte.

Liz wollte sie nicht bedrängen, sie trank von ihrem Kaffee und wartete.

Schließlich sprach die Frau stockend weiter. «Ich weiß nicht mehr, wann es losging. Es ist schon so lange her. Friedrich verschwand für eine Weile, immer mal wieder. Manchmal für einen Tag, manchmal für ein Wochenende. Hin und wieder blieb er länger weg, dann musste ich mir wegen der Schule etwas einfallen lassen. Anrufen und ihn krankmelden.» Sie seufzte. «Ich habe keine Ahnung, wohin er ging und was er dort machte. Ob er irgendwo eine andere Frau hatte oder ob er – na ja, Sie wissen schon ... Ich habe das jedenfalls respektiert. Und er hat im Gegenzug all die Jahre für mich gesorgt, obwohl ich ihm den Traum von einer eigenen Familie nicht erfüllen konnte.»

«Und jetzt ist er wieder weg?»

Marianne Burgmüller nickte. «Es sind inzwischen fast drei Wochen. So lange hat es noch nie gedauert.»

«Haben Sie darüber nachgedacht, die Polizei zu verständigen?»

Die Frau starrte Liz entsetzt an. «Niemals! Was soll ich denen denn sagen? Wenn ich einem Polizisten erzähle, was ich Ihnen gerade erzählt habe, wird der annehmen, dass Friedrich wohl endgültig die Nase voll hatte. Dort geblieben ist, wo es ihn all die Jahre hingezogen hat.»

Liz nickte. «Ja, vermutlich. Glauben Sie das auch? Dass er keine Lust hatte zurückzukehren?»

«Das würde er mir nie antun, da bin ich mir sicher.» Marianne Burgmüller straffte die Schultern. «Jetzt habe ich Sie mit meinen Sorgen behelligt, dabei sind Sie doch aus einem ganz anderen Grund hergekommen. Was wollten Sie denn von meinem Mann wissen? Was ist mit diesem Schüler?»

«Ich wollte Ihren Mann um eine Einschätzung bitten. Es geht um einen Jan Schneider. Hat er den Namen mal erwähnt?»

Marianne Burgmüller schüttelte den Kopf. «Nein, diesen Namen habe ich nie gehört.»

«Und Karim? Sagt Ihnen der Name Karim etwas?»

Die alte Frau runzelte die Stirn. «Hm. Ich glaube, einen Karim hat er mal erwähnt. Technisch begabt. Anständiger Kerl. Das waren seine Worte.» Sie musterte ihre Hände. «Aber ich bin mir nicht sicher, ob er wirklich von einem Karim sprach. Vielleicht war es auch Karsten.»

Liz' Mut sank. Marianne Burgmüller schien so gut wie nichts über die Arbeit ihres Mannes zu wissen. Selbst wenn er tatsächlich einmal einen Karim erwähnt hatte, hieß das nicht, dass es sich dabei um den Karim handelte, der Liz den Brief geschrieben hatte. Trotzdem wollte sie nicht aufgeben. Noch nicht. «Wissen Sie zufällig, ob Ihr Mann seine alten Schülerlisten aufbewahrt hat? Ich müsste mit Karim sprechen, aber ohne einen Nachnamen kann ich ihn nicht ausfindig machen.»

«Ich weiß nicht, ob ich das darf. Die Schulsachen sind Friedrichs Heiligtum.»

«Ich werden alles so zurücklassen, wie ich es vorfinde. Ich brauche nur diesen einen Nachnamen.»

Marianne Burgmüller sah sie lange an. Dann nickte sie langsam: «Ich nehme an, es ist wichtig. Es geht um einen der Fälle, die Sie für die Polizei lösen, oder?»

«Es könnten Menschenleben davon abhängen.»

«Also gut», sagte Marianne Burgmüller. «Bitte entschuldigen Sie, dass ich nicht mitkomme.» Sie deutete auf ihre Beine. «Aber Sie finden sich bestimmt auch ohne mich zurecht. Der Raum links neben der Eingangstür, das ist Friedrichs Arbeitszimmer. Die Schulsachen befinden sich in dem Aktenschrank. Er ist abgeschlossen, aber der Schlüssel steckt. Lassen Sie sich Zeit. Ich mache inzwischen frischen Kaffee.»

Samstag, 26. Oktober, 13:17 Uhr

Georg Stadler stützte den Kopf auf die Hände. Müdigkeit infiltrierte jeden Winkel seines Körpers. Gestern war er um Viertel vor zwölf nach Hause gekommen, und um fünf hatte er bereits wieder unter der Dusche gestanden und eiskaltes Wasser über seinen Körper laufen lassen, um wach zu werden. So ging es seit Tagen. Allmählich forderte der Schlafmangel seinen Tribut. Unerbittlich.

Inzwischen hatten sie zweihundertachtzig Zeugen befragt und etwa dreimal so viele Spuren gesichert. Aber ein Durchbruch war noch immer nicht in Sicht. Die größte Hoffnung setzten sie auf das anonyme Bekennerschreiben des religiösen Fanatikers, eins von mehr als zwei Dutzend, aber das einzige, das mit Täterwissen aufwartete.

Elisabeth Montario war auffällig still geblieben, nachdem sie den Brief gelesen hatte. Das mochte daran liegen, dass religiöser Fanatismus nicht in ihrem Täterprofil vorkam. Verletzter Berufsstolz. Dabei hatte sie vorhergesagt, dass der Täter sich bei der Polizei melden würde. Das bedeutete, dass sie erkannt hatte, wie er tickte, auch wenn die Details etwas anders aussehen mochten, als sie erwartet hatte.

Jedenfalls hatte die KTU einen halben Fingerabdruck auf dem Umschlag gesichert, und zwar im Inneren der Umschlagklappe. Das bedeutete, dass er mit großer Wahrscheinlichkeit von der Person stammte, die das Blatt in den Umschlag gesteckt hatte. Auffällig viel Nachlässigkeit für einen Mann, der ansonsten so penibel plante. Andererseits hatte die Montario ja gesagt, dass er ein Spieler sei, der das Risiko liebt. Und dann gab es ja auch noch die Täter, die gefasst werden wollten und aus diesem Grund absichtlich Fehler begingen.

Der Abgleich mit AFIS, der digitalisierten Fingerabdruckkartei, hatte nichts gebracht. Im Augenblick wurde der Abdruck mit den Spuren aus dem Kreißsaal verglichen, die fast alle von Personen stammten, die in dem Krankenhaus arbeiteten.

Es klopfte. Jürgen, ein Kollege von der KTU, spähte ins Zimmer. «Ich hatte gehofft, dich hier zu finden, Georg», sagte er und zog die Tür hinter sich zu.

«Gibt's was Neues?»

«Leider nicht. Wir sind noch dabei, die Abdrücke vom Tatort einzuscannen.» Jürgen gähnte und ließ sich auf Birgits Platz nieder. Auch er sah müde aus. Die unzähligen Fältchen um seine Augen waren tiefer als sonst, der gezwirbelte Schnauzbart wirkte ungepflegt.

«Kaffee?», fragte Stadler.

«Nein danke. Ich muss auf meinen Magen achten.»

«Das sollte ich auch», gab Stadler zu. «Aber ohne zwei Liter Kaffee am Tag stehe ich so eine Ermittlung einfach nicht durch.»

«Wem sagst du das ...» Wieder gähnte Jürgen, dann senkte er den Blick und studierte den Fußboden.

Stadler betrachtete seinen Besucher mit zusammengekniffenen Augen. Irgendetwas hatte er auf dem Herzen, rückte damit aber nicht heraus.

«Wie lange kennen wir uns, Jürgen?»

«Keine Ahnung. Zwanzig Jahre?» Sein Kollege zuckte mit den Schultern.

«Lange genug jedenfalls, um zu wissen, dass du bei mir

nicht um den heißen Brei herumreden musst», sagte Stadler. «Also sag schon, was ist los?»

Jürgen betrachtete seine Fingerspitzen. «Ich mache mir Sorgen um Linda.»

«Sorgen? Wieso?» Stadlers schlechtes Gewissen schlug auf der Stelle erbarmungslos zu. Hatte Linda sich etwa bei ihrem Kollegen ausgeheult? Das traute er ihr eigentlich nicht zu. Er hatte eher damit gerechnet, dass sie versuchen würde, ihm beruflich eins auszuwischen.

«Na ja. Ich halte diesen Trauerfall für einen Vorwand. Sie hat sich am Donnerstag die ganze Zeit so komisch verhalten und dann ...»

«Moment mal, ich kapiere gerade gar nichts», unterbrach ihn Stadler. «Bitte, der Reihe nach.»

«Entschuldige. Ich dachte, du wüsstest Bescheid. Sie hat ja offenbar einen Narren an dir gefressen, deshalb nahm ich an, dass sie dich ebenfalls informiert hat. Linda ist gestern nicht zur Arbeit erschienen. Irgendwann im Laufe des Vormittags kam eine SMS, sie hätte einen Trauerfall in der Familie und würde ein paar Tage Urlaub nehmen.»

«Davon hatte ich keine Ahnung. Weißt du, wer gestorben ist?»

«Das scheint niemand zu wissen. Jedenfalls war sie schon den ganzen Donnerstag komisch drauf. Du weißt also auch nichts?»

Stadler schüttelte den Kopf. «Leider nein. Vielleicht war sie bereits über den Todesfall informiert, als sie am Donnerstag zur Arbeit kam, und dachte, sie könne das durchstehen. Und dann hat sie es doch nicht ausgehalten und ist Freitag lieber zu Hause geblieben. Du weißt ja, wie irrational Menschen sich in solchen Situationen verhalten – Trauer überfordert die meisten von uns.» Stadler war froh, dass Linda sich nicht seinetwegen so seltsam verhalten hatte. Sie musste noch in der Nacht nach ihrem misslungenen Date die schlimme Nachricht erhalten haben. Vielleicht sollte er sie anrufen. Nein, besser nicht. Vermutlich war er der Letzte, mit dem sie jetzt reden wollte.

Jürgen schüttelte den Kopf. «Komisch ist es trotzdem. Ich habe den ganzen Donnerstag mit ihr in einem Raum gearbeitet. Sie war nicht traurig oder schockiert. Eher verbissen. So als wolle sie etwas beweisen. Das hat sie wohl auch. Irgendwas hat sie entdeckt, aber sie hat mir nicht erzählt, was es war.»

Sonntag, 27. Oktober, 11:20 Uhr

Das Wetter hatte über Nacht gehalten, und auch der Sonntag versprach, sonnig und mild zu bleiben. So mild, dass man sogar draußen einen Kaffee trinken konnte.

Liz lehnte sich zurück und sah Deborah an. «Es war eine tolle Idee, einen Ausflug zu machen und den Tag zu genießen.» Sie waren nach Langenberg im Bergischen Land gefahren, hatten dort erst einen Spaziergang in der Nähe des Bismarckturms gemacht, und nun saßen sie in der Altstadt in einem Straßencafé und streckten ihre Gesichter der Sonne entgegen.

«Na ja, es ist schließlich mein Abschiedstag», antwortete Deborah. «Ich muss zurück nach München, auch wenn ich dich nur ungern allein lasse.»

«Rede keinen Unsinn. Ich komme sehr gut ohne Babysitter zurecht.»

«Ich weiß. Trotzdem würde ich dich am liebsten mitnehmen, damit du mal richtig rauskommst. Weg von diesem grässlichen Mordfall, weg von dem ätzenden Briefschreiber und weg von der Uni, wo du hoffnungslos unterfordert bist.»

Liz lächelte. «Ich finde es wunderbar, wenn du so kämpferisch bist.»

«Leider ohne Erfolg.» Deborah seufzte theatralisch.

«Na ja, was die Uni angeht, tut sich vielleicht was», räumte Liz ein. «In Heidelberg ist eine Stelle ausgeschrieben, die wunderbar zu mir passen würde. Und dort haben sie wenigstens eine richtige Rechtspsychologie. Düsseldorf ist ja eigentlich auf experimentelle Psychologie spezialisiert, da bin ich die geduldete Exotin, die das Lehrangebot ein bisschen aufpeppt.»

«Du willst wieder nach Heidelberg ziehen?» Deborah sah sie entgeistert an.

«Na komm, war doch eine tolle Zeit dort.» Liz verzog das Gesicht und zwinkerte ironisch.

Deborah schüttelte den Kopf. «Das ist nicht dein Ernst. Heidelberg ist ein Kaff. Da passt du nicht hin. Du hast dich doch gerade erst in Düsseldorf eingelebt.»

«Na ja. Eigentlich will ich auch nicht schon wieder weg, das stimmt.» Liz beobachtete eine Katze, die es sich auf einer sonnigen Fensterbank bequem machte. «Aber augenblicklich würde ich lieber heute als morgen woanders neu anfangen.»

«Vor dem, was dich bedrückt, kannst du nicht davonlaufen», sagte Deborah leise. «Das nimmst du überallhin mit.»

Liz antwortete nicht.

«Du brauchst mich übrigens morgen nicht zum Bahnhof zu bringen.»

«Wieso?» Liz riss ihren Blick von der Katze los.

«Ich hab bereits einen Chauffeur», erzählte Deborah mit einem breiten Grinsen. «Er lädt mich zum Mittagessen ein und fährt mich danach zum Bahnhof.»

«Michael Flatley? Er kommt extra aus Köln her?»

«Der doch nicht.»

Liz nahm die Sonnenbrille ab und musterte Deborah. «Doch nicht der Typ aus dem Supermarkt, oder?»

«Er hat gestern angerufen.» Deborah streckte ihre langen, wohlgeformten Beine aus. «Ist das Leben nicht wunderbar?»

«Du bist echt verrückt, Deb.»

«Ich hab einfach gern Spaß. Was ist daran verrückt?»

Liz schüttelte unwillig den Kopf. «Du kennst diesen Mann doch überhaupt nicht.»

Deborah beugte sich vor und sah Liz in die Augen. «Soll ich dir ein Geheimnis verraten? Das ist immer so, wenn man jemandem zum ersten Mal begegnet. Man kennt ihn überhaupt nicht. Es liegt in der Natur der Sache.»

Liz lachte. «Schon gut. Ich bin nun mal ein bisschen zurückhaltender als du.»

«Ein bisschen zurückhaltender ... Das ist ja wohl die Untertreibung des Jahres. Du bist absolut paranoid.» Deborah winkte der Kellnerin, um zwei weitere Milchkaffees zu bestellen. «Außerdem haben wir ausführlich am Telefon geplaudert. Ich weiß also schon ein bisschen etwas über mein Date.»

«Und?»

«Er war lange im Ausland, ist erst vor einigen Monaten nach Deutschland zurückgekehrt und fasst hier gerade langsam Fuß. Offenbar ist er vermögend, zumindest hat er angedeutet, dass er nicht unbedingt arbeiten muss. Und nach Düsseldorf hat es ihn verschlagen, weil er hier in der Nähe aufgewachsen ist.»

Der Kaffee kam. Während Liz nachdenklich ein Tütchen Zucker aufriss, plauderte Deborah weiter über ihren Märchenprinzen. Liz hörte nur mit einem Ohr zu. Sie musste plötzlich wieder an die anonymen Briefe denken, vor allem an den letzten, den sie seit Tagen ungeöffnet in ihrer Handtasche mit sich herumtrug.

«Was ist los?», fragte Deborah nach einer Weile irritiert. «Du hörst mir ja gar nicht zu. Nerve ich dich?»

«Natürlich nicht.»

Deborah nahm eine Zigarette aus der Packung. «Aber irgendwas hast du doch.»

«Wenn ich dich so über die Männer in deinem Leben reden höre, muss ich zwangsläufig an die in meinem Leben denken», bemerkte Liz trocken.

«Gibt es da welche?» Deborah betrachtete die Zigarette.

«Na ja. Wie man's nimmt.» Liz griff nach der Handtasche und zog das Schreiben hervor. «Ich dachte an meinen ganz speziellen Brieffreund.» Sie wedelte mit dem Umschlag. «Ich glaube, ich sollte das Ding endlich öffnen», sagte sie. «Ich habe jetzt lange genug gewartet, um mir selbst zu beweisen, dass der Kerl keine Macht über mich hat.»

«Du hast ihn noch nicht geöffnet?» Deborah schob die Zigarette zurück in die Packung. «Und du hast deinem Kommissar noch nichts von den Briefen erzählt?»

«Nein», stieß Liz so laut hervor, dass die Familie am Nachbartisch erschrocken verstummte. «Das geht ihn nichts an», fügte sie mit gesenkter Stimme hinzu.

«Das geht ihn nichts an? Und was ist mit deinem Verdacht, dass der Junge von der Uni wegen seiner Recherche für dich umgebracht wurde?»

Liz schluckte. «Das habe ich Stadler erzählt. Und ich habe ihm auch gesagt, dass Jan Schneider etwas damit zu tun haben muss. Ich habe nur die Briefe nicht erwähnt.»

«Hat die Polizei schon etwas über diesen Schneider herausgefunden?»

«Leider nein. Sie warten noch auf die Unterlagen. Keine Ahnung, warum das so lange dauert. Im Fernsehen ist das immer nur ein Anruf oder ein kurzer Blick in den Computer. Im wirklichen Leben ist Polizeiarbeit ein Labyrinth aus Bürokratie. Das hätte ich mir nie so vorgestellt.»

Deborah fuhr mit dem Zeigefinger durch den Milchschaum ihres Kaffees und leckte ihn ab. «Weder der Job noch die Kommissare sind im wirklichen Leben so sexy wie im Fernsehen», verkündete sie. «Dein Herr Stadler natürlich ausgenommen.»

«Herrje Deb, du kennst ihn doch gar nicht.»

«Aber ich kriege mit, wie du auf ihn reagierst.»

«Du kriegst gleich mit, wie ich auf dich reagiere!»

«Vergebung!» Deborah hob schützend die Hände vor das Gesicht. «Mach lieber endlich den Brief auf.»

Liz nahm den Kaffeelöffel, schob ihn an der Seite in die Lasche und riss den Umschlag auf. Wieder ein einzelnes Blatt, wieder war die Nachricht mit Schreibmaschine getippt. Sie war noch knapper als alle vorherigen, bestand nur aus einem einzigen Wort: *dito*.

Montag, 28. Oktober, 10:46 Uhr

Die Sonne und die Wärme waren so unvermittelt verschwunden, wie sie gekommen waren. Gestern noch hatte sie mit Liz im Straßencafé gesessen, heute sah es aus, als bräuchte sie Wintermantel und Handschuhe, wenn sie nach draußen ging. Wind zerrte an den Ästen der Bäume, die das Rheinufer säumten, graue Wolken jagten über den Himmel. Deborah stand in der Balkontür, rauchte und dachte nach. Sie könnte hierbleiben und Liz beistehen. Die wenigen Termine, die sie in den nächsten Tagen hatte, ließen sich verschieben. Die Frage war, ob Liz das überhaupt wollte.

Deborah nahm einen tiefen Zug und versuchte, sich in ihre Freundin hineinzuversetzen. Es gelang ihr nicht. Liz und sie waren grundverschieden. Liz war verschlossen und voller Skrupel. Sie selbst würde ganz anders damit umgehen, wenn sie solche Briefe bekäme. Sie würde sie entweder ungelesen wegwerfen oder, wenn sie in ihnen eine ersthafte Bedrohung sähe, die Polizei so lange nerven, bis man die Sache richtig ernst nahm und Ermittlungen einleitete. Alles, nur nicht dieses unentschlossene Hin und Her.

Aber es stand ihr nicht zu, Liz' Verhalten zu bewerten. Sie war nicht mit einem älteren Bruder aufgewachsen, der sich als Serienmörder entpuppt hatte. So etwas warf jeden aus der Bahn. Ein Wunder, dass Liz ihr Leben trotz dieser Katastrophe so gut im Griff hatte.

Deborah drückte die Zigarette aus und warf sie vom Balkon. Ein dicker Tropfen klatschte auf ihre Hand. Jetzt fing es also auch noch an zu regnen. Na wunderbar. Sie ging zurück ins Gästezimmer, um ihren Koffer zu packen. Ein Blick auf die Uhr sagte ihr, dass sie noch fast zwei Stunden Zeit hatte, bis sie abgeholt wurde. Sie warf den Koffer auf das Bett und begann, wahllos ihre Kleidung hineinzuwerfen. Sie hatte nie zu den Frauen gehört, die alles ordentlich verstauten, um Platz zu sparen oder nichts zu verknittern. Lieber wählte sie einen großen Koffer und bügelfreie Blusen.

Vor dem Fenster hupte ein Wagen, und Deborah warf einen Blick nach draußen, dankbar für die Unterbrechung. Auf dieser Seite der Wohnung gab es keinen Rheinblick, sondern eine kleine Wohnstraße. Deborah spähte durch die Scheibe. Immer mehr Tropfen malten ein Muster auf den Bürgersteig, doch der heftige Guss ließ noch auf sich warten. Von dem Auto, das gehupt hatte, war nichts zu sehen. Auch ansonsten schien die Straße leer.

Doch dann entdeckte Deborah etwas vor der Haustür und zog erschrocken den Kopf zurück.

Montag, 28. Oktober, 11:21 Uhr

«Es gibt eine Übereinstimmung!» Georg Stadler platzte in das kleine Büro, in dem Liz mal wieder allein über den Akten saß.

«Der Fingerabdruck auf dem Bekennerschreiben?», fragte sie und musste dabei an den anonymen Brief denken, den sie selbst bekommen hatte und der so ganz anders war als die religiösen Ereiferungen des angeblichen Serienmörders.

«Eben der. Er stimmt mit einem Abdruck überein, den wir am Tatort gesichert haben. Jetzt steht fest, dass der Schreiber nicht geblufft hat, sondern tatsächlich dort war. Wir sind ganz dicht dran.» Stadlers Augen leuchteten.

«Herzlichen Glückwunsch.»

«Es ist auch Ihr Verdienst, Liz.» Stadler ließ sich auf Miguels Stuhl fallen. «Sie haben großartige Arbeit geleistet.»

«Brauchen Sie mein Profil dann überhaupt? Soll ich die endgültige Version noch formulieren? Sie haben ja die vorläufige Fassung, und Sie haben offenbar ausreichend andere Spuren, oder?»

«Aber natürlich brauchen wir das endgültige Profil.» Stadler sah sie überrascht an. «Bitte, beenden Sie Ihre Arbeit in aller Ruhe. Noch haben wir den Mann nicht.»

Liz fuhr sich durch das Haar. «Ich beziehe das Bekennerschreiben aber nicht mit ein. Auch wenn viel dafür spricht, dass es vom Täter ist, können wir es nicht mit Sicherheit sagen. Ich verwerte nur das, was mir die Tatorte sagen. Und dort spricht nach wie vor nichts für religiösen Fanatismus.»

«Vielleicht ist es Absicht. Teil der Inszenierung.»

Liz schüttelte den Kopf. «Das ergibt keinen Sinn. Wenn der Täter irgendeine religiöse Botschaft loswerden wollte oder wenn er auch nur so tun wollte, als wäre er religiös motiviert, dann hätte er bei den Taten entsprechende Hinweise deponiert. Wir hätten religiöse Symbole gefunden. Kreuze vermutlich, möglicherweise auch andere Zeichen. Aber da war absolut nichts. An keinem der Tatorte.»

Stadler drehte seinen Kopf zum Fenster und schaute nachdenklich nach draußen in den Regen. Liz ahnte, was in seinem Kopf vorging. Er fragte sich, wie sehr er ihrem Urteil trauen konnte. Auf ihm lastete die ganze Verantwortung. Auch wenn sein Chef und der Staatsanwalt sich regelmäßig vor den Kameras der versammelten Presse aufplusterten – die alltäglichen Entscheidungen traf Stadler meistens allein. Wenn er richtig lag, ernteten seine Vorgesetzten gern die Lorbeeren dafür. Aber wenn er sich irrte, war er derjenige, der in der Öffentlichkeit den Kopf dafür hinhalten musste.

Liz rieb sich die Schläfen. «Ich kann mich täuschen», sagte sie. «Es ist sehr gut möglich, dass dieser religiöse Spinner der Täter ist. Serienmörder agieren nicht immer wie im Lehrbuch. Das Gegenteil ist meist der Fall. Ich bin Theoretikerin, ich habe zwar Dutzende Fälle analysiert und so ziemlich alle Forschungsarbeiten gelesen, die es zu dem Thema gibt, aber ich habe noch nie in der Praxis einen Fall gelöst.»

Stadler wandte sich vom Fenster ab. «Das stimmt nicht. Denken Sie an die Kanalmorde.»

«Das war reine Fleißarbeit. Jeder psychologisch geschulte Kripobeamte, der die Akten in aller Ruhe durchgesehen hätte, wäre zu dem gleichen Ergebnis gekommen.»

«Aber niemand außer Ihnen hat es getan.»

Liz lächelte. «Das liegt am System. Jeder Einzelne bearbeitet nur die Fälle, die in seinen Zuständigkeitsbereich fallen. Was die anderen gerade machen, erfährt er meistens nicht.»

«Das ist leider wahr», stimmte Stadler zu. «Obwohl es inzwischen die entsprechenden Datenbanken gibt. Bedauerlicherweise werden sie noch viel zu wenig genutzt.» Er stand auf. «Ich werde mit Hochdruck nach dem Kerl suchen lassen. Aber ich bleibe für andere Optionen offen. Ich bin gespannt auf Ihr endgültiges Profil.»

Nachdem die Tür hinter Stadler zugefallen war, legte Liz die Beine auf den Tisch. Nachdenklich blickte sie auf den leeren Stuhl. Stadler war wirklich ein anständiger Kerl. Anfangs hatte sie gedacht, er wolle sie anmachen, doch da hatte sie sich offenbar getäuscht. Er behandelte sie mit Respekt, nahm ihre Ideen ernst, und nichts deutete darauf hin, dass er über das Berufliche hinaus an ihr interessiert war. Jetzt, wo sie ihn näher kannte, fand sie das beinahe schade.

Liz seufzte. Vielleicht schreckte ihre Familiengeschichte ihn ab. Sie war fast sicher, dass er sie mit anderen Augen betrachtete, seit er wusste, wer sie in Wirklichkeit war. Von der Schwester eines Serienkillers sollte man besser die Finger lassen.

Das Handy schrie. Liz fluchte. Sie hatte vergessen, Deborah zu fragen, wie man diesen blöden Klingelton änderte. Sie schaute auf das Display. Deborah. Wenn man an den Teufel dachte …

«Hi, Deb. Du musst mir unbedingt sagen, wie ich diesen verdammten Schrei aus meinem Handy kriege.»

Deborah lachte. «Warum? Passt doch prima zu deinem Job.»

«Sehr witzig.» Liz verdrehte die Augen. «Wie geht es dir? Ist mit deinem Date alles in Ordnung?»

«Mir geht es prima. Mein Verehrer kommt in einer Stunde. Ich habe nur eine kurze Frage: Kennst du einen Typen mit dunklen, leicht welligen Haaren? Normal gebaut, kein Bart, auch sonst nichts Auffälliges.»

«Die Beschreibung trifft etwa auf jeden dritten Mann zu, den ich kenne. Geht's nicht genauer?»

«Sorry, aber viel mehr kann ich nicht erkennen.»

«Du kannst nicht mehr erkennen?» Liz nahm die Beine vom Tisch. «Sag mal, Deb, wovon redest du eigentlich?»

«Ich wollte nur wissen, ob dir die Beschreibung bekannt vorkommt. Ach ja, er trägt eine Jeansjacke.»

Liz dachte an Boy, den Mann aus der Therapiegruppe. Er trug meistens eine Jeansjacke, und dunkle Haare hatte er ebenfalls. «Schon möglich, dass ich so jemanden kenne», sagte sie ausweichend. «Wieso fragst du?»

«Der Typ steht unter deinem Fenster und starrt nach oben. Und das im strömenden Regen.»

Montag, 28. Oktober, 15:32 Uhr

Die beiden nicht gekennzeichneten Vans hielten hinter einer Straßenecke, sodass sie von der Wohnung aus nicht zu sehen waren. Männer sprangen heraus, schwer bewaffnet und mit Schutzwesten und Helmen ausgestattet. Sie versammelten sich kurz um den Einsatzleiter, bevor sie ausschwärmten.

Stadler hatte nicht lange gefackelt, nachdem der Fingerabdruck zugeordnet worden war. Nach Rücksprache mit dem Staatsanwalt hatte er sofort das SEK angefordert. Bei einem mutmaßlichen Serienmörder konnte der Aufwand nicht groß genug sein. Stadler stieg aus dem Passat, mit dem er den Vans des SEK gefolgt war. Auf der Beifahrerseite öffnete Birgit Clarenberg die Tür.

«Hoffentlich ist er überhaupt zu Hause», sagte sie.

«Ich habe vor zehn Minuten angerufen und so getan, als hätte ich mich verwählt. Da habe ich ihn aus dem Schlaf gerissen.»

«Er lag im Bett?»

«Laut Verwaltung hat er diese Woche Nachtschicht.»

Langsam schlenderten Stadler und Birgit um die Straßenecke. Für einen Unbeteiligten mochten sie aussehen wie zwei gewöhnliche Spaziergänger, die sich nicht weiter für ihre Umgebung interessierten, doch der Eindruck täuschte. Ihre ganze Aufmerksamkeit galt einem Gebäude mit rotbraun verklinkerter Fassade auf der gegenüberliegenden Straßenseite, einem schlichten Mietshaus auf dem Fürstenwall, ganz in der Nähe des Evangelischen Krankenhauses.

Stadler presste die Lippen zusammen. Mit jedem Schritt wuchs seine Unruhe. Was passierte gerade hinter den Fenstern im zweiten Stock? Waren die Beamten auf Widerstand gestoßen? Warum dauerte das so lange? Er atmete ganz bewusst ein und aus, doch das Kribbeln in seinem Bauch legte sich nicht. Ein solcher Einsatz bedeutete immer ein Risiko. Einmal war er dabei gewesen, als eine Operation des SEK aus dem Ruder gelaufen war. Ein Mann, der im Zusammenhang mit einer Reihe von Wohnungseinbrüchen gesucht wurde, sollte festgenommen werden. Ein Routineeinsatz. Das SEK war hinzugebeten worden, weil der Verdächtige bei einer Jahre zurückliegenden Vernehmung aus heiterem Himmel ausgerastet war. Doch niemand hatte mit dem gerechnet, was die Beamten in der Wohnung erwartete. Der Mann war bis an die Zähne bewaffnet und eröffnete sofort das Feuer. Es gelang ihm sogar, einen Sprengsatz zu zünden, den er zuvor im Treppenhaus angebracht hatte, bevor ihn eine tödliche Kugel traf.

Als Stadler und Birgit Clarenberg die Haustür erreichten, knackte es im Funkgerät. «Zielperson gefasst. Kein Widerstand, keine weiteren Personen in der Wohnung.»

«Gott sei Dank.» Stadler stieß die Luft aus, die er unwillkürlich angehalten hatte.

Wenige Augenblicke später kam der Einsatzleiter aus dem Haus und hob den Daumen. «Alles glattgegangen. Der Kerl war lammfromm.»

«Das sind ja mal gute Nachrichten», antwortete Stadler und betrat das Gebäude. Im Treppenhaus kamen ihm zwei SEK-Beamte entgegen, die den Festgenommenen abführten: Jonathan Grothe, Geburtshelfer im Evangelischen Krankenhaus. Stadler öffnete ungläubig den Mund, als er den Mann erblickte.

Jonathan Grothe war stark übergewichtig, seine langen hellbraunen Locken hatte er mit einem Gummiband zu einem

Pferdeschwanz zusammengebunden. Bekleidet war er mit einer dunkelgrünen Jogginghose und einem orangefarbenen T-Shirt, an den Füßen trug er weinrote Clogs. Er hielt den Kopf gesenkt, als er an Stadler vorbeigeführt wurde.

«So habe ich mir den aber nicht vorgestellt», raunte Birgit Stadler zu.

«Man sieht es niemandem an», gab der zurück. «Lass die KTU herkommen. Die sollen die Wohnung auseinandernehmen. Ich möchte, dass alles, was irgendwie helfen könnte, den Kerl zu überführen, sichergestellt wird.»

Birgit nickte und zückte das Funkgerät. Während sie in den zweiten Stock stiegen, gab sie die Anweisungen durch. Oben angekommen, blieb Stadler vor der Wohnungstür stehen, wo ein weiterer SEK-Mann Wache hielt. Er wollte die Räume nicht ohne Schutzkleidung betreten.

«Wie sieht es dadrinnen aus?», fragte er den Kollegen.

«Wie 'ne Hippiebude», erwiderte der achselzuckend. «Bunte Teppiche an den Wänden, Traumfänger an den Fenstern, überall Kerzen und bestickte Kissen. Über dem Bett ein kitschiges Madonnenbildnis. Müffelt nach Räucherstäbchen.»

«Wie in der Wohnung einer Frau», sagte Stadler mehr zu sich selbst.

«Genau.» Der Mann nickte. «Was will man auch erwarten von einer männlichen Hebamme.»

«Geburtshelfer», verbesserte Stadler.

«Wie auch immer.»

Birgit schaltete sich in das Gespräch ein. «Die KTU ist unterwegs.» Neugierig spähte sie durch den Türspalt. «Glaubst du, Grothe ist unser Mann, Georg?»

Stadler fuhr sich mit der Hand über die Stirn. Es schien alles zu passen. Die Fingerabdrücke von Jonathan Grothe waren nicht nur am Tatort sichergestellt worden, sondern auch auf dem Umschlag des anonymen Bekennerschreibens. Die Abdrücke aus dem Kreißsaal bewiesen natürlich nichts, der Mann arbeitete schließlich dort. Genau das war jedoch auch das Interessante, denn es löste das Rätsel, wie der Täter unbemerkt mit seinem Opfer bis zum Tatort gelangen konnte. Grothe hatte berufsbedingt die Möglichkeit, sich unauffällig im Krankenhaus zu bewegen. Er fiel nicht auf, weil er dazugehörte. Hinzu kamen einige andere Punkte, die für Grothe als Täter sprachen. Er wirkte so harmlos, dass es für ihn vermutlich leicht war, sich einer Frau zu nähern, ohne deren Misstrauen zu erregen. Zudem schien er eine ausgeprägt feminine Seite zu haben, mit der er womöglich haderte. Hatte Elisabeth Montario nicht etwas von einem unterdrückten Drang, Frauenkleider zu tragen, erzählt? Und hier hatten sie einen Verdächtigen, der ausgerechnet als Geburtshelfer arbeitete, einen Pferdeschwanz trug und in seiner Wohnung Räucherstäbchen abbrannte. Das passte doch.

«Ich hoffe es», antwortete Stadler auf die Frage seiner Kollegin. «Ich will, dass dieser Wahnsinn ein Ende hat.»

Montag, 28. Oktober, 18:15 Uhr

Liz zögerte, bevor sie Gas gab und den Golf in den dunklen Schlund der Garageneinfahrt lenkte. Für Sekundenbruchteile blitzten die Bilder der ermordeten Tanja Matzurka vor ihren Augen auf, dann sprang die flimmernde Beleuchtung der Garage an und machte dem Spuk ein Ende. Sie stellte den Wagen auf seinem Platz in der Nähe des Aufzugs ab und stieg aus. Der Mörder von Tanja Matzurka konnte sie nicht mehr erschrecken, er war gefasst.

Stadler hatte sie einen Blick auf den Festgenommenen werfen lassen, bevor er im Vernehmungszimmer verschwand und sie nach ihrer Meinung gefragt. Was hätte sie sagen sollen? Der Mann sah nicht so aus, wie sie es erwartet hatte. In ihrer Vorstellung war der Täter unauffällig und kontrolliert. Jemand, der in der Menge verschwand, nicht jemand, der unter anderen Menschen auffiel wie ein Osterhase zu Weihnachten. Sie war davon ausgegangen, dass der Mörder eher konservative Wertvorstellungen hatte, dass ihm seine Männlichkeit wichtig war und er alles Feminine an seinem Erscheinungsbild unterdrückte.

Doch all das hatte sie Stadler nicht gesagt. Sie hatte behauptet, dass sie allein anhand seines Aussehens keine Rückschlüsse ziehen wolle, und ihm bei der Vernehmung viel Erfolg gewünscht. Vielleicht täuschte sie sich und er war tatsächlich der Täter. Vielleicht rührte ihr ungutes Gefühl daher, dass sie sich über ihre Fehleinschätzung ärgerte. Verletzter Stolz.

Liz knallte die Wagentür zu. Nein, es war noch etwas anderes. Sie wollte sich nicht blamieren. Bisher hatte sie der Polizei gute Hinweise geliefert. Stadler schien sehr angetan von ihren Fähigkeiten, und das schmeichelte ihr. Wenn sie jetzt eine falsche Einschätzung abgab, wenn sie sich in Bezug auf Grothe täuschte und er doch der Täter war, würde das alles ändern.

Wütend schloss Liz den Golf ab. Es ärgerte sie, dass Stadlers Meinung ihr wichtig war. Dass sie ihm gefallen wollte. Wie albern!

Hinter ihr knackte es. Liz fuhr herum, doch es war nur das Garagentor, das sich geräuschvoll wieder schloss.

Sie lief zum Aufzug und drückte den Knopf. Morgen würde sie ein letztes Mal ins Präsidium fahren, darum hatte Stadler sie gebeten. Dann war ihre Arbeit dort beendet. Ein guter Zeitpunkt, sich auf die Stelle in Heidelberg zu bewerben.

Die Wohnung wirkte leer ohne Deborah. Liz hatte sich an ihre Gesellschaft gewöhnt, an die Unordnung, ihre bohrenden Fragen, die sie daran hinderten, vor sich selbst davonzulaufen.

Auf dem Esstisch lag ein Zettel.

Meine liebe Liz,
ich verlasse dich nur ungern, aber mein Date wartet unten im Auto. Wünsch mir Glück! Ich ruf dich an, wenn ich zurück in München bin.
Lass dich nicht unterkriegen!
Deb

Lächelnd fuhr Liz mit dem Finger über das Papier. Nein, sie würde sich nicht unterkriegen lassen. Weder von dem Briefschreiber noch von ihren dummen Ängsten.

Sie ging ins Gästezimmer, um das Bett abzuziehen, in dem Deborah geschlafen hatte. Als sie fertig war, fiel ihr Deborahs

Anruf wieder ein, und sie warf einen neugierigen Blick aus dem Fenster. Erst glaubte sie sich zu täuschen, doch dann war sie sicher, dass dort unten jemand stand und heraufblickte.

Dienstag, 29. Oktober, 12:14 Uhr

Stadler hatte sie gleich morgens mit der guten Nachricht empfangen. Jonathan Grothe hatte noch in der Nacht den Mord an Tanja Matzurka gestanden. Allerdings nur den. Und er hatte sich geweigert, detaillierte Angaben zu machen, was den Tathergang betraf.

«Es kann Tage dauern, bis wir die ganze Wahrheit aus ihm herausgeholt haben», hatte Stadler erklärt. «Aber das ist normal. Solche Verhöre durchlaufen verschiedene Phasen. Da sind Ausdauer und gute Nerven gefragt. Birgit und ich haben uns die halbe Nacht um die Ohren geschlagen, jetzt sind frische Kollegen dran.»

Liz hatte ihm zu dem Erfolg gratuliert und sich daran gemacht, ihren abschließenden Bericht zu schreiben und ihre Sachen zusammenzupacken. Es erschien ihr ziemlich sinnlos, das Profil fertigzustellen, jetzt, wo der Täter gefasst war. Zudem war es unprofessionell. Ein Täterprofil beschrieb immer einen unbekannten Täter anhand der Situation am Tatort. Keinesfalls durften in diese Arbeit Eindrücke von Verdächtigen einfließen, sie verfälschten das Bild. Doch Liz war dem mutmaßlichen Täter begegnet. Wie sollte sie jetzt ein Profil erstellen, unbeeinflusst von dem Anblick des übergewichtigen Mannes im orangefarbenen T-Shirt? Unbeeinflusst von ihrem Wissen über seinen Beruf und seinen religiösen Eifer?

Stadler war das ebenfalls bewusst. «Halten Sie Ihr Wissen über Grothe da raus», hatte er ihr zugeraunt. «Und datieren Sie den Abschlussbericht auf gestern. Ich glaube zwar nicht, dass das Profil vor Gericht eine Rolle spielen wird, aber man weiß ja nie.»

Glücklicherweise hatte Liz das Profil ohnehin fast fertig. Sie hatte überlegt, möglichen religiösen Fanatismus zu ergänzen, ein oder zwei Sätze hinzuzufügen, die ihre Fähigkeiten als Profilerin in einem besseren Licht erscheinen ließen, falls Grothe sich tatsächlich als der gesuchte Serienkiller erwies. Sie hatte mit sich gerungen, dann aber beschlossen, sich selbst treu zu bleiben. Auch auf die Gefahr hin, sich zu blamieren.

Sie hatte sich bereits von Miguel, Birgit und einigen anderen Kollegen verabschiedet, jetzt stand sie mit Stadler auf dem Flur.

«Ich habe einige Neuigkeiten, was den anderen Fall angeht», sagte er leise. «Doch ich möchte ungern hier darüber sprechen. Eigentlich dürfte ich Ihnen nämlich gar nichts dazu sagen. Lust auf ein frühes Mittagessen?»

Liz lächelte. «Schulden Sie mir nicht ohnehin noch eine Einladung?»

«Da hatte ich mir eigentlich etwas anderes vorgestellt. Aber meinetwegen.» Er griff nach seiner Jacke.

Sie fanden einen kleinen Tisch bei einem Italiener in der Lorettostraße. Beide tranken Wasser zu ihrer Pasta. Während sie aßen, plauderten sie über Belanglosigkeiten. Erst als Stadler seinen Espresso getrunken und Liz Zucker in ihren Milchkaffee gerührt hatte, fragte sie: «Was wollten Sie mir denn auf dem Präsidium nicht sagen?»

In Stadlers Gesicht zuckte es kurz, und für einen Moment dachte Liz, er hätte die angeblich vertrauliche Information als Vorwand benutzt, um sie zum Essen einzuladen. Doch dann begann er zu erzählen. «Ruben Keller. Wir haben Teile der Daten auf seiner Festplatte entschlüsselt. Vieles ist völlig belanglos, manches ergibt nicht mal Sinn. Eine Sache jedoch ist äußerst bemerkenswert: Keller hat sich offenbar für einen Mann interessiert, der im September mit einem Mietwagen in Norddeutschland war. Der Mann übernachtete in einem Hotel in Husum, in dem in der gleichen Nacht ein Feuer ausbrach. Die Ursache wurde rasch gefunden. Ein älterer Herr hatte im Bett geraucht und einen Herzanfall erlitten. Der Klassiker. Der Mietwagenfahrer wurde wie alle anderen Hotelgäste als Zeuge befragt. Ende der Geschichte.»

Liz runzelte die Stirn. «Und was ist daran so ungewöhnlich? War es kein Unfall, sondern Brandstiftung?»

«Ich habe heute Morgen mit den Kollegen vor Ort telefoniert. Es gab keine Hinweise auf Brandstiftung. Es hat tatsächlich nur in dem einen Zimmer gebrannt, in dem der alte Herr untergebracht war, und Brandherd war das Bett. Brandbeschleuniger wurden nicht gefunden. Nur die Zigarette. Die Feuerwehr war innerhalb von wenigen Minuten vor Ort und hat Schlimmeres verhindert.»

«Und warum sollte Ruben sich für diese Geschichte interessiert haben?»

Stadler sah sie an. «Der Mann mit dem Mietwagen nannte sich Jan Hendricks. Unter der angegebenen Adresse in Neuss ist aber niemand mit diesem Namen gemeldet. Dort kennt man ihn überhaupt nicht.»

Liz war es plötzlich kalt. Instinktiv umfasste sie die heiße Kaffeetasse. «Jan Hendricks?»

Stadler nickte.

Liz' Gedanken überschlugen sich. «Ich lasse Ruben Keller nach einem Jan Schneider suchen, der vor sechzehn Jahren Feuer in einer Haftanstalt legte, und zwar in der Nacht, in der mein Bruder Hendrik dort starb», fasste sie zusammen. «Und Ruben stößt auf einen Mann, der sich Jan Hendricks nennt, aber mit gefälschter Identität unterwegs ist und zufällig bei einem Hotelbrand anwesend. Wie hängt das alles zusammen?»

Stadler zuckte mit den Schultern. «Das begreife ich auch nicht. Doch die Sache fängt an, richtig interessant zu werden. Leider habe ich noch immer nicht die Akten über Jan Schneider erhalten. Ich weiß auch nicht, was da in Bonn los ist. Ich werde noch einmal Druck machen. Und wir werden nachforschen, ob dieser falsche Jan Hendricks noch anderswo aufgetaucht ist.»

«Sie wissen also noch immer nicht, wo Jan Schneider augenblicklich lebt? Sein Bewährungshelfer müsste doch die Anschrift kennen, oder?»

«Das sehe ich auch so. Aber die Kollegen mauern. Immerhin habe ich in Erfahrung gebracht, dass Schneider finanziell unabhängig ist. Seine Eltern starben schon vor Jahren, ich glaube, sogar noch vor seiner Verurteilung wegen Brandstiftung und Mordes. Schneider hat mehrere Immobilien und ein paar dicke Aktienpakete geerbt. Ein Vermögensverwalter hat sich in all den Jahren um sein Erbe gekümmert.»

«Das macht es nicht leichter, ihn zu finden», murmelte Liz. Ein Gedanke kam ihr, doch bevor sie ihn festhalten konnte, summte Stadlers Handy auf dem Tisch.

Er warf einen Blick darauf. «Eine SMS von Birgit. Ich hatte sie gebeten, noch einmal mit den Kollegen der Polizeidirektion Husum zu sprechen. Sie sollte fragen, wer der Mann war, der in seinem Bett verbrannte. Man weiß ja nie.» Stadler öffnete die Nachricht und erstarrte.

«Und?» Liz' Herz schlug schneller.

«Jetzt wird's wirklich spannend», sagte Stadler und legte das Handy zurück auf den Tisch.

«Was?» Liz hätte die Informationen am liebsten aus ihm herausgeschüttelt.

«Ich denke, wir müssen davon ausgehen, dass es sich bei Jan

Schneider und Jan Hendricks um ein und dieselbe Person handelt. Und nicht nur das: Ich fürchte, der Kerl ist eine tickende Zeitbombe.»

«Wieso? Was ist mit ihm?»

«Nicht mit ihm», verbesserte Stadler. «Mit dem Toten in Husum. Wir wissen jetzt, wer er war.»

«Nun sagen Sie schon!» Liz' Hände waren inzwischen taub vor Kälte, trotz der heißen Tasse.

Stadler beugte sich vor. «Oliver Ziegler. Pensionierter Richter der 3. großen Strafkammer am Bonner Landgericht. Er hatte beim Prozess gegen Jan Schneider den Vorsitz.»

Dienstag, 29. Oktober, 16:23 Uhr

«Georg?»

Stadler drehte sich um und sah Birgit Clarenberg in der Bürotür stehen. Er war auf dem Weg ins Vernehmungszimmer, um die Kollegen abzulösen. Diesmal würde Miguel die Vernehmung mit ihm durchführen, sie wollten ausprobieren, ob Grothe ohne die Anwesenheit von Frauen leichter auftaute. «Habe ich was vergessen?»

«Nein.» Birgit zögerte. «Ich würde dich trotzdem gern kurz unter vier Augen sprechen. Bitte.»

Verwundert sah Stadler sie an. Birgit war nicht die Frau, die Probleme hatte auszusprechen, was ihr auf der Zunge lag, schon gar nicht ihm gegenüber. Sie waren seit Jahren ein eingespieltes Team und vertrauten einander. Außerdem hatten sie gerade zwei Stunden gemeinsam im Büro gesessen, wieso rief sie ihn jetzt zurück?

Zögernd kehrte er um. «Was gibt es denn?»

«Mach die Tür zu.»

Er gehorchte und blieb abwartend stehen.

Birgit hatte sich auf der Kante des Schreibtischs niedergelassen. «Ich habe hin und her überlegt, aber es hilft nichts, ich muss mit dir darüber reden. Du weißt, dass ich mich normalerweise nicht in dein Privatleben einmische», begann sie. «Ich möchte dich trotzdem etwas fragen.»

Stadler hob eine Augenbraue. «Schieß los.»

«Läuft etwas zwischen dir und der Psychologin?»

Fassungslos starrte er sie an. «Was soll der Quatsch? Dafür rufst du mich zurück? Ich glaube nicht, dass es dich oder irgendjemanden hier etwas angeht.»

«Ist das ein Ja?»

«Nein», blaffte er zurück. «War es das?»

Birgit hob die Hände. «Bitte, sei nicht gleich sauer, es gibt einen Grund für meine Frage.»

«Ach?»

«Du warst letzte Woche abends mit Linda verabredet, stimmt das?»

«Wie kommst du darauf?»

Birgit strich ihren Rock glatt. «Sie hat es mir erzählt. Ich glaube, sie ist ziemlich verknallt in dich.»

Stadler senkte den Kopf. «Ja, wir waren verabredet, aber es lief nicht so gut.»

«Das dachte ich mir. Jedenfalls habe ich Linda am nächsten Morgen gesehen, und sie war nicht gut drauf.»

Stadler dachte an den Trauerfall, von dem Jürgen ihm erzählt hatte, doch er sagte nichts.

«Ich könnte mir vorstellen, dass du Linda versetzt hast, weil dir Liz Montario besser gefällt.» Birgit beobachtete ihn wachsam, so als wäre sie auf einen Schlag gefasst, doch ihr Gesichtsausdruck war fest entschlossen.

«Tut sie das?» Stadler verschränkte die Arme.

«Man muss schon blind sein, um nicht zu sehen, wie tief beeindruckt du bist. Und dass sie eine andere Liga ist als Linda Franke.»

«Birgit, was soll das alles?», fragte Stadler, der allmählich die Geduld verlor. «Wenn ich Linda vor den Kopf gestoßen habe, tut mir das leid. Aber es gibt dir nicht das Recht, dich einzumischen. Und vor allem ist das kein Grund, mich von einer wichtigen Vernehmung abzuhalten.»

«Du weißt, dass Linda verschwunden ist?»

Stadler fiel die Kinnlade runter. «Ich dachte …»

«Der angebliche Trauerfall, ich weiß. Sie hat sogar angerufen und Sonderurlaub beantragt. Aber daran glaube ich nicht. Jessica Block aus dem KK 12 war heute bei Linda zu Hause, um nach dem Rechten zu sehen. Die beiden sind befreundet, und Jessica hat einen Schlüssel zu Lindas Wohnung, um die Blumen zu gießen, wenn Linda im Urlaub ist. Jedenfalls war Linda seit Tagen nicht dort. Im Kühlschrank vergammeln die Lebensmittel, das Bett ist gemacht und unbenutzt.»

«Na, ich denke, sie ist bei ihrer Familie», wandte Stadler ein.

«Jessica hat Lindas Schwester angerufen. Es gibt keinen Trauerfall.»

«Verdammt! Und das erzählst du mir erst jetzt?»

Birgit blickte ihn unverwandt an. «Ich wusste ja nicht, wie ernst es ist. Linda hat schließlich auch ein Recht auf Privatleben. Und auf ein bisschen Liebeskummer.»

«Du glaubst, sie ist aus Liebeskummer untergetaucht?» Stadler wurde kalt ums Herz. Er dachte an die schmale Gestalt, die wortlos in die Nacht verschwunden war, wütend, verletzt. Aber war sie nicht am nächsten Tag noch zur Arbeit gekommen?

Birgit zuckte mit den Schultern. «Ich weiß ja nicht, was an dem Abend zwischen euch vorgefallen ist. Deshalb wollte ich es dir erzählen. Du kannst das besser beurteilen.»

Stadler fuhr sich mit der Hand durch das Haar. Eigentlich sollte er längst im Vernehmungszimmer sein, Miguel wartete bestimmt schon. Andererseits war er womöglich schuld daran, dass Linda sich irgendwo verkrochen hatte und ihre Wunden leckte. Er konnte nicht einfach zur Tagesordnung übergehen und so tun, als ginge ihn das nichts an. Warum hatte er bloß seine eiserne Regel verletzt? Warum hatte er sich auf diese

Verabredung eingelassen? Er kannte den Grund. Er hatte Linda falsch eingeschätzt. Sie hatte ihm erfolgreich vorgespielt, dass sie ebenso wie er ihre Freiheit liebte und nicht mehr als ein Abenteuer im Sinn hatte. Mit seiner Menschenkenntnis war es nicht weither, zumindest, was Frauen anging.

«Hat Jessica die Schwester gefragt, wo Linda in einer solchen Situation sein könnte?»

«Ich glaube, sie wollte nicht die Pferde scheu machen. Sie hat nicht erzählt, dass Linda schon seit ein paar Tagen weg ist.» Sie musterte ihn. «Hätte sie denn Grund, verletzt zu sein? Was ist passiert?»

«Nichts», antwortete Stadler. «Es ist nichts passiert, das ist es ja gerade. Wir waren was trinken, danach hat Linda mich zu sich eingeladen, doch ich habe abgelehnt.»

«Das ist alles? Du musst ihr doch irgendwie Hoffnung gemacht haben.»

Stadler seufzte. «Ich war womöglich nicht ganz so abweisend, wie ich es hätte sein sollen. Aber ich konnte ja nicht ahnen, dass sie es sich so zu Herzen nimmt. Versteh einer die Frauen!»

Birgit sah ihn nachdenklich an. «Hoffen wir, dass es tatsächlich nur Liebeskummer ist.»

«Wie meinst du das?», fragte Stadler erschrocken.

«Na ja, wenn sie nicht deinetwegen untergetaucht ist, muss es einen anderen Grund geben. Und dann müssen wir auch in Erwägung ziehen, dass sie nicht freiwillig von der Bildfläche verschwunden ist.»

Dienstag, 29. Oktober, 17:42 Uhr

Feuerhexe heulte wieder einmal. Liz tat die Frau leid, sie konnte nur erahnen, welche Qualen sie Tag für Tag litt. Häufig half es Liz, hautnah zu erleben, dass andere Menschen gleich Schlimmes oder sogar Schlimmeres durchgemacht hatten als sie selbst. Doch nicht immer hatte sie die Kraft, gelassen zu bleiben. Heute ging ihr Feuerhexe auf die Nerven, und sie war nicht die Einzige. Eben hatte sie einen Blick mit Boy getauscht, und er hatte die Augen verdreht und ihr zugezwinkert.

Es kam ihr lächerlich vor, dass sie geglaubt hatte, dieser Mann könne vor ihrem Fenster Stellung bezogen haben wie ein feiger Stalker. Seine ganze Ausstrahlung war viel zu selbstbewusst und souverän. Einer wie er hatte es nicht nötig, einer Frau hinterherzuspionieren, er konnte sie einfach ansprechen.

Es war plötzlich stiller geworden. Liz blickte auf. Schattenkind hatte Feuerhexe in den Arm genommen und tröstete sie mit leisen Gurrlauten. Es schien zu helfen.

Monika wartete lächelnd ab. «Danke, Schattenkind», sagte sie dann. «Ich glaube, du hast Feuerhexe heute sehr geholfen.»

Schattenkind wurde rot und schlich auf ihren Platz zurück.

Monika wandte sich in die andere Richtung. «Boy, wie war deine Woche?»

Boy schaute kurz zu Liz, bevor er antwortete. Er wirkte mit einem Mal überhaupt nicht mehr souverän. Im Gegenteil, er sah aus, als hätte er ein schlechtes Gewissen. Verdammt! Hatte er womöglich doch etwas zu verbergen? Verbrachte er seine

Freizeit damit, unter Liz' Fenster zu stehen? Aber warum? Was wollte er von ihr?

Der Rest des Abends verlief unspektakulär. Boy vermied es, Liz noch einmal anzusehen, und als Liz an der Reihe war, erzählte sie von Rubens Tod, ohne genau zu erklären, warum sie sich seinetwegen schuldig fühlte.

Auf dem Parkplatz wartete Liz auf Boy und sprach ihn an. Besser den Stier bei den Hörnern packen, als sich eine weitere Woche mit Zweifeln plagen. «Du bist heute auch mit dem Auto da?», fragte sie. «Ich dachte, du wohnst in der Nähe und kommst immer zu Fuß?»

Sie trafen sich in Wersten, einem Stadtteil in der Nähe der Universität. Der Treffpunkt war einer der Gründe gewesen, warum Liz gerade diese Gruppe ausgewählt hatte. Sie musste sich jedes Mal überwinden herzukommen, denn sie hasste es, ihre tiefsten Ängste vor Fremden auszubreiten. Aber die Nähe zu ihrem Arbeitsplatz machte es ihr schwerer, sich Ausreden auszudenken. Als sie der Gruppe beigetreten war, hatte sie ihr Seminar dienstags gegeben, sodass sie direkt im Anschluss zu den Treffen fahren konnte.

«Ich bin heute nicht von zu Hause aus hergekommen», antwortete Boy, ohne sie anzusehen. «Ich hatte vorher noch was zu erledigen.»

«Ach so», sagte Liz gedehnt. «Ich wohne eigentlich auch ganz nah, aber ich bin zu bequem, um zu laufen.» Das war glatt gelogen, bis nach Benrath wäre sie zu Fuß mindestens eine halbe Stunde unterwegs, aber sie wollte ihn testen.

In Boys Gesicht zuckte es kurz, seine braunen Augen wirkten mit einem Mal fast schwarz. Liz war plötzlich ganz sicher, dass er genau wusste, wo sie wohnte.

«Lust, noch irgendwo etwas trinken zu gehen?», fragte er, den Blick starr auf den Boden gerichtet.

«Nein.»

Er zuckte zusammen wie unter einem Schlag.

«Ich meine, Lust schon», verbesserte Liz sich rasch. «Aber keine Zeit. Leider. Vielleicht nächste Woche?»

«Ja, vielleicht.» Er wandte sich ab.

Liz blickte ihm nach, bis er nicht mehr zu sehen war. Sie wurde nicht schlau aus ihm. Mal wirkte er lässig und selbstbewusst, mal ängstlich und verklemmt. Wie ein schillernder Fisch, der die Farbe wechselte, je nachdem, wie das Licht auf seine Schuppen fiel.

Irgendwo sprang ein Motor an, Scheinwerfer frästen sich durch das Schummerlicht des Parkplatzes, dann wurde es wieder still. Erst jetzt fiel Liz auf, wie einsam der Platz gelegen war. Nur ganz entfernt hörte man Verkehrslärm, das Pulsieren der Lebensadern der Stadt. Um sie herum jedoch herrschte absolute Stille.

Hastig machte Liz sich auf den Weg zu ihrem Wagen, der unter einer Laterne stand. Das Licht fiel so auf die schmutzige Heckscheibe, dass sie die Worte sofort erkannte, die jemand in den Schmutz geschmiert hatte:

Ich hatte dich gewarnt.

Mittwoch, 30. Oktober, 9:24 Uhr

Nachdenklich betrachtete Liz den Golf, der vor dem Haus am Straßenrand stand. Gestern war wieder einer der Abende gewesen, an denen sie nicht gewagt hatte, in die Garage zu fahren. Den Schriftzug hatte sie hastig weggewischt, wütend über die Angst, die ihr der Unbekannte einjagte. Dumm von ihr, denn an der Heckscheibe hätte die Polizei womöglich Fingerabdrücke sichern können. Dazu hätte sie jedoch Stadler von den anonymen Briefen erzählen müssen, und das wollte sie nicht. Er wusste ohnehin schon viel zu viel über sie.

Was für ein Schlamassel. Dabei hatte sie in Düsseldorf endlich zur Ruhe kommen wollen. Sie mochte die Stadt, verband schöne Erinnerungen mit ihr, aus einer Zeit, als ihre Welt noch heil gewesen war. Als kleines Mädchen war sie oft mit ihrer Mutter zum Einkaufen nach Düsseldorf gefahren, nur Mama und sie. Frauentag, hatten sie es genannt. Sie waren über die Kö geschlendert, hatten die Boutiquen unsicher gemacht und ein paar unverschämt teure Accessoires erstanden, einen Seidenschal oder ein Paar Ohrringe, und am Ende hatten sie irgendwo gegessen, am liebsten mit Blick auf den Rhein. Später durfte Liz auch allein mit ihren Freundinnen in die Stadt fahren, doch die Freude an der neuen Freiheit hatte nicht lange gewährt.

An diese schönen Erinnerungen hatte Liz anknüpfen wollen, als sie sich für Düsseldorf als Wohnort entschied. Und in mancher Hinsicht war die Rechnung aufgegangen. Sie fühlte sich wohl in der Stadt und empfand sie als ihr Zuhause. Zumindest hatte sie bis vor wenigen Wochen so empfunden. Bis sie den ersten Brief erhalten hatte.

Liz trat vom Fenster weg und ging in die Diele. Sie sollte ihre Mutter anrufen. Sofort. Bevor ihr wieder eine Ausrede einfiel. Sie schob das Gespräch schon viel zu lange vor sich her.

Sie drückte die Kurzwahltaste und lauschte dem Rufton. Niemand hob ab. Liz war erleichtert und schämte sich dafür. Sie verbrachte den Vormittag damit, die Wohnung gründlich aufzuräumen, und versuchte, dabei an nichts zu denken. Sie wusch Wäsche, putzte das Bad und die Küche und fuhr sogar ins Gartencenter, um winterfeste Pflanzen für den Balkon zu kaufen. Es gab ihr das Gefühl, einen Teil ihres Lebens für sich zurückzuerobern.

Zum Mittagessen schob sie eine Tiefkühlpizza in den Backofen. Während sie aß, sah sie unter dem Sofa etwas blinken. Sie stand auf und hob den Gegenstand auf. Deborahs Handy. Verwundert betrachtete sie das Telefon. Deborah hatte sich noch gar nicht gemeldet, seit sie am Montag abgereist war. Bisher hatte Liz sich nicht weiter darüber gewundert. Es war nicht Deborahs Angewohnheit, anzurufen und mitzuteilen, dass sie gut angekommen war. Im Gegenteil, es war normal, dass Liz wochenlang nichts von ihrer Freundin hörte. Doch wenn Deborah ihr Handy hier vergessen hatte, hätte ihr das längst auffallen müssen.

Deborah hatte sich mit ihrer Supermarktbekanntschaft treffen wollen, bevor sie abreiste. Der Typ schien ihr ziemlich den Kopf verdreht zu haben. Vermutlich hatte sie deshalb in der Aufregung gar nicht gemerkt, dass sie das Telefon nicht dabeihatte. Möglicherweise nahm sie an, dass sie es im Zug verloren hatte, und hatte deshalb nicht bei Liz nachgefragt.

Liz ging in die Diele und wählte Deborahs Festnetznummer. Doch wieder hob niemand ab. Nach einer Weile sprang der Anrufbeantworter an.

«Hi, Deb, Liz hier. Ich hoffe, du bist gut angekommen. Rate mal, was ich gerade gefunden habe: dein Handy. Ich schätze, du hast es schon vermisst. Soll ich es dir per Post schicken? Ruf mich an.»

In dem Moment, als Liz auflegte, klingelte das Telefon. Erschrocken hob sie wieder ab. «Deb?»

«Frau Montario? Georg Stadler hier.»

«O, ich dachte, es wäre meine Freundin. Hallo, Herr Stadler.»

«Ich hoffe, Sie sind nicht allzu sehr enttäuscht?»

Flirtete er mit ihr? Oder war sie mal wieder hypersensibel? «Wie kann ich Ihnen helfen?», fragte sie förmlich.

«Hätten Sie Zeit, aufs Präsidium zu kommen? Es gibt Neuigkeiten.»

Mittwoch, 30. Oktober, 14:26 Uhr

«Schön, dass Sie da sind.» Georg Stadler reichte Liz die Hand. Seine Freundlichkeit wirkte bemüht. Er sah frustriert aus. «Kommen Sie bitte mit.»

Schweigend führte er Liz in sein Büro und bot ihr einen Stuhl an, bevor er sich selbst hinter dem Schreibtisch niederließ. Birgit Clarenbergs Platz war verwaist, der Bildschirm ihres Computers dunkel.

«Heute ganz allein?», fragte Liz, die das Schweigen nicht länger aushielt.

«Birgit hat etwas zu erledigen.» Seine Worte klangen, als habe er eigentlich sagen wollen: «Fragen Sie nicht nach Dingen, die Sie nichts angehen.»

Liz schwieg betroffen.

Stadler rieb sich die Augen. «Entschuldigen Sie. Aber es läuft gerade nicht so rund. Wir haben viel zu wenig Leute für all die Spuren, denen wir nachgehen müssen. Und eine Kollegin ...» Er winkte ab. «Das führt jetzt zu weit.»

«Was haben Sie denn für Neuigkeiten?», fragte Liz, um das Thema zu wechseln. Den Funken Neugier, den Stadler mit seiner Andeutung in ihr entfacht hatte, unterdrückte sie. Obwohl sie zu gern gewusst hätte, welche Kollegin es geschafft hatte, Stadler derartig unter die Haut zu gehen. Und vor allem wie.

«Leider noch nichts über Jan Schneider», antwortete Stadler und lächelte entschuldigend. «Es geht um etwas anderes. Ich wüsste gern Ihre Meinung zu dem Verdächtigen, den wir festgenommen haben.»

Liz fiel es schwer, ihre Enttäuschung zu verbergen. Sie wollte nichts mehr von den Serienmorden wissen, denn sie vermittelten ihr das Gefühl, versagt zu haben. Nach dem sensationellen Erfolg ihrer Dissertation, mit der sie einen bis dahin unbemerkt mordenden Serientäter überführt hatte, schmeckte ihre erste echte Zusammenarbeit mit der Polizei schal. Auch wenn sie einige nützliche Hinweise hatte geben können – der große Coup war ausgeblieben.

«Ich verstehe nicht ganz», sagte sie zögernd.

«Die Situation hat sich geändert. Es kann sein, dass wir ihn laufenlassen müssen.»

Ein heißer Schreck durchfuhr Liz. Das Täterprofil! Hatte sie es an Grothe angepasst? Sie hatte mit dem Gedanken gespielt, aber hatte sie es getan? Liz überlegte fieberhaft. Nein, je länger sie darüber nachdachte, desto mehr war sie überzeugt, dass sie der Versuchung widerstanden hatte.

«Was ist los?», fragte Stadler besorgt. «Sie sehen aus, als hätten Sie einen Geist gesehen.»

Liz fing sich wieder. «Ich bin nur überrascht. Warum müssen Sie Grothe laufenlassen? Ich dachte, er hätte gestanden?»

Stadler lehnte sich im Stuhl zurück. «Er hat das Geständnis zurückgenommen, nachdem er sich mit seinem Anwalt beraten hat. Er streitet ab, etwas mit den Morden zu tun zu haben. Wir hätten ihn zu sehr unter Druck gesetzt, deshalb hätte er gestanden.» Er legte die Hände zusammen. «Wir haben ihn nicht gerade mit Samthandschuhen angefasst, das stimmt. Aber wir haben bestimmt kein Geständnis aus ihm herausgepresst. Im Gegenteil, er schien ganz begierig darauf, uns alles haarklein zu erzählen.»

Liz nickte nachdenklich. «Und der Brief?»

«Den hat er geschrieben. Er sagt, er hätte eine Erscheinung gehabt, die Heilige Mutter Gottes habe ihm die Worte diktiert.» Stadler verzog den Mund, als hätte er in eine Zitrone gebissen.

«Aha.»

«Ich werde nicht schlau aus dem Kerl. Entweder ist er ein harmloser Spinner oder ein besonders durchtriebener Mörder. Ich werde ihn noch einmal befragen, dann muss ich ihn laufenlassen. Wir haben nichts gegen ihn in der Hand.»

«Und ich soll dabei sein?»

«Ja, bitte.»

«Also gut.» Ein neues Gefühl machte sich in Liz breit. Neugier. Jagdfieber.

Sie machten sich auf den Weg ins Vernehmungszimmer, wo der Beschuldigte und sein Anwalt bereits warteten. Jonathan Grothe trug keine Jogginghose mehr, sondern eine Jeans, und das T-Shirt war heute schwarz. Sein Anwalt war klein, schmal gebaut und schlecht rasiert. Misstrauisch beäugte er Liz über seine Lesebrille hinweg, bevor er sich neben seinen Klienten setzte.

«Sie wissen, dass dieses Gespräch absolut freiwillig ist», betonte er, kaum dass sie Platz genommen hatten. «Mein Mandant kommt Ihnen damit sehr entgegen.»

«Ich weiß», erwiderte Stadler. «Und ich bin ihm dankbar dafür.» Er wandte sich an Grothe. «Bitte erzählen Sie uns noch einmal, was am vergangenen Donnerstag geschehen ist, nachdem Sie Ihren Dienst angetreten haben.»

Grothe hob kurz den Kopf, sah erst Liz an, dann Stadler und zuletzt seinen Anwalt, der ihm zunickte. «Ich bin mit dem Fahrrad zum Dienst geradelt», begann er mit einer überraschend tiefen Stimme. «Wie immer, wenn es nicht regnet. Ich bin hoch auf die Station und habe mich umgezogen.»

«Haben Sie in die Kreißsäle geschaut? War noch jemand da?»

«In Kreißsaal 1 hatte wohl gerade eine Frau entbunden, Hanna war dort und hat aufgeräumt. Und Brigitte ist mir auf dem Flur begegnet, sie war auf dem Weg in den Gymnastikraum, sie macht ja die Geburtsvorbereitung am Donnerstagnachmittag. Sonst habe ich niemanden gesehen. Ich bin in den Aufenthaltsraum, habe mich umgezogen und Tee gekocht.»

«Wie lange hat das gedauert?»

«Keine Ahnung.» Grothes rechtes Auge zuckte, während er sprach. «Zehn Minuten vielleicht.»

«Haben Sie in der Zeit etwas gehört?»

«Natürlich. In einem Krankenhaus ist es nie völlig still. Türen, Schritte, Stimmen. Klar habe ich was gehört.» Er sah Stadler trotzig an.

«Und weiter?»

«Irgendwann bin ich in den Kreißsaal 2 gegangen, weil ich sehen wollte, ob alles bereitliegt und da ...»

«Ja?»

«Da war sie.» Wieder zuckte sein Auge. «Die Frau. Sie wissen schon.»

Liz beugte sich vor. «Haben Sie sich die Tote näher angesehen?»

Grothe schüttelte so heftig den Kopf, dass sein Zopf hin und her flog. «Nur von der Tür aus.»

«Aber Sie haben gute Augen», beharrte Liz. «Sie haben gesehen, dass etwas mit ihr nicht stimmt. Ich meine, abgesehen von der offensichtlichen Tatsache, dass jemand sie ermordet hat. Ihnen ist etwas in ihrer Bauchhöhle aufgefallen.»

Grothe musterte seine Finger. Liz bemerkte, dass die Nägel abgekaut waren. «Sie hatte keine Gebärmutter.»

«Sie sind ein aufmerksamer Beobachter.»

«War doch nicht schwer zu erkennen», wiegelte der Mann ab. Doch Liz bemerkte, dass ihm das Kompliment schmeichelte. «Sie war halb ausgeweidet. Da musste es ja auffallen.»

«Ja. Aber Sie haben auch sofort gesehen, dass es sich nicht einfach um eine Frau handelt, der man die Gebärmutter operativ entfernt hatte.»

Grothe wurde rot. «Na ja. Das gehört schließlich zu meiner Ausbildung.»

«Ich bin dennoch beeindruckt.» Liz spürte, wie Stadler neben ihr unruhig wurde.

«Eigentlich wollte ich Medizin studieren», erzählte Grothe. «Aber mein Abi-Durchschnitt hat nicht gereicht. Hierzulande spielen menschliche Qualitäten ja keine Rolle, es geht immer nur um Leistung. Und um Gewinn. *Wer Geld liebt, wird Geldes nimmer satt; und wer Reichtum liebt, wird keinen Nutzen davon haben. Das ist auch eitel.*»

Liz horchte auf. Bisher hatte der Mann ganz vernünftig geklungen. Doch nun blitzte plötzlich etwas von seinem verzerrten Weltbild auf, die Fassade bröckelte.

Der Anwalt beugte sich vor und fixierte sie. «Könnten Sie endlich mal auf den Punkt kommen? Wir haben uns doch nicht hier zusammengesetzt, damit Sie die Beobachtungsgabe meines Mandanten loben können.»

Liz ließ sich nicht aus der Ruhe bringen. «Sie irren sich. Die Beobachtungsgabe von Herrn Grothe ist von immenser Bedeutung für uns. Er ist schließlich ein wichtiger Zeuge.» Sie wandte sich wieder Grothe zu. «Sie sind ein sehr religiöser Mensch, nicht wahr?»

«Ich glaube an Gott», antwortete er pampig. «Das ist ja wohl nicht verboten?» Er beugte sich vor. *«Aber die Gottlosen sind wie ein ungestümes Meer, das nicht still sein kann, und dessen Wellen Kot und Unflat auswerfen.»*

«Und Sie halten nichts davon, an der Schöpfung herumzupfuschen?»

«*Groß sind die Werke des Herrn; wer ihrer achtet, der hat eitel Lust daran.* Die Welt, die Gott erschaffen hat, ist perfekt. Wir Menschen haben nicht das Recht, in die Natur einzugreifen. Deshalb hat die Gottesmutter mich ja auch aufgefordert, die Menschheit zu verwarnen.» Grothe verschränkte die Arme, löste sie aber sofort wieder und wippte mit dem rechten Fuß auf und ab. Seine Augen blickten unstet hin und her.

Liz tauschte einen Blick mit Stadler, der sofort übernahm. «Was geschah, nachdem Sie die Leiche entdeckt hatten?»

Grothe sah zu seinem Anwalt, schlug die Beine übereinander. Auch in dieser Position hielt er seinen Fuß nicht still. «Ich habe das Kreuz geschlagen und ein Gebet für das Seelenheil dieses armen verirrten Menschen zur Heiligen Jungfrau gesprochen. Dann bin ich raus aus dem Kreißsaal. Auf dem Flur habe ich die Hanna getroffen. Ich habe ihr erzählt, was ich gesehen habe. Sie hat einen kurzen Blick in den Kreißsaal geworfen, weil sie es nicht glauben konnte, und hätte beinahe alles vollgekotzt. Dann hat sie die Polizei gerufen.»

«In ihrer Aussage hat Hanna Stoppeck nicht erwähnt, dass Sie es waren, der die Tote gefunden hat.»

Grothe hörte auf, mit dem Fuß zu wippen, und beugte sich vor. «Ich habe sie darum gebeten. Er ging mir nicht gut. Der Anblick – es war so grauenvoll, und mir war elend. Außerdem spürte ich, dass die Heilige Jungfrau sich mir mitteilen wollte. Ich musste an einen ruhigen Ort, wo ich ihre Botschaft empfangen konnte. Deshalb bat ich Hanna, so zu tun, als hätte sie die Tote gefunden. Ihr war das ganz recht so. Sie hat die Aufmerksamkeit genossen. Es stand sogar etwas in der Zeitung über sie, das hat ihr gefallen.» Er schüttelte den Kopf. «Wie dumm! *Alles Irdische ist eitel.*»

Liz versuchte, Grothe dazu zu bewegen, mehr über sein Weltbild zu offenbaren, doch sein Anwalt ging immer wieder dazwischen. Anscheinend befürchtete er, dass sein Mandant sich mit seinen religiösen Wahnvorstellungen erneut verdächtig machte. Schließlich beendete Stadler die Befragung.

Wenig später saßen Liz und er wieder in seinem Büro. Jonathan Grothe hatte in Begleitung seines Anwalts das Präsidium verlassen.

«Was halten Sie von ihm?», fragte Stadler.

Liz strich sich nachdenklich eine Locke hinter das Ohr. «Er hat definitiv ein massives Persönlichkeitsproblem. Starke Minderwertigkeitsgefühle, die er mit religiösem Fanatismus zu kompensieren versucht. Und er hat gelogen. Ich glaube nicht, dass er von der Tür aus sehen konnte, dass die Tote keine Gebärmutter hatte. Ich glaube, er war im Kreißsaal und hat sich alles ganz genau angesehen. Der Tatort hat irgendetwas in ihm ausgelöst. Vermutlich bewundert er den Täter, hält ihn für seelenverwandt. Es könnte sogar sein, dass Grothe ihn gesehen hat und deckt.»

«Das glauben Sie?» Stadler runzelte die Stirn.

«Es ist eine Möglichkeit von vielen», antwortete Liz vorsichtig. «Ich spiele lediglich Erklärungen dafür durch, dass Grothe sich mit der Tat so sehr identifiziert.»

«Wenn ihn das Szenario so fasziniert, warum könnte er es dann nicht selbst arrangiert haben?»

«Dazu ist er in meinen Augen viel zu gehemmt. Der Mörder ist selbstbewusst, arrogant, er hält sich für unbesiegbar. Grothe ist das genaue Gegenteil. Er hat längst verloren, und das weiß er auch. Er ist ein armes Würstchen, kein eiskalter Killer.»

«Und das Bekennerschreiben?»

Liz lächelte. «Sein kleines Stück vom Ruhm eines anderen.»

«Leider deckt sich Ihre Einschätzung voll und ganz mit meiner eigenen.» Stadler fuhr sich mit beiden Händen über das Gesicht. «Dann also wieder alles auf null. Manchmal hasse ich diesen Job.»

Mittwoch, 30. Oktober, 19:16 Uhr

Birgit Clarenberg zog die Wagentür zu und gähnte. «Wie viele noch?»

Stadler steckte den Schlüssel ins Zündschloss. «Keine Ahnung, du hast die Liste.»

Die Liste. Vor zwei Stunden war Jürgen von der KTU bei ihnen im Büro aufgetaucht und hatte mit einem Blatt Papier gewedelt. «Wahrscheinlich habt ihr im Augenblick kaum Zeit für den armen Studenten», hatte er gesagt. «Alles dreht sich nur noch um den ‹Ripper›. Trotzdem habe ich mir mal angesehen, womit Linda sich beschäftigt hat, bevor sie abgetaucht ist. Könnte schließlich wichtig sein. Diese Liste hier hat sie zusammengestellt. Offenbar hatte der Unfallwagen nicht nur eine ungewöhnliche Bereifung, sondern auch eine seltene Mattlackierung. Beides zusammen gibt es nur bei einem Modell, dem Porsche Cayenne Turbo S in einer Sonderedition, von dem in ganz NRW knapp hundert und im Großraum Düsseldorf ganze neunzehn zugelassen sind. Linda hat die Halter hier aufgelistet.»

«Sie hat die Halter ermittelt?», hatte Birgit erstaunt gefragt. «Das fällt ja wohl nicht in ihren Aufgabenbereich.»

«Nimm's ihr nicht krumm», hatte Jürgen erwidert. «Vielleicht wollte sie euch entlasten.»

Mit einem mulmigen Gefühl in der Magengrube hatte Stadler die Liste entgegengenommen. «Hat sie sich inzwischen gemeldet?»

Jürgen hatte den Kopf geschüttelt, ihnen viel Glück gewünscht und sich verdrückt.

Stadler und Birgit hatten daraufhin beschlossen, die Adressen auf der Liste noch am gleichen Abend abzuklappern. Obwohl sie nicht darüber gesprochen hatten, stand die Frage im Raum, ob Linda nicht nur die Halter ermittelt, sondern diese auch im Alleingang überprüft hatte. Was Stadler nicht hoffte. Lieber übernahm er die Verantwortung dafür, dass Linda sich aus Liebeskummer irgendwo verkrochen hatte, als sich vorzustellen, sie könnte einen Mörder aufgescheucht haben.

Stadler startete den Motor des Dienstwagens, eines älteren Passats, dessen Innenraum nach Wunder-Baum stank. Soeben hatten sie einen weiteren Fahrer ausgeschlossen, dessen Fahrzeug nachweislich seit drei Wochen mit einem Motorschaden in der Garage stand.

Birgit kramte die Liste aus ihrer Hosentasche. «Mist. Noch sieben sind übrig. Plus die drei Halter, die wir nicht zu Hause angetroffen haben. Einer in Neuss, einer in Meerbusch, zwei in Hilden – puh, das liegt alles so weit auseinander.»

«Wir fahren trotzdem bei allen vorbei», entschied Stadler. «Dort wo wir nichts ausrichten können, schicken wir morgen die Kollegen hin. Aber ich möchte alle Adressen einmal selbst in Augenschein genommen haben.»

Birgit runzelte die Stirn. «Du glaubst, an dem Haus oder dem Umfeld etwas erkennen zu können?»

«Ich möchte mir ein Bild machen, das ist alles.»

«Und du möchtest sehen, ob Lindas Wagen in der Nähe parkt.»

«Das auch, ja», gab Stadler zu. «Sie hat zwar Freitag eine SMS geschickt und am Montag im Präsidium angerufen, um den Sonderurlaub zu beantragen, aber das könnte sie getan haben, *bevor* sie allein mit der Liste losgezogen ist.»

«Mach dich nicht verrückt, Georg. Ich glaube nicht, dass sie so unvorsichtig war, auf eigene Faust zu ermitteln. Wieso sollte sie das tun? Das ist doch gar nicht ihr Job.»

«War es aber mal. Linda war einige Jahre bei der Mordkommission in Krefeld, bevor sie zur KTU nach Düsseldorf gewechselt hat. Vielleicht wollte sie mal wieder raus.»

Birgit schüttelte den Kopf. «Ich hoffe, du irrst dich.» Sie tippte die nächste Adresse in das Navi ein. «Auch wenn du es nicht gern hörst: Ich fürchte, ihr Verschwinden hat etwas mit dir zu tun.»

Stadler ließ den Motor an. «Ob du es glaubst oder nicht: In diesem Fall wünsche ich mir sehr, mich zu irren.»

Donnerstag, 31. Oktober, 8:54 Uhr

Das Klingeln störte sie unter der Dusche. Liz versuchte, den durchdringenden Laut zu ignorieren, doch es gelang ihr nicht. Sie stellte das Wasser ab, riss ein Handtuch vom Haken und tapste in die Diele.

Während sie nach dem Hörer griff, versuchte sie, mit einer Hand das Tuch um ihren Körper zu wickeln. «Ja?»

«Guten Tag. Spreche ich mit Frau Elisabeth Montario?»

Liz war sofort alarmiert. «Wer ist denn da?»

«Frau Montario, hier spricht Kriminaloberkommissar Heinz Notebüll, Kripo Hannover. Im Haus Ihrer Eltern wurde eingebrochen. Es wäre gut, wenn Sie vorbeikommen könnten.»

«Eingebrochen? Ich verstehe nicht. Was ist mit meinen Eltern? Kann ich sie sprechen?» Liz begann zu zittern, sie zog das Handtuch enger um ihren Körper.

«Ich möchte Ihnen das ungern am Telefon erläutern, Frau Montario. Ihre Eltern sind im Krankenhaus, mehr kann ich im Augenblick nicht sagen.»

«Im Krankenhaus? Was ist denn passiert? Ich dachte, es war ein Einbruch?» Liz bemerkte, wie schrill ihre Stimme klang, doch es war ihr egal, sollte dieser Notebüll sie doch für hysterisch halten.

Der Polizist zögerte. «Es sieht so aus, als hätte der Einbrecher ihre Eltern angegriffen. Es ist uns noch nicht gelungen, den Tathergang genau zu rekonstruieren, da wir Ihre Eltern noch nicht befragen konnten. Aber es hat den Anschein, als hätten sie den Eindringling überrascht.»

Liz lehnte sich gegen die Wand. «Wie geht es ihnen?»

«Das kann ich Ihnen wirklich nicht sagen.» Es klang ehrlich. «Als ich an den Tatort kam, waren sie schon nicht mehr hier. Sie sind im Krankenhaus, sie werden gut versorgt.»

Liz schloss die Augen. Sie dachte daran, wie sie am Tag zuvor versucht hatte, ihre Mutter zu erreichen. Hatte sie etwa schwerverletzt auf dem Boden gelegen, das Klingeln gehört, aber nicht abheben können?

«Ich mache mich sofort auf den Weg», murmelte sie ins Telefon. «Ich bin spätestens in drei Stunden da.»

Als sie zehn Minuten später vor die Haustür trat, sah sie einen Schatten hinter einem Baum verschwinden. Ein Stück hellblauer Stoff und etwas Dunkles darüber. Eine Jeansjacke? Braune Haare? Boy? Was wollte dieser Irre von ihr? Liz machte einige Schritte auf den Baum zu, doch dann wandte sie sich ab. Sollte dieser Spinner doch zu ihrem Fenster hochstarren, sie hatte andere Sorgen.

Donnerstag, 31. Oktober, 11:26 Uhr

Stadler stieß die Tür zu seinem Büro auf. «Komm mit. Wir müssen eine Adresse überprüfen.»

Birgit sprang auf und griff nach ihrer Steppjacke. Draußen war es eisig. «Die Fahrzeughalter? Haben wir einen Treffer?»

«Nein. Von den Kollegen, die die restlichen Adressen überprüfen, habe ich noch nichts gehört. Aber unsere Computercracks haben noch ein paar Informationen auf Ruben Kellers Festplatte gefunden. Unter anderem die Anschrift von einem gewissen Jan Hendricks in Benrath.»

Als sie vor das Gebäude traten, sprangen einige Reporter auf sie zu. Ein Mann hielt Stadler ein knallblaues Mikrophon vor das Gesicht. «Gibt es Neuigkeiten über den Ripper? Haben Sie schon einen neuen Verdächtigen? Wie gefährdet sind Düsseldorfs Frauen?»

Ärgerlich schob Stadler das Mikro zur Seite. «Kein Kommentar. Lassen Sie mich meine Arbeit machen.»

«Herr Stadler, die Öffentlichkeit hat ein Recht auf Information!»

«Dafür gibt es Pressekonferenzen.» Stadler drückte sich an dem Mann vorbei.

Die Meute folgte Stadler und Birgit noch bis zum Parkplatz, gab dann aber auf. Sie nahmen wieder den stinkenden Dienstwagen. Stadler fuhr.

«Sollten wir den Fall Keller nicht abgeben?», fragte Birgit nach einer Weile. «Der Staatsanwalt sitzt uns im Nacken, von der Presse ganz zu schweigen. Du hast es ja gerade mitbekommen. Die Frauenmorde brauchen unsere volle Aufmerksamkeit.»

«Jeder Mord ist gleich wichtig», blaffte Stadler zurück, obwohl er genau wusste, dass Birgit recht hatte. «Außerdem arbeitet die Moko Ripper mit Hochdruck und geht jeder noch so winzigen Spur nach. Es werden noch immer Zeugen befragt, Fingerabdrücke abgeglichen und Dienstpläne überprüft. Von dem Hersteller der Puppe haben wir inzwischen eine Liste mit den Verkaufsstellen in Düsseldorf und Umgebung. Zwei Kollegen sichten das Material von der Überwachungskamera. Ein anderes Team versucht zu rekonstruieren, wer zur Tatzeit wo war. Es ist ja nicht so, als würden wir nicht weiter nach dem Serienmörder fahnden. Wir treten nur leider im Augenblick ein bisschen auf der Stelle.»

«Und der Fall Ruben Keller interessiert dich besonders, weil er mit Elisabeth Montario zu tun hat.»

«Was willst du damit sagen?» Stadler scherte abrupt aus.

«Dass du ihn unter anderen Umständen längst abgegeben hättest.» Birgit krallte sich am Türgriff fest.

«Ich darf dich daran erinnern, dass ich den Fall anfangs gar nicht wollte. Er wurde mir aufgedrängt, weil wegen der Schießerei angeblich keine Kapazitäten frei waren.» Stadler schlug verärgert auf die Hupe, weil vor ihm jemand nicht in die Gänge kam.

«Das war, bevor wir wussten, dass wir es mit einem Serientäter zu tun haben. Inzwischen hättest du den Fall längst abgeben können.»

«Mag sein.» Stadler warf einen Blick auf das Navi und setzte den Blinker. «Ich denke, wir schulden Liz etwas. Sie hat uns sehr geholfen. Außerdem glaube ich, dass mehr hinter der Sache steckt. Dieser Jan Schneider ist möglicherweise auf einem

Rachefeldzug. Denk an den Richter, der bei dem Feuer umkam.»

«Der *vor* dem Feuer einen Herzinfarkt hatte und es damit auslöste. So zumindest lautet das Ermittlungsergebnis der Kollegen vor Ort.» Birgit schaute aus dem Seitenfenster. «Aber ich gebe zu, die Geschichte ist merkwürdig.»

Sie erreichten die kleine Seitenstraße im Stadtteil Benrath und stiegen aus.

«Schön hier», stellte Birgit fest. «Von den Wohnungen aus hat man bestimmt einen tollen Blick auf den Rhein.»

In Stadler regte sich eine Erinnerung. Rasch zog er sein Handy aus der Hosentasche und wählte eine Nummer. «Hallo, Miguel, Georg hier. Könntest du für mich eine Adresse ermitteln? Es geht um Elisabeth Montario.»

Miguel lachte leise. «Für private Zwecke dürfen wir das eigentlich nicht, Kollege, das weißt du doch.»

«Ist nicht privat», gab Stadler ärgerlich zurück. «Und beeil dich.» Er steckte das Handy weg.

Birgit schaute an den Fassaden der schicken Neubauten hoch. «Du glaubst, sie wohnt hier irgendwo?»

«Ich habe mal ganz zu Anfang ihre Adresse nachgeschlagen. Ich weiß nicht mehr genau, wo sie wohnt, doch ich erinnere mich, dass es direkt am Rhein war.»

Sie schellten neben dem Schild, auf dem ‹Hendricks› stand. Niemand öffnete. Also klingelten sie bei Hübner, eine Etage tiefer.

Die ältere Frau, die ihnen öffnete, äugte argwöhnisch durch den Türspalt. Sie hielten ihr die Ausweise hin, doch das genügte ihr nicht.

«Woher weiß ich, dass die echt sind?», fragte sie mit näselnder Stimme. «Ich habe doch keine Ahnung, wie ein Polizeiausweis aussieht.»

«Sie können gern im Präsidium anrufen und fragen, ob dort ein Beamter namens Georg Stadler arbeitet», bot Stadler an. «Wir warten so lange.»

Die Frau zögerte. «Das wird wohl nicht nötig sein.» Sie zog die Tür auf. «Kommen Sie rein. Aber viel Zeit habe ich nicht. Ich muss zum Arzt.»

«Wir haben lediglich ein paar Fragen bezüglich Ihres Nachbarn.»

«Welcher denn?» Die Frau war in der Diele stehengeblieben, weiter in die Wohnung lassen wollte sie die beiden Fremden offenbar nicht.

«Herr Hendricks», antwortete Birgit. «Kennen Sie ihn?»

«Den habe ich erst ein- oder zweimal gesehen», erklärte die Frau. Sie wirkte enttäuscht. «Der wohnt noch nicht lange hier. Ein paar Wochen vielleicht.»

«Wie sieht er aus?»

Frau Hübner kniff die Augen zusammen. «Warum interessiert Sie das?»

«Dazu können wir Ihnen leider nichts sagen.» Birgit lächelte bedauernd. «Glauben Sie uns, es hat alles seine Richtigkeit. Es handelt sich um eine Routineermittlung, Herr Hendricks ist möglicherweise ein wichtiger Zeuge.»

Sie schien Birgit nicht zu glauben, doch sie beantwortete die Frage. «Er sieht ganz normal aus. Ende dreißig, schätze ich. Dunkles Haar, sehr gepflegt. Sehr zurückhaltend.»

«Gibt es noch irgendetwas, das Ihnen in Bezug auf Herrn Hendricks aufgefallen ist? Hatte er mal Besuch?»

Frau Hübner schüttelte den Kopf. «Von Besuch habe ich nichts mitbekommen. In der Wohnung ist es immer ganz still. Ich glaube, Herr Hendricks ist viel unterwegs. Soll ich ihm sagen, dass die Polizei nach ihm gefragt hat, wenn ich ihn sehe?»

«Nein», sagte Stadler rasch. «Bitte erwähnen Sie unseren Besuch nicht. Wir treten selbst mit ihm in Kontakt.»

«Wie Sie meinen.» Wieder verzog die alte Frau argwöhnisch das Gesicht. «War es das? Ich muss mich jetzt nämlich für den Arzt fertig machen.»

Sie befragten zwei weitere Nachbarn, die Hendricks jedoch noch nie gesehen hatten. Schließlich fuhren sie mit dem Aufzug in die Tiefgarage, aber dort stand kein mattschwarzer Cayenne.

Als sie wieder im Wagen saßen, rief Miguel an. Er bestätigte Stadlers Befürchtung. Liz Montario wohnte nur zwei Häuser weiter. Doch auch sie war nicht daheim.

Donnerstag, 31. Oktober, 12:14 Uhr

Der kalte Schweiß stand Liz auf der Stirn, als sie endlich in die Straße in Isernhagen-Süd bog, wo sie mit ihren Eltern den Rest ihrer Jugend verbracht hatte. Ihre Glieder schmerzten, als hätte sie eine Grippe, sie fror und schwitzte gleichzeitig. Das Haus sah aus wie immer. Nichts deutete darauf hin, dass hier ein Verbrechen geschehen war. Lediglich in der Einfahrt stand ein fremder Wagen. Polizei, nahm sie an. Liz parkte und stieg aus. Die Luft war so eisig, dass sie ihren Atem sehen konnte, doch die Kälte in ihrem Inneren war größer. Mit steifen Schritten marschierte sie auf die Haustür zu.

Noch bevor Liz den Eingang erreichte, wurde von innen geöffnet. Ein hochgewachsener Mann mit schütterem rotblondem Haar und braunem Cordsakko öffnete, und Liz wusste sofort, dass es Kriminaloberkommissar Heinz Notebüll war.

«Frau Montario?» Er streckte ihr die Hand entgegen. «Auf dem Klavier steht ein Foto von Ihnen, deshalb habe ich Sie gleich erkannt. Ich bin Heinz Notebüll.» Sein Händedruck war kurz und kräftig. «Eine Frage vorweg, bevor wir über den Einbruch sprechen: Gibt es noch weitere Geschwister? Oder andere Verwandte, die informiert werden sollen?»

Liz schüttelte den Kopf. «Ich möchte so schnell wie möglich ins Krankenhaus zu meinen Eltern. Also sagen Sie mir nur kurz, was passiert ist.»

«Kommen Sie.» Er sah an ihr vorbei in den Vorgarten. «Wir laufen ein Stück.»

Irritiert folgte Liz ihm zurück auf die Straße. «Ich würde gern das Haus sehen. Ich könnte Ihnen sagen, ob etwas fehlt. Außerdem ist mir kalt.»

Er nickte, machte aber keine Anstalten umzukehren. «Später. Die Spurensicherung ist noch nicht fertig. Da stören wir nur.»

Liz warf einen Blick über die Schulter. «Was genau ist denn passiert?»

Abrupt blieb Notebüll stehen und sah sie mitfühlend an. «Es tut mir leid, Frau Montario. Ich habe eben mit dem Krankenhaus telefoniert. Ihre Mutter hat es nicht geschafft.»

«Nicht geschafft?» Liz hatte das Gefühl, mit einem Fahrstuhl ungebremst in den Mittelpunkt der Erde zu stürzen.

«Sie ist vor einer Stunde verstorben. Die Ärzte konnten nichts mehr für sie tun. Aber Ihr Vater wird durchkommen.»

Liz nahm ihre ganze Kraft zusammen, um nicht laut zu schreien. «Nein, das glaube ich nicht», flüsterte sie gegen den Schwindel in ihrem Kopf an. «Das muss ein Irrtum sein.» Sie wandte sich ab und machte einige Schritte auf ihren Golf zu. «Ich fahre sofort ins Krankenhaus.»

«Moment!» Notebüll holte sie ein und ergriff ihren Arm. «Es ist besser, wenn Sie sich jetzt nicht ans Steuer setzen. Ich fahre Sie.»

Der Schwindel wurde immer heftiger. Liz krallte sich an Notebüll fest. «Tot? Aber warum?»

Notebüll hob die Hand, so als wolle er ihr über das Haar streichen, zögerte, ließ sie wieder sinken. «Hier in Isernhagen gab es in letzter Zeit eine Einbruchserie, immer nach dem gleichen Muster», erklärte er. «Der Täter dringt in den frühen Morgenstunden in das Haus ein, meistens gegen drei oder vier, wenn die Bewohner fest schlafen. In fast allen Fällen hebelt er die Terrassentür auf, nimmt, was er auf die Schnelle findet – Schmuck, Computer, Bargeld – und verschwindet auf dem gleichen Weg wieder.» Notebüll seufzte. «Es sieht so aus, als hätten Ihre Eltern den Einbrecher gehört. Anstatt sich still zu verhalten, sind sie nach unten gegangen, wo der Mann sie angegriffen hat, bevor er floh. Wir fanden beide im Wohnzimmer, nur dürftig bekleidet. Sie hatten zahlreiche Stichwunden, vermutlich war der Täter mit einem Messer bewaffnet. Es war das erste Mal, dass der Einbrecher Gewalt angewendet hat. Keine Ahnung, warum er nicht einfach geflohen ist.»

«Wie hat man sie ...» Liz stockte. Der Schwindel hatte nachgelassen. Die ganze Situation fühlte sich surreal an. Vor einer Woche hatte sie an einem Tatort gestanden, schockiert, aber distanziert. Der Anblick war grauenvoll gewesen, hatte aber zugleich ihr professionelles Interesse entfacht. Und nun war sie mit einem Mal selbst betroffen. Es erschien ihr unwirklich, wie ein Albtraum. Bestimmt wachte sie gleich auf, nassgeschwitzt, aber heil und sicher in ihrem eigenen Bett.

«Frau Montario, ist Ihnen nicht gut?»

Liz riss sich zusammen. «Ich möchte ins Haus», sagte sie, bemüht um eine feste Stimme. «Sofort.»

Notebüll verzog zweifelnd das Gesicht, und ihr wurde bewusst, dass sie sich noch immer mit beiden Händen an den Polizeibeamten klammerte. Abrupt ließ sie ihn los. «Ich muss sehen, was passiert ist.»

Notebüll wirkte unschlüssig. «Da gibt es nicht viel zu sehen. Außerdem ist die Spurensicherung –»

«Dann ziehe ich einen Schutzanzug an», entgegnete Liz mit scharfer Stimme. «Dies ist nicht mein erster Tatort. Ich arbeite als psychologische Beraterin für die Kripo Düsseldorf.»

Notebüll öffnete den Mund.

Doch Liz ließ ihn nicht zu Wort kommen, sondern lief zurück zum Haus. Sie musste den Tatort mit eigenen Augen sehen. Sonst würde sie nie begreifen, was geschehen war. Die

Tür war nur angelehnt. Behutsam schob sie sie weiter auf. Im Inneren sah alles unverändert aus. Nur der Geruch nach Blut überdeckte den feinen Duft nach dem Parfüm ihrer Mutter, der sonst allgegenwärtig war.

«Hallo?», rief Liz. Doch niemand antwortete. Sie ballte die Hände zu Fäusten, um das Zittern zu unterdrücken. Keine Spurensicherung, also hatte Notebüll einfach nur verhindern wollen, dass sie ins Haus ging.

Die Tür zum Wohnzimmer stand weit offen. Liz blieb auf der Schwelle stehen und atmete in kurzen, heftigen Stößen. Blut war das Erste, was sie sah. Es war überall. Auf dem Teppich, an den Wänden, auf dem Klavier. Einige Spritzer prangten sogar an der Fensterscheibe, hinter der sich die Rosenbeete ihrer Mutter erstreckten.

Liz versuchte, den Raum als Tatort zu sehen, nicht als das Wohnzimmer ihrer Eltern. Auch wenn hier nicht alle Einrichtungsgegenstände weiß waren, war die Ähnlichkeit mit dem Tatort in Oberkassel frappierend. In beiden Fällen schien es so, als habe der Täter möglichst viel Blut vergießen wollen, um das Heim seines Opfers in eine Kammer des Schreckens zu verwandeln. Bei einem Serienmörder leuchtete das ein, doch welcher Einbrecher richtete ein solches Blutbad an?

«Was machen Sie hier?», ertönte plötzlich eine barsche Stimme neben ihr.

Erschrocken fuhr Liz zusammen und blickte zur Seite. Erst jetzt bemerkte sie, dass in dem Zimmer doch jemand stand. Der Mann trug einen weißen Schutzanzug, blaue Plastiküberzieher über den Schuhen und einen Mundschutz, den er zum Sprechen heruntergezogen hatte.

«Schon in Ordnung», sagte eine zweite Stimme hinter Liz. Notebüll. «Sie ist die Tochter. Ich bringe sie wieder nach draußen.»

Diesmal folgte Liz dem Kommissar ohne Protest. Sie hatte gesehen, was sie sehen wollte.

Notebüll fuhr Liz mit ihrem Wagen ins Krankenhaus. Er bestand darauf, dass sie nicht fahrtüchtig war, und sie wehrte sich nicht dagegen. Auf der Fahrt stellte er vorsichtig einige Fragen.

«Können Sie sich vorstellen, aus welchem Grund Ihre Eltern beide ins Wohnzimmer hinuntergegangen sind? Wir können nicht nachvollziehen, warum sie nicht zuerst die Polizei verständigt haben – und warum Ihre Mutter mitgekommen ist.»

Darauf wusste Liz keine Antwort. «Ich verstehe das auch nicht», antwortete sie. «Ich kann es mir nur so erklären, dass sie keine Gefahr erwartet haben. Vielleicht dachten sie gar nicht an einen Einbrecher, als sie im Wohnzimmer etwas hörten.»

Notebüll verzog skeptisch die Mundwinkel, ohne seinen Blick von der Straße abzuwenden. «Die allermeisten Menschen denken sofort an einen Einbrecher, wenn sie nachts in ihrer Wohnung Geräusche hören. So sind wir leider konditioniert.»

«Ein Tier», schlug Liz vor. «Haben Sie vielleicht ein Tier gefunden?»

«Nein. Wie kommen Sie darauf? Gibt es ein Haustier?»

Liz starrte aus dem Seitenfenster, während Notebüll auf eine Kreuzung zusteuerte. «Meine Mutter wollte immer einen Hund haben, aber mein Vater hat sich strikt geweigert. Ich dachte, möglicherweise hat sie es geschafft, ihn zu überreden.»

«Hätten Sie nicht davon gewusst?», fragte Notebüll.

«Vor ein paar Tagen hat meine Mutter versucht, mich zu erreichen. Ich hatte keine Zeit, habe versprochen, sie später zurückzurufen. Als ich gestern endlich dazu kam, ging sie nicht ans Telefon.»

«Und Sie meinen, sie wollte Ihnen von dem neuen Hund erzählen?»

Liz zuckte mit den Schultern. «Was weiß ich.» Sie glaubte

nicht wirklich daran, dass ihr Vater nach all den Jahren klein beigegeben hatte, doch eine andere Erklärung für das Verhalten ihrer Eltern fiel ihr nicht ein. Bis auf den Mann, den ihre Mutter angeblich im Garten gesehen hatte. Doch den wollte sie keinesfalls erwähnen. Dann hätte sie auch erzählen müssen, dass ihre Mutter seit Jahren überall ihren Sohn zu sehen glaubte, und weshalb das so war.

«Wir haben kein Haustier gefunden», erklärte Notebüll. «Aber ich werde die Kollegen bitten, noch einmal verstärkt darauf zu achten. Ein verängstigter Welpe könnte sich irgendwo verkrochen haben.»

Sie sprachen nicht mehr, bis Notebüll auf den Parkplatz des Krankenhauses einbog. «Soll ich Sie begleiten?»

Liz streckte die Hand aus, um sich von Notebüll ihren Wagenschlüssel aushändigen zu lassen. «Nein. Es geht schon.»

«Vielleicht könnten wir morgen noch einmal in Ruhe sprechen?», schlug er vor. «Kommen Sie aufs Präsidium? Ich werde vermutlich den ganzen Tag dort sein.» Er reichte ihr eine Visitenkarte, die sie einsteckte, ohne einen Blick darauf zu werfen.

Es dauerte eine Weile, bis Liz sich zu einem Arzt durchgefragt hatte, der ihr Auskunft geben konnte und auch dazu bereit war. Viel brachte es nicht. Sie wollte ihre Mutter noch einmal sehen, doch der Leichnam war bereits in die Rechtsmedizin gebracht worden. Ihren Vater hatte man nach der Operation in ein künstliches Koma versetzt. Liz saß lange an seinem Bett und betrachtete ihn. Er wirkte verändert. Alt und gebrechlich. Die Hände, die reglos auf der Bettdecke lagen, waren mager und so weiß, dass die Sommersprossen darauf wie aufgemalt wirkten.

Warum hatte er sich dem Einbrecher in den Weg gestellt? Und warum hatte er seine Frau nicht davon abgehalten, ihn zu begleiten? Das sah ihm überhaupt nicht ähnlich. Liz streichelte die schlaffe Hand ihres Vaters. Als Anwalt war er ein Kämpfer gewesen, nie idealistisch, dafür hartnäckig und zäh. Doch privat hatte er es immer vorgezogen, den Weg des geringsten Widerstands zu gehen und die Dinge, die es nicht geben durfte, einfach zu ignorieren. So wie die Tatsache, dass seine Frau nie über das hinweggekommen war, was ihr Sohn getan hatte.

Ulrich Vermeeren hatte es vorgezogen, nur das zu sehen, was er sehen wollte. Alles Übrige hatte er aus seinem Leben verbannt, als wäre es gar nicht vorhanden. Niemals hätte er bei einem simplen Einbruch den Helden gespielt. Es passte nicht zu ihm. Was war nur geschehen?

Donnerstag, 31. Oktober, 21:43 Uhr

Georg Stadler öffnete gerade die zweite Flasche Bier, als sein Handy klingelte. Um diese Zeit bedeutete das mit an Sicherheit grenzender Wahrscheinlichkeit nichts Gutes. Bei den Ermittlungen im Ripper-Fall steckten sie in einer Sackgasse, obwohl sie in Spuren erstickten – oder vermutlich gerade deswegen. Die Herausforderung lag darin, aus dem Overkill an Zeugenaussagen, forensischen Berichten und Gutachten die entscheidenden Informationen herauszufiltern. Doch das war ihnen noch nicht gelungen. Auch was den Mord an Ruben Keller anging, traten sie auf der Stelle. Immerhin hatten sie den Kreis der Verdächtigen erheblich eingegrenzt. Vier der in Frage kommenden Fahrzeuge hatten sie noch nicht in Augenschein nehmen können, eins davon musste der Wagen sein, mit dem der Student überfahren worden war. Es sei denn, der Fahrer kam gar nicht aus dem Großraum Düsseldorf.

Dann war da noch der mysteriöse Jan Schneider oder Jan Hendricks, der vor sechzehn Jahren das Feuer in der JVA gelegt und nun vielleicht Ruben Keller ermordet hatte. Die Ermittlungsakte von damals könnte vermutlich weiterhelfen, doch aus unerfindlichen Gründen hielten die Kollegen in Bonn sie zurück. Was Stadlers Neugier nur schürte.

Als Sahnehäubchen obendrauf gab es noch das spurlose Verschwinden von Linda Franke. Stadler wurde das Gefühl nicht los, dass die Kollegin ihm eins auswischen wollte. Und das machte ihn wütend.

Doch an all das hatte er heute Abend nicht denken wollen. Gerade hatte er geduscht und sich umgezogen. Nach dem zweiten Bier hatte er eigentlich vor, rauszugehen und sich den Abend auf angenehme Weise zu vertreiben. Mit einer Frau, die unkompliziert war und auch nur ihren Spaß wollte. Höchstwahrscheinlich konnte er sich das jetzt abschminken.

Stadler griff nach dem Handy. Elisabeth Montario. Nicht gerade die Gesellschaft, die er sich vorgestellt hatte. Aber dennoch reizvoll.

«Ja, hallo.»

«Herr Stadler?» Ihre Stimme klang dünn, als wäre sie kurz davor, in Tränen auszubrechen. «Entschuldigen Sie die Störung. Ich ...»

«Was ist denn los?» Er war plötzlich alarmiert.

«Ich sitze hier im Auto vor meinem Haus, aber ich ...»

Er dachte an den mysteriösen Jan Hendricks, der nur zwei Häuser neben Liz Montario wohnte. «Stimmt etwas nicht? Geht es Ihnen gut?»

«Nein, nichts ist gut.» Er war jetzt sicher, dass sie weinte. «Ich komme gerade aus Hannover zurück. Meine Mutter – ich habe versucht, Deb zu erreichen, doch sie geht nicht ans Telefon. Ich habe ja auch noch ihr Handy. Aber ich kann jetzt nicht allein sein. Ich ...»

«Bleiben Sie genau dort, wo Sie sind. Ich bin in einer Viertelstunde bei Ihnen.» Stadler hatte zwar nicht einmal die Hälfte von dem verstanden, was Liz Montario gesagt hatte, jedoch genug, um zu begreifen, dass es ihr beschissen ging.

Er rannte aus der Wohnung, ohne das Gespräch zu beenden. «Haben Sie verstanden, Liz? Bleiben Sie im Auto, ich bin auf dem Weg zu Ihnen.»

«Aber ...», kam es schwach zurück.

«Keine Widerrede.» Stadler klemmte das Telefon zwischen

Ohr und Schulter und schloss seinen Wagen auf. «Ich beende jetzt das Gespräch, damit ich fahren kann. Okay? Ich bin gleich bei Ihnen.»

Stadler warf das Telefon auf den Beifahrersitz und startete den Motor. Röhrend erwachte der Ford Mustang zum Leben. Auf den Straßen war nicht mehr viel los, und er brauchte keine zehn Minuten, bis er in Benrath war.

Liz Montario saß in ihrem Golf, den Kopf auf das Lenkrad gelegt. Der Anblick erschreckte ihn, für einen Moment glaubte er, er komme zu spät, bis er sah, dass ihre Schultern zuckten.

Vorsichtig klopfte er an die Scheibe. «Liz?»

Sie hob den Blick, ihr Gesicht war tränennass. Er öffnete die Tür und half ihr heraus. Ohne ein Wort zu wechseln, bugsierte er sie in seinen Wagen und fuhr zurück nach Derendorf.

Zu seiner Überraschung wollte Liz keinen Tee oder Wein, sondern ebenfalls ein Bier. Sie setzten sich auf das Ledersofa im Wohnzimmer.

«Was ist passiert?», fragte Stadler, nachdem sie eine Weile schweigend getrunken hatten.

Liz starrte in ihre leere Flasche. «Bei meinen Eltern wurde eingebrochen. Der Einbrecher hat sie angegriffen. Mein Vater ist schwerverletzt, meine Mutter ist tot.» Wieder füllten sich ihre Augen mit Tränen.

«Ach du Scheiße.» Darauf war er nicht gefasst gewesen.

Liz hob den Blick. «Ich verstehe das nicht. Mein Vater und meine Mutter haben sich dem Täter in den Weg gestellt. Das passt gar nicht zu ihnen. Der Mann hat angeblich schon eine ganze Serie von Einbrüchen begangen, aber nie Gewalt angewendet. Diesmal war es anders. Er hat sie mit einem Messer angegriffen.»

«Mit einem Messer?» Eine ungewöhnliche Waffe für einen Einbrecher. So jemand schlug einen Menschen, der ihm in die

Quere kam, eher nieder. «Hat der Täter das Messer vor Ort gefunden oder mitgebracht?»

Sie zuckte die Schultern. «Keine Ahnung. Die Polizei hat mir nicht viel erzählt. Sie wollten mich nicht mal ins Haus lassen, aber ich habe mir das Zimmer trotzdem angesehen.»

«Und?»

«Alles voller Blut. Fast wie bei dem Mord an Leonore Talmeier.»

Stadler rieb sich das Kinn. Die Geschichte wurde immer seltsamer. «Wo wohnen Ihre Eltern?»

«Am Stadtrand von Hannover.»

«Ich rufe morgen früh auf dem Präsidium dort an und schaue, was ich in Erfahrung bringen kann.» Er sah sie an. «Wenn Sie möchten.»

Sie nickte stumm.

Stadler streckte die Hand nach ihrer Flasche aus. «Auch noch eine?»

Wieder nickte sie, ohne ein Wort zu sagen.

Stadler ging in die Küche und nahm zwei weitere Flaschen aus dem Kühlschrank. Bevor er ins Wohnzimmer zurückkehrte, stellte er sich ans Fenster und blickte auf die Straße hinunter. Ein merkwürdiges Gefühl kribbelte in seinem Bauch, eine Ahnung, dass sich etwas zusammenbraute, das so riesig, so ungeheuerlich war, dass es seine Vorstellungskraft überstieg. Blödsinn! Vermutlich war er einfach nur völlig übermüdet und zugleich nervös, weil in seinem Wohnzimmer eine unglaublich attraktive Frau saß und er keine Ahnung hatte, was sie von ihm erwartete.

Als er zurückkehrte, saß sie mit angewinkelten Beinen da, den Kopf auf die Knie gestützt. Ihre Stiefel standen neben dem Sofa auf dem Boden.

Er reichte ihr die Flasche.

Sie nahm einen Schluck, sah ihn an. «Was, wenn das kein gewöhnlicher Einbruch war?», fragte sie leise.

Wieder dieses Kribbeln im Bauch. «Wie kommen Sie darauf?»

«Der brutale Angriff. Auf beide. Das viele Blut. Meine Mutter hat bestimmt nicht versucht, ihn aufzuhalten. Es gab keinen Grund, sie niederzustechen.»

«Solange wir die Details nicht kennen, ist das reine Spekulation», sagte Stadler. «Manchmal verhalten sich Menschen in Extremsituationen völlig anders, als man es von ihnen erwartet.» Er starrte auf den Parkettboden, während er nach einer passenden Formulierung suchte. «Haben Sie – ich meine, wissen die Kollegen in Hannover ...»

«... dass die Opfer dieses Einbruchs die Eltern eines berüchtigten Serienkillers sind?» Sie klang bitter.

Stadler räusperte sich. «Möglicherweise –»

«Nein, das wissen Ihre Kollegen nicht», unterbrach Liz ihn schroff. «Und ich habe auch nicht vor, es ihnen zu erzählen. *Sie* hoffentlich auch nicht.» Ihre Augen blitzten. «Die Vergangenheit hat wohl kaum etwas mit dem zu tun, was der Einbrecher meinen Eltern angetan hat. Sie haben genug gelitten. Es fehlte gerade noch, dass sich diese alte Geschichte herumspricht. Ich habe keine Lust, in der Zeitung von der Ironie des Schicksals oder sonst irgendeinem scheinheiligen Scheiß zu lesen.»

Stadler hob die Hände. «In Ordnung. Von mir wird niemand etwas erfahren.» Zumindest so lange nicht, wie es keinen Hinweis auf einen Zusammenhang zwischen der Vergangenheit und den aktuellen Ereignissen gibt, fügte er in Gedanken hinzu. «Allerdings haben Sie selbst gesagt, dass Sie daran zweifeln, dass es ein gewöhnlicher Einbruch war.»

Liz starrte ihn an. Doch statt Wut schimmerten erneut

Tränen in ihren Augen. Hastig wischte sie sie weg. «Ich weiß doch auch nicht, was ich glauben soll», sagte sie leise. «Es ist so unbegreiflich. Gestern noch war ich erleichtert, weil meine Mutter nicht ans Telefon gegangen ist, und heute würde ich ihr gern stundenlang zuhören, wie sie von ihren Erscheinungen erzählt.»

«Erscheinungen?»

Liz nahm einen Schluck Bier. «Sie hat ihn überall gesehen. Hendrik. Alle paar Wochen kam ein Anruf, und sie berichtete mir, wo und wie sie ihm begegnet ist. Mal war es im Einkaufszentrum, mal beim Bäcker, mal bei einem Spaziergang.» Sie fuhr mit dem Finger über den Flaschenrand. «Vielleicht wäre es leichter gewesen, wenn sie ein Grab gehabt hätte, das sie hätte besuchen können.»

«Es gibt kein Grab?»

«Natürlich gibt es irgendwo eins. Mein Bruder musste ja beerdigt werden. Mein Vater hat das geregelt, ohne uns einzuweihen. Vermutlich wollte er uns schützen.»

«Verstehe», murmelte Stadler, obwohl es ihm schwerfiel, das zu verstehen.

«Jan Schneider», sagte Liz. «Er hat doch den Richter, der ihn verurteilt hat, getötet und –»

«Liz! Bitte, machen Sie sich nicht verrückt! Das sind vage Vermutungen aufgrund der Recherchen von Ruben Keller. Wir wissen nicht einmal, ob es sich bei Jan Schneider und Jan Hendricks tatsächlich um ein und dieselbe Person handelt. Und bisher sagen die Kollegen in Husum, dass Ziegler an einem Herzinfarkt starb. Selbst wenn sich herausstellt, dass es Mord war: Aus welchem Grund sollte Jan Schneider Ihren Eltern etwas antun wollen? Sie haben doch nichts mit seiner Verurteilung zu tun.»

Liz senkte den Kopf. Sie schien mit sich zu ringen.

«Gibt es etwas, das ich wissen sollte, Liz?» Er rückte näher an sie heran, so nah, dass er den Duft ihrer Haare wahrnahm.

Sie erwiderte nichts.

«Ist Ihnen in letzter Zeit etwas aufgefallen?», fragte er weiter. «Jemand, der Sie beobachtet? Ihnen nachstellt?»

Ihr Kopf schoss hoch, ihr Gesicht war ganz dicht vor seinem. «Wie kommen Sie darauf?»

«Ein Mann, ein paar Jahre älter als Sie», fuhr er statt einer Antwort fort. «Dunkle Haare, schlank, unauffällige Erscheinung.»

Sie riss die Augen auf. «Wie – wie kommen Sie darauf?», flüsterte sie.

«Es stimmt also?»

«Da ist ein Mann», sagte sie mit tonloser Stimme. «Am Montag stand er auf der Straße und starrte zu meinem Fenster hoch. Meine Freundin Deborah hat ihn bemerkt. Und als ich heute Morgen nach Hannover aufgebrochen bin, habe ich ihn wieder gesehen.»

Stadler berührte sie an der Schulter. «Könnten Sie ihn beschreiben?»

Sie schüttelte den Kopf. «Ich weiß nicht einmal, ob es in beiden Fällen derselbe Mann war. Ich habe ihn nicht richtig erkennen können. Ich glaube nicht, dass mich wirklich jemand beobachtet. Es ist wahrscheinlich nur ein Gefühl.»

«Es ist mehr als ein Gefühl», erklärte Stadler, ohne seine Hand wegzunehmen. «Wir haben auf Ruben Kellers Notebook die Anschrift dieses mysteriösen Jan Hendricks gefunden. Er wohnt zwei Häuser neben Ihnen.»

«Nein», flüsterte sie entsetzt.

«Können Sie für ein paar Tage zu einer Freundin ziehen?», fragte er. Seine Hand lag jetzt ganz selbstverständlich auf ihrer Schulter. «So lange, bis wir den Kerl gefunden haben?»

«Meine Freundin wohnt in München.» Tränen liefen jetzt ungehemmt über ihre Wangen, doch diesmal wischte sie sie nicht weg.

Stadler nahm sie in den Arm. «Dann finden wir eine andere Lösung. Heute Nacht bleiben Sie erst mal hier.»

Freitag, 1. November, 11:13 Uhr

Liz erwachte vom Schreien ihres Handys. Verschlafen tastete sie nach dem Nachttisch, doch da war keiner. Erschrocken fuhr sie hoch. Ein unbekanntes Zimmer. Regale mit CDs, ein flacher Fernsehbildschirm an der Wand, eine riesige Fensterfront. Georg Stadlers Sofa.

Entsetzt blickte Liz an sich herunter. Sie war vollständig bekleidet und mit einer Wolldecke zugedeckt. Erleichtert atmete sie auf.

Wieder stieß das Handy einen gellenden Schrei aus.

Suchend schaute Liz sich um. Neben dem Sofa standen ihre Stiefel und ihre Handtasche. Der Schrei war verklungen. Liz fischte das Telefon aus der Tasche und blickte auf das Display. Viertel nach elf. Verdammt! Kriminaloberkommissar Heinz Notebüll erwartete sie auf dem Präsidium in Hannover, und sie lag auf dem Sofa von Kriminalhauptkommissar Georg Stadler in Düsseldorf. Es gab definitiv zu viele Polizisten in ihrem Leben.

Liz erstarrte, als die Erinnerung an den gestrigen Tag über sie hereinbrach. Ihre Mutter war tot. Erstochen. Und ihr Vater lag im Koma. Ihre Hand zitterte leicht, als sie die Nummer des Krankenhauses in Hannover wählte.

Ihrem Vater ging es gut. Wenn sich sein Zustand weiterhin stabilisierte, würden sie ihn im Laufe des Tages aus dem künstlichen Koma holen.

Liz bedankte sich und rief Notebüll an. «Sie warten sicherlich auf mich. Ich bin auf dem Weg, aber es kann noch dauern.»

«Stau auf der A2?», kam es aufgeräumt zurück. «Lassen Sie sich Zeit. Ich bin in meinem Büro.» Er schien noch etwas sagen zu wollen, doch er schwieg.

Liz stellte sich vor, wie ihm ein «Fahren Sie vorsichtig» auf der Zunge lag, das er mühsam hinunterwürgte, weil es ihm unpassend erschien. Sie drückte ihn weg, ohne sich zu verabschieden. Bloß kein Mitleid, kein einfühlsames Fragen danach, wie es ihr ging. Sie stand an der Klippe, ein falsches Wort und sie würde wieder in Tränen ausbrechen.

Als Nächstes versuchte Liz, Deborah auf ihrer Festnetznummer zu erreichen, doch sie ging nicht ran. Liz war enttäuscht und zugleich erleichtert. Deborah hätte sie nicht einfach wegdrücken können, wenn sie die Tränen nicht mehr zurückhalten konnte. Sie fragte sich, wo ihre Freundin steckte. War es möglich, dass sie noch nicht zurück in München war? Dass sie bei dem unwiderstehlichen Typen aus dem Supermarkt versackt war?

Liz schlug die Decke zur Seite und stand auf. Sie hatte keine Zeit, über Deborahs Eskapaden nachzudenken. Ihre Freundin würde sich schon melden, wenn ihr danach war.

Liz stopfte das Handy zurück in die Tasche und begab sich auf die Suche nach dem Badezimmer. Sie benutzte die Toilette, spritzte sich etwas Wasser ins Gesicht und kämmte mit den Fingern ihr Haar. Notdürftig wiederhergestellt kehrte sie ins Wohnzimmer zurück und zog ihre Stiefel an. Neugierig schaute sie sich um.

Stadlers Wohnung erstreckte sich über mindestens hundertzwanzig Quadratmeter und war erstklassig eingerichtet, wenn man auf sterile schwarz-weiße Möblierung und Statussymbole wie eine überteuerte Soundanlage oder eine ebensolche Kaffeemaschine Wert legte. Die gesamte Ausstattung war vom Feinsten, doch sie wirkte inszeniert. So als wolle Stadler etwas beweisen. Dass er erfolgreich war? Dass es ihm gutging? Nachdenklich warf Liz einen Blick durch die Fensterfront im Wohnzimmer hinunter auf die Straße. Stadler war nicht nur teuer eingerichtet, er fuhr zudem einen Ford Mustang. Und seine Kleidung zierten exklusive Designeretiketten. Das konnte er mit Sicherheit nicht von seinem Polizistengehalt finanzieren. Entweder war er korrupt, oder er hatte geerbt. Oder er verdiente sich etwas dazu, als Callboy für reiche ältere Damen. Das würde passen. Bei dem Gedanken musste Liz lächeln.

Sie versuchte sich ins Gedächtnis zu rufen, wie der gestrige Abend verlaufen war, doch ihre Erinnerung endete vor ihrer Haustür, im Wagen, überrollt von einer Welle der Verzweiflung angesichts der Aussicht, die Nacht in ihrer Wohnung zu verbringen, allein mit ihrem Schmerz. Sie wusste noch, dass sie Stadler angerufen hatte, weil ihr niemand sonst eingefallen war, den sie um Hilfe bitten konnte, ohne viel erklären zu müssen. Und sie erinnerte sich auch noch, wie er an ihrem Seitenfenster aufgetaucht war und sie zu seinem Wagen gebracht hatte. Danach endete der Film.

Liz wandte sich vom Fenster ab. Manchmal war es besser, sich nicht zu erinnern. Sie fand ihre Jacke auf einem Barhocker in der Küche. Auf dem Tresen lag ein Zettel:

Ich hoffe, du hast gut geschlafen.
Ich melde mich später bei dir. Georg.

Bei dir. Liz konnte sich nicht erinnern, Stadler das Du angeboten zu haben. Aber da sie sich an alles andere ebenfalls nicht erinnerte, musste das nichts heißen. Vielleicht dachte Stadler ja auch, dass es angemessen war, jemanden zu duzen, der auf seinem Sofa übernachtet hatte.

Liz fuhr mit einem Taxi nach Hause. Ihr Wagen stand noch dort, wo sie ihn abgestellt hatte. Sie ging hinauf in die Wohnung, duschte ausgiebig und zog sich um. Als sie nach ihrer Jacke griff, überkam sie erneut eine Welle von Traurigkeit. Sie schloss die Augen, kämpfte gegen den Schmerz, der sie von innen her aufzufressen schien. Wenn nur Deborah noch da wäre! Wenn jemand bei ihr wäre! Jemand, der das alles mit ihr durchstand. Wie viel leichter wäre es zu ertragen.

Hendrik.

Ihr großer Bruder.

Es war irrsinnig, aber sie wünschte sich Hendrik herbei. Er würde wissen, was zu tun war, er würde die richtigen Worte finden. Er würde die Last mit ihr gemeinsam tragen. «Kopf hoch, Liz», würde er sagen. «Das kriegst du hin. Schließlich bist du nicht allein. Ich bin bei dir, ich weiche nicht von deiner Seite. Wir beide bleiben zusammen, für immer.»

Liz ließ sich auf den Boden sinken, den Rücken gegen die Wand gelehnt, das weiche Fell der Jacke vor den Bauch gepresst. «Hendrik», murmelte sie. «Warum hast du mich im Stich gelassen?»

Mit einem Mal musste sie an ihren achten Geburtstag denken. Es war ein heißer Augusttag gewesen. Wie in vielen Jahren fiel auch dieser Geburtstag in die Sommerferien, Liz hatte ein großes Fest im Garten veranstaltet und all ihre Freundinnen geladen, die nicht verreist waren. Sie hatten sich mit Wasserpistolen bespritzt, Blinde Kuh und Verstecken gespielt. Sie war überglücklich gewesen, nicht nur, weil die Feier so schön war, sondern vor allem, weil sie endlich eine Barbie-Puppe bekommen hatte. Bisher hatten ihre Eltern es nicht erlaubt, weil sie von dieser Art Puppe so gar nichts hielten, doch nun hatten sie endlich nachgegeben. Die Barbie hatte einen Ehrenplatz auf der Wohnzimmerkommode, wo sie in einem geblümten Kleid thronte und durch das Fenster das Geschehen im Garten beobachten konnte.

Irgendwann, als ihr Vater gerade den Grill anzündete und die anderen Mädchen dabei halfen, den Tisch auf der Terrasse zu decken, tauchte Hendrik auf und schwenkte ein Tuch. «Komm Liz, ich habe eine Überraschung für dich.»

Er verband ihr die Augen und führte sie behutsam durch den Garten. Liz platzte fast vor Neugier und Vorfreude, denn Hendrik hatte immer ganz besonders verrückte Ideen. Schließlich zog er ihr das Tuch vom Gesicht.

Im ersten Augenblick konnte Liz nichts erkennen außer dem großen Holunderbusch, der ganz hinten im Garten stand. Dann sah sie die Barbie. Sie war nackt und hing kopfüber an einem Ast. Um ihr linkes Bein war eine Kordel gewickelt, das andere hielt sie im rechten Winkel vom Körper abgespreizt, was den Unterleib der Puppe auf obszöne Art entblößte. Das lange blonde Haar floss dem Boden entgegen, um den schlanken Hals war das geblümte Kleid gewickelt, so als wäre die Barbie damit stranguliert worden.

Vor Entsetzen hatte Liz kein Wort herausgebracht. Erst als Hendrik neben ihr zu lachen begann, löste sich ihre Erstarrung. Und sie schrie, wie sie noch nie in ihrem Leben geschrien hatte.

Freitag, 1. November, 12:43 Uhr

«Was ist eigentlich los, verdammt?», brüllte Stadler und knallte das Telefon zurück in die Halterung. «Warum tun alle Kollegen so, als wollte ich sie aushorchen, wie oft sie mit ihrer Frau schlafen? Ich dachte, wir ziehen alle an einem Strang?»

Birgit schmunzelte. «Vielleicht liegt es nicht an den Fragen, sondern an der Art, wie du sie stellst.»

«Ach ja? Wie viel Geduld muss ich denn noch aufbringen? Beim wievielten Mal darf mir endlich der Kragen platzen?» Stadler sprang auf und lief im Büro hin und her.

«Das kommt darauf an, wie wichtig es dir ist, eine Antwort zu bekommen», antwortete Birgit gelassen. Sie griff nach einer Bonbontüte. «Was ist denn los? Wir haben zwar einen Haufen Mist um die Ohren, aber das setzt dir doch sonst nicht so zu. Vor allem nimmst du es normalerweise nicht so persönlich.»

Stadler blieb stehen. «Liz Montario war gestern Abend bei mir.»

Birgit nahm ein Bonbon und legte den Kopf schief.

«Nein, nicht so, wie du denkst. Sie wollte nicht allein sein.»

Birgits Blick wurde noch skeptischer.

«Ja, ich weiß …», nahm Stadler ihren Einwand vorweg. «Normalerweise würde eine Frau, die nicht allein sein will, eher ihre beste Freundin anrufen als einen Polizisten, den sie nur flüchtig kennt. Aber in diesem Fall wollte sie vielleicht einen Profi an ihrer Seite. Ihre Mutter ist gestern von einem Einbrecher getötet worden.»

«Du lieber Himmel!»

«Vorhin habe ich die Kollegen in Hannover angerufen, weil ich wissen wollte, wie die Ermittlungen vorangehen, aber niemand wollte mir etwas sagen.»

«Wie blöd.» Birgit wickelte das Bonbon aus.

«Und gerade habe ich zum ich weiß nicht wievielten Mal versucht, die Akte von Jan Schneider zu bekommen. Erst haben die Kollegen in Bonn die ganze Zeit behauptet, sie könnten die Akte nicht einfach so herausgeben, und jetzt ist sie angeblich verschwunden.»

Birgit sah ihn aufmerksam an. «Vielleicht stimmt es. Ist ja nicht so, als würde das hier in Düsseldorf nicht auch hin und wieder passieren. Akten gehen verloren, manchmal einfach so, manchmal hilft jemand nach, aber niemand spricht darüber. Hast du es schon bei der Staatsanwaltschaft versucht? Die müssten doch eine Kopie besitzen.»

Stadler schnaubte. «Vergiss es. Die mauern total.»

«Dann würde ich an deiner Stelle nach Bonn fahren und das vor Ort klären.» Sie hielt ihm die Tüte hin.

Er winkte ab. «Würde ich ja gern. Aber ich kann hier nicht weg. Nicht, solange unser Serienkiller frei herumläuft.»

Birgit nickte. «Das ist richtig. Apropos Serienkiller: Hast du diesen Herrn Dr. Bootz inzwischen erreicht?»

Herrmann Bootz war der letzte Besitzer eines Porsche Cayenne mit Sonderlackierung, den sie noch nicht befragt hatten. Alle anderen hatten sie inzwischen ausschließen können, weshalb sie die Suche auf ganz NRW ausgeweitet hatten. Bootz saß im Aufsichtsrat eines großen Konzerns und lebte in einer Villa in Meerbusch. Im Augenblick machte er gemeinsam mit seiner Frau Urlaub in seinem Ferienhaus im Tessin.

«Mit dem habe ich heute auch schon telefoniert. Und der

macht ebenso dicht wie die Kollegen in Bonn und Hannover. Er hat jede meiner Fragen mit einer Gegenfrage beantwortet, er wollte mir nicht mal sagen, ob er mit seinem Wagen in Urlaub gefahren ist oder ob der in Meerbusch in der Garage steht. Arrogantes Arschloch.»

«Einen Beschluss für eine Durchsuchung der Garage kriegen wir wohl kaum», sagte Birgit resigniert. «Dass der Mann die Kooperation verweigert, reicht nicht für einen Tatverdacht.»

«Ich halte ihn auch nicht für verdächtig», sagte Stadler. «Was für ein Motiv sollte ein Mann wie er haben, einen Studenten totzufahren? Wenn es ein Unfall mit Fahrerflucht gewesen wäre, dann vielleicht. Aber warum sollte Bootz Ruben Keller vorsätzlich überfahren haben? Der Typ ist einfach nur ein Kotzbrocken. Aber das ist nicht strafbar, leider!»

Es klopfte. Miguel steckte den Kopf zur Tür herein. «Kommt jemand mit? Drüben in Neuss an der A46 haben sie eine Leiche aus dem Baggersee gezogen.»

«Das hört sich doch sehr nach einem Badeunfall an», meinte Birgit.

«Im November?», fragte Miguel zurück. «In meiner Heimat vielleicht. Aber hier in Deutschland gibt es im November keine Badeunfälle.»

Birgit ließ sich nicht aus dem Konzept bringen. «Könnte doch ein Angler sein.»

«Könnte sein», räumte Miguel ein. «Dann aber im Drogenrausch. Die Kollegen von der Streife haben was von einer verdächtigen Einstichstelle im Unterarm gefunkt.»

«Scheiße. Wir haben doch wirklich schon genug am Hals. Können die Neusser das nicht selbst übernehmen?» Stadler spürte, wie ihn erneut die Wut übermannte.

Miguel grinste. «Ich sehe schon, die Wasserleiche darf ich

mir allein reinziehen. Mit einem Ausländer kann man das ja machen.»

Miguels gelassene Art besänftigte Stadler auf der Stelle, er musste schmunzeln. «Du schaffst das schon.» Dann wurde er wieder ernst. «Weiß man schon etwas über den Toten?»

«Er hatte Papiere bei sich.» Miguel zog einen Zettel aus der Hosentasche. «Friedrich Burgmüller, zweiundsechzig. Ehemaliger Lehrer für Mathematik und Physik. Frühpensioniert. Letzter Arbeitsplatz JVA Siegburg.»

Stadler erstarrte. Auch Birgit Clarenberg wurde schlagartig bleich.

Miguel sah überrascht von einem zum anderen. «Sagt euch das was?»

Stadler griff nach seiner Jacke. «Du hast das große Los gezogen, Miguel, den Nichtschwimmer übernehmen wir.»

Freitag, 1. November, 14:23 Uhr

Notebüll lächelte erfreut, als Liz sein Büro betrat. «Schön, dass Sie da sind. Haben Sie schon gehört? Ihrem Vater geht es viel besser. Mit ein bisschen Glück können Sie heute noch mit ihm sprechen.»

«Kann ich vielleicht einen Kaffee haben?», fragte Liz zurück. Die bemühte Heiterkeit des Polizisten ging ihr auf die Nerven. Vermutlich meinte er es gut, doch sie fühlte sich nicht ernst genommen. Außerdem kam es ihr mehr und mehr so vor, als ginge es Notebüll vor allem darum, sich selbst zu schützen.

«Natürlich gern.» Er erhob sich. «Ich kümmere mich darum. Kommen Sie mit. Kriminalhauptkommissar Degenhard möchte Sie kennenlernen. Er leitet die Ermittlungen.»

«Kriminalhauptkommissar Degenhard? Ich dachte, Sie seien zuständig?»

«Um Gottes willen, nein. Ich leite die Ermittlungen bei der Einbruchserie. Gestern hat die Mordkommission übernommen. Ich bin natürlich noch dabei, weil ich von Anfang an in den Fall involviert war und alle Details kenne, aber die Leitung hat Degenhard.» Er ging zur Tür.

Liz folgte ihm. «Was will Ihr Kollege denn von mir? Ich weiß doch gar nichts.»

«Das fragen Sie ihn am besten selbst.»

Schweigend liefen sie durch endlose Korridore, bis Notebüll an eine Tür klopfte und öffnete. «Frau Montario ist jetzt da.»

«Sie soll reinkommen», ertönte von drinnen ein tiefer Bass.

«Gehen Sie», raunte Notebüll Liz zu. «Ich besorge inzwischen Kaffee.» Wieder hatte Liz das Gefühl, er wolle sich vor irgendetwas drücken. Eine düstere Ahnung stieg in ihr auf.

In dem Büro saßen zwei Männer, die sie erwartungsvoll anblickten. Der eine war kräftig gebaut und trug einen grauen, sorgsam gestutzten Vollbart, der andere war deutlich jünger und spielte mit einem Päckchen Zigaretten herum.

«Frau Montario?», sagte der Bärtige. «Ich bin Kriminalhauptkommissar Jens Degenhard. Das ist mein Kollege Patrick Stürmer. Setzen Sie sich doch.» Er deutete auf einen Stuhl.

Zögernd ließ Liz sich nieder.

«Mein Beileid zum Tod Ihrer Mutter. Ich hoffe, Sie verstehen, dass wir Ihnen einige Fragen stellen müssen.»

«Selbstverständlich», erwiderte Liz steif.

«Wie ich höre, haben Sie sich gestern den Tatort angesehen», fuhr Degenhard fort. «Ist Ihnen etwas aufgefallen?»

Irritiert sah Liz ihn an. Was sollte das? Er wollte sie ja wohl kaum als Expertin im Mordfall ihrer Mutter hinzuziehen. Aber was wollte er dann? «Ich habe nur einen kurzen Blick in das Wohnzimmer geworfen. Außer dem vielen Blut habe ich nichts gesehen», antwortete sie zögernd.

«Haben Sie eine Idee, was passiert sein könnte?»

«Nein.»

Degenhard strich sich über den Bart, sein Kollege unterbrach kurz sein Spiel mit der Zigarettenpackung. Beide sahen sie erwartungsvoll an. Was wollten diese Typen von ihr? Was für eine Art Zeugenbefragung sollte das sein? Stand sie etwa unter Verdacht, und die Beamten wollten ihr eine letzte Chance geben, von sich aus die Tat zu gestehen?

«Wieso sollte ich eine Idee haben, was passiert ist?», fragte Liz aufgebracht. «Sie sind die Experten.»

«Na, Sie doch wohl auch.» Patrick Stürmer warf das Päckchen auf den Tisch. «Sie sind doch die berühmte Profilerin, die die Kanalmorde aufgeklärt hat.»

Liz verschränkte die Arme. Ging es hier etwa um Kompetenzgerangel? Wollten die beiden Polizisten ihr klarmachen, wer die Ermittlungen leitete und was sie von Psychologinnen hielten, die sich einmischten? «Ich fürchte, ich verstehe noch immer nicht, worauf Sie hinauswollen.»

«Dann helfe ich Ihnen auf die Sprünge», sagte Degenhard. «Und entschuldigen Sie bitte den ruppigen Tonfall meines Kollegen. Er ist verständlicherweise verärgert. Wir schätzen es nicht, wenn man uns die Wahrheit vorenthält. Das erschwert unsere Arbeit ungemein.»

Liz kniff die Augen zusammen, doch sie sagte nichts.

«Wir haben im Haus Ihrer Eltern eine Reihe Unterlagen gefunden», erklärte Degenhard.

Mit einem Mal begriff Liz.

«Daraus geht hervor, dass Sie vor Jahren den Familiennamen geändert haben», sprach Degenhard weiter. «Ihre Familie hieß ursprünglich Vermeeren. Bis Ihr großer Bruder drei junge Mädchen ermordete. Ist das richtig?»

«Das hat ja wohl nichts mit dem Einbruch zu tun», gab Liz zurück. Es fiel ihr schwer, die Fassung zu bewahren. Sie hatte weder die Verbrechen ihres Bruders noch die Gewalttat in ihrem Elternhaus begangen, im Gegenteil, sie hatte unter beidem zu leiden. Und trotzdem behandelten diese Männer sie, als trüge sie die Verantwortung dafür. Liz rieb sich die Schläfen. Plötzlich kam ihr ein Gedanke: Einer der Kanalmorde war in die Zuständigkeit der Kripo Hannover gefallen. Höchstwahrscheinlich hatten Jens Degenhard und Patrick Stürmer der Moko angehört, die sie durch ihre Doktorarbeit öffentlich bloßgestellt hatte. Liz stöhnte innerlich auf.

«Was für die Ermittlungen relevant ist, entscheiden wir lieber selbst», sagte Degenhard. «Über die Vorgeschichte Ihrer Familie hätten Sie uns gestern direkt informieren müssen.»

«Ich dachte, Sie suchen einen Einbrecher? Wie hätte ein Einbrecher wissen sollen, wer meine Eltern sind? Und warum sollte es ihn interessieren?»

«Sie haben den Tatort gesehen, Frau Montario. Sah das für Sie nach einem aus dem Ruder gelaufenen Einbruch aus?» Degenhard sah sie plötzlich sehr ernst an.

«Aber …» Liz' Herz krampfte sich zusammen. Sie biss sich in die Faust, um nicht in Tränen auszubrechen. Der Kommissar hatte genau das ausgesprochen, was sie am Tag zuvor gedacht hatte.

«Aber *was*?», hakte Stürmer nach.

Liz vergrub das Gesicht in den Händen. Wenn es nicht darum ginge, bei der Aufklärung des Mordes an ihrer Mutter zu helfen, hätte sie auf der Stelle den Raum verlassen. Liz hörte, wie Stürmer etwas Unverständliches murmelte und Degenhard ihn tuschelnd zurechtwies.

Liz nahm die Hände vom Gesicht. «Was wollen Sie von mir?»

Degenhard beugte sich vor. «Ich weiß, wie schwer das für Sie ist», sagte er mit überraschender Anteilnahme. «Ihre Mutter ist tot, Ihr Vater schwerverletzt. Aber angesichts der Art, wie der Angriff stattgefunden hat, müssen wir in Erwägung ziehen, dass es sich um einen gezielten Mordanschlag handelte, den Ihr Vater nur zufällig überlebt hat.»

Degenhards Worte wirkten wie ein Schlag in die Magengrube. «Sie meinen …»

«Ich halte es für sehr wahrscheinlich, ja. Deshalb muss ich wissen, ob Ihre Eltern in irgendeiner Form bedroht wurden. Bekamen Sie anonyme Anrufe? Oder Briefe? Ist ihnen jemand aufgefallen, der das Haus beobachtet hat?»

«Ich weiß nicht», antwortete Liz kleinlaut. «Meine Mutter hat immer und überall meinen Bruder gesehen, aber –»

«Ihren Bruder?», fiel Stürmer ihr ins Wort. «Aber der ist doch tot.»

«Sie hat es sich ja auch nur eingebildet. Letzte Woche noch hat sie mich deswegen angerufen. Angeblich stand er im Garten.»

«Was genau hat Ihre Mutter über den Mann gesagt, den sie im Garten gesehen hat?», fragte Degenhard.

«Das weiß ich nicht. Meine Freundin hat den Anruf entgegengenommen. Angeblich war er meinem Vater wie aus dem Gesicht geschnitten. Aber Hendrik sah meinem Vater überhaupt nicht ähnlich.»

«Ansonsten wissen Sie nichts?»

Liz schüttelte den Kopf. «Keine Drohanrufe, das hätten sie mir bestimmt erzählt.»

«Gut. Für den Augenblick ist das alles. Ich danke Ihnen.» Degenhard wirkte wie ausgewechselt. Von der anfänglichen Ruppigkeit war nichts mehr zu spüren. Womöglich war ihm selbst aufgefallen, wie unangemessen er sie behandelt hatte. Sein Kollege Patrick Stürmer hatte wieder angefangen, mit seinem Zigarettenpäckchen zu spielen. Seine Feindseligkeit war mit Händen greifbar.

Die Tür wurde aufgestoßen, und Notebüll trat ein, eine Tasse Kaffee in der Hand. Er platzierte das Getränk vor Liz. «Hat leider ein bisschen gedauert.»

«Wir sind gerade fertig.» Degenhard lächelte entschuldigend. «Aber Sie können natürlich gern noch Ihren Kaffee trinken.»

Liz nahm einen raschen Schluck. Der Kaffee war fast kalt und schmeckte bitter. «Danke, aber ich fahre jetzt lieber ins Krankenhaus», sagte sie und erhob sich.

Degenhard stand ebenfalls auf und reichte ihr die Hand. «Es kann sein, dass wir später noch Fragen an Sie haben. Nachdem wir mit Ihrem Vater gesprochen haben. Bleiben Sie in Hannover?»

Der Gedanke an ein einsames, steriles Hotelzimmer ließ Liz schaudern. «Ich fahre zurück nach Düsseldorf. Sie erreichen mich zu Hause.» Sie ging zur Tür. Sie hatte die Klinke schon in der Hand, als ihr einfiel, was Stadler sie gefragt hatte. Sie drehte sich um. «Hat der Täter das Messer im Haus gefunden oder hat er es mitgebracht?»

«Das Messer?» Degenhard sah erst sie verwundert an und dann Notebüll, der verlegen den Kopf senkte. «Ihre Eltern wurden nicht mit einem Messer verletzt. Die Tatwaffe war eine Rasierklinge.»

Samstag, 2. November, 8:42 Uhr

Wider Erwarten hatte Liz geschlafen wie ein Stein. Unter der Dusche wurde sie allmählich wach, und die Erinnerung an das, was sie am Tag zuvor in Hannover erfahren hatte, kehrte zurück. Ihre Eltern waren mit einer Rasierklinge angegriffen worden. Mit der gleichen Waffe, mit der Hendrik sich das Leben genommen hatte. Liz hatte sofort begriffen, weshalb Kriminalhauptkommissar Degenhard von einem gezielten Anschlag ausging. Welcher Einbrecher hatte eine Rasierklinge dabei, um sich im Notfall zur Wehr zu setzen? Eine Rasierklinge war die denkbar ungünstigste Verteidigungswaffe. Um sie zu benutzen, war sehr enger, sehr riskanter Körperkontakt notwendig. Jedes Taschenmesser, ja sogar jeder Baseballschläger war einfacher zu handhaben.

Die Rasierklinge war eine Botschaft. Doch von wem? Was bedeutete sie? Späte Rache von jemandem, der Hendrik Vermeerens Eltern die Schuld dafür gab, dass ihr Sohn ein Serienmörder war? Wer könnte über so viele Jahre so viel Hass aufgestaut haben? Und warum hatte er gerade jetzt zugeschlagen?

Jan Schneider. Er war erst kürzlich aus dem Gefängnis entlassen worden. Er hatte den Richter umgebracht, der ihn verurteilt hatte, davon war Liz überzeugt, auch wenn die Polizei noch zweifelte. War es möglich, dass Schneider ihre Eltern für seine lange Haft verantwortlich machte? So wie den Richter? Das ergab nur Sinn, wenn nicht Schneider, sondern Hendrik das Feuer gelegt hatte.

Liz drehte das Wasser ab. Das würde einiges erklären. Unter anderem auch, warum die Polizei in Bonn sich so schwer damit tat, Georg Stadler die Akte von Jan Schneider zu schicken. Vermutlich war die Beweislage gegen ihn ziemlich dünn. Vielleicht hatte sich sogar irgendwann herausgestellt, dass Schneider gar nicht der Brandstifter sein konnte. Aber aus irgendeinem Grund wurde er trotzdem verurteilt. Um einen Skandal zu vertuschen, Schlamperei bei den Ermittlungen oder bei den Sicherheitsvorkehrungen in der JVA.

Und nun war Jan Schneider frei und rächte sich an allen, denen er die Schuld daran gab, dass er zu Unrecht verurteilt worden war. Und da er sich an Hendrik Vermeeren nicht mehr rächen konnte, hatte er dessen Eltern dafür bezahlen lassen. Verdammt. Das klang alles sehr schlüssig. Vermutlich waren weitere Menschen in Gefahr. Sie musste sofort mit Stadler telefonieren.

Liz griff nach dem Handtuch und ging ins Wohnzimmer. Draußen schien die Sonne und ließ den Rhein glitzern. Zu dumm, dass ihr Vater gestern noch nicht ansprechbar gewesen war. Er lag zwar nicht mehr im Koma, aber er hatte nur ein paar unzusammenhängende Worte von sich gegeben, bevor er in einen tiefen Schlaf gefallen war.

Hastig trocknete Liz sich ab und hüllte sich in das Handtuch. Ihr Blick fiel auf Deborahs Handy, das auf dem Tisch lag. Zögernd nahm sie es in die Hand. Es widerstrebte ihr, ihrer Freundin hinterherzuspionieren, doch in diesem Fall musste eine Ausnahme erlaubt sein. Liz öffnete die Liste mit den eingegangenen Anrufen. Sechs Anrufe in Abwesenheit in den letzten Tagen. Bei fast allen Nummern stand ein Name, nur eine war unbekannt. Liz drückte auf Wählen.

Einige Male klingelte es, dann wurde abgenommen.

«Hallo?», fragte ein Mann.

Die Stimme war ihr völlig fremd. Sie wusste nicht, was sie erwidern sollte, wartete darauf, dass der Mann erneut sprach.

Was er schließlich sagte, raubte ihr den Atem. «Du hast mich also endlich gefunden, Liz.»

Samstag, 2. November, 8:48 Uhr

«Wie war die Besprechung mit dem Chef?», fragte Birgit Clarenberg.

Stadler winkte ab. «Keine Chance. Sobotta hat Axel Stranitzky die Leitung der Moko Wasserleiche übertragen. Axel ist schon auf dem Weg nach Neuss, um vor Ort das Team zusammenzustellen. Er und Sobotta halten mich für einen Verschwörungstheoretiker. Ich soll auf meinen gesunden Menschenverstand hören und mich nicht von der Psychotante einlullen lassen. Axel glaubt fest an ein Familiendrama. Marianne Burgmüller hat ihren Mann nämlich nicht vermisst gemeldet.»

Birgit runzelte die Stirn. «Das ist in der Tat ungewöhnlich. Hat sie einen Grund dafür genannt?»

«Nein. Sie redet überhaupt nicht. Aber Axel ist ganz sicher, die Wahrheit aus ihr herauszubekommen.»

«Womöglich hat er recht, Georg. Und dieser Fall hat nichts mit Jan Schneider zu tun.»

Stadler presste die Lippen zusammen. «Innerhalb von wenigen Wochen sterben vier Menschen, die im Zusammenhang mit Jan Schneiders Verurteilung und Haft stehen oder sich für ihn interessierten – und das soll Zufall sein?»

«Vier?» Birgit riss die Augen auf. «Ruben Keller, Richter Oliver Ziegler – falls es wirklich Mord war – und nun der ehemalige Lehrer. Das macht drei, nicht vier. Warum eigentlich der Lehrer? Hat er beim Prozess gegen Schneider ausgesagt?»

«Keine Ahnung.» Stadler zog seine Jacke aus und warf sie

über die Stuhllehne. «Wenn wir die Akte hätten, wüssten wir es vermutlich.»

Birgit verschränkte die Arme. «Und wer ist Nummer vier?»

«Niemand.»

Birgit seufzte. «Lass Axel mal machen. Er ist gut. Wenn Jan Schneider für die Tat verantwortlich ist, wird er Hinweise finden. Wir fahnden ja trotzdem weiter nach ihm wegen des Mordes an Ruben Keller. So oder so wird er uns nicht durch die Lappen gehen.» Sie blickte auf die Uhr. «Kurz vor neun. Wir müssen …»

Stadler schlug sich vor die Stirn. «Verdammt, ich muss Liz anrufen, ich habe es ihr versprochen.» Er hatte ein schlechtes Gewissen, weil er sich am Tag zuvor gar nicht mehr bei ihr gemeldet hatte. Aber nach dem Fund der Wasserleiche war ihm die Arbeit über den Kopf gewachsen. Zudem hatte er Ärger bekommen, weil er Miguel Rodríguez nach Bonn geschickt hatte, um sich vor Ort um die Akte Jan Schneider zu bemühen. Mit dem Ergebnis, dass der Kommissariatsleiter einen wütenden Anruf von seinem Kollegen aus Bonn erhalten hatte, die Akte jedoch nach wie vor unauffindbar war.

«Georg, verzettle dich nicht!», ermahnte ihn Birgit. «Du hast bereits zwei Mokos am Hals, du kannst nicht auch noch Babysitter für eine verzweifelte junge Frau spielen.»

«Was soll denn das heißen?», stieß Stadler hervor. «Liz ist immer noch die offizielle psychologische Beraterin der Moko Ripper. Vielleicht hat sie neue Erkenntnisse.»

Birgit verdrehte die Augen, sagte aber nichts.

«Schon gut», lenkte Stadler ein. Er durfte es sich nicht auch noch mit seiner Kollegin verscherzen, schließlich deckte sie seine Alleingänge. Er musste ihr gegenüber mit offenen Karten spielen. Außerdem konnte ihr klarer Verstand von Nutzen sein. «Kannst du ein Geheimnis für dich behalten?»

Birgit verschränkte die Arme. «Tue ich je etwas anderes für dich? Was ist es diesmal?»

Stadler zögerte. «Es geht um Liz. Aber du darfst es wirklich niemandem sagen, zumindest noch nicht.»

«Habt ihr euch verlobt?» Sie grinste.

Stadler schüttelte unwillig den Kopf. «Erinnerst du dich an den Fall Hendrik Vermeeren? Der Siebzehnjährige aus Duisburg, der drei Mädchen vergewaltigt und erdrosselt hat? Der Fall liegt mehr als sechzehn Jahre zurück. Vermeeren hat sich in der Haft umgebracht, in der gleichen Nacht brannte es in der JVA.»

Birgit Clarenberg nickte nachdenklich. «Ja, ich erinnere mich. Ziemlich spektakuläre Geschichte. Für die Brandstiftung wurde Jan Schneider verurteilt, der Mann, den wir seit Tagen suchen. Aber was soll Vermeeren damit zu tun haben? Der ist doch schon lange tot.»

«Das weiß ich auch nicht. Aber es gibt einen Zusammenhang, da bin ich ganz sicher. Liz Montario hat Ruben Keller nach Jan Schneider suchen lassen, angeblich, weil sie für ein neues Buch recherchiert. Nur das glaube ich ihr nicht.»

«Warum nicht? Was sollte sie sonst von ihm wollen? Und wo ist die Verbindung zu Hendrik Vermeeren?»

«Vermeeren war ihr Bruder.»

«Ach du Scheiße.» Birgit schlug die Hand vor den Mund. «Ihre Mutter! Sie ist die Nummer vier, über die du eben nicht sprechen wolltest.»

Stadler nickte. «Leider sind die Kollegen in Hannover nicht sehr gesprächig. Ich habe keine Ahnung, wie der Stand der Ermittlungen dort ist.»

«Du kannst das nicht länger geheim halten, Georg! Die Moko in Hannover muss wissen, wer das Opfer war. Und wir müssen diese Information in die Ermittlungen im Mordfall

Keller einbeziehen. Wir müssen Elisabeth Montario befragen, wir müssen wissen, warum sie Jan Schneider ausfindig machen wollte. Und was Schneider mit ihrem Bruder zu tun hatte. Sie muss uns alles erzählen, was sie weiß.»

«Ja, das müssen wir wohl.» Stadler fühlte sich wie ein Verräter, obwohl es dafür keinen Grund gab. Liz hatte ihm kein Geheimnis anvertraut, er hatte es selbst herausgefunden. Und er hatte lediglich versprochen, es nicht den Kollegen in Hannover zu erzählen. Es fühlte sich dennoch falsch an. «Ich bitte sie nach der Besprechung her. Sie wartet sowieso auf meinen Rückruf. Dann kommen wir im Fall Keller vielleicht endlich ein Stück weiter.»

«Zu blöd, dass wir die Zielfahndung nicht auf Jan Schneider ansetzen können», sagte Birgit. «Dann hätten wir ihn spätestens in drei Tagen hier sitzen – vorausgesetzt, dass er sich nicht ins Ausland abgesetzt hat.»

«Das geht leider nicht», pflichtete Stadler ihr bei. «Er ist weder ein Beschuldigter noch ein Zeuge im engeren Sinn. Alles, was ihn mit dem Fall verbindet, ist viel zu vage, um so eine Maßnahme zu rechtfertigen. Uns bleibt nichts anderes übrig, als ihn selbst zu finden. Gibt es denn was Neues an der Wagenfront?»

Clarenberg schüttelte den Kopf. «Die Ausweitung auf ganz NRW hat noch nichts gebracht – bis auf eine lange Liste mit Autos, die ausscheiden. Aber bis die Kollegen aus allen Regionen Rückmeldung gegeben haben, kann es dauern. Zumal Wochenende ist.»

«Mist! Die Karre kann sich doch nicht in Luft aufgelöst haben!» Plötzlich kam ihm ein Gedanke. «Haben wir überprüft, ob ein solches Modell in den letzten Tagen abgemeldet wurde? Verschrottet?»

«Ich glaube nicht. Ich kümmere mich darum.»

Stadler nahm seine Unterlagen vom Schreibtisch, er hatte die Moko lange genug warten lassen. «Dann mal los.»

Er ahnte, dass es ihm schwerfallen würde, sich voll und ganz auf die Berichte der Kollegen zu konzentrieren. Es mochte irrational sein, aber er konnte sich nicht des Gefühls erwehren, dass der Fall Jan Schneider eigentlich größer und dringender war als die Suche nach dem Ripper.

Samstag, 2. November, 8:57 Uhr

Fassungslos starrte Liz auf das Handy, das sie auf den Tisch geworfen hatte, als wäre es vergiftet. Kein Zweifel, sie hatte soeben mit dem Verfasser der anonymen Briefe telefoniert. Er hatte nichts weiter gesagt als den einen Satz und dann die Verbindung unterbrochen. Doch mehr hatte Liz auch nicht hören müssen.

Was wollte dieser Mann von ihr? Und wer war er? Jan Schneider?

Das würde bedeuten, dass der Mann, der Ruben Keller, den Richter und ihre Mutter kaltblütig ermordet hatte, die Handynummer ihrer besten Freundin kannte. Doch woher? War er der Fremde aus dem Supermarkt, mit dem Deborah sich treffen wollte? Nein! Da musste es keinen Zusammenhang geben. Liz zwang sich, einen kühlen Kopf zu bewahren, und Jan Schneider hatte keinerlei Grund, ihrer Freundin etwas anzutun. Wenn überhaupt, wäre Liz sein Ziel. Für den Anruf auf Deborahs Handy konnte es unzählige andere Erklärungen geben. Vielleicht war Schneider in ihrer Wohnung gewesen, hatte das Handy auf dem Tisch gesehen, es für ihres gehalten und sich die Rufnummer anzeigen lassen.

Liz' Knie gaben nach, sie wankte zum Sofa und setzte sich. Mit einem Mal fühlte sie sich in ihren eigenen vier Wänden nicht mehr sicher. Stadler hatte ihr gesagt, dass Jan Schneider eine Wohnung in der Nachbarschaft besaß. War er der Mann, den Deborah auf der Straße gesehen hatte? Beobachtete er Liz?

Hatte er womöglich Kameras installiert, um sie auszuspionieren? Panisch sah Liz sich in ihrem Wohnzimmer um. Was sollte sie tun? Stadler! Das war der einzige klare Gedanke, den sie zustande brachte. Sie musste ihn anrufen. Doch dazu musste sie aufstehen, und sie traute ihren Beinen nicht.

Das Telefon in der Diele klingelte. Stadler! Vielleicht hatte er gute Nachrichten. Aber was, wenn es Jan Schneider war? Sie schaffte es nicht, sich aufzuraffen.

Das Telefon klingelte hartnäckig weiter. «Reiß dich zusammen, Liz!», ermahnte sie sich. «Steh auf!» Sie erhob sich schwerfällig und stolperte auf zitternden Beinen in die Diele.

«Hallo?», fragte sie beklommen.

«Frau Montario? Hier ist Marianne Burgmüller.»

«O, hallo, Frau Burgmüller.» Eine Woge der Erleichterung durchflutete Liz. «Ist Ihr Mann wiederaufgetaucht?»

Frau Burgmüller schwieg.

«Hallo?», fragte Liz. «Geht es Ihnen gut?»

«Er ist tot», sagte Marianne Burgmüller leise.

«Ihr Mann ist tot?» Liz lehnte den Kopf gegen den Türrahmen. «Was ist passiert?»

«Er wurde ermordet.» Marianne Burgmüller begann zu schluchzen. «Jemand hat ihn in einem Baggersee ertränkt.»

Von einer Sekunde auf die andere schlug Liz' lähmende Angst in Wut um. Sie zweifelte keinen Augenblick daran, dass auch diese Tat auf Jan Schneiders Konto ging. Nun hatte er auch noch seinen ehemaligen Lehrer umgebracht. «Es tut mir sehr leid, Frau Burgmüller», sagte sie mechanisch und legte auf.

Einige Minuten stand Liz reglos in der Diele. Es war genau das eingetreten, was sie befürchtet hatte. Jan Schneider hatte einen weiteren Menschen getötet, den er für sein Schicksal verantwortlich machte. Liz ballte die Fäuste. Irgendjemand musste ihn aus dem Verkehr ziehen, und zwar auf der Stelle! Sie lief ins

Schlafzimmer. Innerhalb von einer Minute hatte sie ihre Jeans und einen schwarzen Rolli übergezogen. Zurück in der Diele stieg sie in ihre Stiefel, schnappte sich den Schlüssel und rannte die Treppe hinunter. Unschlüssig sah sie die Straße auf und ab. Was hatte Stadler gesagt? Zwei Häuser neben ihr?

Sie versuchte es erst in der falschen Richtung, doch schließlich entdeckte sie das Schild mit dem Namen ‹Hendricks›. Sie hatte den Finger schon auf dem Knopf, als sie plötzlich innehielt. Was machte sie da eigentlich? Jan Schneider war bestimmt nicht in der Wohnung, sonst hätte die Polizei ihn längst zur Vernehmung abgeholt. Und wenn er doch da war, wäre es dumm und gefährlich, ihm allein und unbewaffnet gegenüberzutreten. Das hier war kein Film. Und sie nicht Clarice Starling. Es war nicht ihr Job, Schneider zu stellen. Viel sinnvoller war es, das zu tun, worin sie gut war: Informationen zu sammeln, sie auszuwerten und Verbindungen zu erkennen, die sonst niemand sah.

Liz ließ den Arm sinken, kehrte in ihre Wohnung zurück und rief im Präsidium an. Stadler war in einer Besprechung und wollte so bald wie möglich zurückrufen.

Liz fuhr den Rechner hoch. Im Internet recherchierte sie jeden Artikel, jede noch so kleine Information, die sie über das Feuer in der JVA vor sechzehn Jahren finden konnte. Und über den Prozess gegen Jan Schneider und die aktuellen Ereignisse.

Bis erneut das Telefon klingelte. Diesmal war es die Klinik. Ihr Vater war wach und wollte sie sehen.

Samstag, 2. November, 10:13 Uhr

«Wie läuft es mit den Kaufhäusern und Spielwarenläden?», fragte Stadler, kaum dass alle Mitglieder der Moko Ripper auf ihren Plätzen saßen.

Florian Schenk, der junge Kollege aus der Vermisstenabteilung, der inzwischen zur Moko gehörte, ergriff das Wort. «Bisher leider Fehlanzeige. Diese Puppe geht wohl ziemlich häufig über den Ladentisch, und längst nicht in jedem Fall wurde sie mit Karte bezahlt. Die Käufer, die wir ermitteln konnten, haben wir überprüft. Negativ. Eine Verkäuferin konnte sich an einen Mann erinnern, der ihr merkwürdig vorkam, weil ihm der Kauf einer Puppe sichtlich unangenehm war. Ich habe den Mann ausfindig gemacht, doch leider war auch das eine falsche Fährte. Der Typ hat ein Patenkind, das nächste Woche fünf wird.»

«Sonst nichts?», fragte Stadler frustriert.

«Leider nein. Aber ich bleibe dran.»

Davon war Stadler überzeugt. Schenk war mit Feuereifer bei der Sache, und Stadler hatte bereits vorgefühlt, ob es eine Möglichkeit gab, den Kollegen ins KK 11 zu holen.

«Was machen die Zeugenbefragungen im Krankenhaus?», wollte er als Nächstes wissen.

«Wir haben da eventuell eine Spur.» Paul Heinrichs, der Kollege mit den rigiden Essenszeiten, wedelte mit einem Blatt. «Einer Krankenschwester aus der Notaufnahme, die schon sehr lange im EVK arbeitet, ist ein Mann in Pflegerkleidung aufgefallen, der etwa zwanzig Minuten bevor Tanja Matzurka tot aufgefunden wurde, mit einem Wäschewagen an ihr vorbeiging.»

«Warum ist er ihr aufgefallen?»

«Sie sagt, dass sie jeden kennt, der im Krankenhaus arbeitet, zumindest vom Gesicht her. Aber dieser Mann war ihr völlig fremd. Außerdem hat er sich ständig umgeschaut. Jedenfalls kam ihr spontan der Verdacht, der Mann hätte Medikamente geklaut und unter der Wäsche versteckt. Sie wollte ihn im Auge behalten, doch dann wurde ein Notfall eingeliefert, und sie hat die Sache vergessen.»

Stadler beugte sich vor. «Klingt die Frau glaubwürdig?» Sie hatten sich schon einmal mit einem Wichtigtuer blamiert, eine zweite Panne durfte es nicht geben.

«Absolut», antwortete Paul. «Und sie kann den Mann beschreiben. Phantombild ist in Arbeit.»

«Gut.» Stadler nickte. Das konnte der Durchbruch sein. «Das Bild geht sofort an die Presse, wenn es fertig ist. Wir suchen den Mann als Zeugen, klar?»

«Klar, Chef.» Paul warf einen Blick auf die Uhr.

«Zeit für das zweite Frühstück?», stichelte ein Kollege neben ihm. «Nicht dass deine Verdauung aus dem Lot gerät.»

«Immerhin habe ich eine», gab Paul zurück.

«Ruhe!», fuhr Stadler dazwischen. «Es geht weiter mit den Websites und Chatrooms. Birgit, magst du kurz berichten?»

Birgit warf einen Blick in die Unterlagen. «Unsere Computercracks haben sich die Rechner der beiden Opfer vorgenommen. Bei Tanja Matzurka war es einfach. Sie war in mehreren Foren aktiv, in denen sich User mit speziellen Neigungen austauschen. Theoretisch könnte jedes dieser Foren als Ort in Frage kommen, an dem der Täter seine Opfer ausguckt.» Sie konsultierte erneut ihre Notizen. «Da ist ein Forum für Transsexuelle, eins für alle möglichen Menschen mit ungewöhnlichen sexuellen Vorlieben und eins für Personen mit psychischen Problemen. Wir haben bei allen dreien die Betreiber kontaktiert. Einer hat gemauert, einer hat sich bereit erklärt, die Nutzer zu warnen, und einer hat die Nutzer gefragt, ob sie bereit sind, der Polizei ihre Klarnamen zu geben, um bei der Aufklärung einer Mordserie zu helfen. Eine ganze Reihe User war dazu bereit, doch etwa zwei Dutzend haben sich sofort abgemeldet und sind in der Versenkung verschwunden. An die kommen wir nicht mehr ran ohne einen richterlichen Beschluss, und ihr wisst selbst, wie schwer es ist, Daten aus dem Netz zu kriegen, sogar mit Beschluss. Die User, die uns freiwillig ihre Daten gegeben haben, sind überprüft. Wir konnten sie alle aus verschiedenen Gründen als Täter ausschließen.» Birgit holte Luft. «Auf Leonore Talmeiers Rechner haben wir nichts gefunden. Das heißt natürlich nicht, dass sie in keinem Forum angemeldet war. Sie war vermutlich sehr vorsichtig, schließlich hatte sie einen Ehemann, der nichts erfahren durfte. Wir haben auch ihren Computer im Büro untersucht, ebenfalls Fehlanzeige. Falls sie also irgendwo mit – hm, sagen wir ‹Leidensgenossinnen› gechattet hat, dann hat sie es nie von ihren eigenen Rechnern aus getan. Ich könnte mir vorstellen, dass sie dafür in ein Internetcafé gegangen ist. Unmöglich, das festzustellen. Sackgasse also.»

«Erstaunlich, dass sie auf einen Killer hereingefallen sein soll, wenn sie ansonsten so vorsichtig war», meinte Florian Schenk.

«Ich nehme an, dass sie sich unter Menschen, die das Gleiche durchgemacht haben wie sie, sicher gefühlt hat», wandte Birgit ein. «Aber das ist nur eine Vermutung. Vielleicht war sie überhaupt nicht in einem Forum angemeldet, und der Killer hat sie auf ganz andere Art ausfindig gemacht. Er könnte irgendwie Zugang zu Patientenakten haben, zum Beispiel bei einer Krankenkasse. Oder er hatte vor Gericht mit Leonore Talmeier zu tun, bevor sie operiert wurde.»

«Das können wir niemals alles überprüfen», murmelte Schenk resigniert.

«Unsere größte Hoffnung ist momentan das Phantombild», fasste Miguel Rodríguez zusammen. «Hoffentlich ist der Mann, den wir suchen, nicht tatsächlich ein Phantom.»

Samstag, 2. November, 12:36 Uhr

Liz erschrak, als sie die Tür zum Krankenzimmer öffnete und ihren Vater erblickte. Ulrich Montario war über Nacht um zehn Jahre gealtert. Am Tag zuvor hatte er bleich und erschöpft ausgesehen, heute wirkte er wie ein Greis.

«Papa, wie geht es dir?» Liz trat zu ihm ans Bett.

«Deine Mutter ...»

«Sie hat ihren Frieden gefunden, Papa. Bitte, quäl dich nicht. Du musst gesund werden, ich brauche dich.» Liz setzte sich auf die Bettkante und ergriff seine Hand.

«Das ist alles meine Schuld. Ich hätte nie zulassen dürfen, dass sie ...»

Liz' Herz krampfte sich zusammen. «Was hättest du nie zulassen dürfen?» Eine der Krankenschwestern hatte ihr erzählt, dass ihr Vater bereits von der Polizei befragt worden war. «Erinnerst du dich daran, was in der Nacht auf Donnerstag passiert ist? Hast du den Mann erkennen können?»

«Den Mann? Wovon redest du, Kind?»

«Von dem Einbrecher, Papa.»

Ihr Vater schloss die Augen, sein Atem ging schwer. «Ein Polizist war hier. Degen oder Wegen. Ich weiß nicht mehr.»

«Degenhard. Er leitet die Ermittlungen.»

«Genau der. Er hat auch von einem Einbrecher gesprochen. Keine Ahnung, was er meinte.» Wieder schloss Ulrich Montario die Augen.

«Du erinnerst dich gar nicht daran, was passiert ist, Papa?

Weißt du denn noch, wovon du in der Nacht aufgewacht bist? Hast du ein Geräusch gehört?» Liz wollte ihren Vater nicht quälen, doch sie brauchte Informationen. Auch die lange Autofahrt nach Hannover, die ihr viel Zeit gegeben hatte nachzudenken, hatte an ihrer Entschlossenheit nichts geändert. Sie wollte nicht mehr wegsehen, sondern sich der Wahrheit stellen. Und sie wollte Jan Schneider zur Strecke bringen, bevor er sie zur Strecke brachte.

«Doch, ich erinnere mich genau, mein Kind. Wie könnte ich ihn je vergessen, den Abend, der mein Leben zerstört hat.» Wieder holte Ulrich Montario mühsam Luft, als drücke ihm jemand die Kehle zu.

«Ist alles in Ordnung, Papa? Soll ich einen Arzt rufen?»

Er hob die Hand und winkte ab. «Ich brauche keinen Arzt.» Er versuchte sich aufzurichten. «Hilf mir.»

Liz griff nach der Steuerung und ließ den oberen Teil des Bettes hochfahren, bis ihr Vater fast aufrecht saß. «Gut so?»

«Ja.» Er tätschelte ihre Hand, sein Atem ging jetzt leichter.

Liz betrachtete sein eingefallenes Gesicht. Jemand musste ihn am Morgen rasiert haben, doch er hatte einige Stellen übersehen. Am Kinn und auf der linken Wange waren rötlich graue Stoppeln zu sehen.

«Du musst wissen, mein Kind, dass ich immer nur das Beste für dich und deine Mutter wollte. Das glaubst du mir doch, oder?»

«Natürlich, Papa.»

Er schwieg, schien mit sich zu ringen. Sein Mund öffnete sich ein paarmal, doch er brachte kein Wort über die Lippen.

Liz bekam plötzlich ein schlechtes Gewissen. «Du musst nichts sagen, Papa. Bestimmt hat dieser Degenhard dich schon gelöchert.» Sie konnte später den Kommissar fragen, was er in Erfahrung gebracht hatte. Obwohl dieser sich vermutlich daraufberufen würde, dass alle Informationen im Zusammenhang mit den Ermittlungen vertraulich waren.

«Doch, ich muss es dir sagen», widersprach Ulrich Montario. Das Luftholen schien ihm schon wieder Mühe zu bereiten. «Du musst es wissen, sonst verstehst du nicht …» Er stockte. «Es gibt etwas, das wir dir nie erzählt haben, Liz. Etwas über – über Hendrik.»

Liz hielt die Luft an.

«Er war nicht mein Sohn.»

«Was?» Liz glaubte, sich verhört zu haben. «Ich verstehe nicht. Was willst du damit sagen, Papa?»

«Deine Mutter und ich waren verlobt», begann Ulrich Montario schwer atmend. «Es war Freitagabend, wenige Wochen vor der Hochzeit. Wir waren essen und danach noch mit Freunden tanzen. Ich habe deine Mutter nach Hause gebracht. Sie teilte sich damals mit einer Freundin eine kleine Wohnung, die Freundin war allerdings verreist. Sie stieg aus dem Wagen, winkte mir, und ich fuhr davon.»

Liz war sich nicht sicher, ob sie hören wollte, was als Nächstes kam.

«Der Kerl muss im Hauseingang auf sie gewartet haben», fuhr Ulrich Montario fort. «Er zerrte sie in ein Gebüsch und vergewaltigte sie.»

Liz versteifte sich.

«Ich begleitete sie zur Polizei, als sie den Kerl anzeigte. Es war ein Spießrutenlaufen. Du kannst dir nicht vorstellen, was die Polizisten alles von ihr wissen wollten. Und von mir. Immerhin konnte deine Mutter den Mann recht gut beschreiben. Trotzdem wurde er nie gefasst.»

«Und Hendrik?», flüsterte Liz.

«Drei Wochen später stand fest, dass deine Mutter schwanger war. Fünf Tage vor der Hochzeit bekam sie das Ergebnis.

Wir wussten beide, dass ich nicht der Vater ihres Kindes sein konnte. Aber wir hatten niemandem erzählt, was deiner Mutter zugestoßen war. Dabei beließen wir es. Hendrik wurde geboren, und kein Mensch zweifelte auch nur eine Sekunde daran, dass er mein Sohn war. Warum auch? Er schlug halt völlig nach seiner Mutter, hatte ihr italienisches Blut in den Adern.» Ulrich Montario holte keuchend Luft, bevor er weitersprach. «Deine Mutter hat sich alle erdenkliche Mühe gegeben, aber ich glaube, sie hat es nie fertiggebracht, Hendrik zu lieben. Nicht so, wie sie dich geliebt hat. Sie hat ihn verwöhnt, ihn mit Geschenken überhäuft, weil sie ein schlechtes Gewissen hatte. Weil der Junge nichts dafür konnte, dass er sie tagtäglich an das Schreckliche erinnerte, das dieser Mann ihr angetan hatte.»

Liz umklammerte die Hand ihres Vaters. Ihr war schwindelig. Und kalt. «Hat Hendrik je die Wahrheit erfahren?»

«Ich fürchte, er hat schon früh gespürt, was seine Mutter ihm gegenüber empfunden hat. Und irgendwann muss er es herausgefunden haben. Keine Ahnung, wie. Jedenfalls ließ er keinen Zweifel daran aufkommen, dass er Bescheid wusste. Als wir ihn eines Tages dabei erwischten, wie er Geld aus dem Portemonnaie deiner Mutter nahm, sagte er: ‹Was erwartet ihr denn? Ich bin schlecht. Ich bin die Brut des Bösen. Das solltet ihr doch am allerbesten wissen.› Deine Mutter brach sofort in Tränen aus. Ich habe ihn gefragt, wie er das meine, und er sagte, dass er schon lange von seiner wahren Abstammung wisse. Er sagte noch eine Menge sehr hässliche Dinge, die ich nicht wiederholen möchte.»

Liz fragte sich, wie es sein konnte, dass sie von alldem nichts mitbekommen hatte. Hätte sie die Spannungen zwischen Hendrik und ihren Eltern nicht spüren müssen? Oder hatte sie die Erinnerung daran verdrängt, so wie sie die Erinnerung an Hendriks gemeine Geburtstagsüberraschung aus ihrem Gedächtnis gelöscht hatte? «Wie hat Hendrik das herausbekommen können?»

«Ich weiß es nicht. Vielleicht hat er alte Unterlagen durchsucht. Wir haben die Anzeige bei der Polizei nie weggeworfen, und auch das Schreiben nicht, in dem man uns mitteilte, dass die Ermittlungen eingestellt wurden. Er brauchte also nur noch zu rechnen.»

«Das muss furchtbar für ihn gewesen sein.»

«Es war für uns alle furchtbar. Wir haben versucht, Hendrik klarzumachen, dass er trotzdem unser Sohn ist und wir ihn lieben. Aber er wollte nichts davon hören.»

«Ist das beim Prozess gegen ihn zur Sprache gekommen?», fragte Liz. «Hat sein Verteidiger davon gewusst?»

«Nein. Wir haben es niemandem erzählt. Es hätte nichts geändert.» Ulrich Montario schloss die Augen. «Ich hätte deine Mutter damals nicht einfach vor der Haustür absetzen dürfen. Ich hätte sie hineinbringen müssen. Das alles ist meine Schuld. Ich habe zugelassen, dass jemand deiner Mutter das antut. Ich habe zugelassen, dass dieser Verbrecher unser Leben zerstört.»

Plötzlich spürte Liz Zorn in sich aufsteigen. Jahrelang hatte sie sich damit gequält, eine Erklärung zu finden für das Unerklärliche, dabei hätte ihr Vater nur einmal mit ihr zu reden brauchen, und sie hätte zumindest einen Anhaltspunkt gehabt, ein loses Ende, nach dem sie hätte greifen können. «Warum erzählst du mir das erst jetzt, Papa?», fragte sie mit mühsam beherrschter Stimme. «Du hättest mir das damals sagen müssen! Du musst doch gemerkt haben, wie verzweifelt ich nach Antworten gesucht habe!»

«Du warst doch noch so klein. Wir wollten dich schützen.»

«Schützen?» Liz lachte bitter auf. «Wovor denn? Meine Kindheit war zu Ende, als Hendrik verhaftet wurde. Du wolltest dich selbst schützen, Papa, nicht mich. Du bist damals in

Selbstmitleid versunken, und du tust es heute noch genauso. Wie es mir geht, hat dich nie interessiert!»

Ulrich Montario fixierte einen Punkt an der Wand. «Es war für uns alle nicht leicht, Kind», verteidigte er sich kaum hörbar.

«Ja, aber du hättest es in der Hand gehabt, es mir ein wenig leichter zu machen, Papa. Stattdessen musste ich heile Welt spielen und so tun, als hätte ich nie einen Bruder gehabt.»

Ihr Vater erwiderte nichts. Stattdessen schloss er erneut die Augen. Wenige Minuten später war er eingeschlafen, und Liz war allein mit ihren widerstreitenden Gefühlen. Fassungslos starrte sie ihn an. Wie brachte er es nur fertig, sich immer wieder vor der Auseinandersetzung zu drücken? Selbst mit seiner eigenen Tochter? Am liebsten hätte sie ihn wachgerüttelt und Antworten verlangt. Aber es hätte nichts gebracht. Frustriert erhob sie sich und ging zur Tür. Ohne sich noch einmal umzusehen, verließ sie das Krankenzimmer.

Auf dem Korridor kam ihr ein Gedanke. Ihre Mutter hatte zu Deborah gesagt, dass der Mann im Garten – der Mann, den sie für Hendrik gehalten hatte – seinem Vater wie aus dem Gesicht geschnitten sei. Vielleicht hatte sie nicht ihren Ehemann gemeint, sondern Hendriks leiblichen Vater, ihren Vergewaltiger. War es möglich, dass sich sein Gesicht so tief in ihr Gedächtnis eingebrannt hatte, dass sie ihn nach all den Jahren wiedererkannt hatte? Oder hatte sie über all den Kummer den Verstand verloren?

Samstag, 2. November, 16:53 Uhr

«Hallo, Liz», sagte Stadler ins Telefon. «Schön, dass ich dich endlich erreiche. Meinst du, du könntest aufs Präsidium kommen? Es gibt einiges zu besprechen.»

Am anderen Ende der Leitung blieb es still.

«Liz? Alles in Ordnung? Bist du sauer, weil ich gestern nicht angerufen habe?» Stadler lehnte die Stirn gegen das kühle Glas des Bürofensters. Er war allein, Birgit war mit Jürgen von der KTU auf dem Weg in die Eifel, wo Kollegen ein Fahrzeug mit verdächtigen Unfallspuren ausfindig gemacht hatten.

Liz sagte noch immer nichts. Warum waren Frauen nur so kompliziert?

«Liz? Was ist los?»

«Sorry. Ich musste mein Zimmer aufschließen. Ich bin in Hannover, ich werde heute hier übernachten. Im Hotel.»

Stadler glaubte nicht, dass das der einzige Grund für ihr langes Schweigen gewesen war, doch er wollte sie nicht bedrängen. «Wie geht es deinem Vater? Konntest du schon mit ihm sprechen?»

«Es geht ihm ganz gut.»

«Und? Hat er etwas zu dem Einbrecher gesagt? Konnte er den Mann beschreiben?»

Stadler hörte Liz seufzen. «Nein. Weder mir noch der Polizei. Er scheint ein völliges Blackout zu haben. Dafür erinnert er sich umso besser an Dinge, die Jahrzehnte zurückliegen.» Wieder ein Seufzen.

«Etwas Bestimmtes?» Gedankenverloren griff Stadler nach einem Buch, das er von zu Hause mitgebracht hatte.

«Er hat – nein, nichts Bestimmtes. Ich bin total erschöpft. Das alles wächst mir über den Kopf.»

Er stellte überrascht fest, dass er gern bei ihr wäre. Ohne Hintergedanken, einfach nur, um ihr beizustehen. Dabei hatte er sich bisher nie für einen großen Frauenversteher gehalten. Und er hatte nicht vor, einer zu werden. Trotzdem sagte er: «Mein Sofa steht dir jederzeit zur Verfügung.»

Liz lachte leise. «Danke.»

«Du hast mich heute Morgen versucht zu erreichen. Gab es einen bestimmten Grund?»

«Allerdings.» Sie klang mit einem Mal entschlossen. Etwas in ihr schien stärker zu sein als die Verzweiflung. «Ich bin mir inzwischen sicher, dass Jan Schneider sich auf einem Rachefeldzug befindet.»

«Aber doch nicht an Ruben Keller.» Stadler blätterte.

«Lassen Sie mich ausreden.»

«*Lass* mich ausreden», verbesserte Stadler. «Wir hatten uns auf *du* geeinigt.» Bloß keinen einmal gewonnenen Boden wieder aufgeben.

«Meinetwegen. Lass mich ausreden.» Sie klang jetzt beinahe ungeduldig. «Stell dir Folgendes vor: Mein Bruder war damals doch der Brandstifter. Er hat das Feuer gelegt, bevor er sich umbrachte, so wie es zuerst auch gemeldet wurde. Aus irgendeinem Grund wurde die Brandstiftung jedoch Jan Schneider angelastet. Der Grund spielt im Augenblick keine Rolle. Fest steht nur, dass er sechzehn Jahre unschuldig im Gefängnis saß. Und jetzt sollen alle bezahlen, die er dafür verantwortlich macht. Bis auf Ruben Keller. Der musste vermutlich sterben, weil er Schneider auf die Schliche gekommen ist. Er war kein Teil seines Racheplans.»

«Und deine Eltern mussten anstelle deines Bruders dran glauben?»

«Genau. Und der Lehrer hat vermutlich ebenfalls seinen Teil zur Verurteilung beigetragen. Wie, weiß ich nicht.»

Stadler richtete sich überrascht auf. «Davon weißt du auch schon? Kennst du Friedrich Burgmüller?»

«Ich habe kürzlich mit seiner Frau gesprochen. Sie sagte, er wurde ertränkt. Stimmt das?»

«Ja. In einem Baggersee. Jemand hat ihm ein Betäubungsmittel injiziert und ihn danach ins Wasser geworfen.»

«Jan Schneider ist offenbar nicht auf eine bestimmte Tötungsart festgelegt», stellte Liz nüchtern fest. «Ziemlich clever, denn so ist es viel unwahrscheinlicher, dass jemand einen Zusammenhang zwischen den Taten herstellt. Und? Was hältst du von meiner Theorie?»

«Sie deckt sich in etwa mit dem, was ich auch annehme. Ich habe vorhin mit Birgit darüber gesprochen. Leider ist mein Chef anderer Meinung. Du sagst, du hast mit Burgmüllers Frau gesprochen. Weißt du, warum sie ihren Mann nicht vermisst gemeldet hat?»

«Ja. Sie hat es mir erzählt. Es war eine Art Arrangement zwischen ihnen. Er war öfter mal länger fort.»

«Aha.» Stadler stieß auf die Seite mit dem Foto von Liz.

«Sie ist schwerkrank.»

«Aha», wiederholte Stadler, obwohl er noch immer nicht ganz verstand. «Liz, ich muss den Kollegen sagen, wer du wirklich bist.» Er fuhr mit dem Finger über das Bild.

«Ich weiß. Die hier in Hannover haben es ohnehin schon herausgefunden.» Jetzt klang sie wieder resigniert.

«Und ich muss dich dringend befragen. Du hast mir noch nicht alles erzählt. Ich muss die volle Wahrheit wissen.» Ein Gedanke durchzuckte ihn. «Auch du bist womöglich in Gefahr, Liz. Wir können dich nur schützen, wenn wir alles wissen.»

Sie schwieg.

«Warum hast du tatsächlich nach Jan Schneider gesucht, Liz? Und jetzt erzähl mir nichts von einem Buchprojekt. Die Geschichte glaube ich dir nämlich nicht.»

«Ich wollte heute Morgen schon mit dir darüber reden: Ich habe anonyme Briefe erhalten.»

«Verdammt! Was für Briefe?», fragte Stadler wütend. Warum hatte sie ihm das nicht gleich erzählt?

«Ich bekomme häufiger Briefe. Manche davon sind ziemlich merkwürdig. Die Menschen wollen mich testen oder sich wichtigmachen. Das bringt mein Beruf mit sich, vor allem seit das Buch erschienen ist.»

«Aber diese Briefe waren anders?» Er schob das Buch weg.

«Ja.»

«Inwiefern?» Warum ließ sie sich alles aus der Nase ziehen?

«Wenn Hendrik nicht tot wäre, würde ich sagen, die Briefe sind von ihm.»

Stadler schluckte. «Wieso das?»

«Wir hatten als Kinder ein Spiel. Wir nannten es ‹Finde mich›. Hendrik versteckte sich irgendwo, und ich musste ihn suchen. Es war kein normales Versteckspiel, eher eine Art Schnitzeljagd. Er legte Spuren, die ich richtig deuten musste. Der erste anonyme Brief bestand nur aus zwei Wörtern.»

«Finde mich.»

«Genau. Nachdem Ruben getötet worden war, bekam ich einen, in dem stand, dass ich mir keine Hilfe holen dürfe. Etwas in der Art.»

«Ach du Scheiße.»

«Es tut mir leid, dass ich das bisher nicht erwähnt habe. Es war mir zu – zu privat.»

Stadler unterdrückte seinen Ärger. Wenn Liz auflegte, würde er sie so schnell nicht wieder zum Reden kriegen. «Du glaubst, dass diese Briefe von Jan Schneider sind? Warum ausgerechnet von ihm?»

«Hendrik muss ihm von unserem Spiel erzählt haben.»

«Wie kommst du darauf?»

«Es gibt noch einen Brief. Den habe ich vor vielen Jahren bekommen. Von irgendeinem Karim, aus einer Haftanstalt. Etwa ein halbes Jahr nach dem Tod meines Bruders. Dieser Karim warnte mich vor Jan Schneider, er sagte, ich solle mich vor ihm in Acht nehmen. Einen Grund dafür hat er nicht angegeben. Doch er nannte den Namen Friedrich Burgmüller. Von dem könne ich mehr erfahren.»

«Und? Hast du Burgmüller gefragt?»

«Als ich es vor einigen Tagen versuchte, war es zu spät. All die Jahre über hat es mich nicht interessiert. Ich wusste ja nicht einmal, ob dieser Karim mir nicht einfach nur Angst machen wollte. Und jetzt ist Burgmüller tot.»

«Hat dieser Karim auch einen Nachnamen?»

«Den Brief hatte er nur mit seinem Vornamen unterschrieben, aber Marianne Burgmüller hat mir erlaubt, die Unterlagen ihres Mannes durchzusehen. Er hatte nur einen Schüler im fraglichen Zeitraum, der Karim hieß. Karim Meshad. Er saß gleichzeitig mit meinem Bruder und Jan Schneider eine Jugendstrafe in der JVA Siegburg ab.»

«Ich werde sofort veranlassen, dass er ausfindig gemacht wird.» Stadler nahm einen Stift.

«Hoffentlich ist es noch nicht zu spät.»

«Das hoffe ich auch.» Er notierte sich den Namen. «Wann kommst du nach Düsseldorf zurück? Ich muss dich offiziell befragen und ein Protokoll anfertigen. Vermutlich brauche ich auch noch mehr Details. Und die Briefe.»

«Ich komme wahrscheinlich morgen zurück.»

«Melde dich bitte sofort bei mir.»

Liz antwortete nicht, und Stadler dachte, dass sie aufgelegt hatte, ohne sich zu verabschieden. Bis sie sagte: «Ich war an der Haustür von diesem Jan Hendricks. Aber ich habe nicht geklingelt.»

«Um Gottes willen, Liz!» Stadler warf den Stift auf den Schreibtisch. «Lass den Blödsinn. Der Typ ist gefährlich! Am besten gehst du gar nicht mehr in deine Wohnung.»

«So bequem ist dein Sofa nun auch nicht.»

«Ich meine es ernst! Die Wohnung in Benrath wird inzwischen überwacht, Hendricks ist dort noch nicht wiederaufgetaucht, aber ich möchte trotzdem nicht, dass du dich auch nur in die Nähe begibst. Verstanden?»

«Ich *wohne* in der Nähe.»

«Stimmt.» Stadler seufzte. «Was ist mit deiner Freundin? Dieser Deborah, die du erwähnt hast. Kannst du ein paar Tage bei ihr unterkommen?»

Unvermittelt brach Liz in Tränen aus. Es dauerte eine Weile, bis sich Stadler aus dem Gestammel am anderen Ende der Leitung einen Reim machen konnte. «Deine Freundin ist verschwunden? Seit wann?»

«Montag», antwortete Liz, die sich inzwischen ein wenig beruhigt hatte. «Sie wollte sich mit einem Mann zum Mittagessen treffen und dann nach München zurückreisen.»

«Bist du sicher, dass sie nicht in München ist?»

«Sie hat ihr Handy bei mir vergessen. Und auf Festnetz erreiche ich sie nicht.»

«Das muss aber noch nichts heißen.»

«Das dachte ich bisher auch. Deb ist nicht gerade zuverlässig.» Liz sprach so leise, dass Stadler sie kaum verstand. «Heute Morgen bin ich die Anrufe auf ihrem Handy durchgegangen.

Es war eine unbekannte Nummer darunter. Ich habe angerufen, und ein Mann hat sich gemeldet.»

«Was hat er gesagt?»

«Du hast mich also endlich gefunden, Liz.»

«Verdammt, bist du sicher, dass du dich nicht verhört hast?»

«Ja. Obwohl es mir völlig unwirklich vorkommt, jetzt, wo ich es erzähle.»

«Ich kümmere mich darum. Ich bitte die Kollegen in München, bei deiner Freundin vorbeizuschauen, und ich lasse diese Telefonnummer überprüfen. Bitte mach dich nicht verrückt. Wo ist das Handy?»

«In meiner Wohnung.»

«Und die Nummer?»

«Weiß ich nicht auswendig.»

«Mist! Hat irgendwer einen Schlüssel zu deiner Wohnung?»

«Nein.» Sie schien zu überlegen. «Georg?»

Es war das erste Mal, dass sie seinen Vornamen sagte. «Ja?»

«Ich checke wieder aus. Ich komme zurück nach Düsseldorf. Mein Vater ist im Krankenhaus sicher. Er kommt ohne mich klar.» Sie stockte. «War das Angebot mit dem Sofa ernst gemeint?»

Stadler musste lächeln. Er blickte zum Fenster hinaus, hinter dem die Lichter der Stadt funkelten. «Ich stelle Bier kalt.»

Sonntag, 3. November, 7:14 Uhr

Es war noch dunkel, als Liz ihren Golf hinter Stadlers Mustang durch die menschenleere Innenstadt lenkte. Am Abend zuvor waren sie gemeinsam in Liz' Wohnung gewesen, um die anonymen Briefe und Deborahs Handy zu holen. Sie hatten alles in Gefrierbeutel gepackt, um nicht noch mehr mögliche Spuren zu verwischen, dann hatte Stadler mit den Kollegen vom MEK gesprochen, die seit dem Vortag vor Jan Hendricks Wohnung Wache hielten. Ohne Ergebnis.

Sie hatten die Tüten zum Präsidium gebracht, damit die KTU sich gleich am folgenden Morgen darum kümmern konnte. Stadler hatte sogar extra einen Kollegen angerufen, um sicherzustellen, dass dieser nicht glaubte, er habe ein freies Wochenende.

«Ihr arbeitet wohl rund um die Uhr», hatte Liz mitfühlend bemerkt.

«Nur wenn zwei ungeklärte Mordserien zu bearbeiten sind», hatte Stadler erwidert. «Andererseits schlagen wir uns oft wochenlang nur mit Routinefällen herum, und dann kommen wir auch mal pünktlich nach Hause. Zum Abfeiern der Überstunden reicht es allerdings nie.»

Wieder in Stadlers Wohnung, hatten sie Pizza bestellt und noch einmal alles durchgesprochen. Widerwillig hatte Liz sich eingestehen müssen, dass sie sich in der Gegenwart des Polizisten wohl fühlte. Geborgen. So wie früher bei Hendrik. Sie hatte für sich beschlossen, Stadler als großen Bruder zu betrachten, als jemanden, der ihr in dieser Krise beistand, nicht als potenziellen Liebhaber.

Liz hatte sich früh auf dem Sofa schlafen gelegt, doch sie hatte Stadler noch eine Weile in der Küche rumoren hören, bevor es endlich still wurde. Um sechs waren sie wieder aufgestanden. Stadler hatte mit seiner Luxusmaschine Espresso zubereitet, während Liz duschte.

Beide hatten das heiße Getränk im Stehen heruntergestürzt, bevor sie aufbrachen. Nun waren sie auf dem Weg ins Präsidium. Liz staunte, als sie im zweiten Stock aus dem Paternoster stiegen. In vielen Büros des KK 11 brannte schon Licht. Und das am Sonntagmorgen. Birgit begrüßte sie lächelnd, als sie hinter Stadler ins Zimmer trat.

«Guten Morgen, Liz. Ich habe schon von den anonymen Briefen gehört. Dann wollen wir mal hoffen, dass die uns zu Schneider führen.»

«Wie war es in der Eifel?», fragte Stadler, während er seine Lederjacke auszog und Liz einen Stuhl hinschob.

«Leider Fehlanzeige. Jürgen hat ziemlich schnell gesehen, dass die Unfallspuren an dem Wagen unmöglich von einem Zusammenstoß mit einem Fahrrad herrühren können. Der Fahrer hat vermutlich beim Einparken eine Hauswand oder einen Blumenkübel aus Beton gerammt.»

«Das könnte er doch absichtlich getan haben, um die Unfallspuren zu überdecken.»

Birgit Clarenberg schüttelte den Kopf. «Die Höhe stimmt nicht. Jürgen hat alles vermessen und jede Menge Fotos gemacht. Außerdem hat der Wagenhalter ein Alibi für den Tatabend. Und eine Verbindung zu Ruben Keller oder Jan Schneider gibt es auch nicht.»

«Was ist denn mit dem Mann aus Meerbusch, der im Urlaub ist?», fragte Liz. «Wird der noch überprüft?» Stadler hatte ihr von Herrmann Bootz berichtet, der es nicht für nötig hielt, der Polizei bei den Ermittlungen behilflich zu sein.

«Wir haben die Schweizer Kollegen um Amtshilfe gebeten», antwortete Birgit. «Aber zwingen können die ihn auch nicht. Wenn er denen sein Auto nicht zeigen will, haben sie keine Handhabe.»

Es klopfte, und ein älterer Kollege, den Liz aus der Moko Ripper kannte, steckte den Kopf zur Tür herein. «Morgen, Georg, Morgen, Birgit.» Er erblickte Liz und zog erstaunt die Brauen hoch. «Morgen, Frau Doktor Montario.» Er sah Stadler an. «Wollte nur berichten, dass das Phantombild raus ist. Das Regionalfernsehen zeigt es heute schon in den Nachrichten, die Zeitungen ziehen morgen nach. Und im Internet steht es natürlich auch, direkt als erste Meldung im Presseportal der Polizei Düsseldorf.»

«Es gibt ein Phantombild?», fragte Liz erstaunt. «Von dem Serienmörder?»

Birgit Clarenberg winkte mit einem Blatt. «Einer Krankenschwester ist ein Mann aufgefallen, er könnte der Täter sein.»

Liz nahm das Blatt entgegen und betrachtete die Zeichnung. Im ersten Augenblick schlug ihr Herz höher, weil sie glaubte, den Mann zu erkennen, doch dann verflüchtigte sich das Bild in ihrem Kopf. Es war wohl nur der Wunsch gewesen, doch noch den entscheidenden Hinweis zu liefern, nachdem ihr Täterprofil überhaupt nichts gebracht hatte. Die Zeichnung zeigte einen Mann zwischen dreißig und vierzig mit dunklem Haar, eng stehenden Augen und Vollbart. Auf den zweiten Blick war Liz sicher, ihn noch nie gesehen zu haben.

«Wir haben auch noch eine Variante ohne Bart», erklärte Birgit. «Der war vermutlich nicht echt.»

Liz nickte. «Wenn er sein bisheriges Tempo beibehält, hat er womöglich schon ein weiteres Opfer ausgewählt.»

«Das ist uns auch klar.» Stadler, der noch ein paar Worte mit dem Kollegen gewechselt hatte, schloss die Tür und wandte sich ihr zu. «Aber jetzt gucken wir erst mal, ob wir Karim Meshad auftreiben können. Und dann gehen wir noch einmal Punkt für Punkt durch, was wir gestern besprochen haben.»

Liz drehte eine Locke um ihren Finger. «Wenn es sein muss.»

«Ich wäre gern damit durch, bevor wir um neun Teambesprechung haben.»

«Dann stell nicht so viele Fragen», riet Liz.

Es dauerte viel länger als erwartet, da vor allem Birgit immer wieder nachhakte. Miguel stieß zwischendurch mit der Nachricht zu ihnen, dass ein Kurier aus Bonn mit der Akte unterwegs sei. Nach einem kurzen fragenden Blick in Richtung Liz informierte Stadler ihn ebenfalls über deren wahre Identität, die anonymen Briefe und Karim Meshad.

Miguel nahm die Neuigkeiten gelassen auf. «Wie gut, dass ich keine Geschwister habe», bemerkte er trocken. Dann fügte er nachdenklich hinzu: «Wir gehen also davon aus, dass Jan Schneider Ihnen nicht nur anonyme Briefe schickt, sondern auch unter dem Namen Jan Hendricks in Ihrer Nachbarschaft eine Wohnung angemietet hat. Er scheint sich regelrecht in Ihr Leben drängen zu wollen. Könnte es sein, dass er schon auf andere Weise Ihre Nähe gesucht hat, Liz?»

«Wie sollte er das getan haben?», fragte sie verdutzt.

Miguel zuckte mit den Schultern. «Keine Ahnung. Eine Zufallsbekanntschaft in der Bibliothek oder im Kino. Ein kleiner Auffahrunfall. Es gibt unendlich viele Möglichkeiten.»

Liz verschränkte nervös die Finger. «Mir fällt nur der Mann ein, der unter meinem Fenster gestanden hat.»

«Und den hattest du ganz sicher noch nie woanders gesehen?», fragte Stadler. «Denk nach, Liz. Miguel hat recht.

Schneider scheint ein Spiel daraus zu machen, dir nahe zu sein, ohne dass du es merkst.»

Liz überlegte. Plötzlich musste sie wieder an Boy denken, den sie zuvor schon in Verdacht gehabt hatte. Verflucht! Musste sie wirklich ihr ganzes Privatleben vor der Polizei ausbreiten?

Stadler beugte sich vor. «Und? Dir ist doch gerade etwas eingefallen, oder?»

Liz fuhr sich mit den Händen durch das Haar. «Also gut. Ich bin in einer Gruppe, einer Art therapeutisch begleiteter Selbsthilfegruppe für Menschen, die unter einem Trauma leiden. Wir treffen uns einmal in der Woche. Eine Therapeutin leitet die Gespräche. Es gibt dort einen Mann, der erst seit kurzem dabei ist. Ich habe das Gefühl, dass er Kontakt zu mir sucht. Letzte Woche hat er mich nach der Sitzung gefragt, ob ich mit ihm ausgehe. Das war auf dem Parkplatz, kurz bevor ich die Schmiererei auf meiner Heckscheibe entdeckt habe.»

«Die du leider weggewischt hast.» Stadler verzog das Gesicht.

«Genau die.»

«Wie heißt der Mann?», fragte Birgit. Sie hielt bereits einen Stift in der Hand.

«Boy», sagte Liz. «Ich kenne ihn nur als Boy. Wir kennen uns alle nur unter den Namen, die wir uns selbst gegeben haben. Das ist Teil des Konzepts.»

«Mist», fluchte Birgit. «Aber die Therapeutin weiß sicherlich mehr.»

Liz nickte und diktierte ihr Namen und Anschrift von Monika. «Ich glaube aber nicht, dass sie den richtigen Namen von Boy einfach so rausgibt. Ich fürchte, diese Information fällt unter die ärztliche Schweigepflicht.»

«Ich rede mit ihr.» Birgit lächelte.

Miguel sah auf die Uhr. «Es ist Zeit.»

Während sich die Moko traf, telefonierte Liz mit der Kripo Hannover und mit ihrem Vater im Krankenhaus. Weder Kriminalhauptkommissar Jens Degenhard noch Ulrich Montario waren sehr gesprächig. Degenhard beteuerte, dass es keine neuen Entwicklungen gebe, und ihr Vater sprach unablässig von Belanglosigkeiten, vom Laub, das dringend gekehrt werden müsse, und von der Kellertür, die seit Wochen quietsche. Er war wieder ganz der Alte. Sie hatte es nicht anders erwartet. Sie war noch immer wütend, und es kostete sie ungeheure Kraft, nicht einfach aufzulegen. Stattdessen fragte sie ihn, ob ihm noch etwas eingefallen sei. Er verneinte. An die Nacht des Überfalls konnte er sich angeblich nach wie vor nicht erinnern.

Degenhard hatte ihr zuvor schon berichtet, dass er selbst auch noch nichts aus ihrem Vater herausbekommen habe. Immerhin nahm er die Sache so ernst, dass er Ulrich Montario einen Polizisten vor die Zimmertür gestellt hatte. Von der Theorie des aus dem Ruder gelaufenen Einbruchs hatte er sich endgültig verabschiedet.

Liz stützte das Kinn auf die Hände, musterte die Berge von Unterlagen auf Stadlers Schreibtisch und dachte darüber nach, wie viel der Polizist inzwischen über sie wusste und wie wenig sie über ihn.

Das Telefon klingelte. Nach kurzem Zögern nahm Liz ab. Der Mann am anderen Ende der Leitung stellte sich als Kollege aus München vor, der Georg Stadler sprechen wolle.

«Geht es um Deborah Arendt?», fragte Liz, plötzlich hellwach. «Haben Sie sie gefunden?»

«Leider nein», sagte der Mann. «Eine Streife ist gestern Abend bei ihr vorbeigefahren, die Kollegen haben sie aber nicht in ihrer Wohnung angetroffen. Sie haben auch mit einer Nachbarin gesprochen. Sie sagte, Frau Arendt sei bei einer Freundin in Düsseldorf.»

Sonntag, 3. November, 10:23 Uhr

Gerade als Stadler hinter Birgit den Besprechungsraum verließ, betrat ein Kurier mit einem Schubwagen den Korridor. «Wo finde ich Kriminalhauptkommissar Georg Stadler?»

«Sie haben ihn gefunden. Ist das für mich?» Stadler deutete auf die aufgestapelten Kartons.

«Ja, bitte quittieren Sie hier den Empfang.» Der Bote hielt ihm ein Formular hin. «Wo soll ich das abladen?»

Stadler zeigte ihm den Weg in sein Büro, dann bat er Birgit, Miguel dazuzuholen. Aus mehr Personen bestand die Mini-Moko nicht, die Ruben Kellers Tod untersuchte, wenn man von den vier Beamten aus dem Verkehrsdezernat absah, die Stadler für die Überprüfung der Wagenhalter eingeteilt hatte. Eigentlich hätte er längst aufstocken müssen. Aber die erfahrenen Kollegen steckten alle in der Moko Ripper und in der Sonderkommission, die mit der Schießerei beschäftigt war. Und Stadler betrachtete es als Risiko, unerfahrenen Teammitgliedern Verantwortung zu übertragen, auch wenn es manchmal positive Überraschungen gab, wie etwa bei dem jungen Kollegen Florian Schenk.

Liz stand am Fenster, als Stadler hinter dem Kurier das Büro betrat. Er hatte völlig vergessen, dass sie noch dort war.

«Ein Kommissar aus München hat angerufen», sagte sie mit tonloser Stimme. «Deborah ist nicht zu Hause.»

«Du bist an mein Telefon gegangen?»

«Du warst nicht da.»

Stadler seufzte. Eigentlich hätte er sie nicht einmal allein im Büro zurücklassen dürfen. Sie war eine Zeugin und höchstwahrscheinlich persönlich in den Mordfall Keller involviert. Andererseits war sie offizielle Beraterin der Moko Ripper. Ihr ungeklärter Status irritierte ihn. Er musste aufpassen, dass er nicht gegen die Vorschriften verstieß, sodass irgendein gewitzter Anwalt seine Beweise vor Gericht anfechten konnte. «Dass die Kollegen deine Freundin nicht zu Hause angetroffen haben, muss noch nichts heißen», sagte er, obwohl er selbst ein ungutes Gefühl hatte. «Jedenfalls haben wir jetzt endlich die Akten zur Brandstiftung in der JVA vorliegen.» Er deutete auf die Kartons. «Mal sehen, was wir finden.»

Birgit und Miguel stießen dazu, und nach kurzem Abwägen des Für und Wider beschlossen sie, Liz an der Durchsicht der Akten zu beteiligen. Es musste ja niemand erfahren. Sie öffneten die Kartons und breiteten die Akten auf dem Boden aus. Es dauerte nicht lange, bis sie feststellten, dass einige Ordner fehlten. Sämtliche Vernehmungsprotokolle des Beschuldigten befanden sich nicht unter den Hunderten Seiten von Papier, und auch einige Zeugenaussagen schienen nicht darunter zu sein. Zudem war das Gutachten des Brandsachverständigen lückenhaft.

«Karim Meshad! Er steht hier auf der Liste der befragten Mithäftlinge!», rief Liz. «Seine Aussage muss irgendwo sein.»

«Welcher Ordner?», wollte Miguel wissen.

Gemeinsam durchsuchten sie alles, doch das Protokoll war unauffindbar.

«Das gibt es doch nicht!», schimpfte Stadler. «Sind die so schlampig? Oder haben die uns eine bereinigte Akte geschickt, in der genau die Unterlagen fehlen, die wir brauchen? Ich rufe sofort da an.» Er erhob sich vom Boden.

Birgit stand ebenfalls auf. «Lass mich das machen. Ein bisschen weibliche Diplomatie kann in einem solchen Fall nicht schaden. Vielleicht ist es ja nur ein Versehen.»

«Die Aussage von Friedrich Burgmüller ist auch nicht dabei», stellte Liz fest, die im Schneidersitz zwischen den Aktenstapeln saß. «Ein sehr merkwürdiges Versehen, wenn es denn eins ist.»

«Ich kläre das jetzt.» Birgit Clarenberg griff nach dem Telefon. Doch sie erreichte nichts. Es war Sonntag, und im Präsidium Bonn war nur der Bereitschaftsdienst zu erreichen, der ihnen nicht weiterhelfen konnte. Sie versuchte es unter der Privatnummer des zuständigen Kommissars, doch niemand hob ab.

«Immerhin haben wir sämtliche Berichte der kriminaltechnischen Untersuchung», sagte Miguel. «Und Teile des Gutachtens zur Brandursache. Als Brandbeschleuniger wurde eine Dose Pinselreiniger verwendet, die aus dem Werkraum stammte. Auf der Dose war ein halber Fingerabdruck von Jan Schneider. Aber zudem noch eine Reihe Abdrücke von anderen Häftlingen. Als Beweis hätte das kaum ausgereicht.»

«Was sonst?», fragte Stadler knapp.

«Puh, jede Menge. Aber es dauert Tage, bis wir das durchgearbeitet und die zentralen Fakten herausgefiltert haben.» Miguel fuhr sich verzweifelt durch seine braunen Strubbelhaare.

Sie machten sich wieder an die Arbeit. Zu viert saßen sie auf dem Fußboden und studierten die Unterlagen. Schließlich fand Liz eine brauchbare Information. «Hier sind Name und Anschrift von diesem Vermögensverwalter, der sich um Jan Schneiders Erbe kümmert. Der müsste doch wissen, wie und wo sein Klient zu erreichen ist.»

Stadler erhob sich und streckte den Rücken. «Wo wohnt er?»

«Hier in Düsseldorf. Eine Adresse in Golzheim.»

«Hoffen wir, dass er in den letzten sechzehn Jahren nicht umgezogen ist.» Birgit trat an ihren Schreibtisch. «Wie heißt der Mann?»

«Dieter Rossberg.» Liz reichte Birgit ein Blatt.

Birgit tippte etwas in den Computer. «Treffer! Er ist noch immer dort gemeldet.»

«Den sehe ich mir an.» Stadler griff nach seiner Jacke.

Liz sprang auf. «Ich bin dabei.»

«Das geht nicht. Du hast offiziell nichts mit diesen Ermittlungen zu tun.»

«Das weiß der Typ doch nicht», sagte Liz trotzig.

«Das spielt keine Rolle.» Ihre Sturheit nervte Stadler.

Liz griff nach ihrer Lammfelljacke und ging unbeirrt zur Tür. «Jan Schneider ist ein Killer. Wenn meine Einschätzung stimmt, hat er bereits vier Menschen getötet, ein weiterer Mordversuch misslang. Ich habe den Auftrag herauszufinden, welche Personen noch in Gefahr sein könnten. Dazu muss ich aber alles über Jan Schneider wissen, was es über ihn zu wissen gibt.»

«Du hast überhaupt keinen Auftrag in diesem Fall!», blaffte Stadler. «Du bist psychologische Beraterin im Ripper-Fall, beim Mordfall Ruben Keller bist du eine gewöhnliche Zeugin.»

Liz verschränkte die Arme. «Es liegt an dir, das zu ändern. Du darfst mich als externe Beraterin hinzuziehen. Ich habe mich informiert.»

Aus den Augenwinkeln sah Stadler das amüsierte Grinsen von Birgit und Miguel, was seine Wut noch schürte. «Auf keinen Fall.»

«Auch gut.» Liz öffnete die Tür. «Dann fahre ich jetzt nach Hause. Viel Spaß noch.»

Sonntag, 3. November, 11:32 Uhr

Liz gab Gas. Dieser arrogante Bulle ... Erst wollte er sie unbedingt bei den Ermittlungen dabeihaben, und plötzlich war sie nicht mal gut genug, um ihn zu einer Zeugenbefragung zu begleiten. So ein Vollidiot! Wenn Stadler sich einbildete, den Mörder ihrer Mutter zur Strecke bringen zu können, ohne dass sie dabei war, hatte er sich geirrt. Mit wem hatte Jan Schneider denn Kontakt aufgenommen? Mir ihr! Wer hatte also eine reelle Chance, diesen Irren aus der Reserve zu locken?

Liz bog in die Wirmerstraße ein und hielt nach der Hausnummer Ausschau. Schicke Gegend – zentrumsnah und trotzdem sehr ruhig. Lauter weiße Villen. Der Vermögensverwalter wohnte in einem modernen minimalistischen Bau, der wie eine Konstruktion aus Schneequadern und Eiswürfeln aussah. Liz parkte am Straßenrand und stieg aus. Vorsichtig sah sie sich nach allen Seiten um. Stadler schien noch nicht da zu sein. Sie durfte keine Zeit verlieren.

Als sie klingelte, hallte ein Gong durchs ganze Haus. Sekunden später wurde geöffnet. Der Mann in der Tür war schlank, trug einen Anzug, eine taubengraue Krawatte und Lederschuhe, die handgenäht aussahen. Nicht gerade die Kleidung, mit der man es sich am Sonntagvormittag auf dem Sofa bequem machte. «Ja, bitte?»

«Herr Rossberg? Ich bin Dr. Elisabeth Montario. Ich arbeite als psychologische Beraterin für die Kriminalpolizei Düsseldorf. Ist mein Kollege noch nicht da?» Sie spähte an ihm vorbei ins Haus.

«Kriminalpolizei? Worum geht es denn?» Der Mann wirkte plötzlich nervös. Eine nachvollziehbare Reaktion, wenn am Sonntagvormittag die Kripo vor der Tür stand.

Auf den zweiten Blick bemerkte Liz, dass Rossbergs Aufmachung nicht ganz so korrekt war, wie sie zunächst gewirkt hatte. Die Krawatte saß schief, und das graue Haar stand von seinem Kopf ab. Vielleicht hatte er gerade ein Nickerchen gemacht. «Könnte ich kurz hereinkommen, um Ihnen die Angelegenheit zu erläutern?», bat sie. «Es geht um etwas, das ich ungern an der Haustür klären möchte.» Wenn sie einmal im Haus war, konnte Stadler sie nicht einfach wieder fortschicken, wenn er eintraf. Nicht ohne eine Erklärung, die ihn selbst in ein schlechtes Licht rückte.

«Ähm. Also, ich weiß nicht ...» Rossberg warf einen Blick über die Schulter.

Im gleichen Augenblick ertönte im Haus eine Frauenstimme. «Alles in Ordnung, Liebling?»

«Alles bestens. Ich bin gleich wieder bei dir», flötete Rossberg zurück. Dann wandte er sich wieder Liz zu: «Also gut, kommen Sie.» Beinahe hektisch winkte er sie herein. Im Inneren war das Haus ebenso spartanisch wie von außen. In der langgestreckten Diele stand kein einziges Möbelstück, lediglich eine abstrakte Skulptur aus Naturstein.

Dieter Rossberg führte Liz in einen großen Raum mit einer Glasfront, die den Blick auf einen japanisch gestalteten Garten freigab. Alle Bäumchen waren akkurat zurechtgestutzt, darunter lag weißer Kies, genau in der Mitte verlief schnurgerade ein Wasserkanal. Obwohl es November war, verunstaltete kein einziges vertrocknetes Blatt das perfekt geharkte Arrangement.

Rossberg deutete auf ein cremefarbenes Ledersofa. «Bitte,

nehmen Sie Platz.» Er zog die Zimmertür zu. «Möchten Sie mir vielleicht jetzt sagen, worum es geht, Frau Montario? Oder sollen wir auf Ihren Kollegen warten?»

«O, wir können ruhig schon anfangen», antwortete Liz, überrascht von so viel Entgegenkommen. «Ich bin wegen Jan Schneider hier. Sie sind doch sein Vermögensverwalter?»

«Ach, Jan», sagte Rossbach betrübt. «Eine tragische Geschichte, das mit dem Jungen.»

Liz setzte sich. «Tragisch?» Sie betete stumm, dass Stadler nicht ausgerechnet jetzt klingelte. Rossberg schien ihr zu vertrauen.

«Ich war mit Jans Eltern befreundet. Ich bin mit seinem Vater zur Schule gegangen.» Er ließ sich ebenfalls nieder, auf ein identisches Sofa Liz gegenüber. «Jan war so ein fröhlicher, aufgeschlossener Junge. Und dann ist er außer Kontrolle geraten. Hat Diebstähle begangen, erst jüngere Mitschüler beklaut, dann hat er sich auch andere Opfer gesucht. Nach dem Tod seiner Eltern ist er vollends auf die schiefe Bahn geraten. Ich denke, der Schock, die Überforderung – das hat ihn in den Abgrund gestoßen.»

Liz wunderte sich, woher ein Mann, der so farblos war wie Rossberg, eine so poetische Wendung nahm. Vielleicht war es die einstudierte Standarderklärung, die er ablieferte, wenn jemand ihn auf Jan Schneider ansprach.

«Aber Sie sind nach wie vor für ihn da?»

«Wenn man das so nennen kann.» Rossberg legte die Fingerspitzen aneinander. «Ich kümmere mich um sein Erbe. Ansonsten haben wir bedauerlicherweise nicht sehr viel Kontakt.»

Liz nahm dem Vermögensverwalter das Bedauern nicht ab. Selbst wenn Rossberg mit Jan Schneiders Vater befreundet gewesen war, legte er bestimmt keinen Wert darauf, intensiven Umgang mit dessen kriminellem Sohn zu pflegen.

«Wissen Sie, wo er sich aufhält?»

Rossberg zog die Stirn kraus. Mit einem Mal war seine Haltung abwehrend. «Sie haben mir noch immer nicht gesagt, was Sie eigentlich von Jan wollen. Und wo bleibt eigentlich Ihr Kollege? Kann ich mal Ihren Dienstausweis sehen?»

Verdammt!

Liz setzte ein strahlendes Lächeln auf. «Kriminalhauptkommissar Georg Stadler und ich wollten uns hier treffen. Sie können sich gern im Präsidium nach mir oder ihm erkundigen. Ich bin psychologische Beraterin der Kripo, keine Polizistin, deshalb habe ich auch keine Polizeimarke.» Sie schob sich eine Haarsträhne hinter das Ohr. «Wir suchen Jan Schneider als Zeugen. Er könnte uns bei der Aufklärung einer Straftat helfen. Leider haben wir ihn unter seiner Meldeanschrift nicht angetroffen, und eine Telefonnummer haben wir auch nicht.»

«Sie suchen Jan als Zeugen? Worum genau geht es denn?» Rossberg wirkte noch immer misstrauisch.

Im selben Augenblick unterbrach der Gong der Türglocke ihr Gespräch. Rossberg sprang auf. «Das ist dann wohl Ihr Kollege, nehme ich an?»

«Das nehme ich auch an.» Liz zwang sich zu einem erneuten Lächeln, obwohl ihr vor der Begegnung mit Stadler grauste. Zumal sie noch nichts Konkretes herausgefunden hatte.

Rossberg verschwand im Flur, und wenig später stand Georg Stadler im Türrahmen. Liz war sofort klar, dass sie zu weit gegangen war. Stadler schien sich mühsam zu beherrschen, sein Gesicht war eine eingefrorene Maske.

«Ihre Kollegin hat mir bereits gesagt, dass Sie Jan als Zeugen suchen», sagte Rossberg und folgte Stadler ins Zimmer. Er schien von der Spannung zwischen seinen Gästen nichts zu bemerken. «Ich habe gerade versucht, Frau Montario zu erklären, dass ich erst wissen möchte, worum genau es geht.»

Stadler fixierte ihn. Liz ahnte, dass der arme Mann nun die Wut abbekommen würde, die eigentlich ihr galt.

«Es geht um mehrfachen Mord und um einen Täter, der erneut zuschlagen könnte», erwiderte Stadler steif.

«Und wie sollte Jan Ihnen da weiterhelfen können? Geht es um seine Kontakte im Gefängnis?»

«Dazu kann ich Ihnen nichts sagen, Herr Rossberg.» Eine Ader wurde auf Stadlers Stirn sichtbar, und Liz befürchtete, dass er jeden Augenblick die Beherrschung verlieren würde.

«Es ist wirklich sehr wichtig, dass Sie uns helfen», schaltete sie sich ein. «Sie wissen doch, wie viel von einer Zeugenaussage abhängen kann.»

Rossberg knetete seine Finger. «Ich weiß nicht ...»

Stadler trat dicht vor ihn. «Es ist sicherlich nicht Ihre Absicht, eine Mordermittlung zu behindern. Über die Konsequenzen muss ich Sie ja wohl nicht aufklären. Ich benötige sämtliche Kontaktdaten, die Sie haben, und zwar unverzüglich.»

«Aber ...»

«Der richterliche Beschluss ist in Arbeit. Und wenn in der Zwischenzeit ein weiterer Mensch ums Leben kommt, mache ich Sie persönlich dafür verantwortlich.» Stadler tippte dem Vermögensverwalter mit dem Finger auf die Brust.

«Ist alles in Ordnung, Schatz?», ertönte es gedämpft aus der oberen Etage. «Oder gibt es ein Problem?»

«Nein, nein, alles bestens. Lass dich nicht stören ... Ich bin gleich bei dir.» Rossberg wirkte mit einem Mal verlegen.

Liz war sich sicher, dass die Frau im ersten Stock nicht Frau Rossberg war.

Dieter Rossberg wandte sich wieder an Stadler. «Was genau wollen Sie von mir?», fragte er verunsichert.

«Eine Liste mit sämtlichen Immobilien, die Jan Schneider gehören, ebenso seine Rufnummer und sonstige Kontaktdaten.»

«Ich – ich weiß nicht, ob …»

Stadler zückte sein Telefon.

Rossberg hob die Hände. «Also gut. Ich habe Jan seit seiner Entlassung nur einmal gesehen. Ich habe keine Telefonnummer, er ruft mich an, wenn er etwas will. Immer mit unterdrückter Nummer. Ich schicke seine Post an ein Postfach. Wenn ich ihn erreichen möchte, sende ich ihm eine Mail. Die Adresse können Sie gern haben.»

«Geschenkt», blaffte Stadler ihn an. «Was ist mit den Immobilien?»

«Einen Augenblick, bitte.» Rossberg eilte aus dem Raum.

Eisiges Schweigen breitete sich aus. Liz kaute auf ihrer Unterlippe. Stadler ging vor der großen Glasfront auf und ab. Sein ganzer Körper schien unter Strom zu stehen. Die Zeit dehnte sich unendlich aus. Endlich kehrte Rossberg mit einem Blatt zurück und reichte es Stadler.

Der warf einen Blick darauf. «Ist die Liste vollständig?»

«Ja. Das sind alle Immobilien, die Jan von seinen Eltern geerbt hat. Die meisten sind vermietet, die vier, die ich angekreuzt habe, stehen im Augenblick leer.»

«Sicher, dass es keine weiteren gibt?», fragte Stadler.

«Bin ich natürlich nicht», erwiderte Rossberg. «Jan könnte ein Haus gekauft haben, ohne mich zu informieren. Er hat ein Konto, auf das ich keinen Zugriff habe. Darauf müsste sich ein mindestens sechsstelliger Betrag befinden.»

Liz schüttelte fassungslos den Kopf. So viel Geld. Kein Wunder, dass es Jan Schneider leichtfiel, sich unsichtbar zu machen. Sie erhob sich vom Sofa und ging auf die beiden Männer zu. «Hat Schneider in letzter Zeit etwas *ver*kauft?»

Rossberg stutzte. «Ja, das hat er tatsächlich. Die Villa in Meerbusch, in der er aufgewachsen ist. Mich hat es gewundert, dass er ausgerechnet sein Elternhaus verkauft hat.»

«In Meerbusch?», fragte Stadler mit plötzlichem Interesse. «Wissen Sie den Namen des Käufers?»

«Ja, Bolt oder Boot. Nein, warten Sie, Bootz heißt er.»

Fünf Minuten später zerrte Stadler Liz am Oberarm über den Bürgersteig, bis sie vor einem dunkelblauen Kombi standen.

«Du bist wohl völlig durchgeknallt», stieß er zwischen den Zähnen hervor und öffnete die Beifahrertür. «Rein!»

Liz gehorchte schweigend. Am besten ließ sie die Standpauke ohne Widerspruch über sich ergehen.

Stadler stieg auf der Fahrerseite ein, doch er machte keine Anstalten loszufahren. Eine Weile sagte er nichts. Dann brachen Wut und Angst ungefiltert aus ihm heraus: «Liz, bist du komplett wahnsinnig geworden? Ist dir alles egal? Das war völlig idiotisch! Mal ganz abgesehen davon, dass du deine Kompetenzen überschritten hast und mein Vertrauen in dich mit Füßen trittst: Du hast nicht nur dich, sondern die gesamten Ermittlungen in Gefahr gebracht! Verdammte Scheiße! Was, wenn Jan Schneider in dem Haus gewesen wäre? Du hättest tot im Keller gelegen, während ich gemütlich mit dem Vermögensverwalter geplaudert hätte.»

«Das halte ich für unwahrscheinlich», wandte Liz kleinlaut ein, bevor sie mit festerer Stimme weitersprach. «Dieser Typ ist viel zu korrekt und vor allem zu feige, um ein Komplize von Schneider zu sein. Mein Gott, seine einzige Sorge war doch, dass wir die Frau zu Gesicht bekommen könnten, die in seinem Schlafzimmer wartete.»

Stadler zog kurz die Augenbrauen hoch, doch er ließ sich nicht aus dem Konzept bringen. «Liz, die Frau ist mir scheißegal! Du konntest nicht wissen, was dich erwartet. Das war sträflicher Leichtsinn. Ich habe dich für vernünftiger gehalten. Leider habe ich mich getäuscht.»

«Was würdest *du* denn tun, wenn jemand deine halbe Familie umgebracht hätte? Abwarten und Däumchen drehen?»

«Du hast noch immer nicht begriffen, was auf dem Spiel steht!» Stadler schlug mit der Hand aufs Lenkrad. «Es geht hier nicht nur um dich und deine Familie. Du hast unsere Ermittlungen gefährdet. Wir müssen nicht nur herausfinden, wo Jan Schneider ist und ihn ergreifen, wir müssen vor allem hieb- und stichfeste Beweise gegen ihn beibringen, damit er für den Rest seines Lebens hinter Gittern landet. Jeder Verteidiger würde frohlocken, wenn er erfährt, dass eine betroffene Person in die Ermittlungen involviert war! Hast du eine Vorstellung, was für einen Schaden du mit deinem Alleingang hättest anrichten können? Und die Sache ist noch nicht ausgestanden. Möglicherweise telefoniert Rossberg gerade mit seinem Anwalt, um ihm haarklein alles zu berichten.»

Liz schwieg betroffen. Von dieser Warte aus hatte sie die Lage tatsächlich nicht betrachtet.

«Du bist vorläufig festgenommen», sagte Stadler und zog sein Handy aus der Jackentasche. «Zu deiner eigenen Sicherheit.»

«Das darfst du –»

«Und ob ich das darf! Ich kann dich vierundzwanzig Stunden lang festhalten, wenn ich es für richtig halte.»

«Und mit welcher Begründung bitte?» Liz verschränkte die Arme.

«Verdacht auf Manipulation der Ermittlungen. Du hast ungeklärte Beziehungen zu den Opfern und zu dem Verdächtigen und könntest Beweise vernichten.»

«Das ist doch Quatsch!»

Stadler schnitt eine Grimasse.

Liz streckte die Finger nach dem Türgriff aus, doch schneller, als sie reagieren konnte, drückte Stadler sie mit einer

Hand in den Sitz, während er mit der anderen nach den Handschellen griff.

«Du spinnst ja wohl!», rief sie aufgebracht.

«Wenn du vernünftig bist, lasse ich dich los.»

Liz begriff plötzlich, warum dieser Mann eine Mordkommission leitete. Stadler war nicht einfach nur ein ungehobelter Weiberheld, der sich nicht immer an die Vorschriften hielt. Er war vor allem ein ebenso guter wie erfahrener Ermittler. Und er hatte einen unbeugsamen Willen.

«Meinetwegen», lenkte sie ein. Alles war besser, als in Handschellen abgeführt zu werden. Stadler würde sich schon wieder beruhigen, wenn seine Wut verraucht war. Bis dahin würde sie die Zerknirschte spielen.

Stadler nahm seine Hand weg und drückte die Kurzwahltaste seines Mobiltelefons. «Birgit? Gibt es etwas Neues? Okay, schade ... Aber ich habe was für euch: Ich gebe dir jetzt vier Adressen durch, alles Immobilien von Schneider, die im Augenblick leer stehen. Ich brauche sofort einen Durchsuchungsbeschluss. Das MEK soll die Objekte ausspähen und feststellen, ob sich jemand dort aufhält. Aber niemand geht rein, bevor ich es sage. Schneider ist gefährlich.» Stadler diktierte Birgit Clarenberg vier Adressen in Düsseldorf.

«Und dann brauche ich einen weiteren Durchsuchungsbeschluss», fuhr er fort. «Und zwar für Grundstück und Garage von Herrmann Bootz.» Stadler lauschte kurz, dann antwortete er. «Ja, du hast richtig gehört. Bootz hat das Haus nämlich erst kürzlich von Jan Schneider erworben. Ich vermute, dass Schneider einen Schlüssel behalten und sich in Bootz' Abwesenheit Zugang verschafft hat. Ich könnte wetten, dass wir den Unfallwagen in der Garage finden. Eine Streife soll hinfahren und in einer Seitenstraße warten. Ich glaube nicht, dass Schneider dort ist, aber die Kollegen sollen sich trotzdem nicht vor dem Haus blicken lassen. Okay? Ich mache mich sofort auf den Weg dorthin. Sobald der Beschluss da ist, sehe ich mir die Garage an.»

Wieder sagte Birgit Clarenberg etwas, das Liz nicht hören konnte.

«Dann mach Druck!», antwortete Stadler gereizt. «Ich will in spätestens einer halben Stunde den Beschluss haben. Ruf Bootz meinetwegen vorher in seinem Ferienhaus an. Wenn er uns die Erlaubnis gibt, umso besser. Und noch etwas: Organisier eine sichere Wohnung für Frau Montario. Mit Bewachung, zwei Kollegen vor dem Haus, einer drinnen.»

Birgit erwiderte etwas, und erneut verstand Liz kein Wort.

«Ja, das weiß ich. Man darf ja mal träumen. Sprich mit Ruth Kröppke von der Wache. Sie schuldet mir noch einen Gefallen.»

Wieder lauschte Stadler, bevor er antwortete. «Ja, sofort. Ich bringe sie nachher selbst hin.» Dann beendete er das Gespräch.

So wollte er sie also kaltstellen! Aber das würde sie nicht mitmachen. «Du willst mich in eine sichere Wohnung abschieben?»

«Schön wär's, Liz, aber das ist leider gar nicht so einfach. Es bedeutet einen Haufen Papierkram und würde in diesem Fall wohl gar nicht genehmigt werden. Deshalb habe ich die unbürokratische Variante gewählt. Zwei Kolleginnen, die am Niederrhein leben, haben eine kleine Wohnung in Düsseldorf angemietet, wo sie schlafen, wenn sie nach dem Nachtdienst nicht mehr die lange Fahrt auf sich nehmen wollen. Eine der beiden ist mir etwas schuldig und stellt mir die Wohnung für Notfälle zur Verfügung.»

«Aber ich kann nicht gezwungen werden, Polizeischutz anzunehmen.»

«Du hast die Wahl zwischen der Wohnung und einer Zelle», sagte Stadler und drehte den Schlüssel im Zündschloss.

Sonntag, 3. November, 12:14 Uhr

Birgit Clarenberg knallte den Hörer auf die Gabel. «Der Richter will sich in Ruhe die Unterlagen ansehen. Er ruft in einer halben Stunde zurück.»

«Zu blöd, dass Stratmann nicht zu erreichen ist. Bei dem hätten wir die Durchsuchungsbeschlüsse sofort gekriegt.» Miguel wollte noch etwas hinzufügen, doch schon wieder klingelte sein Telefon. «Ja, Rodríguez?»

Birgit beobachtete Miguel, während er telefonierte. Er war zweifellos der attraktivste Mann im ganzen Präsidium – und aus unerfindlichen Gründen noch Single. Was für eine Verschwendung! Die jungen Dinger wie Linda Franke mochten für Georg Stadler schwärmen, aber sie fand Miguel viel interessanter. Vor allem traute sie ihm nicht zu, Frauen so unbedacht das Herz zu brechen, wie Stadler es tat. Stadler war zwar ihr Lieblingskollege, doch als Mann gab sie Miguel den Vorzug.

Miguel hielt die Muschel zu. «Ein Zeuge, der das Phantombild erkannt haben will», raunte er ihr zu.

Sofort spitzte Birgit die Ohren, obwohl sie von dem, was der Mann am anderen Ende der Leitung sagte, nichts mitbekam.

«Kriminalhauptkommissar Stadler ist unterwegs», sagte Miguel. «Aber ich bin mit den Ermittlungen genauso vertraut.» Er verstummte. «Ich kann versuchen, ihn zu erreichen, wenn Sie darauf bestehen.» Wieder hörte Miguel zu. «Ja, wenn Sie das so wünschen. Wir melden uns bei Ihnen.» Er legte auf und verzog das Gesicht. «Der Mann will nur mit Stadler sprechen. Mit Stadler und der Psychologin.»

Birgit horchte auf. «Mit Liz? Woher weiß er von ihr?»

Miguel zuckte mit den Schultern. «Sie hat für uns ein Täterprofil des Serienmörders erstellt. Vielleicht wurde es bei einer der Pressekonferenzen erwähnt. Außerdem war sie am Tatort im Krankenhaus.»

«Ruf Stadler an. Wenn jemand unseren Ripper identifizieren kann, hat das Vorrang. Die Garage von Herrmann Bootz kann er sich auch später noch ansehen.»

Miguel zückte sein Handy, tippte die Nummer ein und wartete. «Mist, er geht nicht ran.»

«Er ist mit dem Dienstwagen unterwegs», sagte Birgit. «Lass ihn anfunken.»

Miguel schüttelte den Kopf. «Da hören zu viele Leute mit. Ich habe die Adresse von dem Typ, er wohnt in Garath. Komm, lass uns selbst hinfahren. Ich bin Stadler, du Montario.»

«Du spinnst wohl!», protestierte Birgit. «Was, wenn der Zeuge weiß, wie die beiden aussehen?»

«Sollte ein Scherz sein.» Miguel griff nach seiner Jacke. «Kommst du?»

«Moment», sagte Brigit. «Wir sollten nichts überstürzen. Liz Montario hat gesagt, dass der Kerl mit uns spielt. Der Anruf könnte eine Falle sein.»

Miguel runzelte die Stirn. «Halte ich für unwahrscheinlich. Aber wir sollten uns absichern, da stimme ich dir zu. Wir bestellen das SEK dorthin. Und dann versuche ich noch mal, Georg zu erreichen.»

Sonntag, 3. November, 12:29 Uhr

Stadler steckte das Handy zurück in die Tasche. «Das war Miguel. Noch kein grünes Licht für die Durchsuchung der Garage. Aber dafür etwas anderes: Es gibt jemanden, der glaubt, den Mann auf dem Phantombild erkannt zu haben.»

«Und?», fragte Liz.

«Miguel und Birgit sind auf dem Weg zu ihm. Das könnte der Durchbruch sein.»

«Super.» Liz gab sich Mühe, erfreut zu wirken, doch es fiel ihr schwer. Der Serienmörder war ihr im Augenblick völlig gleichgültig. Sie interessierte sich einzig und allein für Jan Schneider.

Stadler lenkte den Dienstwagen in die Hindenburgstraße und entzifferte im Vorbeifahren die Hausnummern. Neugierig betrachtete Liz die schicken Anwesen rechts und links der schmalen Allee. Hier war Jan Schneider also aufgewachsen. Nicht gerade das Ghetto, in dem man einen Gewaltverbrecher verortete, aber Liz wusste, dass das ohnehin nur ein Klischee war.

An der Einmündung der Ahornstraße wartete ein Streifenwagen. Stadler ließ das Fenster herunter und erklärte den Neusser Kollegen die Sachlage. Langsam rollten die Fahrzeuge hintereinander durch das menschenleere Villenviertel.

Plötzlich machte Stadler eine Vollbremsung. «Verdammt!»

«Was ist los?» Liz sah ihn erschrocken an.

«Der Wagen dort.» Stadler deutete auf einen blauen Ford, der am Straßenrand geparkt war. «Ich könnte schwören, dass das ein Fahrzeug aus unserem Fuhrpark ist. Ich bin ihn selbst schon gefahren, der erste Gang hakt etwas. Linda Franke! Sie ist seit über einer Woche in diesem Haus! Scheiße!»

«Wer ist Linda Franke?», fragte Liz, mit einem Mal alarmiert.

«Eine Kollegin. Sie hat Sonderurlaub genommen, aber niemand weiß, wo sie steckt. Das Letzte, woran sie gearbeitet hat, war eine Liste mit den möglichen Tatfahrzeugen im Mordfall Keller. Verfluchte Scheiße! Warum habe ich nicht daran gedacht, dass sie mit einem Dienstwagen unterwegs sein könnte?»

«Du glaubst, sie hat die Wagenhalter auf eigene Faust überprüft? Ist das üblich?»

«Nein», antwortete er knapp.

Liz sah Stadler von der Seite an. Hinter der Sache steckte mehr, doch offenbar wollte er nicht darüber reden. Linda Franke musste die Kollegin sein, die er letzte Woche erwähnt hatte. Ihr fiel etwas anderes ein. «Hast du vorhin nicht angeordnet, dass alle Immobilien auf der Liste, die Rossberg dir gegeben hat, ausgespäht werden sollen? Dann könnten doch andere Kollegen mit dem Wagen hergekommen sein.»

Stadler schüttelte den Kopf. «Das Haus in Meerbusch war nicht darunter, weil es verkauft wurde. Hier habe ich nur den Streifenwagen hinbestellt.»

Stadler parkte hinter dem Ford, gab das Kennzeichen durch und erhielt kurz darauf die Bestätigung, dass es sich um einen Dienstwagen handelte. Sofort forderte er Verstärkung an.

Er wandte sich an Liz. «Du bleibst auf jeden Fall im Wagen. Verstanden?»

«Musst du nicht auf den Beschluss warten?», fragte sie.

Stadler warf einen grimmigen Blick auf das Auto vor ihnen. «Nicht in diesem Fall.»

Liz tat es ihm gleich. «Verstehe.»

Er stieg aus und ging in Begleitung der beiden Streifenbeamten auf das Grundstück zu. Das Tor stand offen, schon bald waren die drei hinter der Mauer nicht mehr zu sehen. Nachdenklich musterte Liz den Ford, der vor ihr auf der Straße stand. Was hatte Stadler ihr nicht über diese Linda erzählen wollen? Warum hatten seine Kollegen nicht nach ihr gesucht, wenn der Verdacht bestand, dass mit ihrem Sonderurlaub etwas nicht stimmte?

Das Auto war schmutzig, so als wäre jemand damit über einen schlammigen Untergrund gefahren. Liz blickte die Straße auf und ab. Müsste ein solches Auto in dieser Gegend nicht auffallen wie eine Krähe in einem Schwarm Paradiesvögel? Würde nicht einer der Anwohner die Polizei benachrichtigen, wenn ein total verdreckter fremder Wagen über eine Woche hier stand?

Liz kniff die Augen zusammen. Am Rand des Kofferraums war etwas Weißes zu sehen. Vogeldreck? Nein, ein Stück Stoff vielleicht. Liz reckte den Hals, doch sie konnte nichts Genaues erkennen. Zögernd löste sie den Gurt. Sie blickte zu dem Grundstück, wo die drei Männer verschwunden waren. Nichts.

Vorsichtig öffnete Liz die Wagentür und stieg aus. Stadler konnte ihr wohl kaum verbieten, sich ein bisschen die Beine zu vertreten. Langsam ging sie um den Ford herum. Im Innenraum war nichts Auffälliges zu entdecken. Sie bückte sich, und betrachtete die Unterseite des Wagens. Auch hier fiel ihr außer den Schlammspritzern nichts auf. Der Untergrund war feucht, genau wie der übrige Straßenbelag. Kein Wunder, noch am Vormittag hatte es heftig geregnet. Aber müsste es unter dem Wagen nicht trocken sein, wenn er hier schon seit Tagen stand?

Liz stockte der Atem. Sie ging zurück zum Heck und betrachtete den weißen Fleck, den sie vom Auto aus gesehen hatte. Es war tatsächlich ein Stück Stoff, das aus dem Kofferraumdeckel hervorlugte.

Liz blickte sich zögernd in alle Richtungen um. Von Stadler und seinen Kollegen war noch immer nichts zu sehen, auch die Verstärkung ließ auf sich warten. Behutsam wickelte sie ihren Jackenärmel um die Hand, um keine Fingerabdrücke zu hinterlassen, und versuchte, den Kofferraum zu öffnen.

Wider Erwarten sprang der Deckel sofort auf.

Erschrocken zuckte Liz zurück. Der Gestank, der ihr entgegenschlug, war widerwärtig. Schweiß, Urin und noch etwas, das sie nicht identifizieren konnte. Sie hielt sich die Hand vor die Nase und spähte ins Innere, darauf gefasst, die Leiche der Polizistin im Licht der Kofferraumbeleuchtung zu entdecken.

Liz schrie auf, als sie tatsächlich eine Frau erblickte, geknebelt, an Armen und Beinen gefesselt, und mit weit aufgerissenen Augen. Doch im nächsten Augenblick stieß sie erleichtert Luft aus. Die Frau blinzelte.

Hastig machte Liz sich daran, zuerst den Knebel und dann die Fesseln zu lösen. Die Frau wimmerte leise. Liz rannte zurück zu dem anderen Dienstwagen, um ihr Handy aus der Handtasche zu holen, als sie Stadler und die Streifenbeamten zurückkommen sah. Offenbar hatten die Polizisten sie schreien gehört.

«Hierher!», rief Liz. «Sie ist hier. Sie lebt!»

Stadler hatte bereits sein Telefon am Ohr. Als er ankam, beendete er das Gespräch. «Linda!»

Liz sah, dass seine Augen feucht waren. Die Frau schien ihm nicht gleichgültig zu sein. Deshalb hatte er nicht über sie reden wollen.

«Linda, ich bin so froh ...» Er beugte sich über den Kofferraum.

Die Frau gurgelte eine unverständliche Antwort.

«Wir sind solche Idioten», fluchte Stadler und hob seine

Kollegin behutsam aus dem Wageninneren. «Solche verdammten Idioten! Es wäre so einfach gewesen, dich zu finden, wenn wir nur unseren Kopf benutzt und richtig gesucht hätten.»

Liz wandte sich ab. Sie verzichtete darauf, Stadler zu erklären, dass der Täter den Ford mit der gefesselten Frau erst vor weniger als vierundzwanzig Stunden hier abgestellt haben konnte, dass Linda längst tot wäre, wenn sie seit über einer Woche wie ein Paket verschnürt und ohne Wasser in dem Kofferraum gelegen hätte. Diese Erkenntnis würde Stadler früher oder später sowieso kommen.

Liz lehnte sich an den Polizeiwagen und wünschte sich, sie würde rauchen. Dies wäre der Moment für eine Zigarette. Vielleicht sollte sie auf Deborah hören. Nicht mehr so verflucht vernünftig sein, sondern endlich anfangen zu leben.

Ein Krankenwagen näherte sich, zwei Männer sprangen heraus und kümmerten sich um die entkräftete Polizeibeamtin. Liz sah zu, wie die beiden die Frau zu dem Wagen geleiteten. Jan Schneider hatte der Polizistin keine ernsthaften Verletzungen beigebracht. Und er hatte den Wagen so geparkt, dass sie früher oder später gefunden werden musste. Vielleicht hatte er sogar das Stück Stoff absichtlich in die Kofferraumklappe eingeklemmt.

Schneider hatte nicht die Absicht, Unschuldigen zu schaden. Er rächte sich erbarmungslos an denen, die er für sein Schicksal verantwortlich machte, doch er schonte die, die ihm nichts getan hatten.

Die Erkenntnis nahm eine große Last von Liz' Schultern. Jan Schneider war kein Monster. Natürlich waren seine Taten grausam und durch nichts zu rechtfertigen. Aber er schlachtete nicht willkürlich Menschen ab, wie der Ripper es tat. Jan Schneider befand sich auf einem Rachefeldzug, die Morde des Rippers waren von ganz anderem Kaliber.

Sonntag, 3. November, 12:42 Uhr

Eine halbe Stunde nach dem Telefonat mit dem Zeugen hielten Birgit und Miguel vor einer Hochhaussiedlung im Süden der Stadt.

Der Einsatzleiter des SEK wartete bereits auf sie. Miguel bat die Männer, Birgit und ihn ins Haus zu begleiten, sich aber zunächst im Hintergrund zu halten. Sie sollten nur eingreifen, falls sich herausstellte, dass der Anrufer – angeblich ein Rentner namens Hartmut Brinkmann – kein harmloser Zeuge war.

Sie gingen auf das Haus zu, dessen Wände mannshoch mit Graffiti beschmiert waren. Müll sammelte sich in den fast kahlen Gebüschen vor den Fenstern, ein Einkaufswagen lag in einem verwaisten Sandkasten. Nach einigem Suchen fand Birgit das Klingelschild, auf dem Brinkmann stand, und drückte den Knopf. Es dauerte lange, bis eine Stimme durch die Sprechanlage zu ihnen drang.

«Ja, bitte?»

«Polizei hier», sagte Miguel. «Bitte machen Sie auf. Welches Stockwerk?»

Ein kurzes Schweigen folgte, dann wieder die Stimme. «Achter Stock. Links.»

Es summte, und Birgit drückte die Tür auf. Drinnen stank es nach Abfall und Fäkalien. Auch hier waren die Wände beschmiert, Putz bröckelte ab, ein Kinderwagen ohne Räder stand in einer Ecke, daneben zwei Fahrräder und eine Gehhilfe.

«Nett hier», stellte Miguel fest.

Die Männer des SEK folgten ihnen. Zwei begaben sich über das Treppenhaus nach oben, die übrigen warteten mit Birgit und Miguel auf den Aufzug. Doch der ließ auf sich warten. Schweigend standen sie da und starrten auf die Türen, auf die jemand das Wort «Scheißbullen» geschmiert hatte.

Ein alter Mann mit schlabberiger Cordhose, Bart und Baseballkappe kam die Treppe herunter geschlurft. «Das blöde Ding geht schon den ganzen Morgen nicht», sagte er mit einem Blick auf den Aufzug. «Aber versuchen Sie es noch mal, jetzt müsste er eigentlich wieder funktionieren.»

Birgit trat einen Schritt zur Seite, um den unangenehm stinkenden Mann passieren zu lassen, während Miguel erneut auf den Kopf drückte. Tatsächlich klackte es hinter den Metalltüren, der Aufzug hatte sich in Bewegung gesetzt. Es dauerte ein paar Sekunden, dann ertönte ein Klingelton, die Türen fuhren auf.

Birgit warf einen Blick ins Innere. Gleichzeitig stöhnte Miguel neben ihr entsetzt auf.

Sonntag, 3. November, 12:58 Uhr

Stadler nahm die zwei Kaffeebecher entgegen und ging zu dem Wagen, in dem Liz saß und wartete. Er stellte die Becher auf dem Dach ab, öffnete die Fahrertür, griff erneut nach den Bechern und stieg ein.

«Hier.» Er reichte Liz eins der heißen Getränke. «Hat einer der Neusser Kollegen organisiert.»

«Danke.» Sie umfasste den Becher mit beiden Händen und nahm einen Schluck.

Stadler betrachtete Liz. Sie wirkte ruhiger als noch vor einer halben Stunde, beinahe zufrieden. «Tut mir leid, dass das alles so lange dauert. Gleich können wir los.»

Sie warteten auf den Abschleppwagen, der den schwarzen Cayenne abholen sollte. Das Fahrzeug stand in der Garage. Es wies erhebliche Unfallspuren auf. Stadler war sicher, dass Ruben Keller mit diesem Wagen totgefahren worden war.

«Ich habe es nicht eilig», antwortete Liz.

Stadler zog erstaunt die Augenbrauen hoch. «Das wirkte vorhin noch ganz anders.»

«Da wusste ich noch nicht, was ich jetzt weiß. Jan Schneider ist weniger abgebrüht, als ich dachte. Ich halte es sogar für möglich, dass seine Taten eine Art Hilferuf sind.»

«Ein Hilferuf?»

«Na ja. Das ist vermutlich übertrieben.»

Stadler begriff. «Er hat Linda am Leben gelassen. Meinst du das?»

«Ja.»

Stadler nahm einen Schluck Kaffee. «Ich kann das nicht so positiv sehen, auch wenn ich heilfroh bin, dass er Linda verschont hat. Immerhin hat er mindestens drei andere Menschen getötet.»

«Ich weiß ja auch nicht …» Liz fuhr sich durch die roten Locken. «Es ist nur so ein Gefühl.»

Stadlers Handy klingelte. Er warf einen Blick auf das Display und meldete sich. «Ja, Miguel, was gibt es?» Bestimmt konnte sein Kollege mit Neuigkeiten von der Befragung des Zeugen aufwarten, der das Phantombild erkannt haben wollte. Wäre zu schön, wenn sie zu dem Gesicht des mutmaßlichen Rippers einen Namen hätten. Das wäre der zweite Ermittlungserfolg innerhalb von einer Stunde.

Doch Miguel raubte Stadler seine Illusionen mit zwei kurzen Sätzen. «Du musst sofort herkommen, Georg. Das hier ist die Hölle.»

«Was soll das heißen?»

«Unser Serienkiller hat wieder zugeschlagen.»

Stadler erstarrte. «Scheiße. Der Zeuge?»

«Der Anruf kam wahrscheinlich vom Ripper höchstpersönlich. Er wollte uns an den Tatort locken.»

Stadler schloss kurz die Augen. «Und das Opfer?»

«Wieder eine Frau. Eindeutig die Handschrift unseres Killers. Multiple Stichwunden und ein aufgeschlitzter Unterleib. Auch eine Puppe ist wieder dabei. Ich habe alles in die Wege geleitet, KTU, Rechtsmedizin, Befragungsteams – die Maschinerie läuft. Aber den Tatort musst du unbedingt mit eigenen Augen sehen.»

Stadler schwirrte der Kopf. Liz hatte recht behalten. Der Serienmörder spielte mit ihnen. Diesmal hatte er sie sogar unter einem falschen Vorwand an den Tatort gelockt. Dieser dreckige

Bastard! Stadler ließ sich von Miguel die Adresse durchgeben und tippte sie ins Navi ein. «Sonst noch etwas?»

«Kennst du den Film *Die Unbestechlichen*?», fragte Miguel zurück.

«Ja, verdammt. Was soll das?»

«Das verstehst du, wenn du sie siehst.»

Stadler stopfte das Handy zurück in die Tasche, warf den leeren Kaffeebecher auf die Rückbank und wendete den Wagen.

«Was ist los?» Liz sah ihn beunruhigt an.

Stadler hatte für einen Moment vollkommen vergessen, dass sie neben ihm saß und dringend in die sichere Wohnung gebracht werden musste. Doch jetzt gab es andere Prioritäten. Er ließ das Seitenfenster herunter, griff nach dem Blaulicht und knallte es aufs Wagendach.

«Unser Serienmörder hat wieder zugeschlagen», rief er über den Lärm hinweg.

«Oh, nein!»

Stadler warf Liz einen raschen Blick zu, bevor er sich auf die Straße konzentrierte. Die Sirene machte einen Höllenlärm, trotzdem musste er mit ihr reden. «Ich hätte dich gern dabei», schrie er. «Meinst du, du fühlst dich der Sache gewachsen?»

Aus den Augenwinkeln sah er, dass sie wortlos nickte.

«Du musst nicht mitkommen, wenn du nicht willst.»

«Ich will aber.»

Er verstand sie kaum, weil sie ihn nicht einmal ansah, während sie antwortete. Erleichtert fuhr er weiter. Er hatte ein schlechtes Gewissen, weil sie gerade erst ihre Mutter auf ähnliche Weise verloren hatte. Doch er brauchte sie. Sie kannte jedes Detail des Falls. Ohne ihre Hilfe müsste er das LKA einschalten. Doch bis das Team der OFA sich in die Mordserie eingearbeitet hatte, würden Tage vergehen. So viel Zeit hatten sie nicht.

Sie schwiegen, bis Stadler vor dem Hochhaus in Garath eine Vollbremsung machte. Er stieg aus, eilte auf die Absperrung zu und hielt seinen Dienstausweis hoch. Liz war dicht hinter ihm. Er drehte sich zu ihr um. «Letzte Chance», sagte er. «Der Tatort muss wirklich schlimm aussehen. Du musst das nicht tun. Du hast auch so genug um die Ohren.»

«Ich schaffe das.» Wieder sah sie ihn nicht an.

Sein Gewissen schlug Alarm, doch er ignorierte es. «Okay. Dann mal los.»

Sie gingen auf das Haus zu. Das Polizeiaufgebot war enorm. Brigit und Miguel hatten ganze Arbeit geleistet. Das Gelände war großräumig abgesperrt, Streifenbeamte nahmen die Personalien der Schaulustigen auf. Jemand filmte.

An der Tür kam Birgit auf sie zu. Sie war blass, ihr Mund eine kaum sichtbare dünne Linie. «Ich fürchte, wir haben uns von dem Kerl überrumpeln lassen», sagte sie zerknirscht.

«Das hätte niemand ahnen können», gab Stadler zurück.

«Das meine ich nicht.» Birgit senkte den Blick. «Wir haben ihn gesehen, er ist völlig unbehelligt an uns vorbeispaziert.»

«Was?» Stadler riss ungläubig die Augen auf.

Birgit hob den Kopf und sah ihn an. «Er war als alter Mann verkleidet und hat uns erzählt, dass der Aufzug kaputt gewesen sei, nun aber wieder funktioniere. Er hat nach Spiritus gestunken, vermutlich hat er sich damit das Blut von den Händen gewischt. Wir haben uns so dämlich angestellt!» Sie schlug sich vor die Stirn.

Stadler verstand noch immer nicht, was sie meinte. «Wieso glaubst du, dass er der Killer war?»

«Niemand im Haus kennt eine Person, auf die die Beschreibung des alten Mannes passt. Außerdem gibt es nur einen Grund, weshalb er hätte wissen können, dass der Aufzug plötzlich wieder funktioniert. Nämlich weil er selbst dafür gesorgt hat. Ich nehme an, er hat den Aufzug angehalten, um die Leiche dort zu deponieren, und ist dann ganz fröhlich die Treppe runter und aus dem Haus marschiert. Und wir Idioten haben nichts geschnallt.»

«Was ist mit dem Zeugen, der das Phantombild erkannt haben will? Wohnt ein Mann dieses Namens in dem Haus?»

Birgit lächelte dünn. «Ein Frührentner im Rollstuhl, der nicht einmal einen Fernseher besitzt. Er hatte keine Ahnung, wovon wir reden.»

«Verstehe.» Stadler ballte die Fäuste. Ein Mörder, der die Polizei lächerlich machte, war eine Katastrophe. Hoffentlich bekam die Presse keinen Wind davon, wie der Ripper sie ausgetrickst hatte! Er drehte sich zu Liz um. «Können wir?»

«Jederzeit.»

Wieder beschlich Stadler ein ungutes Gefühl, und wieder setzte er sich darüber hinweg.

Sie betraten den Hausflur, wo die KTU bereits dabei war, die Spuren zu sichern. Nach wenigen Schritten standen sie vor dem Aufzug, dessen Türen offen standen. Ein Schlüssel steckte im Schaltfeld, um zu verhindern, dass das Gefährt sich unvermittelt in Bewegung setzte. Das Opfer lag auf dem blutgetränkten Boden. Unzählige Stiche in Brust und Bauch entstellten die tote Frau, die außer einem BH und schwarzen Stiefeln keine Kleidung trug. Ihr Unterleib war aufgeschlitzt, die Gedärme quollen heraus. Sie lag auf dem Rücken, ihre Beine waren gespreizt und wegen der Enge des Aufzugs angewinkelt, sodass sie die Position einer Gebärenden einnahm. Zwischen ihren Beinen steckte der Kopf einer Puppe, der Rest des Plastikkörpers verschwand in ihrem Unterleib. Der Menge Blut nach zu urteilen, das an den Innenseiten ihrer Oberschenkel haftete, hatte der Mörder ihr das Spielzeug bei lebendigem Leib in die Vagina gerammt.

Stadlers Blick glitt an der Aufzugwand hoch. Dort, wo die Spritzer spärlicher wurden, hatte der Täter mit Blut ein Wort hingeschmiert. Und nun verstand Stadler auch, was Miguel vorhin am Telefon mit seiner Anspielung auf den Hollywood-Film gemeint hatte. Das Wort lautete *touchable.*

Verwundbar.

Ein Filmliebhaber also, dachte Stadler zynisch. Und zwar einer, der sich selbst für unverwundbar hielt. Einer, der glaubte, mit der Polizei spielen zu können. Stadler ballte die Fäuste.

Obwohl sein Magen heftig protestierte, zwang er sich, genau hinzusehen. Er musste jedes Detail in sich aufnehmen. Dieser Tatort erzählte ihm alles über den Täter, alles, was er wissen musste. Er musste es nur verstehen.

Langsam glitten Stadlers Augen über jede Kleinigkeit der grausamen Inszenierung. Erst als Birgit aufschrie und zupackte, merkte er, dass Liz neben ihm ohnmächtig zusammengesunken war.

Sonntag, 3. November, 13:43 Uhr

Licht. Überall war Licht. Liz hielt sich schützend die Hände vor das Gesicht, doch das Licht rann zwischen ihren Fingern hindurch und brannte sich in ihre Netzhaut ein. Sie schrie vor Schmerz. «Weg! Lass mich in Ruhe! Geh weg!»

Wie durch ein Wunder wurde das Licht schwächer.

Eine Stimme rief ihren Namen. Sie kam von weit her, als stünde jemand am anderen Ende eines Tunnels. Wieder sprach die Stimme. «Liz! Hörst du mich?»

Ihr eigener Name hallte seltsam hohl an den Wänden des Tunnels entlang. Sie kannte die Stimme nicht. Wer rief sie da? Ihr Vater? Hendrik? War sie tot, und ihr Bruder erwartete sie an der Pforte zur Hölle? Klang die Stimme deshalb so verzerrt? War das Licht deshalb so hell gewesen?

«Liz?»

Plötzlich war die Stimme deutlich und klar. Und mit ihrem Klang kam die Erinnerung. Die Blaulichtfahrt mit Stadler, das heruntergekommene Treppenhaus, der Aufzug …

Liz schreckte hoch.

Zwei Hände packten sie und drückten sie zurück auf den weichen Untergrund. «Bleib liegen, Liz. Du hast einen Schock. Der Arzt hat dir etwas zur Beruhigung gegeben.»

Noch immer wusste sie nicht, zu wem die Stimme gehörte. Sie blinzelte, versuchte zu erkennen, wo sie war. Über ihr stand ein fremder Mann und betrachtete sie. Sein Gesicht berührte beinahe das ihre, trotzdem waren seine Züge nur schemenhaft zu erkennen. Von dem schäbigen Hemd, das er trug, ging ein beißender Geruch aus. Verdammt, wo war sie? Und wer war der Fremde?

Liz drehte den Kopf und schaute sich um. Ein enger Raum, medizinische Gerätschaften an den Wänden. Das Innere eines Krankenwagens. Erleichtert stieß sie die Luft aus. Das helle Licht blitzte wieder auf. Der Fremde beugte sich erneut über sie, eine Taschenlampe in der linken Hand. Ein Arzt? Warum trug er keinen Kittel?

«Ich muss mit Stadler sprechen.» Wieder versuchte Liz, sich aufzurichten.

Der Mann hielt sie fest. «Kriminalhauptkommissar Stadler ist beschäftigt. Du kannst mir alles sagen, ich sorge dafür, dass er es erfährt.»

«Sind Sie Polizist?» Liz fasste sich benommen an den Kopf. Warum duzte der Mann sie? Gehörte er zur Moko Ripper? Sollte sie ihn kennen?

Erschöpft schloss sie die Augen. Sofort sah sie wieder das grauenvolle Bild vor sich: Der Aufzug, die tote Frau, der blutige Schriftzug. Sie wimmerte. *Lieber Gott,* dachte sie, *bitte mach, dass ich das nur geträumt habe.*

«Ist dir nicht wohl?», fragte der Fremde. Seine Stimme war voller Mitgefühl, doch es schwang noch etwas anderes mit, so als würde ihn ihre Verzweiflung amüsieren. Vielleicht hatte sie tatsächlich nur geträumt und im Schlaf geredet.

Unter großer Anstrengung öffnete Liz erneut die Augen. Ihre Lider fühlten sich an, als hätte jemand sie zugeklebt. Der Fremde stand noch immer über ihr. Langsam hob er den Arm. Jetzt sah Liz, dass er eine Spritze in der rechten Hand hielt. Im gleichen Augenblick schwankte alles um sie herum, der Krankenwagen wackelte, jemand ächzte, und der Fremde stieß einen Fluch aus. «Scheiße!»

Da war noch eine Person in dem Krankenwagen! Aber wo? Liz wandte den Blick zur Seite und erkannte eine Gestalt im orangefarbenen Overall, die zusammengerollt auf dem Boden lag. Der Notarzt.

Sie schrie. Dann wurde es dunkel.

Als Liz das nächste Mal die Augen öffnete, blickte sie in Stadlers besorgtes Gesicht. «Geht es dir gut?»

Liz richtete sich auf und schaute nervös in alle Ecken. «Jemand war hier!» Ihre Kehle war so trocken, dass sie kaum sprechen konnte. «Er hat den Notarzt –»

«Ich weiß.» Stadler sah zur Wagentür. «Er muss sich unter die Schaulustigen gemischt haben. Oder er hatte eine Polizeiuniform. Jedenfalls hat er es geschafft, in den abgesperrten Bereich zu gelangen. Dem Notarzt geht es gut. Er hat nur eine Gehirnerschütterung. Was der Scheißkerl dir spritzen wollte, wissen wir noch nicht.»

«Ist er weg?», fragte Liz. Ihre Hände zitterten, hinter ihrer Stirn pochte es.

«Ja. Aber wir erwischen ihn.»

«Die Frau im Aufzug? Habe ich das …», fragte Liz leise. Es fiel ihr schwer, gegen die lähmende Angst in ihrem Inneren anzureden. Aber sie musste es tun.

«Vergiss es, Liz. Ich lasse dich gleich von hier in die Wohnung bringen. Für die weiteren Ermittlungen in diesem Fall fordere ich das LKA an.»

Sie hatte es also nicht geträumt. Eine Woge aus Schmerz überrollte Liz. Sie krümmte sich, zog die Knie ans Kinn. «Nein», flüsterte sie entsetzt. «Nein!»

Stadler nahm sie in den Arm und strich ihr über das Haar. «Ich hätte nicht zulassen dürfen, dass du den Tatort siehst. Bitte denk nicht mehr daran.»

Liz stöhnte auf. «Aber warum hat er das getan? Ich verstehe das nicht. Warum nur?»

«Weil er ein perverses Arschloch ist.»

Liz schossen die Tränen in die Augen. Sie weinte hemmungslos, während Stadler sie wortlos festhielt. Schließlich zog er ein Taschentuch hervor und tupfte ihr die Tränen aus dem Gesicht. «Wir kriegen ihn, ganz bestimmt. Diesmal ist er zu weit aus der Deckung getreten.»

Liz machte sich von Stadler los. Sie musste es ihm sagen, auch wenn der Kummer sie zu ersticken drohte. «Du verstehst nicht!», sagte sie, bemüht, ihrer Stimme einen festen Klang zu verleihen. «Es gibt keinen Serienmörder.»

«Liz, du bist durcheinander. Kein Wunder. Du musstest in den letzten Tagen mehr durchstehen, als ein normaler Mensch ertragen kann.»

«Ich bin nicht durcheinander», gab sie zurück. «Ich bin todtraurig. Verzweifelt. Wütend. Aber ich weiß, wovon ich rede.»

«Liz.» Er fasste sie an den Schultern und sah sie eindringlich an. «Ich muss jetzt wieder raus und alles Weitere koordinieren. Ich schick dir Birgit rein. Sie bringt dich in die sichere Wohnung.»

«Nein!», rief Liz. «Georg, hör mir zu! Es gibt keinen Serienmörder. Das ist alles Teil des Spiels ...»

Stadler, der bereits aufgestanden war, lehnte sich gegen die Wagenwand. Entgeistert starrte er sie an. «Des Spiels? Wovon redest du?»

«Jan Schneider. Er ist der Mann, den wir suchen.»

Stadler wollte etwas sagen, doch Liz war schneller. «Erinnere dich an die Briefe, die er mir geschickt hat. Er wollte, dass ich ihn finde. Deshalb hat er die Frauen umgebracht. Diese Mordserie war für mich bestimmt! Ich sollte der Spur folgen und ihn aufspüren ...»

Stadler schüttelte ungläubig den Kopf. «Das kann nicht dein Ernst sein. Jan Schneider ist auf einem Rachefeldzug. Er bringt die Menschen um, denen er die Schuld an seiner Inhaftierung gibt.»

«Ja, das auch. Aber das sollte ich gar nicht herausfinden. Deshalb hat er die Morde an Burgmüller und dem Richter als Unfälle getarnt. Ich sollte nur den Serienmörder finden. Verstehst du nicht? Er hat all das getan, um mich anzulocken!» Erneut füllten sich Liz' Augen mit Tränen, als sie sich das Innere des Aufzugs ins Gedächtnis rief. *Touchable.*

«Hast du auch nur einen einzigen Beweis für diese verrückte Hypothese?», fragte Stadler mit rauer Stimme.

«Die Frau im Aufzug», erwiderte Liz leise.

«Du kennst sie?»

«Es ist meine Freundin Deborah.»

Sonntag, 3. November, 19:23 Uhr

Der große Besprechungsraum platzte aus allen Nähten. Nachdem Liz Georg Stadler mitgeteilt hatte, wer die Tote war, hatte er keine zehn Sekunden gebraucht, um das Ausmaß dieser Information zu begreifen. Sie suchten nicht zwei Mörder, sondern einen einzigen. Einen, der neben seinem Rachefeldzug noch ein ganz besonders perverses Spiel mit Liz Montario spielte. Warum er das tat, konnte Stadler sich zwar noch nicht erklären, doch für die Ermittlungen spielte das zunächst keine Rolle.

Jedenfalls hatte er sich mit seinem Chef Siegfried Sobotta und dem Staatsanwalt zusammengesetzt. Innerhalb von einer halben Stunde bekam Stadler die Leitung der größten Mordkommission übertragen, die er je angeführt hatte. Schwieriger war die Entscheidung gewesen, wie sie mit Liz umgehen sollten. Einerseits durfte sie als persönlich Betroffene keinesfalls mehr an den Ermittlungen beteiligt werden, andererseits hatte sie vermutlich den besten Zugang zur Psyche des Täters. Ganz abgesehen davon, dass dieser sie offenbar mit im Spiel haben wollte und auf seine Art dafür sorgen würde, dass es dabei blieb – und das um jeden Preis.

Daher hatten sie sich darauf geeinigt, Liz offiziell aus den Ermittlungen herauszuhalten, ihr jedoch alle Informationen zukommen zu lassen, die sie brauchte, um einzuschätzen, was Jan Schneider als Nächstes vorhaben oder wo er sich versteckt halten könnte.

Inzwischen hatten sie ein relativ neues Foto von Schneider zur Verfügung, das kurz vor seiner Haftentlassung gemacht worden war. Birgit und Miguel hatten bestätigt, dass es sich bei dem Mann mit der Schirmmütze, den sie im Treppenhaus gesehen hatten, um den Mann handeln könnte, der auf dem Foto abgelichtet war. Sicher waren sie sich jedoch nicht. Auch Liz hatte in dem dämmrigen Krankenwagen nicht genug gesehen, um den Mann eindeutig zu identifizieren. Die Spritze, die er ihr verabreichen wollte, hatte ein starkes Hypnotikum enthalten, das hatte die Analyse ergeben.

Im Augenblick wurde sämtlichen Spuren nachgegangen. Die über dreißig Personen im Besprechungsraum waren nur die Mitglieder der aufgestockten Moko, die im Präsidium Akten und Beweismaterial studierten, die übrigen waren draußen unterwegs, befragten Zeugen oder gingen Hinweisen nach. Polizeiteams durchsuchten alle Immobilien, die Jan Schneider gehörten, auch die, die offiziell vermietet waren. Florian Schenk war soeben von einem Treffen mit der Krankenschwester zurückgekehrt, die einen verdächtigen Fremden im Krankenhaus bemerkt hatte. Und sie hatte ihn auf dem Foto wiedererkannt. Ein anderer Kollege sprach mit Schneiders Bewährungshelfer. Birgit und Miguel besuchten den Mann, der sich in der Therapiegruppe Boy nannte. Mit bürgerlichem Namen hieß er Daniel Hartmann und war wegen sexueller Nötigung vorbestraft. Sein Trauma war frei erfunden. Ein mieses Arschloch also, aber vermutlich nicht der gesuchte Killer. Die beiden mussten jeden Augenblick zurück sein. Stadler gab ihnen noch fünf Minuten, dann wollte er mit der Besprechung beginnen.

Gerade als er loslegen wollte, stürzte Birgit in den Raum. Sie schüttelte stumm den Kopf. Hinter ihr erschien Miguel und schloss die Tür. Die beiden blieben vor der Wand stehen, da alle

Stühle im Raum besetzt waren. Auch viele andere Mitglieder der Moko standen.

Stadler räusperte sich, langsam wurde es still. So knapp wie möglich legte er die wichtigsten Fakten des Falls dar. Dazu gehörte auch, dass er die versammelten Beamten darüber aufklärte, wer Liz Montario in Wirklichkeit war. Diese Information sorgte kurzzeitig für Unruhe, und einige abstruse Theorien wurden in den Raum gerufen.

«Was, wenn sie selbst die Morde begangen hat, um ihrem Bruder nachzueifern?», fragte einer.

«Vielleicht war sie damals schon die Mörderin, und Vermeeren hat nur die Verantwortung für seine kleine Schwester übernommen», ergänzte ein anderer. «Dann wäre dieser Schneider ein reines Ablenkungsmanöver.»

«Ruhe!», ging Stadler vehement dazwischen. «Ich will diesen Blödsinn nicht hören! Reißt euch zusammen, ja? Liz Montario kommt als Täterin nicht in Frage. Sie hat ein Alibi. Als Deborah Arendt ermordet wurde, saß sie bei mir im Auto. Genügt das?»

Betretenes Schweigen folgte seinen Worten.

«Wir haben es also», fuhr er fort, «mit einem einzigen Täter zu tun, der zugleich zwei Mordserien begeht. Die eine Serie hat er versucht zu verschleiern, indem er die Taten als Unfälle tarnte. Die andere konnte ihm gar nicht spektakulär genug sein, denn mit ihr wollte er Elisabeth Montario anlocken.»

«Aber warum?» Florian Schenk verschränkte die Arme. «Was hat Jan Schneider mit der Montario zu schaffen?»

Stadler seufzte. «Das ist die Frage, auf die wir noch keine Antwort haben. Im Augenblick gehen wir davon aus, dass er eine Rechnung mit der Familie begleichen will, weil er die Strafe absitzen musste für das Feuer, das Hendrik Vermeeren legte.»

«Und warum hat er Liz Montario dann nicht umgebracht,

als er es konnte? Als sie im Krankenwagen in seiner Gewalt war?» Die Frage kam von Paul Heinrichs.

«Dafür habe ich auch keine Erklärung», gab Stadler müde zu. «Genauso wenig wie für die Tatsache, dass er Linda verschont hat.»

«Verstehe ich das richtig?», fragte ein anderer. «Der Täter betreibt den ganzen Aufwand nur für diese Psychologin? Aber warum bringt er dann ausgerechnet transsexuelle Frauen um? Und was ist mit den Botschaften bei den Leichen? Das Wort ‹touchable› ist ja noch verständlich, aber ‹falsche Schwester›: Was soll das bedeuten?»

Miguel schaltete sich ein. «Vielleicht haben diese Botschaften gar keine Bedeutung. Vergesst nicht: Wenn unsere Theorie stimmt, hat er die Frauen einzig und allein getötet, um ein Spiel mit Liz Montario zu spielen. Demnach waren die aufgeschlitzten Bäuche, die Puppen und auch die mit Blut geschriebenen Botschaften lediglich Accessoires.»

«Für mich ergibt das keinen Sinn», verkündete Heinrichs mit skeptischer Miene. «Falsche Frauen, nackte Puppen, blutige Botschaften – und das alles aus Rache an einer Familie? Könnten wir es nicht bei dem letzten Mord mit einem Nachahmungstäter zu tun haben?»

Für einen Augenblick war Stadler aus dem Konzept gebracht. An diese Möglichkeit hatte er nicht gedacht. Immerhin war der Mord an Tanja Matzurka genüsslich in der Presse ausgebreitet worden, auch wenn nicht alle Details durchgesickert waren. In einem solchen Fall bestand immer die Gefahr, dass jemand darauf ansprang. «Ich halte das für unwahrscheinlich», sagte er dennoch. «Aber wir bleiben für alle Optionen offen.»

«Wir sollten uns auf das konzentrieren, worauf wir uns verstehen», ergänzte Miguel. «Spuren sichern und auswerten, den Kerl lokalisieren und festnehmen.»

«Mein Reden seit Beginn der Ermittlungen!», rief jemand dazwischen. Stadler blickte in die Richtung, aus der die Stimme gekommen war, und erkannte den Kollegen aus dem KK 12, der gegen Liz stänkerte, seit sie als Expertin zu ihnen gestoßen war. Der Kerl nervte ihn, nicht genug jedoch, um sich mit ihm anzulegen.

Stadler erhob sich. «Ich schlage vor, dass wir uns alle wieder an die Arbeit machen. Die nächste Besprechung ist morgen früh um sieben. Vielleicht ist es im Moment wirklich nicht so wichtig, die Motivation des Täters zu begreifen. Schließlich kennen wir seinen Namen: Jan Schneider. Wir haben sogar ein Foto von ihm. Er wird uns nicht durch die Lappen gehen.»

Sonntag, 3. November, 20:36 Uhr

Liz gähnte.

Der junge Beamte, der ihre Aussage protokollierte, lächelte sie verständnisvoll an. Er war freundlich und rücksichtsvoll, trotzdem wünschte sie sich, er möge sie endlich allein lassen.

Seit Stunden saß Liz in dem kleinen Vernehmungszimmer und beantwortete Fragen. Birgit Clarenberg war mehrfach zwischendurch hereingekommen, hatte sich erkundigt, wie es ihr ging, und ihr süßen Tee, Kekse und eine warme Decke gebracht.

Dankbar hatte Liz die Fürsorglichkeit der Kriminalbeamtin über sich ergehen lassen. Sie linderte den Schmerz nicht, doch sie gab ihr das Gefühl, die Verantwortung abgeben zu können, zumindest für eine Weile. Nachdem der erste Schock vorüber war, hatte sich eine Art Lähmung in Liz breitgemacht, die noch immer nachwirkte. Sie fühlte sich, als wäre nicht nur ihr Körper, sondern auch ihre Seele in eine flauschige Decke gehüllt und so gegen die Außenwelt abgeschirmt.

«Wir haben es gleich geschafft», sagte der Beamte. Er hatte mehrfach seinen Namen genannt, doch Liz hatte ihn sich nicht merken können. «Ich fasse noch einmal zusammen: Sie haben den Mann im Notarztwagen nie zuvor gesehen. Sie haben weder seine Stimme noch sein Gesicht erkannt.»

«Ich konnte sein Gesicht kaum sehen», unterbrach Liz müde.

«Gut. Sie konnten sein Gesicht nicht erkennen. Aber er hat Sie geduzt und mit Ihrem Vornamen angeredet. Richtig?»

«Das habe ich doch schon ein Dutzend Mal erzählt.»

«Ich möchte sichergehen, dass ich alles korrekt festgehalten habe.» Der junge Mann fuhr mit den Fingern über die Tastatur.

Liz kam der Gedanke, dass dies hier womöglich sein erster wichtiger Fall war.

Es klopfte, die Tür wurde geöffnet. Stadler trat ein, gefolgt von Birgit und Miguel.

«Und? Wie weit seid ihr?», fragte Stadler.

«Fertig», erwiderte Liz und gähnte erneut.

Der junge Polizist räusperte sich. «Ich weiß nicht …»

«Lass gut sein für heute.» Stadler bedeutete ihm, den Raum zu verlassen.

Als der Beamte fort war, nahm Stadler auf dem Stuhl Platz und wandte sich erneut an Liz. «Bei der Besprechung sind einige Fragen aufgekommen, die ich gern mit dir durchgehen würde. Aber nur, wenn du es dir zutraust.»

Liz betrachtete ihn. Er wirkte ausgelaugt. Auch wenn er nicht persönlich betroffen war, schien es ihm ähnlich schlecht zu gehen wie ihr. Dabei hatte der Tag so vielversprechend begonnen. Dunkel erinnerte Liz sich an das Glücksgefühl, als sie Linda Franke lebend in dem Kofferraum gefunden hatte. Wie weit weg dieser Augenblick schien! Wie in einem anderen Leben. «Schieß los», sagte sie.

Stadler beugte sich vor. «Warum hat Jan Schneider unsere Kollegin am Leben gelassen? Warum hat er Linda nicht getötet? Dass er keine Unbeteiligten umbringen will, können wir nun ja wohl ausschließen.»

Liz schluckte. «Ja, da habe ich mich getäuscht», räumte sie ein. «Vermutlich habe ich mir gewünscht, dass es so ist, und sein Verhalten deshalb falsch interpretiert.»

«Und was glaubst du jetzt?», fragte Birgit.

«Dass es ihm Spaß macht, Herr über Leben und Tod zu sein.

Er spielt Gott. Jemanden ohne besonderen Grund am Leben zu lassen, bereitet ihm einen ähnlichen Kick wie das Töten. Er gibt und er nimmt, wie es ihm gerade beliebt.»

Birgit schüttelte den Kopf. «Wie irre.»

«Irre und gefährlich», ergänzte Miguel.

«Und die Sache mit dem Krankenwagen? Gilt dafür die gleiche Erklärung?», fragte Stadler. «Hat er auch Gott gespielt, als er den Notarzt niederschlug und seine Stelle einnahm? Er hätte dich töten können, stattdessen hat er mit dir geplaudert.»

Liz bekam eine Gänsehaut, als sie an den Mann dachte, der ihr so beängstigend nahe gekommen war. «Ich halte es für möglich, dass er mir die Spritze überhaupt nicht geben wollte. Er wollte lediglich beweisen, dass er es jederzeit tun *könnte*. Ja, ich denke, auch damit wollte er uns seine Macht demonstrieren. Uns – und vielleicht auch sich selbst – zeigen, wie nahe er uns kommen kann, ohne erwischt zu werden.»

«Aber das hat er doch schon im Treppenhaus unter Beweis gestellt, als er seelenruhig an uns vorbeispaziert ist», warf Miguel ein. «Warum das zusätzliche Risiko? Und das so ganz ohne Publikum. Außer Ihnen, Liz, hat niemand etwas von dieser weiteren Machtdemonstration mitbekommen.»

«Wir wissen doch, dass Liz ihm aus irgendeinem Grund besonders wichtig ist», sagte Birgit. «Sie ist der Fokus all seiner Bemühungen. Deswegen hat er ihr ja auch die anonymen Briefe geschickt – und ihre Freundin getötet.»

Liz setzte sich ruckartig auf. Die Erkenntnis durchzuckte sie so heftig, dass sie körperlich schmerzte:

Hendrik.

Hendrik musste hinter all diesen Taten stecken. Nur so ergaben sie einen Sinn. Ihr Bruder war der einzige Mensch auf der Welt, auf den das Täterprofil zutraf.

«Was ist los, Liz?» Stadler nahm ihre Hände und sah sie besorgt an. «Du bist ganz blass. Geht es dir nicht gut?»

«Hendrik», sagte Liz mit fester Stimme und zog ihre Hände weg. «Er ist der Mann, den wir suchen.»

«Hendrik? Dein Bruder?» Birgit sah sie ungläubig an.

«Die Taten passen nicht zu Jan Schneider», erklärte Liz. Ein Kribbeln lief durch ihren Körper, als stünde sie unter Strom. «Er hat kein Motiv. Und auch nicht das entsprechende Persönlichkeitsprofil. Jan Schneider würde vielleicht den Richter umbringen und den Lehrer, der gegen ihn ausgesagt hat. Meinetwegen auch weitere Zeugen. Aber nicht die Eltern von Hendrik Vermeeren, nur weil dieser in Wahrheit das Feuer gelegt hat. Vor allem nicht auf diese Art.»

«Dein Bruder ist tot, Liz», wandte Stadler ein.

«Das glaube ich nicht. Nicht mehr.» Liz setzte sich auf und schob die Decke zur Seite. «Wenn Hendrik noch lebt, ergibt alles einen Sinn. Sogar die Botschaft bei der toten Tanja Matzurka: ‹falsche Schwester›. Er wollte damit sagen, dass er noch nicht die getötet hat, die er eigentlich meint – seine richtige Schwester. Er hat sich bewusst doppeldeutig ausgedrückt. Nur ich sollte die Botschaft entschlüsseln, nicht die Polizei. Vermutlich waren auf den Teppich von Leonore Talmeier die gleichen Worte geschrieben. Ich glaube nicht, dass er den Blutfluss unterschätzt hat. Er hat die Möglichkeiten der Kriminaltechnik *überschätzt.* CSI-Effekt nennt man das. Er hat geglaubt, eure Kollegen könnten die Schrift wieder lesbar machen. Doch das funktionierte nicht. Deshalb war er beim zweiten Opfer weniger subtil. Je länger ich darüber nachdenke, desto sicherer bin ich mir: Hendrik steckt hinter all diesen Morden. Er allein hat Grund, unsere Eltern so sehr zu hassen. Er allein kennt mich gut genug, um dieses Spiel mit mir zu spielen. Und er allein hat die Persönlichkeit, so grausam zu morden. Ich habe die Akte von Jan Schneider gelesen. Er hatte die typische Karriere eines jugendlichen Kriminellen hinter sich, als er verurteilt wurde. Ladendiebstähle, Einbrüche, zum Schluss ein paar Überfälle. Er hat nie mehr Gewalt angewendet als nötig. Keine seiner Taten war von Sadismus gekennzeichnet.»

«Wie willst du das anhand der wenigen Details aus den Akten so sicher sagen?», fragte Birgit, eher interessiert als skeptisch.

«Es ist die Art der Verbrechen, die Schneider begangen hat», erklärte Liz. «Sie dienten nicht der Befriedigung perverser Triebe. Auch nicht der Bereicherung. Bei den ersten Ladendiebstählen hat er nur wertlosen Kleinkram mitgehen lassen. Er brauchte kein Geld, das gab es bei ihm zu Hause mehr als genug. Er wollte Aufmerksamkeit. Davon bekam er vermutlich zu wenig. Er wollte, dass seine Eltern sich mit ihm beschäftigen. Vermutlich hat es nicht gefruchtet, zumindest nicht so, wie er es sich erhoffte. Deswegen haben seine Straftaten andere Dimensionen angenommen. Jan Schneider hat um Hilfe gerufen, doch niemand hat ihn gehört.»

Miguel verschränkte die Arme. «Das mag ja stimmen. Für den Anfang zumindest. Und dann hat der Knast ihn verdorben. So was passiert. Er fing an, die Welt, die ihn nicht verstand, zu hassen. Jan Schneider ist unser Mann. Punkt. Hendrik Vermeeren kann nicht der Täter sein. Er ist tot.»

Überraschenderweise stellte Birgit sich auf Liz' Seite. «Es wäre doch möglich, dass die beiden die Rollen getauscht haben. Vielleicht hat Schneider anfangs sogar mitgemacht, weil er es für ein Spiel hielt.»

So leicht ließ Miguel sich nicht überzeugen. «Dazu hätten die beiden Doppelgänger sein müssen. Und das wäre ja wohl allen aufgefallen.»

«Ich glaube eher, dass mein Bruder sich mit Jan angefreundet hat, weil er in seinen Plan passte», sagte Liz. «Ich schätze, er war von ähnlicher Statur und etwa im gleichen Alter. Hinzu kam, dass Schneider kurz vor der Entlassung stand. Das hat Hendrik ausgenutzt. Er hat ihn umgebracht, es wie einen Selbstmord aussehen lassen und das Feuer gelegt. Ich denke nicht, dass er damit gerechnet hat, dass weitere Menschen ums Leben kommen. Er wollte nur verhindern, dass man bei der Obduktion herausfindet, wer der Tote in Wirklichkeit ist.»

«Und das soll niemand bemerkt haben?», fragte Miguel.

«Bei dem Chaos während des Feuers ist das vermutlich erst mal keinem aufgefallen», spekulierte Liz weiter. «Da waren schließlich viele Menschen im Einsatz, die Hendrik nie zuvor gesehen hatten. Feuerwehrleute, Sanitäter, was weiß ich. Und dann wurde er ja in eine andere JVA verlegt, wo ihn auch niemand kannte.»

«Bis auf den Lehrer Friedrich Burgmüller und seinen Mithäftling Karim Meshad», ergänzte Birgit. «Deshalb hat Meshad dir den Brief geschrieben, um dich zu warnen, und Burgmüller als Zeugen benannt.»

«Und sonst soll niemand dahintergekommen sein? All die Jahre nicht?» Miguel zog abrupt einen Stuhl heran. «Das kann ich mir nicht vorstellen.»

«Andere Mithäftlinge könnte Vermeeren unter Druck gesetzt haben», sagte Birgit.

«Und Schneiders Eltern?» Miguel setzte sich.

«Die waren damals schon tot.» Liz spürte, dass sie der Wahrheit noch nie so nah war.

«Und nachher ist es auch niemandem aufgefallen? Was ist mit seinem Anwalt beim Prozess? Mit weiteren Zeugen aus der Anstalt?» Miguel schüttelte ungläubig den Kopf.

Birgit blickte ihren Kollegen nachdenklich an. «Vielleicht wollte da niemand mehr für den Fehler geradestehen. Ein solcher Irrtum ist unglaublich peinlich, da könnten Köpfe rollen. Hendrik Vermeerens Eltern und die Öffentlichkeit wurden bereits über dessen Tod unterrichtet. Wer will da schon gern zugeben, dass man zwei Häftlinge verwechselt hat? Der Skandal wurde vertuscht. Das würde auch erklären, warum man uns die Akten nicht geben wollte.»

«Also ganz ehrlich, das klingt mir zu sehr nach Verschwörungstheorie ...» Miguel rutschte ungeduldig auf seinem Stuhl hin und her.

Doch Birgit ließ sich nicht aus dem Konzept bringen. «Das wäre nicht der einzige Justizskandal der deutschen Nachkriegsgeschichte. Denk mal an Vera Brühne und Donald Stellwag. Oder an den Fall Monika de Montgazon, eine Frau, die wegen Mordes durch vorsätzliche Brandstiftung zu Unrecht verurteilt wurde. Fast genauso wie Schneider. Und das erst vor wenigen Jahren. Stell dir mal vor, was für einen Aufschrei es damals gegeben hätte, wenn die Behörden hätten einräumen müssen, dass sie erst nach Tagen oder sogar Wochen bemerkt haben, dass sie zwei Strafgefangene verwechselten? Wäre nicht alles getan worden, um einen so gravierenden Fehler unter den Teppich zu kehren?»

Stadler, der die ganze Zeit schweigend zugehört hatte, schaltete sich ein. «Also gut. Nehmen wir an, dass nicht Hendrik Vermeeren, sondern Jan Schneider damals ums Leben kam. Rein theoretisch. Vermeeren hat Schneider umgebracht, das Feuer gelegt und ist im allgemeinen Durcheinander in dessen Rolle geschlüpft. Alles lief glatt, bis er wegen der Brandstiftung angeklagt wurde, die er eigentlich seinem Opfer anlasten wollte.»

«Ein ziemlich perfekter Fluchtplan also», bestätigte Birgit. «Zumal Schneiders Eltern tot waren und ein beträchtliches Vermögen hinterlassen haben. Vermeeren wäre wenige Wochen nach seiner Verurteilung entlassen worden und hätte eine neue Identität und ein fettes Startkapital frei Haus dazubekommen.»

«Gesetzt den Fall, es war so», fuhr Stadler fort. «Dann würde das nicht nur erklären, warum wir die Akten erst nach langem Tauziehen und selbst danach nur unvollständig bekommen haben, sondern auch, warum der Mörder auf Liz fixiert ist.» Er sah Liz an, ehe er fortfuhr. «Die Frage ist: Was bedeutet das für uns? Was hat Vermeeren vor?»

Liz starrte aus dem Fenster. «Ich nehme an, er wird mit mir Kontakt aufnehmen. Er hat diese Frauen allein deshalb umgebracht, um mir ein Rätsel aufzugeben. Ich sollte herausfinden, dass er noch lebt. Deshalb hatte ich solche Schwierigkeiten mit dem Täterprofil. Und deshalb passte der erste Mord nicht ins Bild. Ich vermute, Manuel Geismann wurde tatsächlich von dem Mann getötet, der in Haft sitzt. Hendrik hat wahrscheinlich in der Zeitung davon gelesen und ist so auf die Idee gekommen, mich herauszufordern. Ein Spiel mit mir zu spielen. Ich habe noch einmal nachgesehen: Sein erster anonymer Brief traf genau an dem Tag ein, an dem Leonore Talmeier starb. Das war kein Zufall. Hendrik will, dass ich ihn finde, also wird er mir neue Hinweise zukommen lassen.»

«Wird er weitere Morde begehen?», fragte Stadler.

«Möglicherweise.»

«Und was geschieht, wenn du ihn findest? Will er auch dich töten?»

Liz fröstelte. «Keine Ahnung.»

«Wir müssen ihn ausfindig machen», sagte Miguel. «Egal, ob wir es mit Jan Schneider oder Hendrik Vermeeren zu tun haben.»

«Es wäre leichter, wenn wir wüssten, wen wir suchen», wandte Birgit ein.

«Liz, Sie haben ihn doch gesehen», sagte Miguel. «Wenn

Ihre Theorie stimmt, muss der Mann im Krankenwagen Ihr Bruder gewesen sein. Haben Sie ihn denn nicht erkannt?»

Bei der Erinnerung lief Liz ein Schauder über den Rücken. «Nein. Es war dämmrig in dem Fahrzeug, ich war benommen. Und ich habe Hendrik seit sechzehn Jahren nicht gesehen. Ich war fast noch ein Kind, als er aus meinem Leben verschwand.»

«Es muss eine Möglichkeit geben, die Wahrheit herauszufinden», beharrte Birgit.

«Wir dürfen auf keinen Fall riskieren, dass unser Verdacht sich zu früh herumspricht. Sonst kommt noch irgendwer auf die Idee, Beweise zu vernichten.» Stadler rieb sich die Schläfen. «Wenn vor sechzehn Jahren tatsächlich etwas vertuscht wurde, müssen wir höllisch aufpassen. Offiziell heißt unser Verdächtiger Jan Schneider. Ich will, dass ihr auch untereinander immer nur von Jan Schneider sprecht. Verstanden?»

«Verstanden», bestätigte Miguel.

«Wer auch immer da mit drinhängt, hat sicherlich längst alle Beweise verschwinden lassen.» Birgit sah in die Runde. «Aber ich habe eine Idee: Wir könnten den angeblichen Hendrik Vermeeren exhumieren und seine DNA mit der von Liz abgleichen lassen.»

«Unter keinen Umständen», wandte Miguel ein. «Das würde sofort alle Beteiligten alarmieren.»

Stadler nickte. «Stimmt. Außerdem würden wir keine Genehmigung kriegen. Frag trotzdem diskret an, Birgit, wo er beerdigt ist. Nur für den Fall, dass uns keine andere Option bleibt.»

«Was ist mit dem Foto, das wir von Jan Schneider haben?», fragte Miguel weiter. «Sie haben es doch gesehen, Liz. Könnte es Hendrik sein?»

«Ich weiß es nicht», gab Liz zu. «Die Haarfarbe und die Augenfarbe stimmen. Aber das reicht wohl nicht.»

«Hast du ein Foto von früher?», fragte Birgit. «Wir könnten

die Bilder abgleichen lassen. Oder noch besser: Wir lassen das Jugendbild von Hendrik mit einem Computerprogramm altern und vergleichen es dann mit dem aktuellen Bild von Jan Schneider.»

«Gute Idee.» Stadler beugte sich zu Liz vor. «Hast du ein Bild von deinem Bruder?»

Liz schluckte. «Mein Vater hat alle Fotos vernichtet, auf denen Hendrik zu sehen war.»

«Mist!»

«Aber eins habe ich gerettet.» Sie griff nach ihrer Handtasche und kramte ihr Portemonnaie heraus. «Ich habe es nicht übers Herz gebracht, es wegzuwerfen.» Sie klappte die Geldbörse auf und zog das verknickte Bild hervor, das sie seit über sechzehn Jahren immer bei sich trug. Nachdenklich betrachtete sie das Foto. Es zeigte sie als etwa Zwölfjährige auf der Schaukel im Garten. Hendrik stand hinter ihr und hielt die Schaukel fest. Sie hatte die Augen weit aufgerissen vor Aufregung, auf den Moment wartend, in dem er die Hände wegnehmen und die Schaukel lossausen würde. Ihre Köpfe waren ganz nah beieinander, ihre Gesichter lachten in die Kamera. Zögernd reichte sie Stadler das Bild. «Hier ist er etwa fünfzehn oder sechzehn Jahre alt. Ist das Gesicht scharf genug?»

Stadler nahm das Foto entgegen und warf einen Blick darauf. «Ich hoffe es.»

«Wir haben noch eine Möglichkeit», sagte Liz. «Karim Meshad. Ich bin sicher, dass er mich vor Jan Schneider gewarnt hat, weil er wusste, dass er in Wirklichkeit mein Bruder ist. Er könnte bestätigen, dass Hendrik noch lebt. Habt ihr ihn inzwischen ausfindig gemacht?»

Stadlers Augen blitzten auf. «Haben wir. Und ich werde gleich morgen früh mit ihm sprechen. Das hatte ich ohnehin vor.»

«Hoffentlich lebt er noch.»

«Keine Sorge.» Stadler lächelte bitter. «Meshad ist in Sicherheit. Er sitzt mal wieder. Drei Jahre wegen Diebstahls und Betrugs.»

Liz atmete erleichtert auf. «Ich möchte dabei sein.»

«Das geht nicht, Liz.»

«Was, wenn er nicht mit der Polizei reden will? Dann verlieren wir wertvolle Zeit. Mit mir wird er bestimmt sprechen, schließlich wollte er mich damals schon warnen.»

«Nimm sie mit, Georg.» Wieder war es Birgit, die Liz unterstützte. «Sie ist eine Zeugin, sie muss bestätigen, dass Meshad wirklich der Mann ist, der damals den Brief schrieb, schließlich weiß nur sie, was drinstand.»

«Wer sonst sollte ihn geschrieben haben?», fragte Miguel mit hochgezogenen Augenbrauen.

«Vermeeren», antwortete Birgit trocken. «Dieser Mann ist ein Meister der Täuschung. Und seine Schwester vor sich selbst zu warnen, wäre ganz bestimmt ein Spielzug nach seinem Geschmack.»

Montag, 4. November, 8:46 Uhr

Als Liz erwachte, wusste sie zunächst nicht, wo sie war. Dann fiel es ihr wieder ein. Die sichere Wohnung, zu der Stadler sie in der Nacht gefahren hatte, nachdem sie noch lange im Vernehmungszimmer darüber diskutiert hatten, ob es möglich war, das Hendrik noch lebte.

Hendrik!

Liz drehte sich auf den Rücken und starrte an die Zimmerdecke. Ein dumpfer Schmerz pochte in ihrem Schädel. Am liebsten hätte sie sich die Decke über den Kopf gezogen, wäre wieder eingeschlafen und nie mehr aufgewacht. Doch das wäre feige gewesen. Sie wurde gebraucht. Sie musste helfen, einen gefährlichen Mörder dingfest zu machen, nicht irgendeinen Mörder – ihren eigenen Bruder. Auch wenn der Schmerz sie innerlich zerriss, wollte sie sich vor dieser Verantwortung nicht drücken.

Sie stand auf, wankte ans Fenster und warf einen Blick nach draußen. Sie wusste nicht einmal, in welchem Stadtteil sie sich befand. Ob die Wohnung überhaupt in Düsseldorf lag? Draußen gruppierte sich eine gleichförmige Siedlung von flachen mehrstöckigen Häusern um eine Rasenfläche mit Spielplatz und Bäumen. Neben der einzigen Bank stocherte ein alter Mann in schlabberiger Cordhose im Mülleimer, doch davon abgesehen wirkte die Siedlung nicht heruntergekommen, sondern langweilig und spießig. Austauschbar. Sie konnte überall zwischen Flensburg und Garmisch liegen.

Liz wandte sich ab. Auf einem Stuhl neben dem Bett stand ihre Reisetasche. Jemand musste in ihrer Wohnung gewesen sein und ihr einige Sachen eingepackt haben. Sie fand Zahnbürste und Waschzeug, zudem ein paar Kleidungsstücke, von einer Person zusammengestellt, die ihre Vorlieben nicht kannte. Nach kurzem Zögern griff sie nach ihrem Jogginganzug und zog ihn über.

In der Küche traf sie auf Ruth Kröppke, die Polizistin, die sie vor einigen Stunden an der Tür empfangen und ihr das Schlafzimmer gezeigt hatte. Jetzt erinnerte sie sich auch, dass die Wohnung in Unterbach lag, einem ruhigen Stadtteil im Düsseldorfer Süden. Kröppke saß am Tisch und wirkte, als hätte sie die ganze Nacht in dieser Position ausgeharrt. Nur die aktuelle Tageszeitung vor ihr verriet, dass sie zumindest kurz draußen gewesen sein musste.

Als Liz eintrat, blickte sie auf und lächelte. «Guten Morgen, Frau Montario. Haben Sie gut geschlafen?»

«Gibt es hier irgendwo Kaffee?», fragte Liz statt einer Antwort.

Die Polizistin erhob sich und nahm eine Tasse aus dem Schrank. Dann schob sie eine Thermoskanne in Liz' Richtung. «Bedienen Sie sich.»

Liz nahm Platz und goss sich Kaffee ein.

Die Beamtin versuchte noch eine Weile, ein Gespräch mit ihr anzufangen. Doch als Liz nur einsilbig auf ihre Fragen antwortete, beugte sie sich wieder über die Zeitung.

Liz starrte in ihren Kaffee. Plötzlich musste sie an Lissabon denken. Es war ihre erste Reise ohne Familie gewesen, ihre erste Reise, seit Hendrik fort war. Sie war im dritten Semester, Deborah im fünften. Gemeinsam hatten sie die endlose Busfahrt in den Süden durchgestanden, mit viel Wodka und endlosem Getratsche über ihre Mitstudenten, über Zukunftspläne, über das Leben. In Lissabon hatten sie eine billige Unterkunft gefunden und sich ins Nachtleben gestürzt. Am dritten Tag waren sie von zwei jungen Männern angesprochen worden, als sie sich gerade auf den Stufen vor einem Haus niedergelassen hatten, um Pläne für den Tag zu schmieden. Es war früher Nachmittag, und sie waren kurz zuvor aufgestanden. Die Männer schlugen vor, ihnen die Stadt zu zeigen, und Deborah und Liz nahmen das Angebot dankbar an.

Zu viert zogen sie los. Als die Gassen immer enger und schäbiger wurden, blieb Deborah plötzlich stehen. Sie fragte die beiden auf Englisch, wohin es gehen solle, doch sie gaben vor, kein Wort zu verstehen. Liz bekam es mit der Angst zu tun. Hektisch sah sie sich um. Die Gasse endete an einer hohen Mauer. An den Häuserfassaden bröckelte der Putz ab, es war nicht zu erkennen, ob hinter den geschlossenen Läden jemand lebte.

Deborah hatte all das offenbar längst erfasst. Entschlossen stemmte sie die Hände in die Hüften und weigerte sich weiterzugehen. Doch die beiden Männer stellten sich ihnen in den Weg und tauschten vielsagende Blicke.

Da begann Deborah, die beiden lautstark auf Deutsch zu beschimpfen. Sie machte so viel Lärm, dass Türen und Fensterläden geöffnet wurden und einige Anwohner sich neugierig hinauslehnten. Die Männer erkannten, dass sie verloren hatten, und verdrückten sich über die Mauer. Deborah nahm Liz bei der Hand und rannte mit ihr in die andere Richtung. Atemlos stolperten sie durch die Gassen. Sie hielten erst inne, als sie ein belebteres Viertel erreicht hatten.

Liz erfuhr nie, was die Kerle mit ihnen vorhatten. Zurück blieb die Überzeugung, dass sie den beiden ohne Deborah hilflos ausgeliefert gewesen wäre. Und die dumpfe Angst, dass sie in einer ähnlichen Lage noch immer so wehrlos wäre wie damals.

Montag, 4. November, 9:34 Uhr

Birgit Clarenberg versuchte, unter dem Mundschutz möglichst flach zu atmen. Normalerweise machten ihr Obduktionen nicht so viel aus. Es gab nur Weniges, was sie in ihrer Laufbahn noch nicht gesehen hatte. Doch diesmal war sie kurz davor, fluchtartig den Raum zu verlassen.

Sie stand im kleinen Sektionssaal der Rechtsmedizin Düsseldorf und sah zu, wie die Leiche von Deborah Arendt aufgeschnitten wurde. Der Raum war so winzig, dass Birgit nicht einmal ein paar Schritte zur Seite treten und den Blick abwenden konnte. Es gab im Grunde nur eine Stelle, an der sie stehen und zusehen konnte, ohne den Medizinern im Weg zu sein.

Vielleicht rührte ihr Unbehagen daher, dass die Tote Liz Montarios beste Freundin war. Birgit mochte die Psychologin. Gewöhnlich tat sie sich schwer mit attraktiven Frauen. In deren Gegenwart fühlte sie sich zweitklassig, als wäre sie bei einer Prüfung durchgefallen, die die anderen mit Bravour bestanden hatten. Doch bei Liz war es anders. Das lag wohl daran, dass sie sich um ihr Aussehen nicht zu kümmern schien und es sich ohne Zögern auf dem Fußboden bequem machte, um staubige Akten zu studieren. Sie war früher bestimmt die Art Freundin gewesen, mit der man im Wald eine Hütte bauen oder in einem leer stehenden Haus auf Schatzsuche gehen konnte.

Doch das war nicht der einzige Grund. Deborah Arendt war die erste Tote, die Birgit selbst aufgefunden hatte. Normalweise kam sie vorbereitet an einen Tatort, war darauf gefasst, mit einem schrecklichen Anblick konfrontiert zu werden. Doch diesmal hatte der Tod sie unerwartet heimgesucht. Sie war auf eine gewöhnliche Zeugenbefragung eingestellt gewesen und hatte stattdessen das Grauen angetroffen. Den Moment, als die Aufzugtüren sich geöffnet hatten, würde sie so schnell nicht vergessen.

Die beiden Rechtsmediziner waren inzwischen damit beschäftigt, die Organe zu entnehmen und zu wiegen. Das Gewicht schrieben sie mit Kreide an eine Wandtafel.

Plötzlich fluchte einer der beiden Männer durch seinen Mundschutz. «Verdammt, was ist das denn?»

Neugierig beugte Birgit sich vor. «Was gefunden?»

Der Rechtsmediziner drückte auf die Pause-Taste des Recorders, der die Befunde aufzeichnete. «Da ist ein Fremdkörper in der Gebärmutter», antwortete er. «Ich kann noch nicht erkennen, was es ist.»

Birgit presste die Lippen zusammen und kämpfte gegen die Übelkeit an. Was immer in der Gebärmutter der Toten steckte, ihr Mörder musste es ihr bei lebendigem Leib eingeführt haben. Denn er musste es getan haben, bevor er die Puppe in ihre Vagina schob. Dabei hatte Deborah Arendt nämlich noch gelebt, das hatten die Ärzte bereits bestätigt.

Ungeduldig wartete Birgit, während die beiden Rechtsmediziner in der geöffneten Leiche herumstocherten. Das Schlimmste war, dass sie Liz vermutlich auch dieses Detail nicht würde ersparen können. Stadler hatte angeordnet, dass die Psychologin über alle Ermittlungsergebnisse informiert wurde, denn es bestand die Möglichkeit, dass der Mörder Hinweise hinterließ, die nur sie entschlüsseln konnte.

«Ich habe es!», rief einer der Ärzte.

«Das darf doch wohl nicht wahr sein!», entfuhr es seinem Kollegen.

Birgit trat näher an den Tisch. Als sie den blutigen Gegenstand erblickte, den der Arzt mit einer Pinzette in die Höhe hielt, stöhnte sie leise auf.

Montag, 4. November, 10:07 Uhr

Georg Stadler lenkte den Dienstwagen auf die Autobahn ins Ruhrgebiet. Karim saß in der ‹Krümmede› ein, der JVA Bochum. Stadler hatte für elf Uhr einen Termin vereinbart. Wenn es keine unvorhergesehenen Verkehrsbehinderungen gab, würden sie pünktlich da sein.

Liz hatte bisher kaum ein Wort mit ihm gewechselt. Sie war blass und sah übernächtigt aus. Er hatte ein schlechtes Gewissen. Eigentlich durfte er sie nicht weiter in die Ermittlungen einbeziehen, schon weil es gegen die Regeln verstieß. Vor allem aber weil er sie damit überforderte. Sie hatte innerhalb weniger Tage ihre Mutter und ihre beste Freundin verloren, beide waren auf unvorstellbar grausame Weise ermordet worden, und als Täter verdächtigten sie ihren tot geglaubten Bruder. Eigentlich benötigte Liz psychologische Betreuung – nicht eine weitere Konfrontation mit einem Zeugen mit ungewissem Ausgang.

Doch Stadler brauchte sie. Liz war der Schlüssel zum Täter, ohne sie würde es womöglich noch Wochen dauern, Hendrik Vermeeren aufzuspüren. Wenn sie ihn überhaupt je fassten. Vermeeren verfügte über beachtliche finanzielle Mittel und eine unglaubliche Dreistigkeit.

Stadler hatte keinen Zweifel mehr daran, dass sie nach Hendrik Vermeeren suchten. Eben hatte er den IT-Experten erreicht, der mit Hilfe eines Computerprogramms Vermeerens Jugendfoto seinem jetzigen Alter anpassen lassen sollte. Der Kollege hatte Stadler versichert, dass das Bild zwar nicht optimal, aber ausreichend sein würde – und versprochen, noch im Laufe des Vormittags ein Ergebnis zu liefern.

Stadler sah zu Liz hinüber, die mit gesenktem Kopf neben ihm saß. «Du musst das nicht machen, wenn du nicht willst.»

«Doch, ich muss», widersprach sie leise. «Er ist mein Bruder. Nur ich kann ihn stoppen.»

«Unterschätz die Polizei nicht», versuchte er zu scherzen. «Ich habe schon Mörder hinter Gitter gebracht, als du noch im Sandkasten gespielt hast.»

Zu seiner Überraschung funktionierte es. Sie lachte leise. «Ich wusste gar nicht, dass du *so* alt bist.»

«Ich habe mich wahnsinnig gut gehalten. Das bestätigen mir die Frauen immer wieder.» Er fuhr sich durch das kurz geschorene Haar.

«So wie Linda?», fragte Liz. «Wie geht es ihr übrigens?»

Die Frage warf Stadler aus dem Gleichgewicht. «Gut», sagte er knapp und biss sich auf die Lippe.

Liz schien seine Irritation nicht aufzufallen. Oder sie ließ sich nichts anmerken. «Konntet ihr schon mir ihr sprechen? Weiß sie, wer sie in den Wagen gesperrt hat?»

«Zwei Kollegen waren bei ihr im Krankenhaus. Sie hatte den Cayenne in der Einfahrt stehen sehen und das Grundstück betreten. Sie hatte sich eine Geschichte als Vorwand ausgedacht, doch sie kam nicht dazu, sie zu erzählen. Jemand schlug sie nieder und sperrte sie in einen Kellerraum ein. Sie bekam Wasser und Kekse, und gestern kam der Unbekannte zurück, fesselte sie und sperrte sie in den Kofferraum. Es gab Spuren auf dem Grundstück, die darauf hinweisen, dass der Dienstwagen mehrere Tage hinter dem Haus geparkt war.»

«Also wusste Hendrik, dass wir bei dem Vermögensverwalter waren und früher oder später das Grundstück absuchen würden. Er hat uns erwartet.»

Stadler setzte den Blinker, um einen LKW zu überholen. «Das ist reine Spekulation. Aber es könnte stimmen. Ich schätze, Rossberg hat sich mit ihm in Verbindung gesetzt. Er wollte zwar nicht in Jan Schneiders Machenschaften hineingezogen werden, aber er fühlt sich dem Sohn seines Freundes wohl noch immer verpflichtet.»

«Er ist einfach nur ein Feigling», sagte Liz verächtlich. «Denk an die Frau in seinem Haus, die wir nicht zu Gesicht bekommen sollten.»

Sie schwiegen während der nächsten zehn Kilometer.

«Hast du was mit dieser Linda?», fragte Liz unvermittelt.

Stadler unterdrückte den Drang, sie anzublaffen. «Nein», antwortete er schroff. «Wie kommst du darauf?»

«Es wirkte so.»

«Wie?», fuhr er sie an.

«Na ja, als wärt ihr mehr als Kollegen.»

Stadler beschloss, ehrlich zu sein. «Sie war interessiert, ich habe sie abgewiesen. Das war, kurz bevor sie verschwand. Birgit vermutete, dass es da einen Zusammenhang geben könnte.»

«Sie dachte, Linda könnte sich deinetwegen etwas angetan haben?» Liz schien überrascht.

«Das nun nicht gerade. Sie nahm an, dass Linda sich aus Liebeskummer verkrochen hat.»

«Sie ist sehr hübsch.»

Stadler wurde das Gespräch zunehmend unangenehm. Er ließ sich nicht gern über sein Privatleben ausfragen, schon gar nicht von einer Psychologin. «Kolleginnen sind für mich tabu», stieß er verärgert hervor. «Den Fehler habe ich einmal gemacht. Außerdem bin ich nicht der Typ für eine feste Beziehung.»

«Das dachte ich mir.»

Er sah zu ihr hinüber, doch er wurde aus ihrem Blick nicht schlau.

Zwanzig Minuten später wurden sie in einen fensterlosen Raum geführt, dessen einziges Möbelstück ein Tisch war, um den vier Stühle herum standen. Stadler und Liz setzten sich und warteten schweigend, bis der Häftling hereingeführt wurde.

Karim Meshad sah älter aus als vierunddreißig, seine Schläfen waren bereits grau, das Gesicht von Falten durchzogen. Er trug einen schmalen Oberlippenbart und das schulterlange Haar zu einem Pferdeschwanz gebunden. Er setzte sich und sah seine Besucher ohne besonderes Interesse an.

Stadler nickte ihm zu. «Kriminalhauptkommissar Georg Stadler von der Kripo Düsseldorf. Das ist Elisabeth Montario.»

Stadler hatte Liz absichtlich nicht im Vorfeld angekündigt, denn er wollte Meshads Reaktion sehen. Der Mann sollte keine Gelegenheit haben, sich auf den Besuch vorzubereiten und sich eine Geschichte zurechtzulegen.

Karim Meshad reagierte überhaupt nicht.

«Haste Kippen?», fragte er.

Wortlos zog Stadler ein Päckchen aus der Jackentasche und warf es auf den Tisch. Er beobachtete, wie Meshad das Päckchen öffnete, eine Zigarette herausnahm, aber nicht anzündete, sondern nachdenklich in den Händen drehte. Nichts deutete darauf hin, dass er Liz kannte.

Plötzlich kam Stadler ein Gedanke. «Sie kennen meine Begleiterin vermutlich unter dem Namen Elisabeth Vermeeren.»

Das löste eine Reaktion aus. Meshads Kopf schoss hoch, neugierig musterte er Liz. «Die kleine Schwester», sagte er schließlich. «Sie sehen ihm gar nicht ähnlich.»

Liz hatte die ganze Zeit reglos dagesessen, auch jetzt rührte sie sich nicht. Bevor sie aus dem Wagen gestiegen waren, hatte Stadler ihr eingeschärft, sich abwartend zu verhalten und nur zu sprechen, wenn er sie dazu aufforderte. Offenbar hatte sie diesmal vor, sich an seine Anweisungen zu halten.

«Wir möchten mit Ihnen über den Brief sprechen, den Sie Frau Montario vor etwa sechzehn Jahren geschickt haben.»

«Über den Brief? Welchen Brief? Ich habe keinen Brief geschickt.» Er grinste. «Ich Ägypter, ich nicht mal richtig Deutsch können. Schwere Sprache.»

«Scherzkeks», kommentierte Stadler.

«War's das?» Meshad machte Anstalten, sich zu erheben.

Stadler bedeutete ihm, sitzen zu bleiben.

«Ich muss nicht mit Ihnen reden», sagte Meshad. «Warum sollte ich auch, wenn nichts für mich dabei rausspringt.»

«Es könnte aber was für Sie rausspringen.» Stadler lehnte sich im Stuhl zurück.

Mit plötzlichem Interesse beugte Meshad sich vor. «Ach ja?»

«Ihr Leben.»

Meshad lachte auf. «Wer ist hier der Scherzkeks? Mein Leben? Wollen Sie mich umlegen, wenn ich den Mund nicht aufmache? Hier im Knast?»

«Hendrik Vermeeren ist dabei, alle Personen zu ermorden, die er auf die eine oder andere Weise für Verräter hält. Er hat bereits sieben Menschen getötet. Unter anderem den Richter, der ihn verurteilt hat, und seinen ehemaligen Lehrer Friedrich Burgmüller.»

Meshad riss den Mund auf. «Burgmüller ist tot? Fuck!»

«Sie kannten ihn?»

«War mein Mathelehrer in Siegburg. War echt ein anständiger Kerl. Bisschen naiv. Hat immer geglaubt, uns alle retten zu müssen. Aber echt fair. Hendrik hat ihn umgebracht? Fuck! Der ist echt durchgeknallt.»

«Sie könnten auch auf seiner Liste stehen, Herr Meshad. Weil Sie seine Schwester damals vor ihm gewarnt haben. Das haben Sie doch, oder?»

Meshad drehte die Zigarette in seinen Fingern. «Ich weiß nichts von einem Brief, echt nicht.»

Stadler zuckte zusammen, als er Liz' Hand auf seinem Oberschenkel spürte. Er warf ihr einen Blick zu und nickte.

«Ich bin Ihnen sehr dankbar, dass Sie versucht haben, mich auf die Gefahr hinzuweisen», sagte Liz mit warmer Stimme zu Karim Meshad. «Sie waren der Einzige, der auch nur einen Gedanken an mich verschwendet hat.»

Der Häftling senkte den Blick.

«Sie haben Mut bewiesen, wo andere zu feige waren», fuhr Liz fort.

«War doch nichts», sagte Meshad, den Blick auf die Tischplatte gerichtet. «Ich hatte Ihr Foto in der Zeitung gesehen, wissen Sie? Und ich habe gehört, wie dieser Irre über seine kleine Schwester gesprochen hat. Ich wollte, dass Sie Bescheid wissen.»

«Hat denn niemand außer Ihnen gemerkt, dass Hendrik noch lebte?»

«Was glauben Sie denn? Hier achtet jeder nur auf sich selbst. Ist gesünder. Verstehen Sie?» Meshad machte eine abrupte Handbewegung, die Zigarette in seinen Fingern zerbrach. «Nur der Burgmüller hat sofort gecheckt, was da abging. Der war nicht wie die anderen. Der kannte seine Schüler. Einmal habe ich ihn darauf angesprochen. Er hat nur traurig gelächelt und gesagt, es sei besser für mich, den Mund zu halten.»

«Er hat es gewusst und nicht gemeldet?», fuhr Stadler dazwischen. «Wissen Sie warum?»

Meshad zuckte mit den Schultern. «Er hatte eine kranke Frau zu Hause.»

«Wollen Sie damit andeuten, dass er unter Druck gesetzt wurde?»

Meshad stopfte die zwei Zigarettenhälften zurück in das

Päckchen und erhob sich. «Ich will gar nichts andeuten. Und ich weiß auch nichts.» Er ging zur Tür und klopfte. Als von der anderen Seite geöffnet wurde, wandte sich noch einmal an Liz. «Nimm dich vor ihm in Acht, Mädchen. Er ist der Teufel.»

Montag, 4. November, 13:46 Uhr

Das Café war gut besucht, aber nicht übervoll. So fielen die vier Personen, die an dem Ecktisch saßen und sich leise unterhielten, nicht weiter auf. Zumindest hoffte Liz das. Georg Stadler, Birgit Clarenberg, Miguel Rodríguez und sie trafen sich außerhalb des Präsidiums, um Kriegsrat abzuhalten, denn es gab ein neues Problem.

Während Stadler und Liz bei Karim Meshad gewesen waren, war im Präsidium ein Anruf der Staatsanwaltschaft Bonn eingegangen. Die Akte Jan Schneider sei versehentlich herausgegeben worden, sie werde dringend vor Ort gebraucht und müsse sofort zurückgeschickt werden. Miguel, der den Anruf entgegengenommen hatte, hatte vergeblich versucht, seinem Gesprächspartner klarzumachen, dass die Akte auch in Düsseldorf für eine Ermittlung benötigt werde. Bei dem Telefonat hatte sich außerdem herausgestellt, dass die Ordner, die sie bekommen hatten, nicht wie vermutet aus dem Polizeipräsidium gekommen waren, sondern von der Staatsanwaltschaft. Angeblich war diese Akte das einzige Exemplar. Eine Kopie gab es nicht.

«Für mich beweist das endgültig, dass hier etwas vertuscht werden soll», sagte Birgit und schüttete Zucker in ihren Milchkaffee.

«Ja, aber vielleicht nur die schlampige Aktenführung», gab Miguel zu bedenken. «Wir sollten keine voreiligen Schlüsse ziehen.

«Mein Bruder lebt noch», warf Liz ein. «Karim Meshad hat es bestätigt.»

«Wirklich?» Miguel sah Stadler an.

«Na ja», sagte Stadler. «Er hat nicht gesagt: ‹Hendrik Vermeeren lebt noch.› Aber er hat es zwischen den Zeilen durchblicken lassen.»

«Vielleicht wollte er sich nur wichtigtun.» Miguel lehnte sich zurück.

«Er ist auf jeden Fall derjenige, der mir den anonymen Brief geschrieben hat», sagte Liz. «Er hat ihn zum Abschied zitiert. Damals schrieb er, Jan Schneider sei der Teufel. Und genau diese Worte hat er vorhin wiederholt.»

«Davon haben Sie gar nichts gesagt, als Sie uns von dem Brief erzählt haben», rief Birgit überrascht. Sie merkte, dass einige andere Gäste die Köpfe hoben, und dämpfte die Stimme. «Sind Sie sicher, dass diese Worte darin standen?»

«Es fiel mir wieder ein, als Karim es sagte. Ich bin mir ganz sicher.»

«Schade, dass Sie den Brief nicht mehr haben», sagte Birgit. «Das würde vieles erleichtern.»

Liz senkte den Kopf. «Ich weiß. Ich konnte ja nicht ahnen . . .»

«Schon in Ordnung», unterbrach Stadler sie. «Es hilft uns nicht weiter, uns über Dinge zu ärgern, die nicht zu ändern sind. Warten wir ab, was das Foto bringt.»

«Und was ist mit der Akte ‹Jan Schneider›?», fragte Miguel. «Ich fürchte, dass die in Bonn nicht nachgeben werden. Nicht wenn da wirklich etwas schiefgelaufen ist und sie tatsächlich Fehler vertuschen wollen.»

«Sobald du zurück im Präsidium bist, kopierst du alles», ordnete Stadler an.

«Das sind Tausende von Seiten!», stieß Miguel entsetzt hervor. «Das dauert Stunden.»

«Dann beeil dich», erwiderte Stadler trocken.

«Es gibt da noch etwas», sagte Birgit leise und warf Liz einen Blick zu.

Liz zuckte zusammen. Sie ahnte sofort, worum es ging. «Etwas mit Deborah?», fragte sie leise.

Birgit nickte.

Stadler leerte seine Cola. «Muss das sein?», fragte er Birgit. «Ist es wichtig für die Ermittlungen?»

«Sonst würde ich es nicht erwähnen», antwortete sie. «Es könnte eine Botschaft an Liz sein.»

«Sagen Sie es», forderte Liz sie auf.

«Bei der Obduktion wurde etwas in Deborah Arendts Gebärmutter gefunden. Eine Rasierklinge.»

Montag, 4. November, 14:25 Uhr

Stadler brachte Liz zurück in die sichere Wohnung, während die anderen beiden ins Präsidium vorausfuhren. Auf der Fahrt nach Unterbach kämpfte Liz gegen die Erinnerungen, die sie zu ersticken drohten. Und gegen die Schuldgefühle.

Schon als sie erfahren hatte, dass ihre Eltern mit einer Rasierklinge angegriffen worden waren, hatte sie immer wieder daran denken müssen. Doch das hätte trotz allem ein Zufall gewesen sein können. Anders die Rasierklinge in Deborahs Körper. Sie war eine Botschaft. Von Hendrik. An seine Schwester Liz.

«Ich bringe dich hinein», sagte Stadler, als er den Wagen vor dem Wohnkomplex in eine Parklücke steuerte.

«Nicht nötig.»

«Und ob. Ich bin für deine Sicherheit verantwortlich.»

Liz zögerte. Sie musste es Stadler erzählen, doch sie wusste nicht, wie sie anfangen sollte.

Stadler machte ebenfalls keine Anstalten auszusteigen. «Was ist los?», fragte er sanft.

«Die Rasierklinge», sagte Liz.

«Das dachte ich mir. Was ist damit?»

Liz schaute ihn an. Eine tiefe Falte, die ihr bisher nicht aufgefallen war, furchte seine Stirn.

«Ich weiß, dass Hendrik sich angeblich mit einer Rasierklinge das Leben genommen hat», sagte er. «Aber das ist nicht das, was du mir sagen willst, oder?»

Liz knetete ihre Finger. «Ich war fast noch ein Kind», flüsterte sie. «Ich wusste nicht, was ich tat.» Es war gelogen, sie hatte genau gewusst, was sie tat. Mehr noch, sie hatte es gewollt. Wiedergutmachung. Sühne. Wie auch immer man es nennen wollte. Sie hatte ihren Teil dazu beitragen wollen, die Familienschuld zu bereinigen – und sie hatte damit die Katastrophe erst möglich gemacht.

«Was wusstest du nicht?» Stadler griff nach ihrer Hand.

Liz fragte sich, ob er sie wegziehen würde, wenn sie ihm ihre Geschichte erzählt hatte. «Ich war es.»

«Du warst was?»

«Ich habe Hendrik anfangs einige Mal im Gefängnis besucht. Als wir noch in Duisburg wohnten. Meinen Eltern war das gar nicht recht. Sie wollten nicht, dass ich dorthin fuhr, schon gar nicht allein. Aber sie ließen mich gewähren. Sie hatten nicht die Kraft, das Verbot durchzusetzen, dafür waren sie viel zu sehr mit ihrem eigenen Kummer beschäftigt. Während meiner Besuche sprachen wir nie über das, was Hendrik getan hatte. Er sagte ohnehin fast nichts. Er ließ mich erzählen. Wie es mir in der Schule ging, von dem bevorstehenden Umzug nach Hannover. Von meinem neuen Familiennamen. Ich vertraute ihm all meine wirren Gedanken und Gefühle an. Und ich hoffte darauf, dass er mir eines Tages seine Version der Ereignisse schildern würde, eine Version, in der er unschuldig war, das Opfer eines Justizirrtums oder zumindest ein Opfer der Umstände. Ich wollte nicht wahrhaben, dass mein geliebter großer Bruder aus freiem Willen und in voller Absicht diese schrecklichen Dinge getan hatte.»

Stadler hörte schweigend zu. Auch als Liz für einen Moment innehielt, sagte er nichts.

«Meine Hoffnung wurde nicht erfüllt», fuhr sie fort. «Zumindest nicht so, wie ich es mir gewünscht hatte. Eines Tages bat Hendrik mich, ihm eine Rasierklinge ins Gefängnis zu schmuggeln. Für mich war diese Bitte ein Eingeständnis seiner Schuld. Und ich tat, was ich für richtig hielt. Ich versteckte die Rasierklinge in einem Amulett, das unserer Großmutter gehört hatte, hinter einem Babyfoto meiner Mutter. Damals glaubte ich, dass Hendrik sich selbst richten wollte und dass er meine Hilfe dazu brauchte. Es dauerte Jahre, bis ich begriff, dass er andere Wege gefunden hätte, sich das Leben zu nehmen, wenn das seine Absicht gewesen wäre. Er hätte mich nicht mit hineinzuziehen brauchen. Doch genau das wollte er. Er wollte mich als Komplizin, wollte, dass ich mich schuldig fühle. Und zwar für den Rest meines Lebens. Das ist ihm gelungen. Ich fühlte mich immer für seinen Tod verantwortlich. Und seit ich weiß, dass er die Klinge nicht benutzte, um sich selbst zu töten, sondern um seine Flucht zu inszenieren, lastet diese Schuld noch viel schwerer auf mir. All diese Menschen sind gestorben, weil ich meinem Bruder damals eine Waffe besorgt habe.»

Stadler hatte ihre Hand nicht losgelassen. Im Gegenteil, er hielt sie ganz fest. «Nichts von dem, was geschehen ist, ist deine Schuld, Liz. Hendrik allein hat es getan.»

«Und ich habe ihm geholfen.»

«Er brauchte die Rasierklinge nicht, um Jan Schneider zu töten und das Feuer zu legen. Du hast das ganz richtig erkannt: Er wollte dich in sein mörderisches Spiel hineinziehen. Lass nicht zu, dass er diese Macht über dich hat.»

«Aber ich –»

Stadlers Handy klingelte. «Sorry, aber ich muss rangehen.» Er ließ ihre Hand los, fischte sein Telefon aus der Jackentasche und meldete sich. Am anderen Ende sagte jemand etwas. «Mist! Kann er nicht noch eine halbe Stunde warten?» Er lauschte. «Verstehe.»

Mit versteinertem Gesicht schob Stadler das Handy zurück

in die Jacke. «Ich muss leider sofort zurück ins Präsidium. Es sieht so aus, als würden sie jetzt die ganz großen Geschütze auffahren, um uns daran zu hindern, weiter nachzuforschen, was damals in der JVA Siegburg geschehen ist.»

«Schon in Ordnung. Ich komme klar.»

Er brachte Liz trotz ihrer Beteuerung noch bis an die Tür und ließ die Kollegin, die in der Wohnung wartete, herunterkommen, um sie in Empfang zu nehmen. Während sie auf die Polizistin warteten, umfasste er ihr Gesicht mit beiden Händen und küsste sie auf die Stirn. «Du bist eine wunderbare Frau, Liz. Lass dir von niemandem etwas anderes einreden.»

Bevor sie etwas erwidern konnte, wandte er sich ab und ging zurück zu seinem Wagen.

Montag, 4. November, 14:55 Uhr

Atemlos erreichte Stadler die zweite Etage des Polizeipräsidiums Düsseldorf. Er hatte nicht die Ruhe gehabt, den Paternoster zu nehmen, sondern war lieber im Laufschritt die Treppe hochgestürmt.

Birgit Clarenberg erwartete ihn an der Glastür, die den Flügel des Kriminalkommissariats 11 vom Treppenhaus trennte, und drückte ihm eine dünne Mappe in die Hand. «Munition», raunte sie ihm zu. «Ich habe dir alle aktuellen Untersuchungsergebnisse tabellarisch zusammengestellt, nach Fällen sortiert.»

«Du bist unbezahlbar», schnaufte Stadler. «Irgendetwas, das ich auf keinen Fall vergessen sollte?»

«Achte auf die Fingerabdrücke.» Sie schob ihn in Richtung des Büros von Siegfried Sobotta. «Und jetzt rein mit dir. Ich habe ihm gesagt, dass du einen wichtigen Zeugen befragen musstest. Was du daraus machst, ist deine Sache.»

Stadler klopfte und trat ein. Zu seiner Überraschung saß sein Chef allein an seinem Schreibtisch. Stadler hatte ein größeres Aufgebot erwartet, zumindest den Polizeipräsidenten und den Oberstaatsanwalt.

«Tag, Siegfried», sagte er. «Tut mir leid, dass du so lange warten musstest.»

Sobotta deutete auf den Stuhl vor seinem Tisch. «Setz dich, Georg.» Er sah besorgt aus. Seine Augen lagen tief in den Höhlen, der sonst stets akkurat gepflegte rotblonde Schnauzbart wirkte schlaff.

Stadler nahm Platz und schwieg.

«Ich war vorhin zu Besuch bei unserem obersten Dienstherrn», begann Sobotta.

«Dachte ich mir.» Stadler wappnete sich für eine Standpauke.

«Ich fürchte, du verstehst nicht. Nicht der Polizeipräsident hat mich antanzen lassen, sondern der Innenminister.»

«Wie bitte?» Stadler starrte seinen Chef an. «Der Innenminister? Was wollte er?»

«Offenbar hast du deine Kompetenzen überschritten, indem du interne Ermittlungen gegen Kollegen einer anderen Dienststelle aufgenommen beziehungsweise deren Arbeitsergebnisse in Frage gestellt hast.»

«Das ist doch Quatsch!» Stadler traute seinen Ohren nicht.

«Du hast dir also nicht auf krummen Wegen eine Akte aus Bonn beschafft, die eigentlich unter Verschluss ist?»

Stadler schluckte. Er hatte also tatsächlich in ein Wespennest gestochen. «Ich wusste nicht, dass die Akte unter Verschluss ist, und ich habe sie ganz offiziell auf dem Dienstweg angefordert.»

«Ja, und als man dir mitteilte, dass sie nicht zur Verfügung steht, hast du einen Kollegen hingeschickt, um der Angelegenheit Nachdruck zu verleihen. Was dieser so erfolgreich beherzigte, dass ein unerfahrener Mitarbeiter der Staatsanwaltschaft Bonn sich genötigt sah, wider die Anweisungen zu handeln.»

«Heißt das, dass die Bonner uns die Schuld dafür geben wollen, dass einer ihrer Leute Mist gebaut hat?» Stadler schüttelte fassungslos den Kopf. Sein Chef glaubte doch nicht ernsthaft, dass Miguel irgendjemanden bedroht hatte, um an eine Akte zu kommen. «Das ist Quatsch», sagte er. «Ich habe die Akte angefordert, weil der Täter in dem alten Bonner Fall ein Verdächtiger in unserem aktuellen Mordfall ist. Das ist ein völlig normales Vorgehen. Aus dem Präsidium Bonn hieß es, die

Akte sei unauffindbar. Und plötzlich kam sie dann doch per Kurier, allerdings nicht aus dem Polizeiarchiv, sondern aus der Staatsanwaltschaft. Ohne dass irgendwer Druck gemacht hat. Da will uns jemand für seine eigene Schlamperei verantwortlich machen.» Stadler kniff die Augen zusammen. «Warum ist die Akte überhaupt unter Verschluss?»

«Dazu konnte der Innenminister nichts sagen.»

«Natürlich nicht.» Stadler verschränkte die Arme. «Du begreifst doch wohl, was das bedeutet? Die Sache ist heiß, da soll irgendeine dreckige Geschichte vertuscht werden.»

«Ich begreife vor allem eins, Georg: Der Innenminister will nicht, dass wir in der Sache von damals herumstochern. Aus welchem Grund auch immer. Und wenn wir uns nicht daran halten, nimmt man uns den Fall weg. Dann ermittelt das LKA. Oder sogar das BKA. Schließlich hat der Täter in verschiedenen Bundesländern gemordet, wenn deine Theorie stimmt.»

«Das ist doch wohl alles nicht wahr!»

«Du hast die Wahl. Entweder hältst du dich an deinen Ermittlungsauftrag oder du wirst suspendiert.» Sobotta beugte sich vor. «Versteh doch, Georg», sagte er beschwörend. «Uns sind die Hände gebunden. Alles, was uns bleibt, ist, im aktuellen Fall saubere Arbeit zu leisten. Und dafür brauche ich dich als Leiter der Moko. Also bau keinen Mist. Leg dich nicht mit den falschen Leuten an. Da ziehst du unweigerlich den Kürzeren. Mach deinen Job. Wenn du diesen Jan Schneider erst einmal gefasst hast, sehen wir weiter. Einverstanden?»

«Und die Akte?»

Sobotta seufzte. «Ist bereits abgeholt worden.»

Also hatte Miguel keine Zeit mehr gehabt, die Unterlagen zu fotokopieren.

Sobotta rieb sich über das müde Gesicht. «Betrachte es mal so, Georg: Wir konzentrieren uns darauf, diesen Irren aus dem

Verkehr zu ziehen. Das ist unsere Aufgabe. Der Rest ist Politik und geht uns nichts an.»

«Und wie kann ich ermitteln, wenn ich nicht alle relevanten Unterlagen einsehen darf?», fragte Stadler scharf zurück.

«Du sammelst die Beweise, die Jan Schneider überführen sollen. Der Rest ist nicht deine Angelegenheit. Deshalb wird die Moko ab sofort wieder verkleinert. Schließlich ist der Täter mit an Sicherheit grenzender Wahrscheinlichkeit identifiziert. Die Suche nach Schneider übernehmen die Zielfahnder. Die sind für so was viel besser ausgerüstet.»

«Die Moko wird verkleinert?», fragte Stadler entsetzt. «Das auch noch?»

«Wir können eine solche Riesenmordkommission nicht mehr rechtfertigen, wenn wir wissen, wer der Täter ist. Schließlich geht das zu Lasten der anderen Abteilungen.»

«Aber die Moko wurde doch gerade erst aufgestockt! Der Mann, den wir suchen, hat innerhalb weniger Wochen mindestens sieben Menschen ermordet. Ich brauche jeden Mann.»

«Du behältst genug Leute, um in Ruhe alle relevanten Spuren auswerten zu können. Keine Sorge.» Sobotta lehnte sich zurück. «Wie läuft es denn? Gibt es neue Erkenntnisse?»

Stadler zwang sich, die Mappe aufzuschlagen, die Birgit ihm gereicht hatte. Es kostete ihn ungeheure Kraft, seinen Chef nicht anzubrüllen, ihn einen Feigling, einen Speichellecker zu nennen. Nur die Einsicht, dass er damit sofort ganz aus den Ermittlungen heraus wäre, hielt ihn zurück. «Es gibt einige interessante Ergebnisse», sagte er, während er die Informationen überflog, die auch für ihn teilweise neu waren. «Eine weitere Krankenschwester hat Jan Schneider zur Tatzeit im Krankenhaus gesehen und ihn anhand des Fotos aus der JVA identifiziert.»

«Ist sie zuverlässig?»

«Absolut.»

«Großartig.»

«Zunächst beweist es nur, dass Schneider zur Tatzeit im Krankenhaus war, wie Hunderte andere Personen auch. Das reicht nicht.»

«Keine Spuren am Tatort?»

«Wir haben kein DNA-Material von Schneider, um es mit den Spuren des unbekannten Mannes abzugleichen, die wir in dem Kreißsaal gesichert haben.»

«Ihr habt doch seine Immobilien durchsucht», sagte Sobotta, der offenbar gut über den Ermittlungsstand unterrichtet war. «Da muss doch irgendwo eine Zahnbürste oder ein Haar gefunden worden sein.»

«Bisher nicht», antwortete Stadler, den Blick auf die Unterlagen gerichtet. «In den vier leerstehenden Objekten, in denen er sich hätte verstecken können, gab es keinerlei Spuren. Keine Hinweise, dass sich kürzlich jemand dort aufgehalten hat. Interessant war nur die Wohnung in Benrath.»

«Die in der Nachbarschaft der Psychologin?»

«Genau.» Stadler las den kurzen Text, den Birgit getippt hatte. «Dort haben wir die alte Schreibmaschine gefunden, auf der die Drohbriefe an Elisabeth Montario geschrieben wurden. Ebenso das entsprechende Papier und eine SIM-Karte für ein Kartenhandy. Die Karte hatte die Rufnummer, unter der der Verdächtige Kontakt mit Deborah Arendt aufgenommen hat.»

«Die ihrerseits eine Freundin von Montario war.» Sobotta presste die Finger gegen die Schläfen. «Sonst nichts?»

«Sieht nicht so aus. Zumindest hat Schneider keine Wäsche oder andere persönliche Gegenstände zurückgelassen. Und er scheint die Wohnung gründlich gereinigt zu haben.»

«Und trotzdem hat er die SIM-Karte und die Schreibmaschine vergessen?»

Stadler überlegte. «Ich glaube nicht, dass er irgendetwas vergessen hat. Er sorgt dafür, dass wir genau das finden, was er für uns zurücklässt.»

Sobotta rieb sich das Kinn. «Immerhin können wir Schneider aufgrund der Indizienlage mit den Morden an Tanja Matzurka und Deborah Arendt in Verbindung bringen.»

«Und mit den Drohbriefen», ergänzte Stadler, der gerade auf ein interessantes Detail gestoßen war. «Mit etwas Glück haben wir sogar noch mehr. Nämlich seinen Fingerabdruck auf Elisabeth Montarios Wagen.» Das musste Birgit vorhin gemeint haben, als sie ihn aufforderte, auf die Fingerabdrücke zu achten.

«Seinen Fingerabdruck?»

«Eine der Botschaften an Liz Montario kam nicht als Brief, sondern wurde auf die Heckscheibe ihres Wagens geschmiert. Leider hat sie die Worte weggewischt. Doch den Kollegen ist es gelungen, einen Teil der Schrift wieder lesbar zu machen. Und dabei konnte ein halber Daumenabdruck gesichert werden.»

«Könnte der nicht von der Psychologin stammen?», fragte der Leiter der KK 11 skeptisch.

«Mit ihren Abdrücken wurde er bereits abgeglichen. Zudem war der Abdruck wie eine Art Signatur unter den Schriftzug auf der Heckscheibe platziert.»

«Also noch etwas, das wir finden *sollten*. Macht dieser Irre keine Fehler?» Sobotta strich sich über den Schnauzbart.

«Bisher nicht. Trotzdem könnten all diese Details uns letztendlich zu ihm führen. Er hält sich für unbesiegbar. Das ist die beste Voraussetzung dafür, dass er bald einen Fehler begeht.»

«Dein Wort in Gottes Ohr, Georg.» Sobotta schnitt eine Grimasse. «Was sonst?»

Stadler konsultierte erneut die Unterlagen. «Der beschlagnahmte Wagen aus der Garage von Herrmann Bootz ist eindeutig das Fahrzeug, mit dem Ruben Keller überfahren wurde.

Die Spuren lassen keinen Zweifel zu. Der Halter wurde an seinem Urlaubsort befragt. Er ist seit drei Wochen dort und weiß von nichts.»

«Können wir das glauben?»

«Ja. Wir gehen davon aus, dass Schneider einen Hausschlüssel behalten hat, als er Bootz das Anwesen verkaufte, und dass er den Wagen für den Anschlag aus der Garage entwendete.»

«Das bringt mich auf die Kollegin Linda Franke. Ich habe gehört, dass sie auf dem Weg der Besserung ist und keine ernsthaften Verletzungen hat. Hat sie den Täter gesehen?» Sobotta sah fragend zu Stadler.

«Nein. Sie wurde von hinten angegriffen.»

«Ich habe das übrigens geregelt. Es wird kein Disziplinarverfahren geben. Frau Franke hat genug durchgemacht. Sie bleibt krankgeschrieben, bis der Fall abgeschlossen ist, dann kehrt sie in den Dienst zurück. Ich denke, das ist die beste Lösung für alle Beteiligten.» Sobotta fixierte Stadler.

Stadler fragte sich, welche Gerüchte über Linda und ihn seinem Chef zu Ohren gekommen sein mochten. Ob Sobotta erwartete, dass er sich bedankte? Statt etwas zu erwidern, überflog er die restlichen Informationen zu dem Cayenne aus Bootz' Garage. «Die DNA, die wir im Unfallwagen gesichert haben, lassen wir mit der des Halters und seiner Frau abgleichen. Das Ergebnis steht noch aus.»

Sobotta wechselte abrupt das Thema. «Was ist mit dem toten Lehrer?»

Stadler blätterte. Dazu fand er nichts in den Unterlagen. «Nichts Neues.»

Sobotta nickte.

Auf der letzten Seite stand noch etwas, worüber Stadler bisher nicht unterrichtet worden war. «Dieser Rossberg, der Vermögensverwalter von Jan Schneider, ist noch einmal befragt worden. Angeblich hat er keine Ahnung, wo sein Klient wohnt. Und er weiß auch nichts von weiteren Immobilien.»

Sobotta schlug mit der Hand auf den Tisch. «Irgendwo muss dieser Kerl seinen Unterschlupf haben!»

«Ich werde noch mal mit Frau Montario sprechen. Vielleicht hat sie eine Idee.» Stadler schlug die Mappe zu.

«Auf gar keinen Fall!», fuhr Sobotta ihn an.

Erschrocken zuckte Stadler zurück. «Warum nicht? Du hast doch gesagt, dass –»

«Anweisung von oben. Zivilisten sind aus dem Fall herauszuhalten. Vor allem solche, die persönlich betroffen sind. Wenn du eine psychologische Einschätzung brauchst, wende dich an die OFA.»

«Aber ...» Stadler verschlug es die Sprache.

Sobotta legte die Hände auf den Schreibtisch. «Es ist mir ernst, Georg. Die Psychologin ist raus. Gib mir dein Wort, dass du dich von ihr fernhältst, bis der Fall abgeschlossen ist!»

Er sollte sich von ihr fernhalten? Warum so plötzlich? Hatte etwa jemand herausbekommen, dass Liz zweimal bei ihm übernachtet hatte, und falsche Schlüsse gezogen?

«Georg?», beharrte Sobotta. «Habe ich dein Wort?»

«Schon gut», sagte Stadler schroff. «Ich hab verstanden.»

«Das reicht nicht. Versprich es!»

Entgeistert starrte Stadler ihn an.

Sobotta hielt seinem Blick stand.

Stadler rang mit sich. Er war kurz davor, alles hinzuschmeißen. «Ich verspreche, dass ich Elisabeth Montario bei den weiteren Ermittlungen in diesem Fall nicht mehr zu Rate ziehen werde», presste er schließlich hervor. «Aber ich halte das für einen großen Fehler.»

Dienstag, 5. November, 9:42 Uhr

Es klopfte. Von irgendwoher drangen die Laute an ihr Ohr, so hartnäckig und unausweichlich, dass sie Liz aus dem Schlaf rissen. Verwirrt fuhr sie hoch und öffnete die Augen. Es war hell, fahles Tageslicht schimmerte durch die Vorhänge.

«Frau Montario, sind Sie wach?», rief eine Stimme hinter der Tür. Nicht die Polizistin, die Liz in der vergangenen Nacht Gesellschaft geleistet hatte, sondern eine Fremde. Vermutlich ihre Ablösung, oder besser gesagt die Freundin, mit der Ruth Kröppke sich die Wohnung teilte. Offenbar teilten sie sich auch Liz' Bewachung. Es musste ein großer Gefallen sein, den diese Ruth Kröppke Stadler schuldete.

«Was ist denn?», fragte Liz schlaftrunken zurück.

Die Tür wurde behutsam geöffnet. Eine junge Polizistin in Uniform schob sich ins Zimmer und wedelte mit einem Umschlag. «Entschuldigen Sie die Störung, Frau Montario. Eine Nachricht von Kriminalhauptkommissar Stadler. Ich dachte, es könnte wichtig sein.» Sie reichte Liz den Umschlag und verschwand.

Liz gähnte. Ein Blick auf die Uhr verriet ihr, dass sie mehr als zwölf Stunden geschlafen hatte. Das weckte sie endgültig. Bestimmt gab es neue Entwicklungen. Sie sprang aus dem Bett und lief ins Bad. Unter der Dusche versuchte sie sich vorzustellen, wo Hendrik sich verstecken würde. Alles, was er bisher getan hatte, deutete darauf hin, dass er seinen Taten eine symbolische Bedeutung verlieh. Und dass er kein Risiko scheute.

Außerdem wollte er Liz anlocken, also musste er irgendwo warten, wo sie ihn finden konnte. Es musste etwas mit ihnen beiden zu tun haben. Mit ihrer Kindheit. Ein Platz, an dem sie häufig gespielt hatten? Oder ein Urlaubsort? Das Haus an der Nordsee, wo sie früher einige Male die Ferien verbracht hatten?

Liz zermarterte sich das Hirn, doch ihr fiel kein Ort ein, der bedeutsam genug gewesen wäre. Als Kinder hatten sie vor allem im Garten ihres Elternhauses und auf der Straße gespielt. In der ruhigen Wohnsiedlung in Duisburg hatte es kaum Verkehr gegeben, und sie hatten mit ihren Fahrrädern Rennen veranstaltet, ohne von Autos gestört zu werden. Eine Hütte, ein Versteck im Wald – an so etwas konnte sie sich nicht erinnern.

Liz drehte das Wasser ab und griff nach dem Handtuch. Sie stellte sich vor den Spiegel und betrachtete ihr Gesicht. Die Ähnlichkeit mit ihrem Vater war nicht zu übersehen. Die blasse Haut, das widerspenstige rote Haar, die großen grünen Augen. Hendrik, hatte sie immer angenommen, kam nach ihrer Mutter. Dunkles Haar und noch dunklere Augen, schmale Nase, ausgeprägtes Kinn. In Wahrheit trug er die Züge seines leiblichen Vaters, eines Mannes, von dem er nicht einmal den Namen kannte. Eine Träne lief Liz über die Wange. Von ihrer Mutter war nichts Sichtbares zurückgeblieben, weder in ihr noch in Hendrik. Sie war gestorben, ohne Spuren zu hinterlassen, fast so, als hätte sie nie gelebt.

Zurück im Schlafzimmer zog Liz Jeans und einen Rollkragenpullover an und band die Haare zu einem Pferdeschwanz zusammen.

Dann setzte sie sich aufs Bett und öffnete den Umschlag, den Stadler ihr geschickt hatte. Sie zog das Blatt Papier heraus, überflog die wenigen Sätze und stöhnte entsetzt auf.

Dienstag, 5. November, 10:08 Uhr

Zum wiederholten Mal sah Birgit auf die Uhr. Schon nach zehn. Wo steckte Stadler? Sie nahm ihr Handy und drückte die Wahlwiederholung. Wieder meldete er sich nicht.

Kurz entschlossen verließ Birgit das Büro. Bei Miguel war die Tür nur angelehnt. Er telefonierte gerade, winkte sie jedoch herein.

«Neuigkeiten?», fragte sie, nachdem er aufgelegt hatte.

«Nicht wirklich. Ich habe noch einmal mit den Kollegen aus Husum telefoniert. Ein Mord lässt sich weder ausschließen noch eindeutig nachweisen. Das Feuer hat zu viele Spuren vernichtet. Der Richter hatte zweifelsfrei einen Herzinfarkt, aber ob der von außen herbeigeführt wurde, etwa durch Medikamente oder einen Schock, lässt sich nicht sagen.»

«Mist.» Birgit setzte sich auf den Besucherstuhl und betrachtete Miguel. Auch er sah übermüdet aus, doch im Gegensatz zu ihr standen ihm die dunklen Ringe unter den Augen und die nachlässige Frisur gut. Er war unrasiert, was seine Attraktivität noch unterstrich.

«Und? Was hast du auf dem Herzen?», fragte Miguel.

Birgit suchte nach Worten. «Es geht um Georg. Er war heute noch nicht im Präsidium, und ich erreiche ihn nicht.»

«Ich dachte, er geht einem Hinweis nach. Irgendwer sagte mir, dass er sich heute schon ganz früh gemeldet hat.»

«Ja, bei mir.» Birgit zögerte. Sie wollte nicht als überängstlich gelten, noch weniger allerdings wollte sie den Fehler wiederholen, den sie bei Linda gemacht hatten. «Er hat mir eine SMS geschickt, dass er mit einem Zeugen sprechen will, bevor er ins Präsidium kommt. Wir kennen ja seine Alleingänge, also habe ich mich nicht weiter darüber gewundert. Aber die SMS kam um Viertel nach sechs. Jetzt ist es nach zehn.»

«Du machst dir Sorgen?»

Birgit senkte den Blick. «Linda hat sich auch per SMS abgemeldet.»

Miguel schüttelte unwillig den Kopf. «Georg ist nicht Linda. Der lässt sich nicht in eine Falle locken. Vermutlich frühstückt er gemütlich mit unserer hübschen Liz.»

«Er musste dem Chef versprechen, jeglichen Kontakt zu ihr abzubrechen», erinnerte Birgit ihn.

«Seit wann tut Stadler alles, was von oben angeordnet wird? Du solltest ihn doch am besten kennen.»

Birgit biss sich auf die Unterlippe. Miguel hatte etwa so reagiert, wie sie es erwartet hatte. Vermutlich zu Recht. «Wenn du meinst», sagte sie ohne Überzeugung.

Miguel beugte sich vor. «Es ist dir ernst, oder?»

Sie nickte.

«Gut.» Miguel runzelte die Stirn. «Mal angenommen, unser Täter hat Georg in seine Gewalt gebracht. Warum hätte er das tun sollen? Was bezweckt er damit?»

Birgit streckte den Rücken durch. Auf diese Frage hatte sie eine Antwort. «Er wäre nicht der Einzige, der glaubt, dass zwischen Georg und Liz Montario etwas läuft. Falls der Kerl Liz beobachtet, hat er womöglich mitbekommen, dass sie bei ihm übernachtet hat.»

«Hat sie?» Miguel schnalzte mit der Zunge.

«Ja. Auf dem Sofa angeblich. Aber das spielt jetzt keine Rolle. Jedenfalls könnte er glauben, dass Georg ihre Schwachstelle ist. Dass er sie damit anlocken kann.»

«Verdammt!» Miguel griff zum Telefon. «Ich frage mal nach, ob in der Wohnung alles okay ist.»

«Hast du die Nummer?»

Miguel wedelte mit einem Zettel und tippte hastig die Zahlenfolge ein. Das Gespräch dauerte nur kurz. Nachdem er aufgelegt hatte, erklärte er: «Das war Kerstin, Ruth Kröppkes Freundin. Alles in Ordnung. Liz ist eben erst aufgestanden. Sie ist im Schlafzimmer. Angeblich hat Stadler ihr schon eine Nachricht geschickt und sich kurz darauf telefonisch erkundigt, ob die auch angekommen ist.»

«Hat Kerstin die Stimme am Telefon erkannt?», fragte Birgit.

«Danach habe ich nicht gefragt.»

«Wir müssen mit Liz sprechen. Ich will diese Nachricht sehen.»

Miguel erhob sich. «Wir fahren hin.»

«Und wir sollten bei Georg zu Hause vorbeifahren und nachsehen, ob alles in Ordnung ist», ergänzte Birgit. «Und zwar sofort.»

In dem Augenblick räusperte sich jemand. «Hallo? Störe ich?» Florian Schenk, der junge Kollege aus dem KK 12, der neu im Team war.

Birgit fragte sich, wie lange er schon in der halbgeöffneten Tür stand. «Was gibt es?»

«Ich suche Stadler. Wegen einer verdächtigen Vermisstensache in Duisburg. Könnte mit unserem Fall zusammenhängen.»

Birgit traf eine Entscheidung. Stadler hielt große Stücke auf Schenk, sie würde sich auf sein Urteil verlassen. «Die Vermisstensache muss warten», sagte sie. «Wir brauchen deine Hilfe. Aber die Angelegenheit ist vorerst vertraulich.»

Miguel sah sie scharf an, doch Birgit nickte ihm beschwichtigend zu.

«Ihr könnt euch auf mich verlassen.» Schenk trat ein und schloss die Tür hinter sich. «Was kann ich tun?»

«Bei Georg Stadler zu Hause vorbeifahren und nachsehen, ob etwas nicht stimmt. Er ist verschwunden, und wir machen uns Sorgen.»

«Echt? Wie lange habt ihr nicht von ihm gehört?»

«Heute Morgen kam eine SMS, danach nichts mehr.» Dass Stadler sich angeblich bei Liz gemeldet hatte, verschwieg Birgit lieber.

Schenk benötigte keine weiteren Erklärungen. «Ich brauche die Adresse und einen Schlüssel.»

Birgit riss ein Blatt vom Notizblock und notierte Stadlers Anschrift. «Auf der gleichen Etage wohnt eine ältere Dame, die seinen Wohnungsschlüssel hat. Wenn du ihr den Dienstausweis zeigst, lässt sie dich bestimmt rein. Ach ja, guck auch nach seinem Wagen.»

«Der Mustang. Mach ich.»

«Wenn es auch nur die kleinsten Anzeichen dafür gibt, dass Stadler etwas zugestoßen sein könnte, alarmierst du sofort die Kollegen. Und zwar das große Aufgebot. Verstanden?»

«Bin schon weg.» Schenk eilte aus dem Büro.

«Hoffentlich hast du den Richtigen für diese Aufgabe ausgesucht», sagte Miguel.

«Hoffentlich ist es falscher Alarm», antwortete Birgit.

Dienstag, 5. November, 10:27 Uhr

Liz saß auf dem Bett und starrte auf den Zettel. Ihre Gedanken überschlugen sich, doch allmählich kristallisierte sich aus dem Durcheinander die Lösung heraus. Noch einmal las sie die Worte, die sie längst auswendig konnte:

Geliebtes Schwesterlein, dein Kommissar leistet mir Gesellschaft, bis du eintriffst. Ich habe mir etwas ganz Besonderes für ihn ausgedacht. Mit ihm werde ich noch mehr Spaß haben als mit deiner Freundin Deborah. Beeil dich und komm allein, dann kannst du ihn vielleicht retten. Wir erwarten dich zu Hause.
Hendrik

Liz schloss die Augen. *Wir erwarten dich zu Hause.* Warum hatte sie nicht gleich daran gedacht? Hendrik wollte die Geschichte dort beenden, wo sie begonnen hatte, im Zuhause ihrer Kindheit.

Liz legte das Blatt auf die Bettdecke. Was von nun an passierte, lag in ihrer Verantwortung. Sie musste Hendrik davon abhalten, noch mehr Menschen umzubringen – doch nicht um den Preis, dass er im Kugelhagel des SEK krepierte. Hendrik war ein Mörder. Er hatte zahllose Menschen getötet. Er hatte Deborah bestialisch abgeschlachtet – und ihre Mutter. Aber er war auch ihr Bruder. Es war verrückt, es war leichtsinnig, es war vollkommen idiotisch – dennoch musste sie versuchen, eine unblutige Lösung zu finden. Sie war die Einzige, die Hendrik zurückholen konnte. Die ihn davon überzeugen konnte, dass er sich auf einem Irrweg befand. Sie konnte ihn retten. Sie *musste* ihn retten.

Aus dem vorderen Teil der Wohnung drang die Stimme der Polizistin zu ihr: «Wollen Sie nicht frühstücken, Frau Montario?»

Rasch faltete Liz das Blatt und steckte es in die Hosentasche. Sie lief zur Tür und öffnete sie einen Spaltbreit. «Ich telefoniere gerade mit meinem Vater», log sie. «Er liegt im Krankenhaus. Ich komme gleich.»

Liz schloss die Tür, trat ans Fenster und blickte hinunter. Erster Stock. Direkt unter ihr begann die Rasenfläche. Ein Kinderspiel.

Liz sah sich im Zimmer um. Sie musste Hendrik allein treffen, nur so hatte sie eine Chance, in Ruhe mit ihm zu reden. Doch sie wollte nicht ganz auf Rückendeckung verzichten. Wenn sie versagte, musste die Polizei die Sache auf ihre Art beenden.

Nach kurzem Überlegen fasste Liz einen Plan. Sie zog ihre Turnschuhe an und lief zur Zimmertür. So leise wie möglich drückte sie die Klinke herunter und schlich in den Korridor. Die Polizistin schien zu telefonieren. Gut so! Auf der Kommode lag der Wagenschlüssel, den Liz bereits auf dem Weg ins Bad bemerkt hatte. Sie hatte keine Ahnung, wie das Auto ihrer Bewacherin aussah, doch das würde der Funkschlüssel ihr schon verraten. Sie kehrte ins Schlafzimmer zurück und schloss die Tür ab. Nachdem sie ihr rotes Haar unter einer Mütze verborgen und ihre Jacke angezogen hatte, öffnete sie das Fenster. Eisige Kälte schlug ihr entgegen, die Luft roch nach Schnee. Liz kletterte auf die Fensterbank und sprang.

Ein stechender Schmerz durchzuckte ihre Beine, als sie aufprallte, doch er ebbte sofort wieder ab. An der Hauswand entlang rannte Liz zur Straße. Glücklicherweise hatte Stadler nicht durchsetzen können, dass ein Streifenwagen vor dem Gebäude Wache hielt.

Liz blieb an der Hausecke stehen und betätigte den Funkschlüssel. Genau vor ihr piepste es, und die Warnblinkanlage eines Ford Focus blinkte auf. Liz hielt den Atem an. Nichts geschah.

Ohne länger zu zögern stürmte sie auf den Wagen zu, riss die Fahrertür auf und stieg ein. Mit zitternden Fingern steckte sie den Schlüssel ins Schloss und drehte ihn. Der Motor heulte auf, sie gab Gas und rollte aus der Parklücke. Erst als sie bereits auf der A3 in Richtung Norden raste, beruhigte sich ihr Herzschlag.

Dienstag, 5. November, 10:59 Uhr

Als Birgit Clarenberg das Zivilfahrzeug um die Straßenecke lenkte, wusste sie sofort, dass etwas nicht stimmte. Vor dem Haus, in dem Ruth Kröppke und Kerstin Böhr eine Wohnung angemietet hatten, stand eine junge Frau in Uniform, das Handy am Ohr, und suchte mit den Augen die Straße ab.

«Mist!», stieß Miguel zwischen den Zähnen hervor. «Das ist Kerstin. Irgendwas muss passiert sein.»

Birgit machte eine Vollbremsung vor dem Haus und sprang aus dem Wagen. «Was ist los? Etwas mit Liz?»

«Oh, hallo Birgit. Gut, dass ihr da seid. Ich versuche gerade, Stadler zu erreichen. Frau Montario ist abgehauen.»

«Das darf doch nicht wahr sein!» Miguel knallte die Wagentür zu.

«Das konnte ich doch nicht ahnen», verteidigte sich Kerstin Böhr. «Mir wurde gesagt, dass der Serienmörder hinter ihr her ist. Nicht dass sie sich aus dem Staub machen könnte.»

«Schon gut.» Birgit hob beschwichtigend die Hand und warf Miguel einen wütenden Blick zu. «Kannst du kurz berichten, was passiert ist?»

Kerstin Böhr schien sie gar nicht zu hören. «Verdammt, sie hat meinen Wagen! Ich komm zu spät zum Dienst.» Sie schüttelte wütend den Kopf. «Stadler hätte Ruth und mich besser informieren müssen.» Sie sah Birgit an. «Sorry. Aber es ärgert mich, dass ich von dieser Tussi reingelegt wurde. Sie hatte sich im Schlafzimmer eingeschlossen. Angeblich wollte sie mit ihrem Vater telefonieren, der im Krankenhaus liegt.» Sie sah die beiden fragend an.

«Ihr Vater liegt wirklich im Krankenhaus», bestätigte Birgit.

«Nach dem Gespräch wollte sie frühstücken kommen. Ich habe nicht so genau auf die Zeit geachtet, doch irgendwann kam es mir merkwürdig vor. Ich klopfte an die Zimmertür. Keine Antwort. Ich merkte, dass abgeschlossen war, und bekam einen Schreck. Natürlich habe ich die Tür sofort eingetreten, weil ich befürchtete, dass sie sich etwas angetan haben könnte.»

«Hat sie nicht», sagte Miguel trocken.

«Nein», bestätigte Kerstin Böhr. «Das Fenster stand offen, und sie war weg. Ich habe mein Handy geschnappt, um Stadler zu informieren, und bin rausgelaufen. Da habe ich gesehen, dass auch mein Wagen verschwunden ist.»

Birgit sah zu Miguel, der beunruhigt das Haus betrachtete.

«Wir brauchen das Kennzeichen des Wagens», sagte er. «Frau Montario könnte in Gefahr sein. Und wir würden gern das Zimmer sehen. Vielleicht hat sie eine Nachricht hinterlassen.»

«Da war nichts», versicherte Kerstin. «Aber ihr könnt gern noch mal nachschauen.»

Sie gingen ins Haus, doch Kerstin Böhr hatte nichts übersehen. In dem Zimmer lagen nur ein paar benutzte Kleidungsstücke, kein Zettel, nichts, was als Hinweis gedeutet werden konnte.

«Hat sie irgendwelche Anrufe bekommen?», fragte Birgit.

«Nur von Stadler. Aber den habe ich entgegengenommen, als sie unter der Dusche war. Er wollte wissen, ob seine Nachricht angekommen ist.»

«Auf welchem Weg wurde die Nachricht überbracht? Und wie sah sie aus?», fragte Birgit.

«Ein Umschlag. Kam vor etwa einer Stunde. Ein uniformierter Kollege hat ihn vorbeigebracht.»

Birgit wechselte einen Blick mit Miguel. Entweder hatte Stadler völlig den Verstand verloren und versuchte, den Fall im Alleingang zu lösen, oder der Täter hatte vor einer Stunde hier vor der Tür gestanden. «Kanntest du den Kollegen, der den Brief gebracht hat?»

«Nein.» Kerstins Mund öffnete sich. «Das war ja wohl nicht ...»

«Fahr ins Präsidium», sagte Miguel. «Nimm ein Taxi. Die Kollegen müssen deine Aussage aufnehmen. Lass dir Fotos zeigen. Melde dich bei Paul Heinrichs im KK 11. Ich kündige dich an.» Er zog sein Handy aus der Tasche.

Während Miguel mit Paul telefonierte und Kerstin Böhr mit einem Taxi um die Straßenecke verschwand, bekam Birgit einen Anruf. Florian Schenk.

«Ich habe Stadlers Schlüssel auf dem Boden vor seiner Wohnungstür gefunden. Und einen Fleck, der aussieht wie Blut. Ein Schnelltest könnte das klären.»

Birgit bemühte sich, ihrer Stimme einen gefassten Klang zu verleihen. «Warst du drinnen?»

«In der Wohnung sieht alles normal aus. Die Zahnbürste ist trocken, auf dem Küchentisch steht eine benutzte Kaffeetasse, die nicht so wirkt, als sei sie von heute Morgen. Ich nehme an, Stadler ist gestern Abend nur bis zur Tür gekommen. Ich denke, das reicht für das große Aufgebot, oder?»

«Allerdings. Du weißt, was zu tun ist?»

«Betrachte es als erledigt.» Er beendete die Verbindung.

Birgit hatte keine Zeit, den Schock zu verarbeiten, denn gerade als sie das Handy wegstecken wollte, meldete ein Signalton den Eingang einer SMS. Hastig öffnete sie die Nachricht. Sie bestand aus sieben Wörtern.

Er hat Stadler. Orte mein Handy. Liz

Dienstag, 5. November, 11:13 Uhr

Es hatte angefangen zu schneien. Kleine feste Flocken segelten aus der grauen Wolkendecke herab. Liz legte ihr Handy auf den Beifahrersitz des Focus, zögerte und steckte es dann in die Innentasche ihrer Jacke. Sie zweifelte nicht daran, dass Birgit Clarenberg ihre Nachricht begreifen und die notwendigen Maßnahmen einleiten würde. Allerdings hatte sie keine Ahnung, wie lange es dauerte, bis der Ort, an dem sie ihren Bruder und Georg Stadler zu finden hoffte, von bewaffneten Einsatzkräften gestürmt wurde. Für die Handyortung benötigte Birgit bestimmt eine richterliche Genehmigung. Selbst wenn allen Beteiligten klar war, dass es eilte, fraß die Bürokratie vermutlich mindestens eine halbe Stunde.

Genug Vorsprung, um Hendrik in Sicherheit zu wiegen und ihn zu überreden, die Sache unblutig zu Ende zu bringen. Und wenn sie es nicht schaffte, würde das SEK rechtzeitig eintreffen, das Haus stürmen und sie und Stadler befreien. Das hoffte sie zumindest.

Liz stieg aus und betrachtete ihr Elternhaus. Es hatte sich kaum verändert. Alles sah noch fast genauso aus wie vor sechzehn Jahren, der Wendehammer, die kleine Garage, die vier Stufen zum Eingang.

Als Liz auf die Treppe zuging, öffnete sich die Tür. Erschrocken blieb sie stehen, doch nichts rührte sich, niemand trat heraus. Hendrik erwartete sie, aber er wollte sich nicht vorzeitig zu erkennen geben.

Liz holte tief Luft und erklomm die Stufen. Im Inneren des Hauses war es düster, schemenhaft erkannte Liz die Konturen fremder Möbelstücke und einen grauen Teppichboden, der hier früher nicht gelegen hatte. Sie nahm die Mütze vom Kopf, klopfte den Schnee von ihrer Jacke und horchte. Nichts.

Liz hielt den Atem an. Ein merkwürdiger Geruch hing in der Luft. Spiritus? Benzin? Sie trat einen Schritt vor und zog die Haustür hinter sich zu.

«Hendrik?», rief sie leise. «Hendrik, bist du hier?»

Ein Knarren aus der Küche verriet ihr, wo sie erwartet wurde. Mit hämmerndem Herzen schlich Liz auf die Tür zu. Kaum hatte sie die Schwelle übertreten, da wurde sie gepackt und gegen die Küchenzeile geschleuderte. Sie prallte mit dem Kopf gegen einen der Hängeschränke, ein jäher Schmerz durchzuckte sie.

Gerade als sie sich zu ihrem Angreifer umdrehen wollte, griffen die Hände erneut nach ihr und pressten sie unsanft gegen die Spülmaschine. «Mal sehen, was du uns mitgebracht hast», raunte eine Stimme, die Liz sofort als die aus dem Krankenwagen erkannte.

Die Hände fuhren an ihrem Körper entlang, glitten unter ihre Jacke, sogar unter ihren Rollkragenpullover. Liz ließ es ohne Gegenwehr geschehen.

«Keine Waffen und nicht verkabelt. Du bist tatsächlich ohne Rückendeckung hergekommen.» Der Mann stockte kurz, dann tastete er die Jacke ab. «Bis auf das hier», ergänzte er und zog ihr Handy aus der Tasche.» Er ließ von ihr ab und warf das Telefon achtlos auf den Tisch.

Liz drehte sich langsam um, darauf gefasst, dass der Mann sie daran hindern würde. Doch er ließ sie gewähren. Im Zwielicht der unbeleuchteten Küche betrachtete sie ihn: Die leicht gewellten dunklen Haare, die hohe Stirn, das markante Kinn.

Auch wenn ihr seine Züge fremd vorkamen, die Körperhaltung und die Art, wie er sie ansah, ließen keinen Zweifel zu: Vor ihr stand ihr totgeglaubter Bruder.

«Hendrik», flüsterte sie. Ihre Gefühle wirbelten durcheinander. Angst, Wut, aber auch eine überwältigende, süße Wiedersehensfreude rangen in ihrem Inneren miteinander. Auf der Fahrt hatte sie sich zurechtgelegt, was sie ihm sagen wollte, doch jetzt fiel ihr kein einziges Wort ein.

«Herzlich willkommen zu Hause, Schwesterlein», sagte er kalt. «Ich dachte schon, du findest mich nie.»

«Wo ist Stadler?», fragte sie, obwohl sie das Thema eigentlich hatte meiden wollen. Aus gutem Grund.

Hendriks Mund zuckte verärgert. «Du bist also nur seinetwegen hier? Hätte ich mir denken können. Keine Sehnsucht nach deinem Bruder. Dir geht es einzig und allein um diesen abgewrackten Weiberhelden. Liz, meine Kleine, ich hätte dir wirklich einen besseren Geschmack zugetraut.» Er schüttelte den Kopf. «Dumme kleine Liz.»

«Stadler ist mir gleichgültig», log Liz, bemüht, ihre Scharte auszuwetzen. «Aber mit ihm hast du einen Fehler gemacht. Einen Bullen zu entführen ist völlig schwachsinnig. Die gesamte Polizei von NRW wird hinter dir her sein.»

«Ach wirklich?» Hendrik zog spöttisch die Augenbrauen hoch. «Davon habe ich gar nichts gemerkt, als diese blonde Schnitte eine Woche lang in meiner Obhut war.»

«Sie hat im Präsidium angerufen und Sonderurlaub beantragt», wandte Liz ein.

«*Ich* habe angerufen und Sonderurlaub beantragt.» Er legte die Hand ans Ohr, als würde er telefonieren und sprach mit beklemmend echt klingender weiblicher Stimme. «Es gab einen Trauerfall in der Familie. Völlig unerwartet. Ich kann nicht zum Dienst kommen. Ich brauche ein paar Tage Sonderurlaub.»

Liz erschrak. Obwohl ihr längst klar war, mit welch zynischer Gleichgültigkeit ihr Bruder mit dem Leben anderer Menschen spielte, war es etwas anderes, es hautnah zu erleben. Schnell lenkte sie ein. «Lass uns nicht streiten, Hendrik. Wir sollten versuchen, einen Weg zu finden, die Sache vernünftig zu beenden. Du bist mein Bruder, ich will dich nicht verlieren.»

Hendrik lachte laut auf. «Hast du es denn noch immer nicht kapiert? Die Sache ist bereits zu Ende, Schätzchen. Du hast längst verloren. Niemand wird dieses Haus lebend verlassen. Wir haben es gemeinsam begonnen, und wir beenden es gemeinsam.»

Liz sah ihn entsetzt an. «Was meinst du damit? Was haben wir gemeinsam begonnen?» Ihr lief die Zeit davon. Bald würde die Polizei das Haus stürmen, und sie drang einfach nicht zu Hendrik durch.

«Du hast mir doch deine süßen Freundinnen vorgestellt und mir den Mund wässerig gemacht. Was hast du denn geglaubt, was passieren würde, wenn diese Mädchen halbnackt vor mir durch den Garten springen?»

Liz wurde übel. Sie wollte etwas erwidern, das Gespräch in eine andere Richtung lenken, doch die Worte blieben ihr im Hals stecken.

«Und dann hast du mir die Rasierklinge ins Gefängnis geschmuggelt. Das war echt süß von dir. Hast du wirklich geglaubt, ich würde mich umbringen?»

«Aber du wolltest es doch, und ich dachte …» Liz presste die linke Hand auf ihren Magen und klammerte sich mit der rechten an die Arbeitsplatte. Hendrik hatte sie eiskalt erwischt. Nach all den Jahren kannte er sie noch immer besser als sie sich selbst. «Ich gebe zu, dass ich mich getäuscht habe.»

«Hast du nicht. Du wusstest genau, was ich vorhatte.»

«Das ist nicht wahr!», stammelte Liz niedergeschmettert. Wie konnte er das von ihr denken!

Er schlug ihr mit der flachen Hand ins Gesicht. «Lüg nicht! Ich hasse es, wenn ihr Schlampen einen auf unschuldig macht.»

Liz berührte die brennende Wange mit der Hand. Ungläubig starrte sie ihren Bruder an. Seit Jahren hatte sie sich nicht mehr so klein und dumm gefühlt. «Warum tust du das? Ich erkenne dich nicht wieder, Hendrik. Was ist nur mit dir geschehen?»

Er trat näher, strich mit einem Finger behutsam über ihre Lippen, fuhr sanft über ihren Hals, bevor er unvermittelt eine Haarsträhne in ihrem Nacken packte und sie ruckartig zu sich zog, bis ihre Gesichter sich fast berührten.

Vor Schmerz schossen ihr die Tränen in die Augen, doch sie hielt seinem Blick stand.

«Frag nicht, was geschehen ist, Schwesterlein, frag lieber, was noch geschehen wird.»

«Und was wird geschehen?», flüsterte sie mit belegter Stimme.

Hendrik lächelte. «Komm mit, ich zeige es dir.»

Dienstag, 5. November, 11:21 Uhr

Georg Stadler versuchte, sich auf die Geräusche zu konzentrieren, die aus der Küche kamen. Er hörte zwei verschiedene Stimmen, doch er konnte unmöglich erkennen, ob eine davon Liz gehörte. Hoffentlich war sie nicht auf den Trick ihres Bruders hereingefallen und allein hergekommen! Hendrik Vermeeren hatte nicht vor, irgendjemanden am Leben zu lassen, am allerwenigsten seine Schwester.

Stadler zerrte an seinen Fesseln. Was war er doch für ein Idiot! Er hatte sich überrumpeln lassen wie ein Amateur. Als er gestern spät abends nach Hause zurückgekehrt war, todmüde, ausgelaugt und noch wütend, weil er den Fall mit Maulkorb und angezogener Handbremse bearbeiten sollte, hatte er sich nichts dabei gedacht, dass das Treppenhauslicht auf seiner Etage nicht funktionierte. Selbst als er eine Bewegung vor seiner Wohnungstür wahrgenommen hatte, hatte er nicht schnell genug geschaltet. Er war Jäger, nicht Gejagter, und dass jemand ihm auflauerte, hatte er nicht erwartet.

Als Stadler begriff, was geschah, war es schon zu spät gewesen. Er spürte einen Schlag auf den Kopf, dann nichts mehr. Bis er in diesem Schlafzimmer wieder zu sich gekommen war, geknebelt und an den Heizkörper gefesselt.

Vor einer Weile hatte Hendrik Vermeeren ihm erzählt, wie er das ältere Ehepaar, das eigentlich in dem Haus wohnte, auf eine Weltreise geschickt hatte, angeblich der Hauptgewinn in einem Preisausschreiben. Die beiden hatten sich nichts dabei gedacht, obwohl sie nie an einem Preisausschreiben teilgenommen hatten.

Stadler war erleichtert gewesen, dass die alten Leute noch lebten, bis Vermeeren zur Pointe seiner Geschichte kam: Die Reise des Ehepaars hatte in einem Steinbruch im Sauerland geendet.

Wieder versuchte Stadler, eine raue Stelle an dem Heizkörper zu finden, an dem er die Fesseln aufscheuern konnte. Vergebens. Zudem machte ihn der Benzingestank benommen. Wo hatte Vermeeren das Zeug versteckt? Und vor allem: Wie viel davon?

Was er damit vorhatte, war weniger schwer zu erraten. Man musste kein Psychologe sein, um zu begreifen, dass Hendrik Vermeeren sein Elternhaus samt seiner Schwester und deren vermeintlichem Liebhaber in die Luft jagen wollte. Fragte sich nur, worauf er noch wartete.

Dienstag, 5. November, 11:29 Uhr

Ohne Gegenwehr folgte Liz ihrem Bruder aus der Küche. Wie früher hatte er ihr die Augen verbunden und führte sie zu der Überraschung, die er sich für sie ausgedacht hatte. Ihr Herz klopfte bis zum Hals, eine innere Lähmung hatte von ihr Besitz ergriffen. Sie war wieder das kleine Mädchen, das seinen Bruder vergötterte und ihm blind vertraute.

Schon nach wenigen Schritten befahl er ihr, stehenzubleiben, und nahm ihr die Augenbinde ab. Liz blinzelte orientierungslos, bis sie erkannte, dass sie im Wohnzimmer waren.

Der Raum war völlig anders eingerichtet als während ihrer Kindheit, lediglich die große Schrankwand, die der Fensterfront gegenüberstand, glaubte sie zu erkennen. Ihr Blick streifte das Möbelstück jedoch nur und blieb am Boden haften. Auf dem rot-blau gemusterten Teppichboden hatte Hendrik ein Dutzend Benzinkanister nebeneinander aufgereiht wie eine Schlange am Flughafenschalter.

«Eigentlich wollte ich die Kanister schon vor deinem Eintreffen ausgießen», erklärte er. «Den Inhalt im ganzen Haus verteilen. Aber die Dämpfe hätten mich ausgeknockt.» Er verzog bedauernd das Gesicht. «Das muss also noch ein bisschen warten.»

Liz kämpfte vergeblich gegen das dumpfe Gefühl, ihrem Bruder völlig hörig zu sein. Sie hatte noch keinen ersthaften Versuch unternommen, ihn zum Aufgeben zu bewegen. Statt wohlüberlegter Worte spukten lauter Fragen in ihrem Kopf herum.

«Warum?», fragte sie leise. «Warum hast du all diese Menschen getötet? Warum unsere Eltern?»

«Aber Liz, was soll dieses Psychogequatsche? Glaubst du, ich breite jetzt mein Innenleben vor dir aus?» Er fasste sie am Kinn und sah sie an. Aus seinen Augen sprach eine Kälte, die Liz zittern ließ. «Soll ich dir ein Geheimnis verraten?» Er lachte kurz. «Da gibt es nichts auszubreiten.»

Liz war so taumelig, dass sie nicht einmal die Kraft aufbrachte, seine Hand wegzuschlagen. «Was hat Mama dir getan, dass du sie so sehr hasst?», fragte sie in der verzweifelten Hoffnung, doch noch eine Antwort zu bekommen. Dabei kannte sie die inzwischen. Ihre Mutter hatte es nicht fertiggebracht, ihren Sohn zu lieben.

«Verdammt!» Grob stieß Hendrik sie weg, sodass sie gegen die Schrankwand prallte. «Die Schlampe ist tot. Na und? Ich weine ihr keine Träne nach. Du etwa?»

Liz biss sich auf die Lippe. Seine Worte taten weh, viel mehr weh als der Aufprall auf die Schrankwand. «Und unser Vater?»

Hendrik lachte auf. «*Dein* Vater», verbesserte er sie. «Ulrich Vermeeren ist ein Feigling. Er hat die Höchststrafe bekommen.»

Plötzliche Erkenntnis durchzuckte Liz. «Er sollte gar nicht sterben?»

Hendrik musterte sie verächtlich. «Wenn ich gewollt hätte, dass er krepiert, wäre er jetzt tot. Aber das wäre eine zu milde Strafe gewesen. Er soll für den Rest seines erbärmlichen Lebens daran denken müssen, was für ein jämmerlicher Versager er ist.»

«Und Deborah?», flüsterte Liz.

«Die war total scharf auf mich.» Hendrik feixte. «Wie all deine Freundinnen. Sie hat bekommen, was sie wollte.»

«Ich glaube nicht, dass sie *das* wollte», sagte Liz tonlos, mehr zu sich selbst, als zu Hendrik.

«O doch, sie hat vollkommen freiwillig die Beine für mich breit gemacht. Sie konnte es gar nicht erwarten.»

Liz zuckte zusammen wie unter einem Schlag. Sie brachte es nicht fertig, Hendrik in die Augen zu sehen, starrte stattdessen auf die Kanister. «Und jetzt bin ich dran?»

Hendrik rieb sich die Hände. «Das gibt ein Freudenfeuer!» Er beugte sich vor, schraubte den Deckel des ersten Kanisters auf und ließ ihn achtlos fallen.

Er schien nicht zu befürchten, dass Liz versuchen könnte, ihn zu überwältigen – und er hatte recht. Liz stand da wie ein Lamm, das sich wehrlos zur Schlachtbank führen ließ.

Als der Deckel zu Boden fiel und unter den Tisch rollte, hörte Liz ein Geräusch, das aus dem oberen Stockwerk zu kommen schien. Eine Art Klopfen. Stadler! Er war also im Haus, mehr noch, er war am Leben und bei Bewusstsein.

Hendrik hatte das Geräusch auch gehört. Er deutete mit dem Daumen nach oben. «Dein Freund wird langsam unruhig.»

«Du hast versprochen, ihn freizulassen, wenn ich allein komme», erinnerte Liz ihn, ohne Hoffnung, damit etwas zu bewirken.

«Habe ich das?», Hendrik schlug sich vor die Stirn. «Da habe ich dich wohl angelogen.» In gespieltem Bedauern verzog er das Gesicht. «Passiert mir leider immer wieder. Eine dumme Angewohnheit.» Er beugte sich vor und schraubte den nächsten Deckel ab. Dann versetzte er dem Kanister einen Fußtritt, sodass er umkippte. Sofort war das Zimmer von ätzenden Benzindämpfen erfüllt.

Liz kämpfte gegen die innere Taubheit an, die ihre Glieder lähmte. *Setz dich in Bewegung! Du bist erwachsen. Hendrik hat keine Macht mehr über dich.*

Doch ihr Körper gehorchte ihr nicht.

Hendrik beugte sich über einen weiteren Kanister, hielt jedoch plötzlich inne und schaute zu Liz hoch, ein siegessicheres Blitzen in den Augen. «Ich wusste, dass ich mich auf dich verlassen kann, Schwesterherz. Du bist *mein* Mädchen. Du und ich, wir sind aus demselben Holz geschnitzt.»

Jede Silbe durchfuhr Liz wie eine Messerklinge. Gleichzeitig spürte sie, wie sie im Sog von Hendriks Worten endgültig zu versinken drohte. Vielleicht stimmte, was er sagte. Vielleicht war sie ihm tatsächlich ähnlicher, als sie immer gedacht hatte. War sie nicht auf ihre Art ebenso schuld an dem, was geschehen war? Trug sie nicht genauso die Verantwortung? Ein tröstender Gedanke kam ihr: Wenn sie heute hier mit ihm starb, wäre endlich alles vorbei. Für immer.

Hendrik beugte sich wieder über den Kanister. So würde es also enden. Hendrik und sie in ihrem alten Zuhause, im Tod vereint. Liz schloss die Augen, bereit, das Unvermeidliche über sich ergehen zu lassen.

Plötzlich gellte ein markerschütternder Schrei durch das Haus. Liz riss erschrocken die Augen auf.

Hendrik ließ den Deckel fallen, den er gerade abgeschraubt hatte. «Verflucht! Was war das?» Er machte einige Schritte auf die Tür zu und horchte.

Wieder ertönte ein Schrei.

Mit einem Mal wurde Liz klar, was geschehen war. Ihr Handy. Deborah. Verrückte, wunderbare Deborah! Von einer Sekunde auf die andere verwandelte sich ihre Todessehnsucht in unbändige Wut.

Nein, ich bin nicht wie du, Hendrik! Und ich werde nicht mit dir sterben!

Sie griff nach einer schweren Glasvase, trat hinter ihren Bruder und schlug sie ihm über den Schädel.

Er stöhnte auf und sank zusammen.

Für einige Sekunden war Liz ganz benommen. Es war so einfach gewesen. Zu einfach. So als wäre es Teil seines Plans.

Da ertönte aus dem oberen Stockwerk erneut das Klopfen und riss Liz aus ihrer Erstarrung. Sie rannte aus dem Wohnzimmer und stürmte die Treppe hoch in den ersten Stock. Das Klopfen war jetzt deutlich zu hören. Es kam aus dem Raum, der früher das Schlafzimmer ihrer Eltern gewesen war.

Liz stieß die Tür auf und atmete erleichtert auf, als sie Georg Stadler erblickte. Er hatte eine Platzwunde an der Schläfe, schien aber ansonsten unverletzt. Liz löste den Knebel aus seinem Mund.

«Wo ist Hendrik?», fragte Stadler sofort.

«Unten im Wohnzimmer. Ich habe ihn mit einer Vase niedergeschlagen, aber ich weiß nicht, wie lange das vorhält. Außerdem ist er allein mit zwölf bis zum Rand gefüllten Benzinkanistern.»

«Verflucht.» Stadler deutete mit dem Kinn auf seine gefesselten Hände. «Hast du eine Schere oder ein Messer dabei?»

«Nein, aber im Bad finde ich bestimmt etwas Passendes.» Ohne zu zögern rannte Liz zurück zur Tür. Sie hatte die Klinke schon in der Hand, als sie wie versteinert stehenblieb. Ein tierisches Heulen drang von unten herauf. Gefolgt von einem Poltern auf der Treppe. Instinktiv drehte Liz den Schlüssel im Schloss. Keine Sekunde zu spät. Schon wurde von außen an der Tür gerüttelt.

«Liz!», brüllte Hendrik. «Mach sofort auf! Du entkommst mir nicht! Niemand entkommt mir!»

Verdammt! Warum hatte sie nicht sichergestellt, dass Hendrik außer Gefecht war? Warum hatte sie nicht ein weiteres Mal zugeschlagen, selbst auf die Gefahr hin, ihn umzubringen? Liz legte die Hand auf das Holz der Tür. Sie kannte die Antwort: Er war ihr Bruder, und die Vorstellung, ihn ein zweites Mal zu verlieren, zerriss ihr trotz allem, was er getan hatte, das Herz.

Wieder rüttelte Hendrik an der Klinke, trat vor das Holz. Die ganze Tür bebte, doch das Schloss hielt stand. «Na warte!», brüllte er. «Dafür wirst du bezahlen!»

Hinter der Tür wurde es still.

«Leb wohl, Hendrik», flüsterte Liz.

Sie wandte sich ab und sah sich hektisch in dem Zimmer um. Ein Doppelbett, ein Schrank, zwei Kommoden mit Schubladen. Sie lief zu der Kommode, auf der eine Pillendose und ein Lippenstift lagen, und riss die obere Schublade auf. Taschentücher, Fotos, eine Cremedose – und ein Nageletui! Liz zog den Reißverschluss auf und nahm die Schere heraus.

Sie stürzte zu Stadler und kniete sich neben ihn. Die Schneide der winzigen Schere war viel zu klein für das dicke Seil, trotzdem schaffte sie es, die Fesseln Faser für Faser zu durchtrennen. Sie hatte es fast geschafft, als ein erneutes Geräusch aus dem unteren Teil des Hauses sie zusammenfahren ließ. Ein Dröhnen, das rasch lauter wurde.

«Feuer!», rief Stadler. «Er hat die Kanister angezündet!»

«Scheiße!» Liz hackte auf die Kordel ein.

«Wir haben Glück», sagte Stadler, den Blick argwöhnisch auf die Tür gerichtet. «Keine Verpuffung. Sonst wären wir schon tot.»

Endlich lösten sich die letzten Stränge, erleichtert ließ Liz die Schere fallen.

Schon strömte Hitze durch die Zimmertür, das Knallen explodierender Fensterscheiben verriet, wie schnell die Flammen sich ausbreiteten.

Stadler sprang hoch und riss das Fenster auf. «Wir müssen springen, hier bricht gleich die Hölle los! Schaffst du das?»

«Nicht mein erster Sprung aus dem ersten Stock heute»,

sagte Liz und kletterte auf die Fensterbank. Sie war so erleichtert, dass sie beinahe gegrinst hätte.

Als sie und Stadler kurz nacheinander in dem nackten Geäst einer Forsythie landeten, ertönte in der Ferne das Heulen einer Sirene, das sich rasch näherte. Entweder hatte Birgit Liz' Handy endlich orten lassen, oder ein besonders aufmerksamer Nachbar hatte das Feuer bereits bemerkt.

Dienstag, 5. November, 11:37 Uhr

Birgit bog dreißig Sekunden vor dem Löschzug in die schmale Sackgasse. Das Feuer tauchte den grauen Schneehimmel in unwirkliches Licht.

Trotz der geschlossenen Schneedecke raste Birgit mit unverminderter Geschwindigkeit auf den Wendehammer zu. Miguel hatte schon die Hand am Türgriff. Es hatte einfach zu lange gedauert, bis sie begriffen hatten, wo die drei Vermissten steckten. Zwar hatten sie wegen Gefahr im Verzug keine vorherige richterliche Genehmigung für die Handyortung gebraucht, doch das Gebiet, das die Funkzelle umfasste, war größer gewesen als erwartet, und erst nach einigen Minuten des Kartestudierens war Birgit plötzlich eingefallen, dass in dem eingezeichneten Bereich das ehemalige Wohnhaus der Montarios liegen musste. Auf dem Weg nach Duisburg hatten sie über Funk erfahren, dass ein Nachbar die Feuerwehr alarmiert hatte.

Birgit steuerte den Wagen im Wendehammer links auf den Bürgersteig, um das Löschfahrzeug nicht zu behindern, und sprang wenige Sekunden nach ihrem Kollegen nach draußen. Das Haus lag gegenüber. Die untere Etage stand in Flammen, das Gebäude ächzte unter der Feuersbrunst, kleinere Explosionen waren zu hören. Zu Birgits Überraschung standen keine Schaulustigen auf der Straße, doch hinter den Fenstern der Nachbarhäuser sah sie Gesichter.

Das Fahrzeug der Feuerwehr näherte sich, durch die enge Straße kam es langsamer voran als der Passat. Birgit sah zurück zu dem Feuer und glaubte, einen Schatten zu erkennen, der hinter der Garage an der linken Hausseite hervorkam und im Garten des Nachbargrundstücks verschwand. Sie war sich jedoch nicht sicher, ob es nicht nur ein Tier war, das vor der Hitze flüchtete. Im nächsten Augenblick sah sie zwei Gestalten aus den Büschen des Vorgartens krabbeln. Miguel war bereits dort und half ihnen auf.

Eine weitere Explosion erschütterte das brennende Gebäude, und im nächsten Moment versperrte der Löschzug Birgit die Sicht. Sie rannte seitlich um das Fahrzeug herum und erkannte Miguel und Stadler, die die humpelnde Liz zwischen sich genommen hatten. Birgit schossen vor Erleichterung die Tränen in die Augen.

«Geht es euch gut?», rief sie.

«Alles bestens», erwiderte Stadler schwer atmend. Bis auf eine Platzwunde an der Schläfe und einen Kratzer auf der Wange schien er wohlauf zu sein.

Ein Feuerwehrmann kam auf sie zugerannt. Hinter ihm wurden bereits Schläuche entrollt. «Ist noch jemand im Haus?»

Stadler warf einen Blick über die Schulter. «Nur der Brandstifter. Als das Feuer ausbrach, war er in der unteren Etage, zusammen mit einem Dutzend Benzinkanistern. Ich glaube nicht, dass Sie noch etwas für ihn tun können.»

«Okay.» Der Mann wandte sich ab, um seinen Leuten Anweisungen zu geben.

«Was ist mit den Hauseigentümern?», fragte Birgit. Ihre Worte wurden übertönt vom Bersten des Fensters im oberen Stock, durch das Stadler und Liz den Flammen entkommen waren.

Stadler schüttelte den Kopf. Worte waren nicht nötig, Birgit verstand auch so.

Inzwischen waren weitere Fahrzeuge eingetroffen, ein

zweiter Löschzug, Streifenwagen und eine Ambulanz stauten sich hinter dem Einsatzfahrzeug der Feuerwehr. Auch die ersten Anwohner trauten sich nun vor die Haustür.

Stadler bat Birgit, Liz zu einem Sanitäter zu bringen, und ließ sich ein Funkgerät aushändigen. Er war bereits wieder Herr der Lage. Als Liz in dem Krankenwagen verschwand, ertönte ein ohrenbetäubendes Krachen. Birgit blickte zurück zum Wendehammer.

Das Haus war in einer Wolke aus Rauch und Staub in sich zusammengebrochen. Was auch immer von Hendrik Vermeeren übrig war, lag unter den Trümmern begraben.

Donnerstag, 7. November

SERIENMÖRDER STIRBT IN SELBST GELEGTEM FEUER

Der Brandstifter Jan Schneider wurde wegen neunfachen Mordes gesucht

Duisburg. Bei einem Brand in einem Privathaus im Duisburger Süden kam am Dienstag ein Mann ums Leben. Bei dem Toten handelt es sich nach Angaben des Landeskriminalamtes um Jan Schneider, einen Schwerverbrecher, der erst vor einem halben Jahr aus der Haft entlassen wurde. Der Mann war wegen Brandstiftung und dreifachen Mordes zu lebenslanger Haft verurteilt und im vergangenen Mai nach knapp sechzehn Jahren wieder auf freien Fuß gesetzt worden.

Nach Schneider wurde in den letzten Wochen wegen Mordes an insgesamt neun Menschen gefahndet, unter anderem an den Eigentümern des niedergebrannten Hauses, einem älteren Ehepaar. Zwei der Taten hatte Schneider offenbar in anderen Bundesländern verübt.

Zum Motiv des Täters wollte sich das LKA nicht äußern, fest steht aber, dass ein weiteres Opfer der Richter war, der Schneider in dem Prozess vor sechzehn Jahren verurteilte.

Jan Schneider war der alleinige Erbe eines beträchtlichen Vermögens. Warum er auf die schiefe Bahn geriet, ist nicht bekannt.

Freitag, 15. Dezember, 18:57 Uhr

Er wartete schon auf sie. Es war fast wie vor zwei Monaten, als sie sich in der gleichen Gaststätte in Oberkassel zum ersten Mal getroffen hatten. Sogar das Wetter war das gleiche, es schüttete wie aus Eimern.

Liz trat in den Vorraum und schloss den Schirm. Durch den Gastraum betrachtete sie den Mann, der in den schrecklichsten Momenten ihres Lebens an ihrer Seite gewesen war. Georg Stadler wirkte gealtert. Und müde. Sie hatten sich seit Wochen nicht gesehen, und Liz fragte sich, wie es ihm ergangen sein mochte.

Sie trat näher, und er bemerkte sie. Ein Lächeln erhellte sein Gesicht, er stand auf, nahm sie in den Arm und küsste sie auf die Wange. «Liz, wie schön dich zu sehen.»

Sie bestellte einen Weißwein, und eine Weile plauderten sie über Belanglosigkeiten. Schließlich hielt Liz es nicht mehr aus. «Ich habe die Presseberichte verfolgt», sagte sie. «Kein Wort davon, wer die Morde in Wirklichkeit begangen hat, nichts über einen Justizskandal vor sechzehn Jahren. Nicht einmal der Name meines Bruders taucht irgendwo auf.»

Stadler leerte sein Glas und signalisierte dem Kellner, dass er Nachschub wollte. «Es gibt eine hieb- und stichfeste offizielle Version; wer die in Zweifel zieht, dessen Karriere ist in ernsthafter Gefahr.»

«Und das nimmst du einfach so hin?» Liz konnte es nicht glauben. War das der gleiche aufmüpfige Ermittler, der sie vor wenigen Wochen gegen alle Vorschriften und gegen die Anordnung seines Chefs um ein Gutachten gebeten hatte?

«Ich habe keine Beweise», antwortete Stadler. «Ich weiß, wann ich verloren habe.»

«Das ist alles?», fragte Liz perplex.

«Tut mir leid, wenn ich dich enttäusche. Du hast wohl ein falsches Bild von mir.»

«Ja, vielleicht.»

«Glaub nicht, dass es leicht ist. Ich habe unzählige Kündigungsschreiben in meinen Computer getippt – und wieder gelöscht. Eins habe ich sogar ausgedruckt, bevor es im Papierkorb landete. Ich kann nicht einfach so weitermachen, als wäre nichts geschehen. Aber ich weiß im Augenblick keine Alternative. Ich bin mit Herz und Seele Polizist, und ich kann nichts anderes.»

«Du könntest dich als Privatdetektiv selbständig machen.»

Stadler lachte auf. «Wie romantisch!»

Der Kellner kam, Stadler nahm ein volles Bierglas entgegen und leerte es in einem Zug bis zur Hälfte. «Ehrlich gesagt habe ich sogar darüber nachgedacht. Aber es ist ein Scheißjob. Ich habe keine Lust, für den Rest meines Lebens Fotos von untreuen Ehefrauen zu schießen.»

«Das kann ich nachvollziehen.» Liz versuchte, ihre Enttäuschung zu verbergen. Sie selbst hatte ebenfalls nichts unternommen, um die Öffentlichkeit davon zu unterrichten, wer der Mann, der Anfang November in einem Haus in Duisburg bis zur Unkenntlichkeit verbrannt war, in Wirklichkeit war. Sie hatte sich eingeredet, dass sie ihren Vater schützen musste. «Aber willst du nicht die Wahrheit wissen? Ich habe Hendrik erkannt, er war schließlich mein Bruder. Wie ist das mit dir? Willst du nicht wenigstens für dich selbst Gewissheit?»

Stadler lächelte dünn. «Ich habe Gewissheit.»

«Wie das? Ich dachte, die verkohlten menschlichen Überreste in der Ruine ließen sich nicht mehr eindeutig identifizieren?»

«Stimmt. Und das Jugendfoto von deinem Bruder, das wir am Computer haben altern lassen, ist verschwunden. Auch die Datei wurde gelöscht. Tut mir leid.»

«Schon in Ordnung. Ich brauche kein Foto mehr von Hendrik. Ich will nichts mehr haben, das mich an ihn erinnert.» Sie sah ihn an. «Und woher hast du nun die Gewissheit?»

Stadler hob sein Glas, trank jedoch nicht. «Ich habe vorgesorgt: Als ich an die Heizung gefesselt aufwachte, stand der Kerl über mir. Ich habe ihn mit ein paar blöden Sprüchen provoziert, und als er sich über mich beugte, um mir eine Ohrfeige zu verpassen, kriegte ich ihn trotz der gefesselten Hände zu packen und zerkratzte ihm den Arm. Als alles vorbei war, übergab ich das Gewebe unter meinen Fingernägeln und eine Probe, die wir nach dem Mord an Deborah von dir genommen hatten, einem Kumpel beim LKA. Ich erzählte ihm, dass es sich um eine private Sache handle, und bat ihn, das Material diskret abzugleichen. Wie auch immer der Mann hieß, der in dem Feuer starb, er war definitiv mit dir verwandt.»

«Dann hast du doch den Beweis, den du brauchst!»

«Ich kann nicht nachweisen, woher die Probe stammt. Kein Gericht würde sie anerkennen. Außerdem habe ich das Dokument mit dem Testergebnis vernichtet, schließlich hat der Kollege beim LKA eine nicht genehmigte Untersuchung durchgeführt.»

«Verstehe», sagte Liz. Allmählich verstand sie wirklich. Es gab ihn wohl tatsächlich, den Moment, in dem man einsehen musste, dass ein Kampf verloren war.

Georg Stadler betrachtete sie, und sie spürte die Vertrautheit zwischen ihnen, die durch das gemeinsam Erlebte entstanden war. «Und was ist mit dir? Was für Pläne hast du für die Zukunft?», fragte er.

Liz lächelte traurig. «Ich verschwinde von hier. Ich habe mich auf eine Stelle an meiner alten Uni beworben. Die Chancen stehen gut.»

«Du ziehst weg?» Er wirkte ehrlich enttäuscht.

«Ich habe schon einen Käufer für meine Wohnung. Ich könnte dort nicht mehr in Frieden leben.»

«Du hast die Wohnung verkauft? Was machst du, wenn du die Stelle nicht bekommst?»

«Ich kenne da jemanden mit einem sehr bequemen Wohnzimmersofa», antwortete Liz grinsend. «Nein, keine Sorge. Ich habe mich noch auf weitere Stellen beworben. In Großbritannien. Dort zu arbeiten, würde mich sogar noch mehr reizen. An der Universität Liverpool haben sie ein Zentrum für Ermittlungspsychologie. Und am University College in London gibt es ein Institut für Kriminalitätswissenschaften. Ein Job dort würde mir ganz neue Möglichkeiten bieten. Oder ich gehe an die Uni Huddersfield zu Professor David Canter. Der hat zwar einen ganz anderen Ansatz als ich, ist völlig an Theorie und Statistik orientiert, aber so könnte ich meinen Horizont erweitern.»

Stadler sah sie mit gespieltem Entsetzen an. «Wo zum Teufel ist Huddersfield?»

«In Nordengland, etwa auf halber Strecke zwischen Manchester und Leeds. Ich habe gehört, dass es dort mehr Schafe als Menschen gibt. Und dreihundertfünfundsechzig Regentage im Jahr.»

«Klingt einladend.» Stadler schüttelte sich. «Dich zieht es also ins Ausland. Was ist mit deinem Vater? Braucht er dich nicht?»

«Mein Vater?» Liz verzog das Gesicht. «Der ist schon wieder

ganz der Alte. In der Reha hat er eine neue Frau kennengelernt. Er wird das Haus in Hannover verkaufen und zu ihr an die Ostsee ziehen. Allerdings weigert er sich, mir die Frau vorzustellen. Angeblich ist es noch zu früh, und er möchte sie nicht bedrängen. In Wahrheit hat er Angst, ich könnte Dinge über die Vergangenheit ausplaudern, die er ihr verschwiegen hat.»

«Bist du ihm böse?»

«Nein», antwortete sie. «Er ist, wie er ist. Er kann nicht aus seiner Haut.»

«Manchmal muss man akzeptieren, dass es Dinge gibt, die man nicht ändern kann.»

Liz begriff, dass er nicht nur ihren Vater meinte. «Ich weiß.»

Stadler nahm ihre Hand und drückte sie. «Ich muss gestehen, dass ich ungern auf dich verzichte. Trotzdem wünsche ich dir, dass es mit einer der Stellen klappt.» Er überlegte kurz. «Ich habe gehört, dass England bekannt ist für sein exzellentes Bier und seine kulinarischen Genüsse. Das wäre doch ein Grund, dich zu besuchen.»

Liz lachte laut auf. «Aber unbedingt.»

MIX
Papier aus verantwortungsvollen Quellen
FSC® C083411

Das für dieses Buch verwendete FSC®-zertifizierte Papier
Holmen Book Cream liefert Holmen, Schweden.